KB111317

해파랑길 이야기

" 이 책의 인세는 전액 용인시민장학회 기금으로 전달됩니다."

해파랑길 이야기

발행일   2015년 6월 22일

지은이   김 명 돌
펴낸이   손 형 국
펴낸곳   (주)북랩
편집인   선일영   편집   서대종, 이소현, 김아름, 이은지
디자인   이현수, 윤미리내, 최연실, 임혜수   제작   박기성, 황동현, 구성우, 이탄석
마케팅   김회란, 박진관, 이희정
출판등록   2004. 12. 1(제2012-000051호)
주소   서울시 금천구 가산디지털 1로 168, 우림라이온스밸리 B동 B113, 114호
홈페이지   www.book.co.kr
전화번호   (02)2026-5777   팩스   (02)2026-5747

ISBN   979-11-5585-624-6 03810 (종이책)   979-11-5585-625-3 03810 (전자책)

이 도서의 국립중앙도서관 출판예정도서목록(CIP)은 서지정보유통지원시스템 홈페이지(http://seoji.nl.go.kr)와
국가자료공동목록시스템(http://www.nl.go.kr/kolisnet)에서 이용하실 수 있습니다.
(CIP제어번호 : CIP2015016410)

이 책에 사용된 해파랑길 코스 지도는 '한국의길과문화'의 허가를 받아 게재하였습니다.

나를 찾아 떠나는 사색 여행

해파랑길 이야기

김명돌 지음

2014 년 세종도서로 선정된 < 강 따라 길 따라 > 의 저자 김명돌의 신작 에세이

국토종주 790km, 백두대간종주 690km,
자전거길종주 997km, 이번엔 해파랑길 770km 다 !

북랩 book Lab

해는 하늘 높은 곳에서 비추는 가장 빛나는 별이요, 바다는 땅 아래 가장 낮은 곳에 겸손히 엎드린 물이다. 해는 모든 곳을 비추고 바다는 모든 물을 받아들인다. 사람은 해랑 바다랑 잠시 살다 가는 여행자요, 삶과 죽음 사이를 걸어가는 순례자다.

시간은 날아서 달아나고 바람은 나뭇잎을 가만히 흔들면서 지나간다. 나이 들어 넥타이와 양복을 벗어던지고 산으로 바다로 강으로 들판으로 여행을 떠날 수 있다면 진정 얼마나 자유로운 삶인가. 여행은 새로운 시작으로 게으름에서 벗어나게 하고 신선함으로 삶을 채워준다.

붉은 해랑 벗하고 파란 바다랑 벗하는 길 위의 길을 걷는 '해파랑길'은 사람이 살다 가는 멋 중의 멋이다. 일상에서 벗어나 깨달음의 파도가 밀려오는 그 길에는 햇빛과 별빛을 조명으로 푸른 물결이 춤을 춘다. 손도 없이 발도 없이 파도가 춤을 춘다. 그러면 나그네도 어울려 온몸으로 춤을 춘다. 해파랑길의 춤은 환희의 춤이요 고독의 춤이다.

침묵의 춤이요 영원의 춤이다. 끝없이 펼쳐진 하늘길, 바닷길, 해안길을 따라 덩실덩실 춤을 추며 걷는 길이다.

　해파랑길은 화랑의 길이었다. 화랑들은 전국 방방곡곡 깊은 산과 맑은 물을 찾아다니며 풍류도와 도전정신, 그리고 호연지기를 길렀다. 그 가운데에도 삼국통일 뒤 경주에서 금강산까지 동해안으로 이어지는 길은 화랑들이 가장 선호하던 순례길이었다. 동해안 길은 신라가 통일을 이룬 뒤 넓어진 영토를 잘 통치하기 위해 주요 교통로로 정비한 길이었기에 동해안을 따라 발해까지 이어지는 주요한 교역로였고, 1,300여 년이 지난 오늘 그 길은 해파랑길이란 이름으로 다시 태어났다.

　동해안 해파랑길은 동해와 남해의 분깃점인 부산 '오륙도해맞이공원'에서 시작하여 고성 '통일전망대'까지 이어지는 770km의 걷기 길이다. 문화체육관광부의 지원을 받아 19개 기초단체, 4개 광역단체, '㈜한국의 길과 문화'가 함께 조성하고 있는 해파랑길은 부산, 울산, 경주, 포항, 영덕, 울진, 삼척-동해, 강릉, 양양-속초, 고성의 10개 구간에 총 50개 코스로 구성되어 있다. 2009년 12월에 조성을 시작하여 2014년 12월에 개통 예정이지만 이미 2014년 8월에 이 길을 걸은 필자를 비롯하여 많은 걷기 마니아들이 다녀갔다.

　동해의 떠오르는 해와 푸른 바다를 동무 삼아 함께 걷는 '해파랑길'의 '해'는 '뜨는 해'와 '바다 해(海)'를, '파'는 '파란 바다'와 '파도'를, '랑'은 누구누구 '랑' 무엇무엇 '이랑' 함께할 때의 '랑'을 의미한다는 작명이다. 동해와 남해의 분기점인 부산 '오륙도해맞이공원'에서 고성 '통일전망대'까지 이어지는 770km의 해파랑길은 부산 갈맷길, 울산 솔마루 길, 경주 주상절리길, 포항 감사나눔길, 영덕 블루로드, 울진 관동팔경 길, 삼척 수로부인길, 강릉 바우길, 고성 갈래길 등 동해안의 좋은 길들 과 하나의 길로 이어져, 해안과 어촌의 길이 전체의 65퍼센트를 차지하 고 나머지는 내륙으로 들어가 산과 강과 들, 시골마을을 돌아 나오는 걷기 길이다. 지금까지 장거리 트레일로는 백두대간(690km), 제주올레길 (425km), 지리산둘레길(274km) 등이 유명하였으나 해파랑길은 국내 최장 거리 트레킹 코스로 과거와 현재, 미래가 함께 숨 쉬고 인문학적으로 역사와 문화, 다양한 이야기를 품고 있고 접근성이 용이하여 앞으로 여 행자들에게 뜨거운 각광을 받을 잠재력이 충분하다.

'천리 길도 한 걸음부터' '티끌모아 태산'이라는 경구를 의지하여 걸어 온 2천리 길, 달팽이처럼 거북이처럼 소처럼 느릿느릿 걸었다. 스스로 고독한 여행자가 되어 길을 걸었다. 홀로는 영혼이 자유로운 사람, 고 독은 생각을 키워주고 삶의 차원을 높여주기에 나 홀로 걷는 길이었다. 새는 하늘을 날고, 물고기는 물속을 헤엄치고, 사람은 땅 위를 걷는다. 폭염의 태양아래에서, 비바람 몰아치는 거친 바닷가에서, 새들이 지저 귀는 평온한 숲길에서, 한적한 농촌의 들판에서 자연과 호흡하며 걸었 다. 해파랑길의 유랑은 절제로 얻은 자유와 현실을 초월하여 은근한 풍취를 즐기며 산수간 경치 좋은 곳에서 한 잔 술을 마시며 풍류를 즐 기는 멋스러운 삶의 노래였다. 세상은 경이로움으로 가득 차있지만 감 상할 여유가 없다. 감동을 찾아 행복을 찾아 가는 길, 해랑 파도랑 나 랑 함께하는 그 길은 위대한 여정이었다. 두 발로 걸으며 자신을 객관화시켜 성찰하는 길이었으니 당국자미 방관자청(當局者迷 傍觀者靑)이었다.

　고통을 느껴보지 못한 사람은 진정한 쾌락을 느낄 수 없다. 돼지는 넘어져야 하늘을 볼 수 있다. 흐르는 땀방울은 영혼을 세척하는 증류수였다. 한낮의 열기가 대지를 뜨겁게 달굴 때 시작한 해파랑길 종주는 여름도 휴식을 그리워하며 마지막을 향해서 몸서리칠 때 끝이 났다. 백년을 산다 해도 삼만육천오백 날에 불과한 인생, 눈 위의 새 발자국같이 사라져버릴 생의 순간순간을 사랑하며 '카르페 디엠!'을 외치며 걸었다. 해가 뜨고 지고 어김없이 반복적으로 흘러가는 크로노스의 시간 속에서 정신없이 내달리는 삶을 잠시 멈추고, 바람에 맞춰 노래 부르고 파도에 맞춰 춤을 추며 매 순간 가장 소중한 일인 것처럼 의미를 부여하면서 특별한 감정의 카이로스의 시간으로 멋스런 길을 걸었다.

　마라도에서 시작하여 땅끝마을 해남에서 고성의 통일전망대까지 790km 국토종주, 지리산에서 진부령까지 690km 백두대간종주에서 그랬듯이 이번에도 더 이상 갈 수 없는 분단의 벽, 통일전망대에서 걸음을 멈출 수밖에 없었다. 언제나 걸어볼 수 있을까, 저 북녘의 산하를. 통일이 되어 금강산을 지나 백두산까지 1,625km 백두대간을 종주하고, 해금강을 지나 경흥의 서수라까지 해파랑길 2,000km 트레일로 연결되어 걸을 수 있는 그날을 염원하며 마음의 길을 따라 오늘도 걷는다.

세월이 지나면 꽃도 시들고 인생도 시들어 모두가 흙속에 묻힌다. 한 평생의 숨결과 미소와 눈물을 사랑하고 태양아래서 달빛 별빛아래서 자유롭게 생을 사랑하며 이 세계로부터 장차 올 세계로 향하는 순례의 행진, 삶은 다른 사람의 고통을 덜어줄 수 있는 한 헛되지 않다. 애타는 가슴 하나라도 달랠 수 있다면 삶은 결코 헛되지 않다. 사람은 누구나 나답게 살다가 나답게 죽을 수 있기를 바란다. 나 또한 '인생 한판 잘 놀았다!' '어머니 심부름 잘 하고 이제 만나러 간다!'라고 기쁜 마음으로 이야기할 수 있기를 바랄 뿐이다. 그래서 나는 오늘도 걷는다.

수많은 시련을 겪으면서 순례의 길을 걸어 성도(聖都)에 이르는 존 번연은 '천로역정' 서문에서 '나는 나 자신의 만족감을 위해 이 글을 썼다.'고 고백한다. 나 또한 나 자신의 만족감을 위해 이 글을 썼으며, 나아가 생의 해파랑길을 걸어가는 독자들에게 "해파랑길에서 한판 잘 놀았다!" 하는 길잡이가 될 수 있다면 아주 기쁠 것이다.

김명돌

● 목차

○ 전체구간

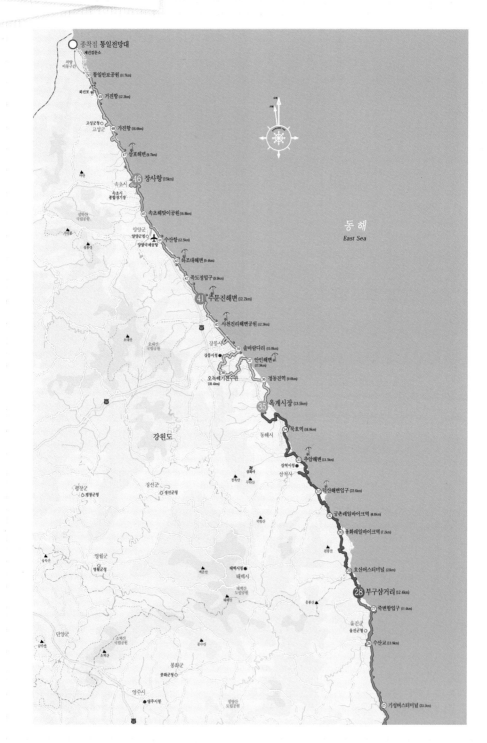

동해
East Sea

강원도

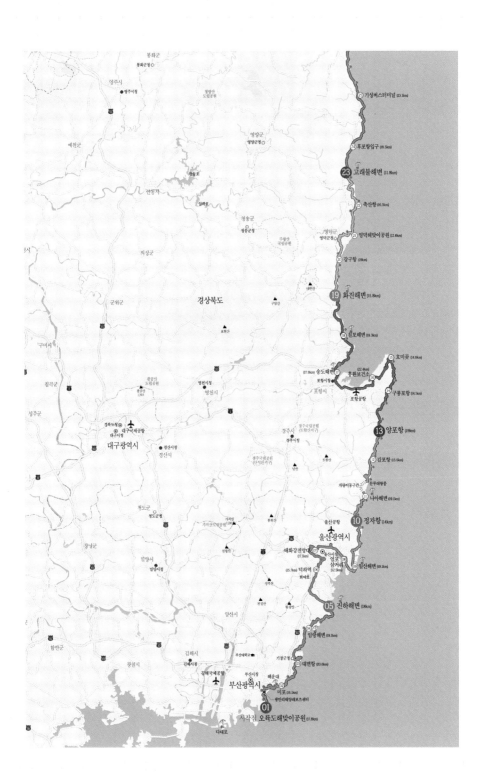

1. 부산구간

　가마솥(釜)을 닮은 산이 많아서 이름 지어진 부산(釜山), 태종실록에 부산(富山)이었다가 성종실록에 처음 부산(釜山)으로 등장한다. '서민이 살기 좋은 고장이며, 사람들이 억세고 거칠다'라고 하는 부산은 인구 3백5십6만여 명의 대한민국 제2의 도시이자 제1의 무역항이다.

　강화도조약으로 개항될 당시 부산의 인구는 3,300여명 남짓, 현재의 남포동과 광복동, 중앙동, 대교동 일대는 모두 푸른 물결이 넘실거리는 바다였다. '부산은 몰라도 자갈치시장은 안다'고 할 정도로 널리 알려진 자갈치시장은 1930년대 말에 두 차례에 걸친 바다와 자갈밭 매립으로 마련된 터전이다. 매립하기 전에 워낙 자갈밭이 많았던 곳이어서 '자갈치'라는 이름이 붙었다. 남포동과 서면은 번화가, 해운대와 태종대는 부산을 대표하는 해안관광지이며, 경상좌수영이 있었던 수영강변에는 현재 첨단복합단지인 센텀시티가 있다.

역사적으로 부산은 가야와 신라의 각축장이었다. 서기 400년경에 신라를 침공했던 가야가 광개토대왕의 고구려 군에 대패하여 패망하고 신라의 땅이 되었다. 1592년 4월 13일 왜군 선발대 1만 8,700명이 대마도를 출발하여 부산포로 들어왔고, 임진왜란 전후로 부산포는 조선통신사의 출항지로 활용되었으며, 1876년 강화도조약으로 인천, 원산과 함께 일제에 의해 강제 개항되었다. 1925년 경남도청이 진주에서 부산으로 이전하였으며, 1950년 한국전쟁이 발발하고 서울이 함락되면서 부산은 임시수도가 되었다. 전쟁을 피해 많은 피난민이 유입되어 인구가 급증함에 따라 1963년 부산직할시로 승격되었다. 갈매기와 동백나무, 동백꽃은 부산을 상징하는 새요 나무요 꽃이다.

해파랑길 부산구간은 동해 최남단이자 한반도의 동해와 남해를 가르는 분기점인 오륙도해맞이공원에서 시작하여 동해남부선 철도가 지나가는 기장군 월내역까지 1코스~4코스 74.1km이다. 1코스는 오륙도해맞이공원 앞에서 해파랑길 여정을 시작하여 생태계가 잘 보존되어 있는 이기대해안길을 지나서 광안대교와 마린시티, 동백섬, 해운대 해변을 지나 미포에 이르는 부산구간 가운데 가장 아름다운 길이다. 2코스는 '해운대의 3포'라 불리는 미포, 청사포, 구덕포를 지나며 문탠로드와 달맞이길을 걷고, 해동용궁사, 오랑대를 지나 멸치 집산지인 대변항에 이르는 길이다. 3코스는 해안을 벗어나 내륙으로 들어가는 첫 번째 코스로 황학대와 기장군청을 거쳐 임랑해변에 이르는 길이며, 4코스는 부산의 기장에서 울산의 서생면으로 넘어가서 한반도에서 가장 먼저 해가 뜨는 간절곶을 지나 진하해변에서 마무리하는 길이다.

부산구간의 해파랑길은 부산시에서 조성한 '갈맷길'과 대부분 겹친다. 해파랑길 3코스는 갈맷길 1코스 1구간과 겹치고, 2코스는 갈맷길 1코스 2구간과 반대 방향으로 겹치고, 1코스는 갈맷길 2코스와 반대 방향으로 겹친다. 임랑해변에는 '갈맷길 시작점'이라는 이정표가 있다. 부산 사람들은 갈매기를 유난히도 좋아한다. 해파랑길 부산구간 내내 "부산갈매기! 부산갈매기! 너는 벌써 나를 잊었나!"라는 노랫가락이 귓가에 들려온다.

1코스 ~ 4코스 74.1km

진하해변

봉화산 ▲

간절곶

골매

울산광역시
부산광역시

04 임랑해변

동백

일광해변

기장군청 ⊙

죽성리왜성

03 대변항

동암

송정해변

구덕포

미포

02

달맞이공원
어울마당

APEC하우스

비치
슈퍼

광안리해변

동생말

01

시작점 오륙도
해맞이공원

시작始作

해파랑길 1코스는 부산 오륙도해맞이공원 앞 동해와 남해 분기점에서 시작하여 절경의 이기대해안길을 걷고, 웅장한 광안대교를 바라보며 광안리해변과 민락수변공원을 거치고 동백섬과 해운대해변을 지나 미포에 이르는 아름다운 길 17.7km이다.

'시작이 반!'이라고 아리스토텔레스는 말한다. 누구에게나 새로운 시작은 있다. 새로운 시작은 언제나 설렘과 두려움을 동반한다. 두려움의 환상을 극복하기 위해서는 용기가 필요하다. 용기야말로 지나온 인간 역사의 전부다. 새로운 시작은 태어나서 죽을 때까지 해야 하는 것, 죽어서도 하고 싶은 것이 새로운 시작이다. 그러자면 기회보다는 준비가 먼저다. 기회를 바란다면 기회가 온 것처럼 준비하면 된다. 그래서 시작이 반이다. 니체는 말한다. "위대한 일을 해내기는 어렵다. 그러나 더욱 어려운 것은 위대한 일을 명령하는 것이다."라고. 나는 이제 나 자신에게 명령한다. "해파랑길을 걸어라!"라고. 그리고 이제 시작한다.

2014년 7월 29일 흐린 날씨, 먼동이 터온다. 숙소인 콘도에서 택시를 타고 장정(長征)의 출발점인 오륙도해맞이공원에 도착한다. 아침의 바다가 모습을 드러내고 파도가 바위에 부딪쳐 흰 거품을 내며 출렁인다. '해파랑길 시작지점'이라고 적힌 표지석 앞에서 왼발은 동해를, 오른발은 남해를 밟고 선다. 동해와 남해가 갈라지는 분기점인 부산시 남구 용호동 북위 35도 1분에 위치한 오륙도해맞이공원에서 북위 38도 35분에 위치한 고성의 통일전망대를 향하여 해파랑길 770km, 동해안 2천리 꿈의 길을 바라본다.

2010년 겨울, 마라도에서 시작하여 완도와 보길도, 북위 34도 17분에 위치한 해남의 송지면 땅끝마을을 거쳐 산 넘고 물 건너 내륙으로 종단하여 고성 통일전망대에 이르는 790km 국토종주를 행한 지 4년여의 세월이 지난 오늘, 다시 동해안 해파랑길을 떠난다. 오륙도의 흐린 하늘 뒤로 햇빛이 스친다. 구름의 장난에도 태양은 어김없이 자신의 존재를 과시한다. 부산만 승두말에서 남남동 방향으로 가지런히 뻗어있는 섬 오륙도. 조수간만에 따라 방패섬과 솔섬이 하나로 붙어있는 섬처럼 보여 '오륙도'로 명명되었다. 육지에서 가장 가까운 섬으로 세찬 바람과 파도를 막아준다고 해서 방패섬, 섬의 꼭대기에 소나무가 있어서 솔섬, 갈매기를 노리는 독수리들이 모인다고 해서 수리섬, 송곳처럼 뾰족하다고 해서 송곳섬, 커다란 굴이 있어서 굴섬, 윗부분이 평평해서 밭섬으로 불리다가 등대가 생긴 뒤로 등대섬이라 불리는 섬들이다.

방패섬, 솔섬, 수리섬, 송곳섬, 굴섬, 등대섬의 여섯 섬들이 일렬종대로 늘어서서 바다의 경계를 짓는다. 사람들은 섬들의 왼쪽은 동해, 오른쪽은 남해라고 부르지만 바람이나 구름, 바다와 그 속의 생명체들, 하늘을 나는 갈매기들은 이런 구분을 알지도 못하고 의식하지도 않으면서 오늘도 자유롭게 오고간다.

바다를 연모해서 오륙도 여섯 섬을 차례로 순산했다는, 날씨가 좋은 날이면 대마도를 가장 가까이서 볼 수 있다는, 말안장처럼 생겼다고 해서 '승두말'이라 불리는 스카이워크에서 수평선 너머 아득한 바다, 먼 하늘을 바라본다. 하늘이 낮아져 바다를 안고 있고, 발 아래에는 투명 유리를 통해 파도가 절벽을 때리는 경관이 펼쳐진다.

이제 길을 간다. 마음의 길을 간다. 스카이워크를 출발해 해파랑관 광안내소를 지나서 이기대해안절벽길을 걸어간다. 입구에서 갈맷길 2-2구간 산책로 표지판이 길을 안내한다. 산책로는 기암괴석의 깎아지른 벼랑 위로 펼쳐져 있고 위험한 곳에는 나무 울타리가 설치되어 있다. 산마루 정자에서 시원한 바닷바람이 전해오는 희열을 폐부 깊숙이 들이마신다. 군사 목적으로 인적을 거부하며 오랫동안 자연 상태로 보존되어 희귀한 동식물이 서식하는 해안 절벽을 따라간다. 편안한 흙길과 나무데크, 농바위와 치마바위의 신기한 형상, 공룡의 흔적이 걷는 재미를 더한다.

이기대에는 의로운 두 기생의 충절의 넋이 서린 무덤이 있다. 임진왜란 당시 왜군이 경상좌수영인 수영성을 함락시키고 경치가 아름다운 이곳에서 주연을 베풀 때, 수영성에 살던 두 기생이 자청을 해서 왜군의 잔치에 나아가 시중을 들다가 술 취한 왜장을 껴안고 함께 물에 빠져 숨졌다. 그 뒤 바닷가로 떠내려 온 두 기생의 시신을 바닷가 어딘가에 묻었다고 해서 '이기대(二妓臺)' 혹은 의기대(義妓臺)라 불렀다. 박상호 시인의 '폭풍우가 몰아치는 이기대에서' 시비가 발걸음을 잡는다.

두 妓女의 원혼들이 통렬히 울부짖는 듯 / 휘몰아치는 성난 파도와 / 무서운 폭풍우가 장자산을 휘감는구나 / 그 옛날 순국의 일념으로 / 존귀한 목숨을 바친 위대한 민초여 / 조국을 사랑한 두 떨기 꽃이여 / 이름 모를 들꽃처럼 스러졌지만 / 그 어떤 화사한 장미보다 / 더욱 빛나는 아리따운 들꽃이어라 / 너무도 숭고하고 위대한 영혼이어라. (후략)

진주의 촉석루 아래 바위에서 최경회의 애첩이었던 논개가 열 손가락에 반지를 끼고 가토 기요마사의 부장인 게야무라 로쿠스케를 껴안고 남강에 뛰어들어 생을 마치고, 그 뒤부터 그 바위를 의암(義巖)이라 불렀다는 '장미꽃보다 붉은' 논개의 충절이 클로즈업되어 다가온다. 평양 기생 계월향 또한 적장에게 몸을 바쳐 진군을 막았고, 진주 기생 산

홍은 구한말 내무대신 이지용이 첩이 되어줄 것을 요청하자 "세상 사람들이 대감을 을사5적의 우두머리라고 하는데 첩이 비록 천한 기생이긴 하지만 어찌 역적의 첩이 되겠습니까?"라고 했다고 황현은 '매천야록'에 기록했으니 모두가 의로운 기생들이다.

이기대 공원길이 끝나자 광안대교가 보이는 전망 좋은 동생말에 '사진을 찍으세요' 하는 친절한 표지판이 반긴다. 해안선을 따라 바다를 가로질러 길이가 7,420m나 되는 우리나라 최장의 장엄한 광안대교를 바라보며 광안리해변을 걸어간다. 흐린 날씨에 이른 시간인데도 해수욕장에는 사람들이 분주하다. 광안어패류시장을 지나간다. 자갈치시장이 관광객들을 위한 곳이라면 이곳은 토박이들이 많이 찾는 곳이다. 수영강 하류를 따라 올라가는 민락수변공원을 지나고 민락교를 건너 마린시티를 거쳐 동백섬에 이른다. 동백과 해송 숲에 둘러싸인 동백섬을 한 바퀴 돌며 APEC하우스(누리마루)를 지나 전망대에서 잿빛 구름에 덮인 푸른 바다를 바라본다. "꽃피는 동백섬에 봄이 왔건만~~오륙도 돌아가는 연락선마다~~돌아와요 부산항에 그리운 내 형제여." 가수 조용필의 노랫가락이 귓가를 스쳐간다.

동백섬 정상의 최치원기념공원과 최치원이 직접 '海雲臺'라고 새겼다는 석각을 둘러본다. 어지러운 세상을 등지고 방랑하며 가야산으로 가던 길에 동백섬 남쪽 바닷가 벼랑 끝에 새긴 이 글씨는 천 년 세월을 지내오며 비바람에 씻겨 이제는 희미하게 남아있다.

신라의 대학자 최치원(857~?)의 자는 해운(海雲) 또는 고운(孤雲)이다. 네

살 때부터 글을 익히기 시작했고, 열 살 때 사서삼경을 통달해 감히 그를 가르칠 선생이 없었던 천재였기에 아버지는 열두 살의 어린 최치원을 당나라로 조기 유학을 보냈다. "십 년 안에 과거에 급제하지 못하면 내 아들이 아니다. 가서 힘써 공부하거라."라는 아버지의 말씀에 최치원은 유학한 지 6년 만인 열여덟 살에 당나라 빈공과에 장원급제 했다. 토황소격문 등 명문장을 남기고 헌강왕 11년(885년)인 스물여덟 살 때 신라로 금의환향했지만 골품제의 벽을 넘지 못하고 마흔두 살에 모든 관직을 버리고 방랑자가 되어 세상을 떠돌았다. 가야산 해인사에 들어가 글쓰기에 몰두하던 최치원은 어느 날 갓과 신발만 남기고 홀연히 산속으로 사라졌고, 사람들은 그가 신선이 되었다고 믿었다. 2013년 6월 박근혜 대통령의 중국 방문 시 시진핑 주석은 최치원의 시 중 '범해'의 한 구절 '푸른 바다에 배를 띄우니 긴 바람 만 리를 통하네.'를 환영사에서 인용했다. '범해(泛海 바다에 배를 띄우다)'는 바다를 소재로 한 시 가운데 우리나라에서 가장 오래 되었다.

푸른 바다에 배 띄우니
긴 바람 만 리를 통하네.
뗏목 탔던 한나라 사신 생각나고
불사약 찾던 진나라 애들도 생각나네.
해와 달은 허공 밖에 떠있고
하늘과 땅은 태극 중에 있네.
봉래산이 지척에 보이니
나는 또 신선을 찾겠네.

배를 타고 바다에 나가니 먼 나라로 가던 사신도 생각나고, 불사약을 찾아 제주도에 와서 헛되이 세월을 보낸 진시황의 사자들도 생각이 나는데, 그저 욕심 없이 금강산에 들어가 세상을 관조하는 신선이 되고 싶었던 최치원은 가야산의 신선이 되었다. 그리고 나는 해파랑길의 신선이 되어 길을 간다.

파도치는 바닷가에 인어상이 바다를 바라보고 있다. 숨겨진 달빛에 황옥을 비추며, 먼 바다 건너 고향과 가족이 그리워 황옥공주가 눈물을 흘리고 있다. 전설에 따르면 인도 아유타국의 왕이 동쪽 끝 나라에 딸의 배필이 있다는 꿈을 꿔서 허황옥을 배에 태워 보냈다. 가락국의 수로왕 또한 저 멀리서 배를 타고 배필이 오리라는 꿈을 꿨다. 그래서 수로왕이 왕비로 맞이하니 역사적인 최초의 국제결혼이었다.

인산인해를 이루는 해운대해수욕장을 지나간다. 파도와 갈매기, 수많은 모래와 사람들의 환호와 박수를 받으면서 미포에 이른다. 시작이 반! 기분 좋게 해파랑길 1코스를 마치고 '금강산도 식후경'이라 원조할매복집에서 아침 겸 점심의 시장한 배를 채운다. 먼 길을 가는 나그네가 진정한 여행의 한 계단에 올라섰다.

● 2코스

여행旅行

해파랑길 2코스는 미포에서 출발하여 문탠로드와 달맞이길, 십오굽이길을 걷고 해운대 3포인 청사포와 구덕포, 송정해변을 지나서 해동용궁사와 오랑대공원을 둘러보고 대변항에 이르는 산길과 숲길, 해안과 어촌을 번갈아 걷는 길 16.5km이다.

　'여행은 목적지로 향하는 과정이지만 그 자체로 보상이다.' (스티븐 잡스), '인간은 자신이 필요로 하는 것을 찾아 세계를 여행하고 집에 돌아와 그것을 발견한다.' (조지 무어), '진정한 여행자는 걸어서 다니는 자이며, 걸으면서도 자주 앉는다.' (콜레트), '여행은 되돌아보았을 때에만 매력적이다.' (폴 서룩스) 등 여행의 경구들은 여행의 길잡이가 되어 여행을 풍요롭게 하고 길에서 행복해지는 비결을 가르쳐준다. 인생은 죽음으로 가는 여행이지만 삶 그 자체로 보상이다. 생명(生命)은 생(生)은 명령(命令)이란 의미다. 사람은 삶을 살아야 한다. 살아야 하기에 사람이다. 살다 보면 '사람'의 받침 'ㅁ'은 세파에 연마되어 둥글게 'ㅇ'으로 변하여 '사랑'

이 된다. 삶은 사람이 사랑하며 사는 여행이다. 해와 바다와 더불어 사색하며 걷는 해파랑길은 삶을 풍요롭게 하고 사랑과 행복의 비결을 가르쳐주는 길 위의 학교다.

뜨거운 여름날 한낮의 태양이 작열한다. 미포에서 2코스를 시작한다. 미포(尾浦)는 임진왜란을 전후해서 해안 기슭에 형성된 마을로 소가 누워있는 형상의 와우산(臥牛山)의 소 꼬리 부분이다. 오륙도와 동백섬을 돌아오는 유람선 선착장이 있어, 해파랑길을 유람선에서 느껴볼 수도 있다. 유람선에서 바라보는 해운대해변과 광안대교, 광안리해변의 야경은 불야성을 이루는 이국적인 풍경으로 가히 환상적이다.

미포에서 달맞이공원으로 올라가야 하건만 시작부터 길을 잘못 들어 동해남부선 폐철로를 따라 걷는다. 청사포를 향해 걸어가며 탄성을 지른다. 바닷바람을 마시며 푸른 하늘과 푸른 바다와 어우러진 인적

없는 폐철로를 따라 기찻길을 걸으며 어릴 적 아련한 추억이 스쳐간다. 이렇게 좋은 길을 두고 달도 없는 땡볕의 한 낮에 달맞이고개를 넘도록 하다니, 하는 생각이 스쳐간다. 갈매기가 탁월한 오류를 칭찬하며 가벼이 날개짓 하며 날아간다.

철로 옆 철망에 걸려있는 현수막이 눈길을 끈다. '걸으면 행복한 기찻길을 보존해 주세요. 청사포 주민 일동'이라 쓰여 있다. 무슨 일이란 말인가. '걷고 싶다. 지금 이대로 자유를 갖고 싶다. 동해 남부선 옛 철길 상업화 저지 범시민대책위원회' , '저희는 이 길이 너무 좋아요. 제발 이 길을 없애지 마세요. 대천중학교 2학년' , '레일바이크를 만들면 시민은 출입금지 돈 내는 사람은 오락실' 등 현수막들이 줄을 이어 걸려있다. 동해남부선 폐철로를 레일바이크로 상업화하는 데 대한 주민들과 시민단체의 반대의사 표시였다. 세월호 노란리본 등 수많은 리본들이 형형색색 장식을 한다.

(사)해운대문화관광협의회에서는 위인들의 명언(名言)을 현수막으로 제작해 걸었다. '인생에는 서두르는 것 말고도 더 많은 것이 있다.' (마하트마 간디)를 시작으로 '미래는 현재 우리가 무엇을 하는가에 달려 있다.' (마하트마 간디), '영원히 살 것처럼 꿈꾸고 오늘 죽을 것처럼 살아라.' (제임스 딘), '지금 이 인생을 다시 한 번 완전히 똑같이 살아도 좋다는 마음으로 살아라.' (니체) 등 주옥같은 명언들이 천천히 가라며 발걸음을 붙잡는다.

미포, 구덕포와 더불어 해운대 3포로 불리는 청사포를 지나간다. 철로 침목에 '미포 3,600m 구송정역 1,200㎡'가 노란색으로 쓰여 있다. 구덕포가 가까워진다. 사람들로 가득한 한여름의 송정해수욕장을 지나서 죽도공원에 이른다. 죽도공원은 송정천에서 흘러내린 모래로 바다가 메워져 육지와 이어져 있지만 옛날에는 육지와 떨어진 섬이었다. 파도에 부딪혀 암벽과 암반이 기기묘묘한 형상을 이룬 죽도를 돌아보고, 정상에서 푸르고 푸른 수평선 너머 망망대해를 바라본다.

바위 끝 송일정 정자에서 시원한 바닷바람에 젖은 몸을 식히며 걸어온 길을 돌아본다. 대나무로 유명해서 옛날에는 이곳에서 나는 대나무로 화살을 만들었다는데, 지금은 대나무보다 동백나무가 더 많이 자라고 있다. 소동파(1037~1101)가 선비의 벗, 대나무를 노래한다. "식사에 고기가 없는 건 괜찮지만 / 거처에 대나무가 없어서는 안 되지 / 고기가 없으면 사람이 마르지만 / 대나무가 없으면 사람이 속되다오."

공원에서 내려와 걸으니 이내 온몸이 땀에 젖는다. 여름날에 이 무슨 고생인가. 한숨과 미소가 절로 나온다. 짬뽕을 먹으면 자장면이 그리워진다고 하던가. 한겨울의 국토종주 도보여행이 한여름의 해파랑길 도보여행을 그리워하게 해서 이루어진 고행길. 똑같이 집 나오면 개고생이지만 매서운 겨울 맛과는 달리 화끈한 여름 맛이 심신을 더욱 곤비케 한다. 그늘진 숲길을 걸어가니 어깨를 짓누르는 배낭의 무게가 서서히 다가온다. 뙤약볕의 공사판 차도를 헉헉거리며 걸어가는 발걸음이 묵직하다. 멀리 해동용궁사가 모습을 드러낸다. 우리나라 절 대부분은 깊은 산속에 자리하고 있는데 1374년 고려 공민왕 때 나옹선사가 창건한 이 절은 바닷가 바위 위에 있다. 동해의 풍광과 어우러지는 뛰

어난 경치 때문에 사계절 내내 사람들의 발길이 끊이지 않는다.

바다와 용, 관음대불이 조화를 이룬 해동용궁사에서 한 계단 한 계단 걸을 때마다 번뇌가 사라진다는 백팔계단을 오르내린다. 득남불(得男佛)인 포대화상의 코와 배는 여인들의 기원을 담아 손때와 간절함으로 반들반들하다. 하지만 아들보다는 딸이 대세인 요즘 시절에 득남불을 만지는 여인이 드물단다. '득녀불(得女佛)'은 없는가?, 생각하다가 세 아들의 아버지인 내 신세가 서글퍼(?)진다. 다윗은 "젊은 자의 자식은 장사(壯士)의 수중의 화살과 같으니, 이것이 그 전통(箭筒)에 가득한 자는 복되도다. 그 원수와 말할 때 수치를 당치 아니하리로다."라고 〈시편〉에서 노래하지 않았던가. '첫 놈은 고추, 둘째는 머스마, 셋째는 아들!'이라며 자랑하는 호기를 결코 버리고 싶지 않다. 이 세상을 다녀가는 내 존재의 흔적인 것을.

세계 최고의 부자 로스차일드 가문의 초대 마이어 암셀은 임종을 앞

두고 "너희들이 하나로 묶인 화살처럼 결속하는 한 강력할 것이다. 그러나 서로 멀어지면 부러진 화살처럼 곧바로 끝날 것이다."라는 스키타이 왕의 유언을 다섯 형제들에게 들려주었다. 세 아들이 하나로 묶인 화살처럼 결속하기를 바라는 마음이 든다. 불가에서는 '맹귀우목(盲龜遇木)의 확률'이라 하여 사람으로 태어나는 것이 하늘의 별 따기 만큼이나 어렵다고 한다. 사람의 아들로 태어나면서 나의 아들로 태어나 주었으니 얼마나 고마운가. 사람으로 태어남이 어려운데 사람으로 태어났으니 인생을 소중히 여겨야 할 것은 당연하고, 하물며 인연 중에도 부자지간의 인연이니 그보다 더 귀할 수가 없다.

허균의 '한정록'에는 "재물 모으기를 좋아하는 자손이 있다면 전장(田莊)을 마련해 주지 않는다고 하더라도 스스로 장만할 것이고, 좋아하는 자손이 없으면 비록 전장을 남겨준다고 하더라도 그것을 지키지 못할 것이다."라는 이야기가 나온다. 아들 방조명이 마약 복용 혐의로 당국에 구속돼 사형 선고를 받을지도 모를 힘든 시간을 보내고 있는 성룡은 "모두가 평등하게 살 수 있는 삶을 만들기 위해 죽을 때 나의 재산을 제로로 만들 생각이다."라고 말하며 유산을 자식에게 상속하지 않겠다는 의사를 다시 한 번 확고히 했다. 성룡은 평소에 "내 아들이 재산을 지켜낼 능력이 없다면 물려줘봐야 소용이 없고, 재산을 지켜낼 능력이 있다면 굳이 내 재산이 그에게 필요 없다."라고 말했다.

어린 시절 나는 가난했다. 그래서 원치 않는 길, 방황의 길을 가게 됐다. 그 길은 인생의 차이를 만들었고, 훗날 그 길 또한 위대한 길임을 깨달았다. 나는 세 아들에게 말하고 싶다. 인생은 결코 오르기 쉬운 계단이 아니라는 것을. 계단에는 못도 유리조각도 가시도 있고, 모퉁이도 돌고 전기불도 없는 캄캄한 곳을 올라야 한다는 것을. 하지만 어부에게는 용을 보고 두려워하지 않는 어부의 용기가 필요하고, 사냥꾼에게는 호랑이를 보고도 두려워하지 않는 사냥꾼의 용기가, 남자에게는 시련의 폭풍우가 몰아쳐도 흔들리지 않는 사나이의 용기가 필요하므로 언제나 용기를 가지고 헤쳐 나가면 인생은 살만한 무대라는 것을. 세상에 나아가면 때로는 따뜻한 햇살이 비추겠지만 세상은 눈보라 비바람 몰아치며 끊임없이 외롭고 지치게 만들고 뜻을 저버린다는 것을. 그때 가족과 집은 언제라도 돌아와 다시 세상으로 나아가기 위한 충전을 할 수 있는 안식처라는 것을.

양양의 낙산사, 남해의 보리암과 함께 3대 관음성지라고 일컬어지는 해동용궁사에서 출렁이는 파도소리를 들으며 국내 사찰들 중에 일출을 가장 먼저 볼 수 있다는 일출암, 지옥에서 고통 받는 중생들을 구제해준다는 온화한 모습의 관음보살을 둘러보고 바닷가의 멋진 풍경을 감상한다. 사람들로 발 디딜 틈 없는 해동용궁사를 벗어나 조용한 바닷가를 걸어간다.

유배 온 친구를 만나러 왔던 다섯 선비가 절경에 취하고 술에 취하고, 시에 취하고 가무에 취했다는 오랑대에서 더위에 취한 나그네가 발걸음을 멈춘다. 일출로 유명한 오랑대의 파도소리를 뒤로하고 바닷가 용왕단으로, 그리고 해송으로 둘러싸인 아늑한 해광사로 들어서서 국립수산과학원 담벼락을 끼고 돌아간다. 어느덧 해는 멀리 서산을 넘어

가고 낯선 해안을 따라 서서히 어둠이 밀려온다. 가로등에는 하나 둘 불빛이 들어온다.

어디에서 묵을까? 시원하고 고요한 길에 연한 길을 걸으며 어디엔가 기다리고 있을 잠자리가 궁금해진다. 멸치잡이로 유명한 대변항을 앞에 두고 모텔의 찬란한 불빛들이 고단한 나그네를 반긴다. 휴가철이라 비쌀 것이라는 예상과는 달리 5만원을 계산하고 들어서니 바다가 보이는 깨끗하고 넓은 방이다. 땀에 젖은 옷을 벗어놓고 찬물에 샤워를 하니 극락(極樂)이 달리 없다. 주린 배를 비비며 민생고 해결을 위해 어둡고 한적한 항구로 걸어가니 아뿔싸, 이미 식당들은 거의 문을 닫았다. 불이 켜진 횟집에 '열무국수'가 눈에 들어온다. 멸치로 유명한 대변항에서 멸치는 구경도 못하고, 식사를 하고 있던 아주머니가 반찬도 하나 없이 가져다준 열무국수로 초라하게 배를 채우고 돌아와 땀에 젖은 빨래를 한다. 피곤한 몸을 눕히니 실제인지 환청인지 알 수 없는 파도소리가 자장가처럼 밀려와 밤새 귓가에 울린다. 해파랑길의 아늑한 첫날 밤, 은빛으로 빛나는 옷을 입고 한 움큼의 꿈을 뿌리며 밤이 깊어간다.

해파랑길 종주를 마치고 10월에 다시 보름달이 뜨는 미포에 섰다. 휘영청 밝은 달을 벗 삼아 달맞이고개를 넘어 대한팔경(大韓八景)의 하나로 손꼽히는 해월정에서 보름달을 바라보고, 달맞이길 아래로 해안선 가까이 약 2.5km의 숲길을 만들어 별도의 이름을 붙인 문탠로드를 걸었다. 태양 아래 해변에 누워 햇빛에 피부를 '선탠'하듯 문탠로드는 달이 뜬 밤에 달빛으로 마음을 '문탠'하는 길이다. 문탠로드를 지나 청사포전망대에 서자 망부송의 전설이 깃든 300년 넘은 소나무 두 그루가 마을의 수호신처럼 우뚝 서 있다. 원래는 푸른 뱀이 나타난 포구를 의미하는 청사포(靑蛇浦)였는데, 누가 잘못 기록했는지 청사포(靑沙浦)로 바뀌었단다. 구덕포와 송정해변을 걸어 죽도공원의 송일정에서 밤하늘의 보름달과 바다에 비취는 달, 술잔의 달과 동행한 두 아우의 눈동자에 비친 우정의 달을 바라보며 흥취는 더해지고 밤은 깊어갔다. 해운대로 돌아오는 길, 달을 바라보며 동해남부선 폐철로를 걷고 해운대 백사장을 걷고 동백섬을 걸어 숙소에 도착하자 밤새 동행하였던 은빛 보름달은 고층 아파트 너머로 이별을 고했다. 해파랑길의 환상적인 달빛기행이었다.

형제兄弟

해파랑길 3코스는 대변항을 출발해서 봉대산 자락 길을 따라 월전항으로 넘어가서 고산 윤선도의 자취가 있는 황학대와 해파랑길에서 처음으로 만나는 내륙코스인 죽성리왜성을 지나고 기장군청, 일광해변을 거쳐 임랑해변에 이르는 길 20.2km이다.

해파랑길의 첫날밤이 지나가고 이른 새벽에 잠에서 깨어나 창문을 열고 어두운 동해바다를 바라본다. 파도소리와 함께 밀고 들어오는 바닷바람이 몸도 마음도 시원하게 한다. 인간은 무엇이며, 어디에서 와 어디로 가는가? 낯선 길 위에 서 있는 자신을 바라본다. 어디에서 왔는가보다는 어디로 가는가가 소중하기에 생의 공간을 밝고 명랑하게 지나간다. 자신을 놓아버려야 새로운 많은 것을 볼 수 있는 법, 건전하고 건강한 사랑으로 자신을 사랑하기 위해 또 하루의 길을 간다. 괴나리봇짐을 꾸리자 서서히 여명이 밝아온다. 칼라일이 "여기에 또 다른 / 희망찬 새날이 밝아온다. / 그대는 이 날을 / 헛되이 보내려 하는가?"라고 하며 '오늘'을 노래한다. 동해의 떠오르는 해를 맞이하기 위해 길을 나선다.

고요하게 잠든 대변항을 걸어 장승등대 포토존에서 오늘의 태양을 기다린다. 아침이 신선한 눈을 뜨자 푸른 바다가 출렁이며 밝은 모습을 드러낸다. 순간순간이 기적 같은 기쁨으로 다가온다. 아뿔싸! 태양은 바다가 아닌, 바다로 내리 뻗은 멀리 어사암 너머에서 떠오른다. 아쉽지만, 그 또한 장관을 연출한다.

포토존 옆에 있는 '걷고 싶은 부산갈맷길 길잡이' 표지판 앞에 선다. 항구 인근에 '흥선대원군 척화비'가 있다고 안내한다. 비문의 내용인즉 "서양의 오랑캐가 침범하였는데 싸우지 않으면 곧 화의하는 것이요, 화의를 주장함은 나라를 파는 것이다."라고 적혀 있다. 1871년 4월 한양과 전국의 중요한 곳에 세워진 척화비는 병인양요(1866년)와 신미양요(1871년)를 겪은 흥선대원군이 제국주의의 침략을 배격하고 쇄국을 강화하기 위한 결의를 나타내기 위해, 백성들에게 서양 열강의 침략에 대한 각성을 촉구하기 위해 세웠다.

바닷바람을 뒤로 하고 숲길을 넘어간다. 부드럽고 편안한 삼림욕의 정취를 느끼다가 고개 마루에서 다시 확 트인 바다를 바라본다. 고요한 달밭마을(月田) 월전항을 지나며 방파제의 붉은 사각등대를 바라보고, 풍어제 터인 두모포에서 옥에 갇힌 백성들을 풀어준 암행어사 이도재(1848~1909)를 기리는 어사암(御使巖)을 만난 뒤, 바닷가 언덕위에 세워진 아침햇살에 비친 한 폭의 그림 같은 하얀 성당을 지나간다. TV드라

마 '드림'의 오픈 세트장이었다
는 죽성리 성당이다. 아침의 태
양 아래 갯바위와 어우러진 환
상적인 성당의 아름다움에 사
랑하는 여인과 이별하듯 뒤를
돌아보고 또 돌아본다.

재빠른 아침과 발을 맞추어
쉼 없이 걸음을 재촉한다. 뜨
거운 태양이 길동무로 동행하
자고 하기 전에 한 걸음이라도
나아간다. 푸른 하늘에 흰 구
름이 부드럽고 환하게 양떼처
럼 흘러간다. 푸른 바다, 잔잔한 파도, 시원한 바람을 벗하며 걷는 두호
항 죽성리 길. 고산 윤선도(1587~1671)의 자취가 서린 황학대(黃鶴臺)에서
신발을 벗고 정자에 올라가 앉는다. 황색 바위가 길게 바다로 돌출하
여 마치 황학이 나래를 펴는 모습이다. 황학이 신선을 태우고 하늘을
날고, 이태백, 도연명 등 시인 묵객들의 발걸음이 끊이지 않았던 양자
강 하류의 '황학루'의 경치에 버금간다 하여 윤선도가 이름 지은 황학
대다. 윤선도는 6년 간의 이곳 유배지에서 황학루에 노니는 신선이 되
어 봉대산의 약초를 캐어 병마에 시달리는 고달픈 백성들의 아픔을 위
로하고 어루만져 주었다.

송강 정철, 노계 박인로와 함께 조선 3대 가사문학의 최고봉을 이루

었던 윤선도는 30세인 1616년(광해군 8년) 성균관 유생 시절에 과거시험 유출과 매관매직을 했던 이이첨, 박승종, 유희분 등 당시 집권세력의 죄상을 격렬하게 규탄하는 상소를 올렸다가 오히려 그들의 모함을 받아 함경도 경원으로 유배되고, 다시 1년 뒤 이곳 기장으로 이배되었다. 고독하고 소외된 윤선도의 '우후요(雨後謠)'가 정자 옆에서 기다린다.

　궂은 비 개단 말가 흐리던 구름 걷단 말가
　앞내의 깊은 소이 다 맑았다 하느슨다
　진실로 맑기곳 맑았으면 나의 갓끈을 씻어 오리라

흐리던 구름이 궂은비가 되어 흐린 소(沼), 곧 어지러운 조정이 되었는데 이제 임금의 총명을 가리던 구름이 걷히고 궂은비가 개어 깊은 못이 다 맑아졌다 하니, 갓끈을 씻어 매고 다시 벼슬길에 나가고 싶은 자신의 심정을 나타낸다. 나라 일을 걱정하지만 윤선도는 이곳에서 6년의 세월을 보내야만 했다. 26세에 진사에 급제하여 관직에 오른 후에 서인세력에 맞서 탄압을 받으며 20여 년의 유배생활과 19년의 은거생활을 한 윤선도, 다산 정약용의 강진 유배나 서포 김만중의 남해 유배처럼 윤선도에게 있어 유배와 은거 기간은 아이러니하게도 문학적 역량을 다지고 빼어난 작품을 세상에 남기는 계기가 되었다.

황학대에서 내려와 죽성리 마을 언덕 위의 우람한 죽성리 해송을 만난다. 수령이 300년 가까이 된 다섯 그루의 나무가 모여서 마치 한 그루의 큰 나무처럼 보이는 빼어난 수형을 지닌 노거수다. 다시 죽성리

왜성을 향한다. 임진왜란 당시 조명 연합군의 공격을 방어하고 장기간 주둔을 위해 왜장 구로다 나가마사가 지은 성이다. 임진왜란 때 고니시 유키나가는 제1군, 가토 기요마사는 제2군, 구로다 나가마사는 제3군을 이끌고 침공하였다. 7년 전쟁의 살육과 만행, 독도와 일제강점기 위안부 문제, 역사 왜곡 등 잔인함과 뉘우칠 줄 모르는 뻔뻔함이 그늘진 왜성이다.

길은 내륙으로 접어들어 봉대산 자락 숲길과 논밭길을 걷는다. 바다가 보이지 않는 길을 한참 걸으니 이것이 해파랑길인가 하는 묘한 생각이 스쳐간다. 아파트가 보이고 시내로 접어들자 길을 찾기가 어렵다. 뜨거운 햇살 아래 물어물어 위용을 자랑하는 기장군청을 지나고 꽃으로 단장한 차도를 따라 가다가 해변가 삼성대에 이른다. 고려 말 정몽주, 이색, 이숭인이 유람하였던 곳이기도 한 삼성대에서 고산 윤선도는 유배지를 찾아온 동생과 헤어지며 애틋한 마음을 담아 '증별소제(贈別少弟) 이수(二首)'를 짓는다. 첫 번째 시다.

운명이 북으로 가는 길을 가로막아
세파 따라 산다면 얼굴 붉히겠지
헤어짐을 당하여 흐르는 눈물로
네 옷자락에 뿌려져 얼룩지겠다

시에는 돈을 주고 유배를 끝낸 뒤 한양으로 같이 돌아가자는 동생의 제안을 뿌리친 강직한 선비정신이 깃들어 있다. 고산이 기장에 유배된

3년 후인 1621년 8월에 동생 윤선양이 찾아온다. 윤선양은 이복형제임에도 형을 지극히 생각했다. 윤선양은 속전(贖錢)을 제안했으나 고산은 이를 단호히 거절했다. 모처럼 함께 시간을 보내던 형제에게 야속한 이별의 시간이 다가오고, 고산은 황학대에서 이곳 삼성대까지 말을 타고 배웅했다. 만남의 기쁨은 이별의 슬픔이 되어 천 줄기 눈물로 옷자락에 얼룩진 애끓는 슬픔과 한이 된다. 두 번째 시다.

> 내 말은 재촉하고 네 말은 느릿느릿
> 이 길을 어찌 따르지 말라 할 수 있으랴
> 너무나도 무정한 짧은 가을 해는
> 이별하는 사람 위해 잠시도 머물지 않네

형제의 이별, 형제가 고향을 떠나 먼 유배지에서 나누는 이별의 정한이 얼마나 아픈지 어느 누가 쉽게 이해할 수 있겠는가. '내 말은 재촉하고 네 말은 느릿느릿' 동생을 붙잡아 두고 싶지만 무정한 가을 해는 조금도 머물러 주지 않는다. 나주 율정점에서 눈물로 헤어지는 유배길의 정약용과 정약전 형제가 스쳐간다. 나무가 한 뿌리에서 나고 본줄기를 거쳐 가지에 잎이 무성해지듯 형제도 한 뿌리에서 자라난 줄기고 가지고 잎이다. 낙엽귀근(落葉歸根), 가을이면 잎은 떨어져 뿌리로 돌아간다. 그리고 봄이 오면 다시 새롭고 싱싱한 잎으로 돌아온다.

"콩깍지를 태워 콩을 삶는다. / 콩이 가마솥 안에서 눈물 흘리네. / 본래는 같은 뿌리에서 생겨났건만 / 어찌 이리도 급하게 다려대는가"라는 조식의 '칠보시(七步詩)'에서 불화하는 형제 간 세상인심을 떠올리며 길을 간다. 시원하게 펼쳐지는 일광해변을 따라 걸어간다. 해수욕을 하기 위해 사람들이 모여든다. 풍만한 세 여인이 젖가슴을 드러내는 조각품이 있고 소설 '갯마을'이 돌에 새겨져 있는 '난계 오영수 갯마을 문학비'를 지나간다.

인적 없는 해안길을 따라가다가 바위를 돌아서자 주인 없는 천막이 바다를 향해 서 있다. 쉬어가야지 하는 순간, 해수욕의 욕심이 스쳐간다. 천막 아래에는 아이스박스가 있고 전화번호가 적혀 있다. 박스에 물건이 있다는 생각에 조심스러워진다. 하지만 주위를 둘러보니 바위에서 쳐다보는 갈매기와 흰 파도뿐, 뜨거운 태양 아래 나신을 드러내고 바다로 들어간다. 땀에 젖어 소금기 어린 몸이 바다의 소금기 어린 물을 만나 시원함이 극에 달한다. 그 뜨거웠던 태양이 차가운 물속에서 따뜻하게 느껴진다. 갈매기에게 수영을 뽐내며 물고기처럼 이리저리 헤엄친다.

천막으로 걸어 나와 해파랑길 첫 해수욕 기념으로 벗은 몸을 촬영한다. 아이스박스에 시원한 음료라도 있으면 마시고 돈을 두고 가자는 생각에 뚜껑을 열었다. 실망스럽게도 안에는 작은 그물이 초라한 모습을 하고 있다. 그때 갑자기 60대로 보이는 남자가 다가온다. 당황스러워 얼른 옷을 입는다. '여기 주인이냐?'고 물으니 미소 지으며 아니란다. 멀어지는 아저씨를 뒤로하고 길을 나선다. 시원한 것도 잠시 몸은 이내 다시 땀으로 젖는다. 아아! 여름이어라, 뜨거운 정열의 여름이어라.

　이동항을 지나서 걷고 또 걷는다. 그렇고 그런 해안길이 더 이상 새롭지 않다. 무념무상, 묵언의 발걸음으로 묵묵히 걸어간다. 신평리 소공원을 지나서 칠암항에 이른다. 야구공과 배트 그리고 글러브 형상을한 칠암항의 유명한 야구등대를 돌아보고 뜨거운 여름날의 해파랑길에서 임랑교를 건너 드디어 임랑해수욕장에 도착했다.

　'점심 식사를 하고 낮잠을 자면서 2~3시간 쉬어가리라' 생각하고 해변가 음식점 평상에 자리를 잡았다. 부산 오륙도공원에서 어제부터 걸어왔다는 이야기를 들은 식당 아주머니는 고맙게도 야외 샤워장에서샤워부터 하라고 수건을 내민다. '신선이 살아야 명산이라(有仙名山)' 했던가. 동해의 바닷바람이 불어오는 임랑해수욕장의 그늘진 평상에 누우니 용왕이 따로 없고 신선이 따로 없고 명해(名海)가 따로 없다. 포만감이 밀려오고 눈꺼풀이 내려앉으며 절로 단잠에 빠져든다.

소망 所望

해파랑길 4코스는 임랑해변을 출발하여 고리원자력발전소를 피해 우회하는 내륙길로, 부산에서 울산으로 넘어가다가 신리에서 해안길로 접어들어 한반도에서 일출을 가장 먼저 보는 간절곶을 지나서 솔개해수욕장을 거쳐 진하해변에 이르는 길 19.7km이다.

한낮의 휴식을 즐긴 오후 3시, 햇살에 눈이 부시도록 반짝이는 임랑해수욕장을 나선다. 아름다운 송림(松林)의 '림(林)'과 달빛에 반짝이는 은빛 파랑(波浪)의 '랑(浪)' 자를 따서 '임랑(林浪)'이라 부르며 '기장팔경'의 하나로 꼽는 임랑해수욕장이다. 기장의 옛 이름인 차성을 노래한 작자 미상의 '차성가'에는 '도화수(桃花水) 뛰는 궐어(쏘가리) 임랑천에 천렵하고, 동산 위에 달이 떴으니 월호(月湖)에 선유(船遊)한다'라 하여 임랑의 자연경관을 예찬했다. 임랑해수욕장을 벗어나 호젓한 시골길에서 월내역을 만난다. 기차 역사에 들어가 잠시 고향역의 추억에 젖는다. 길은 다시 두 번째 내륙길로 고리원자력발전소를 피해 가는 우회로로 접어든다.

동해남부선 기찻길을 따라 가까이서, 멀리서 걸어간다. 먼 후일 어느 날엔가 공사 중인 동해중부선, 시작도 하지 않은 동해북부선이 완공되면 해파랑길은 철마를 타고 금강산을 지나서 두만강에 이르는, 동해안을 달려가는 멋스런 여행길이 될 수도 있겠다는 상상이 스쳐간다. '울산광역시 울주군 서생면' 안내판이 부산광역시 기장군 장안읍을 벗어나서 울산으로 들어간다는 사실을 가르쳐준다.

내륙길 끝머리에서 신리삼거리를 지나 신리마을에 이르자 바다 물결이 출렁이는 조그마한 항구, 신암항이 모습을 드러낸다. 신암 삼거리와 서생면사무소를 지나고 서생중학교 나무 그늘에서 달콤한 휴식을 갖는다. 멀리 가려면 쉬어가라 하지 않던가. 우생마사(牛生馬死)라, 말은 죽고 소는 산다. 같은 초식동물이지만 소는 느리고 말은 빠르다. 큰물에 떠내려가는 소는 흐르는 물에 자신을 맡기고 흘러흘러 가서 살아남지만, 성미 급한 말은 성질대로 헤엄치다가 힘이 빠져 죽고 만다. '강한 자가 살아남는 것이 아니라 살아남는 자가 강한자다'라고 징기스칸이 속삭인다. 뜨거운 여름날, 느릿느릿 우보(牛步)를 내딛으며 마을길을 지나서 다시 해안길을 걷는다.

해안길을 나 홀로 걸어가는 즐거움을 만끽한다. 아마도 홀로 걷지 않았다면 느낄 수 없는 즐거움, 혼자 있다는 건 세상을 다른 각도로 바라보고 깨달을 수 있는 기회가 된다. 당국자미(當局者迷)요, 방관자명(傍觀者明)이다. 인생에 있어 가장 큰 괴로움은 '결핍'이고, 그 결핍은 에너지로 승화되어 성취감을 준다. 반대로 결핍에게 끌려가게 되면 삶은 비관적으로 흘러간다. 헬렌 켈러는 "비관주의자 중에 인생의 비밀을 발견하거

나 지도에 없는 땅으로 항해하거나 영혼을 위한 새로운 천국을 열어준 사람은 없다."라고 말한다. 홀로 가는 길은 결핍을 에너지로 승화시키는 무대다.

홀로 있는 시간이면 진정 자신을 만나고, 자신의 간절한 소망을 만나고, 이를 이루기 위해 가야 할 길을 만나게 된다.

나사해수욕장 방파제를 지나서 커브길을 돌자 '길을 걸으면 만난다! 간절히 원하면 이루어진다!'라고 쓰인 '간절곶 소망길' 표지판이 기다린다. 진하 명선교에서 시작하여 남쪽 해안 따라 신암항까지 10km 길이란다. 용광로 같던 한낮의 태양이 서서히 식어가고 끝없이 펼쳐진 수평선과 파란 하늘이 경계를 잃어버리고 하나가 되는 아름다운 절경에 매혹되어 간절곶 소망길을 걸어간다. 길가 휴게소 데크에 앉아 팥빙수로 오장육부를 식히며 눈부시게 펼쳐지는 파란 하늘, 파란 바다를 응시한다.

우주에서 바라보는 지구는 바다가 있어 파랗다. 빛이 사물에 닿았을 때 발생하는 파장의 길이는 각각 다르며, 사람의 눈에는 파장이 길수록 붉게 보이고 짧을수록 파랗게 보인다. 바닷물에는 소금, 미네랄 등 다양한 물질의 입자가 많아서 바다로 들어간 빛은 부서지고 깨지면서 파장이 짧아진다. 바다는 실제 무색투명하지만 그런 짧은 파장으로 가득하기 때문에 파랗게 보인다. 마찬가지로 하늘이 파란 것은 가시광선이 공기 중에 있는 질소, 산소, 먼지 등과 부딪히면서 일어나는 빛의 산란 현상 때문에 짧은 파장의 푸른빛을 내기 때문이다. 가을 하늘이 유난히 높고 푸르게 보이는 것은 공기 중 습도가 낮아져 건조해지므로 다른 계절에 비해 공기 중 수증기나 작은 물방울이 적어서 그렇다.

바다는 모두 지구가 토해낸 물이다. 지구의 생성에는 약 46억 년 전 작은 혹성끼리 충돌해서 탄생했다는 설이 가장 유력하다. 충돌할 때 발생한 열 때문에 광물이 모두 녹아버려서 처음에는 끈끈했던 지구가 차갑게 식으면서 그 끈끈한 물체에 있던 수증기 성분이 지구 표면에 모이기 시작했다. 그리고 커다란 물웅덩이인 원시해양이 탄생했고, 오랜 시간에 걸쳐 지금과 같은 넓은 바다가 형성되었다. 지금 이 순간에도 바다 깊은 곳 '해령(海嶺)'이라는 해저산맥 여기저기에서는 뜨거운 물이 분출되어 바닷물의 양이 조금씩 증가하고 있다고 해양학자들은 말한다.

간절곶은 우리나라는 물론 동북아시아 대륙에서 해가 가장 먼저 뜨는 곳이다. 호미곶보다는 1분, 정동진보다는 5분 먼저 떠오른다. 우리나라 지도상으로는 포항의 호미곶이 가장 동쪽으로 튀어나와 있지만

지구의 자전축이 약간 기울어져 있어, 해가 정동쪽이 아니라 남동쪽에서 떠오르기 때문에 실제로 해가 가장 먼저 뜨는 곳은 호미곶이 아닌 간절곶이다.

어부들이 바다 멀리서 바라보면 이 지역이 긴 간짓대(대나무 장대)처럼 보여서 간절끝이라 불렀고, 그 발음이 한자로 표기되는 과정에서 간절곶이 되었다고 전한다.

바다로 돌출한 육지라는 뜻의 '곶'이 '간절'을 만난 간절곶은 간절한 사람들이 간절한 소망을 기원하며 걷는 간절곶 소망길을 만들었고, 새해 해맞이 때는 간절한 소망을 담은 수많은 관광객들이 간절하게 찾아드는 명소가 되었다.

파울로 코엘료는 '연금술사'에서 "자네가 무언가를 간절히 원할 때 우주는 자네의 소망이 실현되도록 도와준다네."라고 말한다. 안톤 체홉은 "인간은 스스로 믿는 대로 된다"고 말한다. 원하는 것을 이루고

자 한다면 좋은 기운을 계속해서 유지해야 한다. 긍정은 또 다른 긍정을 끌어들여 기대 이상의 결과를 만들어 낸다는 믿음을 가지고 원하는 것을 간절히 소망해야 한다. 진정 갈망해야 하는 건 무엇일까. 그것은 평화와 자유가 아닐까. 감사하는 마음으로 인생 그 자체의 본연을 추구하는 순례자가 되어 자족의 길을 간다.

곶 한 가운데에는 바다를 등지고 대형 우체통이 서있다. '소망우체통'이다. 그 이름에서, 소망을 비는 간절한 사연을 담아 전하면 이루어진다는 의미를 느낀다. '남울산우체국에서 정기적으로 수거, 일반 우편처럼 정상 배달합니다'라는 문구와 '담배꽁초나 빈 병을 버리지 말아 달라'는 당부도 있다. 바다를 바라보는 세 모녀 동상이 간절하고 애타게 왜국으로 건너간 신라의 충신 박제상을 기다리며 안타까움을 더한다. 언덕 위의 간절곶등대를 둘러보고 길을 나서자 '드라마하우스'라는 흰색의 서양식 건물이 이색적이다. TV드라마 '메이퀸', '욕망의 불꽃'에서 주인공들의 저택이나 별장으로 사용된 곳으로 지금은 레스토랑이다. '김상희의 울산큰애기 노래비'가 "내 이름은 경상도 울산 큰 애기 상냥하고 복스런 울산 큰 애기~" 하고 흥얼거리며 노래한다.

솔개해수욕장을 지나면서 어둠이 밀려온다. 발걸음을 재촉한다. 진하해수욕장에 들어서자 찬란한 불빛에 시끌벅적 사람들이 붐비고 요란스럽다. 어젯밤과는 확연히 다른 모습이다. 해변에서 제일 큰 모텔에 들어섰다. 지친 몸을 위로하고 내일을 위하여 잠자리는 편하게 갖자는 생각에서다. 숙박비가 15만 원이란다. 휴가철이라 당연히 비쌀 것이라

생각은 했지만 심하다는 생각이 들었다. '혼자 여행하는 여행객이며 새
벽에 일찍 출발할 건데 할인할 수 없는지'를 묻자, 프런트의 젊은 친구
는 고민하는 모습을 보이다가 대뜸 10만 원을 깎아서 5만 원이라고 한
다. 말 한마디에 천 냥 빚을 갚는 다지만 말 한 마디에 이럴 수가! 평소
아쉬운 소리 못하는 편인데 기분이 좋았다. 핸드폰 충전기와 에어컨의
리모컨을 주면서 다른 손님에게는 보증금을 받는데 그냥 빌려드릴 테
니 꼭 반납해달라고 한다. 여행자에게 베푸는 선심이랄까, 이색적인 풍

경이었지만 손님들이 만든 문화라 생각하고 방으로 올라갔다.

열심히 씻고 빨래하고 식당으로 갔다. 물회에 맥주 한 병, 오늘의 만찬이었다. 그리고 해파랑길이 끝나는 날까지 가장 많이 먹었던 식사메뉴는 물회였다. 바쁜 어부들이 방금 잡은 생선을 배에서 바로 잘라 초고추장에 비벼먹던 음식이 물회다. 비린내가 심하거나 살이 무른 생선을 빼면 거의 모든 생선을 물회로 먹을 수 있다. 땀을 뻘뻘 흘리고 난 뒤 얼음을 곁들인 물회 한 그릇이면 뱃속까지 시원해지는 물회와의 인연은 그렇게 시작되었다.

불빛 찬란한 해안가를 천천히 거닌다. 시커멓게 변해버린 바다에서 시원한 바람이 불어오고 시커먼 하늘에는 보석들이 반짝인다. 수많은 별들이 누군가의 소망을 안고 길을 인도한다. 불야성 아래 오고가는 사람들의 와자지껄하는 소리가 들려오지만 사람들 틈에 낄 수도, 바다에 들어갈 수도 없는 경계인이 되어 사색의 길을 걷는다. 한 곳에 머물지 않고 많은 곳을 집 삼아 떠돌아다니며 방랑의 노래를 부르는 나그네의 먼 여정에서 또 하루의 삶이 지나간다. '신은 사랑하는 자에게 잠을 준다.' 하였기에 남은 평생을 매순간 오늘 느끼는 감동으로 살고 싶다는 소망으로 안온한 단꿈을 청한다.

2. 울산 구간

　울산은 한반도 동남단에 있는 항구도시로 가장 대표적인 공업도시다. 특히 주변 동해안과 내륙에는 천혜의 자연경관이 있는 관광도시이기도 하다. 삼한시대 진한의 굴아화촌으로 불리다가 삼국시대에는 신라의 중심지를 이루었다. 바다와 접해 있고 지리적으로 일본과 가까워 고려 후기 잦은 왜구의 침입으로 피해가 막심하였다. 울산(蔚山)이란 이름은 조선 태종 때인 1413년에 울주(蔚州)에서 개칭하면서 역사상 처음 등장하였으며, 산업 발달의 영향으로 인구가 급증하여 1997년 광역시로 승격되었다. 특별시와 광역시 중 관할 면적은 가장 넓지만 인구는 가장 적어 인구 밀도가 가장 낮으며, 광역시 중 유일하게 지하철이 없다. 2012년 기준 1인당 지역내총생산(GRDP)은 56,169달러이고, 대한민국 총 수출의 17.7%를 차지한다. 울산의 시목은 대나무, 시화는 장미, 시조는 백로다. 태화강대공원에는 십리대숲이 있고, 울산대공원에서는 해마다 장미축제를 연다. 울산은 우리나라 최대의 백로 서식지이자 도시 내 번식처다.

해파랑길 2구간인 울산 구간은 진하해변에서 정자항까지 5코스~9코스 82.8km이다. 5코스는 화학공장이 모여 있는 온산공단을 피해 내륙으로 우회하는 길이며, 오랜 전통이 서린 외고산 옹기마을을 지나 덕하역에서 마무리한다. 6코스는 솔마루길을 걷는 코스다. 선암호수공원과 울산대공원을 지나며 함월산, 신선산, 삼호산을 하루에 넘어 태화강전망대에 이르는 짜릿한 강행군이다. 7코스는 울산이 자랑하는 십리대숲을 끼고 동해로 흘러가는 태화강을 따라 내륙에서 울산만으로 내려가서 염포삼거리에 이르는 강변길이다. 8코스는 염포산 숲길을 지나 방어진항과 슬도, 그리고 너븐개몽돌해안과 대왕암공원을 지나서 일산해변까지 가는 길이다. 9코스는 울산을 대표하는 브랜드 기업 '현대'의 위용을 만나고, 봉대산 주전봉수대와 주전몽돌해안을 지나서 우가산에서 땀을 흘리고 정자항에 이르는 길이다.

울산의 명품 산책로인 '솔마루길'은 소나무가 울창한 산등성이를 연결하는 등산로라는 의미이며, 솔마루길의 상징은 소나무다. 산과 산, 산과 강, 사람과 자연을 이어주는 울산의 생태통로 솔마루길은 선암호수공원에서 시작하여 신선산, 울산대공원, 문수국제양궁장, 삼호산, 남산, 태화강 둔치까지 연결되는 총 24km의 도심 순환 산책로다. 울산광역시는 해마다 솔마루길을 널리 알리기 위해 솔마루길에서 한여름밤 무더위를 날려버릴 '솔마루길 콘서트'를 개최한다. 해파랑길 울산구간 6코스는 온전히 솔마루길을 따라가며 눈과 서리를 모르는 소나무의 푸른 기상을 맛보면 된다.

5코스 ~ 9코스 82.8km

정자항

주전해변

울산공항

무룡산

태화강
전망대

고래전망대

번영교

07

주전봉수대

울산시청

울산대공원

울산항

08

현대예술공원

선암호수공원

성내삼거리

선암호수공원

09 일산해변

06 덕하역

대왕암공원

문현삼거리

회야호

방어진항

옹기문화관

온산항

온양읍소재지

봉화산

05 진하해변

일출日出

해파랑길 5코스는 진하해변에서 시작하여 내륙으로 회야강과 남창천을 따라 올라가다가 온양읍에서 외고산 옹기마을을 거쳐 동해남부선 철로를 만나고, 강과 하천과 옹기마을과 정겨운 기찻길을 번갈아 느끼며 덕하역에 이르는 18.0km 길이다.

 오스카 와일드는 "영혼만이 감각을 치유할 수 있듯이 감각만이 영혼을 치유할 수 있다."고 말한다. 사람마다 DNA가 다르듯이 향기도 모두 다르다. 나폴레옹은 아내 조세핀에게 "3일 후에 집에 도착할 예정이며 그대의 천연 향기를 맡고 싶으니 목욕하지 말라."고 했다. 하나님은 모세에게 "향기의 제단을 만들고 기도할 때 감미로운 향기를 피우라."고 지시했다. 영국의 사상가 존 러스킨은 "이 세상에서 인간의 위대한 행위는 보는 것이다. 선명하게 본 광경은 시이자 예언이자 종교다."라고 말했다. 헬렌 켈러는 '3일 동안만 볼 수 있다면'이란 수필에서 적는다.

내가 3일 동안만 볼 수 있다면,

첫째 날에는 친절과 겸손과 우정으로 내 삶을 가치 있게 만들어준 사람들을 보고 싶다. 손으로 만져보는 것이 아니라 친구들의 내면적인 천성까지도 몇 시간이고 물끄러미 바라보면서 내 마음 속 깊이 간직하겠다. 오후가 되면 오랫동안 숲속을 산책하면서 바람에 나풀거리는 아름다운 나뭇잎과 들꽃들 그리고 석양에 빛나는 노을을 보고 싶다. 그리고 감사의 기도를 하고 싶다. 둘째 날은 새벽에 일찍 일어나서 밤이 낮으로 바뀌는 가슴 떨리는 기적을 보고 싶다. (중략) 마지막 셋째 날에는 많은 사람들이 일하며 살아가는 모습을 보기 위해 아침 일찍 큰길에 나가 오가는 사람들의 얼굴 표정을 보고 싶다. (중략) 그리고 어느덧 저녁이 되면 네온사인이 반짝이는 쇼윈도에 진열되어 있는 아름다운 물건들을 보면서 집으로 돌아와 나를 이 사흘 동안만이라도 볼 수 있게 해주신 하나님께 감사의 기도를 드리고 영원히 암흑의 세계로 돌아가겠다.

어두운 새벽 일출을 보기 위해 해변으로 나간다. 하늘이 바다와 입을 맞추는 여명의 아침, 온 세상에 붉은 기운이 서린다. 울긋불긋 수평선 위에 새벽노을이 물들면서 서서히 붉은 알이 탄생한다. 붉은 물결 위로 쟁반 같은 것이 치밀어 오른다. 마침내 바다가 알 하나를 낳아 부화했다. 솟아오른 아침 해가 반짝이며 인사를 한다.

"좋은 아침!"

세상을 밝히는 위대한 태양이 떠오르자 장난기 있는 갈매기가 조명에 맞춰 춤을 추며 날아간다. 태양빛에 검어진 고깃배가 신이 난 듯 조화를 이루며 좌에서 우로, 우에서 좌로 달려간다. 한 폭의 그림 같은 눈부시고 장엄한 광경을 넋을 잃고 바라본다. '새벽에 일찍 일어나서 밤이 낮으로 바뀌는 가슴 떨리는 기적을 보고 싶어 했던', '사흘 동안만이라도 볼 수 있게 해주신 하나님께 감사의 기도를 드리고 영원히 암흑의 세계로 돌아가겠다.'는 헬렌 켈러의 기도를 생각하며, 볼 수 있고 들을 수 있고 맡을 수 있고 느낄 수 있는 감각과 영혼이 있음에 새삼 감사한다.

스스로 빛나는 별, 태양이 온 세상을 밝힌다. 50억 년 전에 태어나 쉬지 않고 돌아가며 온 누리를 비추고 삼라만상에 빛과 생명을 주는 태양은 '해가 뜨면 먼지도 빛난다.'는 괴테의 말처럼 만물을 빛나게 한다. 빛의 화신(化神)이요 열의 상징인 태양으로 인해 바닷물도 빛이 나고, 노을도 빛이 나고, 달도 빛이 나고, 영혼도 빛이 나고, 삶도 빛이 난다. 해파랑길에서 태양이 연출하는 아름다운 일출과 장엄한 낙조를 얼마나 자주 볼 수 있을까, 희망에 부푼다.

하늘 길을 떠나는 태양의 붉은 빛깔이 차츰 차츰 하얗게 변하고 모여든 사람들도 하나 둘 일상으로 돌아간다. 해파랑길을 무사히 마칠 수 있도록 기원한 나그네도 진하해변을 뒤로하고 길을 간다. 고요한 아침의 바다에 파도가 밀려온다. 세상에서 가장 낮은 물은 '바다'이다. 낮기 때문에 바다는 모든 물을 다 받아들인다. 모든 물을 '받아들이기에' 그 이름도 '바다'이다. 큰 강이든 작은 실개천이든, 맑은 물이든 흐린 물이든 가리지 않고 다 받아들임으로써 그 큼을 이룩한다. 바다가 모든 강의 으뜸이 될 수 있는 까닭은 자신을 더 낮추기 때문이다. 그렇기에

빛의 화신인 태양을 부화할 자격을 가진다. 해파랑길은 태양과 함께 바다로 가는 여행이다. 낮은 곳에 위치하여 모든 물을 포용하는 바다로 가는 상선약수(上善若水)의 겸손한 여행이다.

바다를 가로지르는 길이 145m, 높이 17.5m의 웅장한 명선교를 바라보며 해파랑길의 찬가를 부른다. 명선교 아래를 지나가서 뒤를 돌아본다. 다리 위에 걸린 아침의 태양과 웅장한 명선교의 만남이 조화롭고 신비롭다.

진하해변으로 흘러드는 회야강을 하류에서 상류로 거슬러 올라간다. 앞으로 50km 정도는 바다를 볼 수 없는 내륙길이다. 양산의 무지개폭포에서 발원하여 온산읍, 서생면을 거쳐 동해로 흘러드는 회야강을 거슬러 올라가자마자 서생교가 나타난다. 회야강을 오른쪽에 두고 곧게 뻗은 논과 들판이 이어져 있는 둑길이다. 울산의 화학공장들이 모여 있는 온산공단을 피해 가기 위해 내륙으로 접어든 해파랑길이다.

진하해변에서 해안길로 가게 되면 온산항을 지나 처용암에서 신라 처용의 전설을 만나게 된다. 울주군 온산읍 처용리는 아내의 부정 앞에서도 춤을 추고 노래했던 달관한 처용의 혼백이 떠도는 '삼국유사' 처용설화의 본고장이다.

서울 밝은 달에 밤들이 노니다가
들어와 잠자리를 보니 가랑이가 넷이로다.
둘은 나의 것이었고 둘은 누구의 것인가?
본디 내 것이지마는 빼앗긴 것을 어찌하리오.

동해 용의 아들인 처용이 '처용가'를 부르며 물러나자 아내를 범한 역신이 처용 앞에 꿇어 앉아, "내가 공의 아내를 사모하여 지금 범하였는데도 공은 노여움을 나타내지 않으니 감동하여 아름답게 여기는 바입니다. 맹세코 지금 이후부터는 공의 형상을 그린 것만 보아도 그 문에 들어가지 않겠습니다."라고 했다. 그 후 사람들은 역병을 물리치기 위해 처용의 얼굴을 그린 그림이나 조각상, 탈 등을 문에 걸어두었으니, 이것이 전염병을 막는 부적의 시초라 전한다.

해파랑길 인근의 왼쪽 야산 기슭에는 얼마 전 다녀간 서생포왜성이 있다. 초등학교 교장선생님으로 정년퇴직한 고우신 문화예술사(그 분에게 나는 첫 손님이었다)의 설명을 들으며 왜성을 둘러보았다. 서생포왜성은 울주군 서생면 서생리에 있는 일본식 성곽으로 임진왜란이 일어난 다음 해인 1593년 가토 기요마사에 의해 축성되었다. 산의 정상부에서 아래로 성을 겹으로 두르고, 성벽은 기울기를 많이 가지는 특징이 있는 16세기 말의 전형적인 일본식 성이다. 1594년에는 평화교섭이 활발히 진전되어 사명대사와 가토 기요마사가 서생포왜성에서 회담하였다. 정유재란 당시인 1598년 5월 22일 구로다 나가마사가 도요토미 히데요시의 명령에 의해 서생포왜성의 수비담당자가 되었으나, 같은 해 8월 18일 도요토미 히데요시의 사망으로 성을 비우고 일본으로 탈출했다. 왜적과 싸우다 죽은 53명의 충신들을 위해 창표당(蒼表堂)을 세웠으나 일제 강점기에 파괴되어 지금은 흔적도 없다. 순천왜성 등 임진왜란으로 남겨진 여러 왜성을 다녀보았지만 서생포왜성이 가장 잘 보존되어 있었다. 무고한 백성들이 왜군들에게 처참하게 살육당하고 짓밟힌 상처를 간직한 채.

회야강을 따라 걷는 강둑길에 시원한 바람이 불어온다. '국토종주 동해안자전거길' 안내판이 도보 여행자를 안내한다. 지난해 새해 벽두 한파주의보 속에서 강행한 '4대강 자전거 국토종주' 997km의 추억이 밀려온다. 그 '여행기'가 '2014 세종도서 우수도서'에 선정되었으니 가문의 영광(?)이었다. 평화롭기 그지없는 한적한 시골 들판의 아침, 걷는 사람도 자전거를 타는 사람도 없다. 회야강을 따라가던 길은 풀숲이 우거진 남창천으로 길을 바꾼다. 공사판이 되어버린 둑길을 따라가건만 아무런 표지판이 없어 길이 맞는지 틀리는지 알 수가 없다. 연말에 완성이 된다는 해파랑길을 미리 나섰으니 길을 잃어도 누구를 원망할 수도 없다. 태양은 서서히 뜨겁게 달궈지고, 그늘하나 없는 공사판을 벗어나 제방길, 논둑 밭둑길을 걸으니 남창중학교가 보인다. 길을 찾았다는 안도의 숨을 몰아쉬며 키가 큰 풀잎 그늘 아래 잠시 배낭을 벗는다. 밤새 얼려둔 시원한 얼음물이 목젖을 타고 흘러내린다. 고진감래의 짜릿한 생명수다.

남창중학교를 지나서 굴다리 밑으로 어렵게 길을 찾아 외고산 옹기마을을 향한다. 동해남부선 기찻길 옆이라 열차가 소리 내어 지나간다. 전통 민속촌 같은 외고산 옹기마을에 도착해서 나무 그늘 아래 자리 잡고 앉아 신발을 벗는다. 돌 의자에 누워 고단한 자가 누리는 휴식의 맛을 즐기며 하늘을 쳐다본다. 옹기마을에 오니 옛 생각이 떠오른다. 어릴 적 5일장이 서는 시골장터 집 마당가에는 장사꾼이 두고 가는 옹기들이 항상 널려 있었다. 그 마당의 평상에 누워 밤하늘을 쳐다보곤 했었다. 장날이면 아버지의 뒤를 따라다니며 용돈을 졸라대던 일, 국밥과 막걸리를 팔던 어머니의 심부름을 했던 분주함, 장날 늦은 오후의 술 취한 노랫가락, 북새통 뒤의 저녁 고요한 풍경이 아련히 다가온다.

마을 전체가 장독대인 옹기길을 따라가니 옹기가마가 보이고 길가 담벼락 위에도 밑에도, 집집마다 앞뜰에도 뒤뜰에도 온통 장독들과 질그릇 천지다. 1957년 영덕 오천리에서 옹기점을 하던 허덕만 씨가 이주해 오면서 옹기를 굽기 시작해 차츰 형성된 외고산 옹기마을은 국내에서 가장 질 좋은 백토가 생산되는 마을이라 한다. 옹기에 사연을 담은 벽화, 흙으로 빚은 황소를 타고 있는 아이들의 조형물, 옹기를 지게에

지고 팔러 다니는 장사꾼의 모습 등등이 아름답게 펼쳐진다. 울산광역
시는 이곳을 옹기체험마을로 지정하고 옹기박물관, 옹기회관, 옹기전시
관, 상설판매장, 체험실습장, 옹기아카데미를 세우고 10월이면 국내에서
유일한 옹기축제를 연다.

　마을 끝자락 커다란 옹기 형상을 한 해우소에서 나그네의 근심걱정

을 덜어버리고 외고산 옹기마을을 벗어나 숲속으로 들어선다. 이정표가 없어 길을 찾기가 쉽지 않아 헤매다가 간신히 차도를 찾아 나온다. 동해남부선 기찻길과 나란히, 다시 떨어졌다가를 반복하는 차도를 따라 한낮의 열기로 달궈진 아스팔트길을 걷다가, 산속에서 또 다시 길을 잃고 이리저리 헤매다가 드디어 우여곡절 끝에 청량면 덕하리에 도착한다. '21세기로 넘어오다가 갑자기 멈춰버린 듯한 거리 모습이 이색적인 곳'이라는 해파랑길 안내문이 길을 막는다. 오래전 시골 장터의 분위를 아직도 간직한 덕하재래시장을 지나서 덕하역 앞에서 걸음을 멈춘다.

붐비는 백반집에서 막걸리를 곁들여 민생고를 해결하고 면사무소 야외 그늘에서 쉬다가 다시 덕하역을 향한다. 열차 손님인양 역 대합실에서 느긋하게 한 숨 자고 가자는 생각이었건만 동대구역으로 가는 기차가 곧 있다는 열차시각표가 '오랜만에 기차도 타 볼 겸 집으로 가라'고 유혹한다. 동대구역 옆에는 고속버스터미널이 있으니 분당으로 가는 길이 불편하지 않다며 자꾸만 자신과의 타협을 시도한다. '그래, 집에 갔다가 다시 오자! 더위 먹으면 안 되니까 쉴 겸 다녀오자!' 하며 결국 발걸음은 매표소로 향한다. 정겨운 시골 덕하역 플랫홈에서 무궁화호 열차를 타고, 동대구버스터미널에서 버스를 타고 도착한 천당 밑의 분당에서 그날 밤 단잠을 이루었다.

●6코스

방랑放浪

해파랑길 6코스는 덕하역에서 출발하여 함월산과 선암호수공원을 지나고 솔마루길 신선산코스와 대공원코스를 거쳐 산길을 오르내리며 삼호산코스의 고래전망대에서 십리대숲이 우거진 태화강대공원을 내려다보며 하산하는 길 15.7km이다.

　"지금은 다만 천애(天涯)의 재물이라곤 몸뚱이 하나밖에 없네. 심신의 무거운 노고 없이 경쾌한 오늘날, 인생의 낙은 내가 살아가는 동안 계속되지 않겠는가. 대충 옷 한 벌로 차려입고 가고 싶은 데 가고, 자고 싶은 데서 자며, 묻지도 말고, 울지도 말고, 허탄해하지도 말며 묵묵히 길을 나서 다시 걸어가느니, 여행이란 결국 눈을 열고, 눈으로 보는 마음을 열고, 마음으로 느끼며 영혼의 소리를 듣는 것, 마음과 영혼 속에 있는 모든 것을 비우고 길을 떠났을 때 진정 새롭고 신선한 것으로 채울 수 있다. 방랑의 목적은 결국 도를 배우는 것, 방랑이 깊어 갈수록 도는 더욱 깊어 가며 삶을 풍요롭게 한다."라고 중국의 명료자는 말한다. 스스로를 운수야인이라며 풍찬노숙 하던 명료자는 '방랑의 뜻은 결국 단순한 떠돌이가 아니라 도를 배우려함에 있다' , '행복을 얻는 비결은 즐거움을 끝까지 추구하지 않고 알맞게 그칠 줄 아는 것'이라고 말한다.

다시 방랑의 길을 가기 위해 이른 아침, 분당터미널에서 울산으로 가는 버스에 몸을 싣는다. 울산터미널에 내려 택시를 타고 덕하역으로 이동하여 그때 그 식당에서 다시 그 식사를 하고 신선한 발걸음으로 해파랑길의 여정을 시작한다.

덕하역에서 만난 젊은 여행자들에게 해파랑길 이야기를 전해주고, 이 정표 왼쪽으로 나 있는 굴다리를 지나 마을 숲길을 걷는다. 함월산(해발 122m)으로 올라가는 산길로 들어서자 '솔마루하늘길 7.7km, 선암호수공원 2.3km'라는 해파랑길 안내판이 반갑게 맞아준다. 이정표를 따라 편안한 숲길을 걷다보니 어느덧 선암저수지에 도착한다. '아름다운 선암호수공원에서 만나는 테마쉼터, 산책과 쉼을 즐기고, 기도를 드릴 수 있는 세계에서 가장 작은 교회, 성당, 사찰이 있습니다.'라는 안내판에 호수교회, 안민사, 성베드로 기도방 약도가 표시되어 있다. 종교전쟁이 없는 종교백화점, 종교천국 대한민국의 한 단면이다. "하나님! 부처님! 성모 마리아님! 해파랑길 잘 마치게 하소서!"라며 기도하고 길을 간다.

호수 주변을 따라 정자와 벤치, 아기자기한 조형물과 나무 데크 산책로가 아늑하게 잘 조성되어 있어 평일인데도 여유를 즐기는 사람들이 꽤 많다. 드넓은 호수공원에 신선산(神仙山)으로 가는 길을 알 수 없어 '해파랑길가게'라는 표식이 붙은 가게에 들어가서 물어본다. 신선들이 내려와 놀았다는 데서 이름이 유래하는 신선산을 올라가며 나 자신 또한 신선이 된다. 박지원은 '김신선전'에서 "선(仙)이란 산에 살고 있는 사람이야! 산 속으로 들어가는 게 곧 선이야"라고 하지 않았던가. 이덕무는 '청장관전서'에서 "신선은 별다른 사람이 아니다. 마음속에 한 점의 누도 없어 도가 이미 원숙한 지경에 이르고 금단술(金丹術)이 거의 이루어졌을 때를 말한다. 만약 내 마음에 잠깐이라도 누가 없으면 이는 잠깐 동안 신선이 된 것이고, 반나절 동안 누가 없으면 반나절 동안 신선이 되는 것이다. 나는 비록 오랫동안 신선이 되지는 못하지만 하루에 두세 번쯤은 신선이 된다. 세상을 발밑에 두고도 하늘 높이 날아오르는 신선이 되려 하는 사람은 일생 동안 한 번도 될 수 없을 것이다."라고 한다.

그리고 "눈 오는 밤이나 비 오는 밤에 다정한 친구가 오지 않으니, 누구와 얘기를 나눌까? 시험 삼아 내 입으로 글을 읽으니 듣는 것은 나의 귀요, 내 손으로 글씨를 쓰니 구경하는 것은 나의 눈이었다. 내가 나를 친구로 삼았으니 다시 무슨 원망이 있으랴?"라고 한다. 내가 나를 친구로 삼아 신선산에서 세상을 발밑에 둔 신선이 되어 해파랑길을 노닐며 눈 아래 펼쳐지는 울산 시가지를 구경한다. 곳곳에 의자와 운동 기구, 식수와 정자 등 각종 편의시설이 갖춰져 부자 도시 울산을 실감케 한다.

신선산을 내려와 울산대공원으로 가는 차도 위의 솔마루 다리를 건넌다. 소를 타고 피리 부는 아이의 조각상이 환하게 웃으며 마중을 나오고, 다리 끝에서는 죽장에 삿갓 쓰고 삼천 리 곳곳을 방랑하는 대선배 김삿갓의 조각상이 손끝으로 삿갓을 만지며 웃고 있다. 곁에 앉아서 막걸리 한 잔을 권하며 푸른 하늘을 바라본다. 거센 운명을 타고난 김삿갓을 좋아했고, 좋아했기에 감히 오늘과 같이 방랑을 흉내 내고, 술을 흉내 내고, 시를 애송하기도 했다.

김삿갓(金笠, 1807~1863)의 본명은 김병연이고 자는 난고, 삿갓은 별호다. 선천부사였던 할아버지 김익순이 홍경래의 난(1811년) 때 투항한 죄로 집안이 멸족을 당하게 되었을 때, 6세인 김병연은 노비 김성수의 도움으로 형 병하와 함께 황해도 곡산으로 피신을 했다. 그 뒤 죄는 김익순에게만 한하고 멸족에서 폐족으로 사면되었고, 어머니는 폐족으로 멸시받는 것이 싫어서 함께 강원도 영월로 이사를 가서 숨어 살았다. 훗날, 이 사실을 모르는 김병연은 과거에 응시해서 '정가산군수의 충절사를 논하고 하늘에 사무치는 김익순의 죄를 탄식하라(論鄭嘉山忠節死嘆金益淳罪通于天)'라는 시제를 가지고 타고난 글재주로 '한 번 죽어서는 그 죄가 가벼우니 만 번 죽어 마땅하다'고 그의 할아버지를 마음껏 조롱하여 장원급제하였다.

뒤늦게 자신의 내력을 어머니로부터 들은 김병연은 조상을 욕되게 한 죄인이라는 자책으로 20세 무렵 처자식을 내버려둔 채 방랑의 길에 올랐다. 하늘을 볼 수 없는 죄인이라며 죽장에 삿갓을 쓰고 석양에 비치는 산 그림자를 노래하고, 하늘을 지붕 삼아 한 조각 흘러가는 구름과 같이 일생을 유리방랑(琉璃放浪)했다. 천재 방랑시인 김삿갓은 57세에 전라도 화순의 동복에서 죽음을 맞이했다. 아버지를 찾아 방방곡곡을 찾아다니던 둘째 아들이 시신을 거두어 영월땅 태백산 기슭에 묻어주었으니 오늘날 김삿갓전시관이 있는 김삿갓면의 김삿갓계곡에 김삿갓의 무덤이 있다. 정처 없이 방랑하는 김삿갓에게는 늘 먹고 자는 일이 걱정이었으니, '방랑시인 김삿갓'을 노래하며 방랑의 길을 간다.

죽장에 삿갓 쓰고 방랑 삼천리
흰 구름 뜬 고개 넘어 가는 객이 누구냐
열두 대문 문간방에 걸식을 하며
술 한 잔에 시 한 수로 떠나가는 김삿갓

"우리의 진정한 소명이 세계 곳곳을 방랑하는 것임을 깨달았다. 항상 호기심을 갖고, 눈에 띄는 모든 것을 들여다보고, 세상의 구석구석을 돌아다니며, 그러나 어떤 곳에 뿌리내리지는 않고……"라고 한 체 게바라의 말을 생각하며 방랑의 길, 성찰의 길, 침묵수행의 길을 간다. 가파른 계단을 오르며 솔마루길 울산대공원코스로 들어선다. 숲속 길을 한참 오르내리다가 솔마루 길가에 있는 울산대공원 휴식처에서 배낭을 풀고 신발을 벗는다. 수도꼭지를 틀어 땀으로 흠뻑 젖은 온몸에 물을 뿌리고, 발을 씻고 그늘진 벤치에 누워 푸른 하늘을 바라본다. 뜨거운 여름날의 악전고투에 이은 달콤한 잠이 밀려온다. 자전거를 타는 아이들의 시끄러운 소리에 일어나 여장을 챙긴다.

삼호산으로 넘어가는 대형 육교 솔마루하늘길을 지나간다. 꽤 높이 설치되어 다리 밑으로 지나가는 차량들이 조그맣게 보인다. 다시 숲속 길을 굽이굽이 오르내리며 삼호산을 걷는다. 함월산과 신선산을 지나서 드디어 전망 좋은 삼호산 솔마루정에 올라 태화강과 울산광역시를

내려다본다. 정자에 앉아 바로 아래 태화강전망대를 바라본다. 고래전
망대를 지나서 활짝 펼쳐진 태화강대공원의 경관을 내려다보며 천천히
하산한다.

　친절하게 맞아주는 태화강전망대 안내원의 안내에 따라 시원한 바
람을 맞으며 죽음의 강에서 생명의 강으로 탈바꿈한 태화강의 기적을
맛본다. 공해도시 울산의 오명과 함께 생명력을 상실했던 과거의 태화
강은 간데없고, 수질 개선으로 청정 상태의 1급수가 되면서 사라졌던
연어와 은어, 황어가 돌아오고 수달이 서식하는 생명의 강으로 탈바꿈
한 태화강을 따라 해파랑길 7코스를 걸어간다. 태양은 아직 서쪽 하늘
에 걸려있고, 인근에는 숙소가 없기에 지친 몸을 추슬러 온몸에 다시
태화강의 생기를 불어넣는다.

　태화강(太和江)은 가지산과 백운산 물줄기가 57개의 지류를 품고 도

심을 가로질러 동해로 흘러드는 길이 47.54km의 강이다. 발원지는 백운산의 탑골샘과 가지산 쌀바위 2원 체제로 관리하고 있다. 삼국시대의 태화강은 신라의 영역이었으며, 이 시기에 신라의 10대 사찰의 하나인 태화사가 강 하류에 있어서 태화강이란 이름의 유래가 되었다. 고려 현종 때에 태화강 유역 전체가 울주로 묶이게 되어 태화강 전체가 하나의 생활권을 이루었고, 오늘날 울산광역시와 울주군의 유래가 되었다. 이때 울주에는 왜구로부터의 방어를 위해 방어사(防禦使)라는 관리를 파견하여 태화강은 군사적으로도 중요한 역할을 감당했다. 조선시대에 들어와서 언양읍성과 울산읍성, 울산왜성과 병영성이 모두 태화강을 끼고 축성되었음은 태화강이 전략적으로 중요한 하천이었음을 보여준다. 1426년 개항 당시 태화강 하구에 위치한 염포가 왜와의 교역항으로 지정되면서 태화강은 국제교역항이 위치한 강이 되었다.

태화강은 여름철새인 백로와 겨울철새인 떼까마귀의 도심 최대 도래지로서 여름에는 백로 8,000여 마리가 둥지를 틀고, 겨울에는 떼까마귀 53,000여 마리가 화려한 군무를 펼치는 장관을 볼 수 있다. 정몽주의 어머니는 꿈이 흉하여 이성계의 병문안을 가는 아들을 걱정하며 백로와 까마귀를 비유했건만 울산은 두 철새로 유명하다. 박효관과 안민영이 편찬한 '가곡원류'에 전한다.

가마귀 싸호는 골에 백로야 가지 마라.
성낸 가마귀 흰빛을 새올세라.
청강(淸江)에 죠히 씨슨 몸을 더러일가 하노라

한편, 고려말 조선 초의 문신 이직(1326~1431)은 백로를 힐문하며 노래한다.

가마귀 검다 하고 백로야 웃지 마라.
것치 검은 들 속좃차 거믈소냐
것 희고 속 거믄 즘생은 네야 하노라.

까마귀와 백로가 결혼하여 알콩달콩 재미나게 사는 태화강, 울산의 젖줄이자 푸른 숨결, 생명의 강으로 되살아난 태화강에서는 시민들이 참여하는 각종 축제가 열리고, 매년 5월에는 봄꽃대향연이 펼쳐진다. 진정한 발견은 새로운 땅을 찾는 것이 아니라 새로운 눈으로 보는 것, 오늘의 태화강은 발상의 전환과 각고의 노력으로 얻은 결실이었다. 한 때 개발의 논리에 밀려 영원히 사라질 위기에 처했던 십리대숲과 태화 들판은 이제 시민의 생명터가 되었고, 드디어 태화강의 기적은 완성되었다. '세상은 물이요 인생은 고기'라고 했으니 방랑자는 오늘 태화강에서 신선이 되어 세상을 헤엄쳐 간다.

도전挑戰

해파랑길 7코스는 태화강전망대에서 울산에서 동해로 흐르는 생태하천 태화강 하류까지 울산이 자랑하는 십리대숲에서 죽향을 맡고, 정주영 회장의 아산로를 따라 강 건너의 울산항과 공장들을 바라보며 염포삼거리에 이르는 길 18.3km이다.

1964년 세계 최초로 노벨문학상을 거부한 장 폴 샤르트르는 "인생은 B와 D 사이의 C"라고 말한다. '인생은 탄생(birth)과 죽음(death)사이의 선택(choice) 또는 도전(challenge)'이라는 의미이다. 도전과 선택은 인간의 삶을 이루고 발전시킨다. 도전은 세공되지 않은 다이아몬드 원석과 같다. 나중을 알 수 없는 허름한 돌멩이 같아서 불안하다. 열과 성을 다해 집중하여 가공하고 다루면 원석이 빛나는 다이아몬드가 되는 것 같이, 시련과 역경에도 멈추지 않으면 도전은 최고의 다이아몬드가 된다. 안락지대의 동굴에서 탈출을 시도하는 도전은 인생을 아름답게 꽃 피우는 신세계로 가는 영광의 선택이다. 에머슨은 "당신이 아무리 올바른 길 위에 서 있다고 해도 제자리에 가만히 있다면 어떤 목표도 이룰 수 없다"고 말한다.

대한민국 현대사에서 가장 도전적이고 성취 욕구가 강한 위인 정주영 회장의 현대왕국을 맛보는 해파랑길 7코스를 걸어간다. 태화강전망대 앞에서 강을 따라 형성된 도심 생태하천 둔치를 걸으며 상류로 올라간다. 자전거를 타는 사람들이 있어 간간이 충돌과 추돌의 위험을 느낀다. 강 건너편의 조용한 십리대숲길이 그리워진다. 걸음을 재촉해 울산 최초의 현대식 다리라는 구(舊) 삼호교를 건너간다. 이곳 관찰장에서는 회귀하는 연어를 볼 수 있다. 2000년부터 상류에서 새끼연어를 방류하여 회귀하는 연어 개체수로 수질개선의 척도를 삼고 있는데, 2003년 처음 5마리의 연어가 회귀한 이후로 해마다 빠르게 증가하여 2014년에는 사상 최고치를 기록했다. 죽음의 강이었던 태화강이 생태공원의 명소로서 이제는 '안전하고 깨끗한 태화강', '생태적으로 건강한 태화강', '친숙하고 가까운 태화강'이 되어 시민들의 품에 돌아왔다.

1962년 울산이 특정공업지구로 지정되고 중공업단지가 본격적으로 육성되면서 공업용수 수요 충족을 위해 태화강에는 댐이 건립되었다. 공단 조성으로 인해 인구가 폭발적으로 증가하여 태화강의 하수유입량은 증가일로에 이르렀으나 당시의 대한민국은 환경에 대한 의식이 희박하였기에 하수처리는 제대로 이루어지지 않았다. 근대화의 메카 울산의 영광 뒤에 가려진 태화강은 오염으로 1990년대에 들어 대한민국 하천 중에서 최하위권으로 수질이 5등급의 기준에도 미치지 못하였다.

강 주변은 악취로 인하여 시민들이 산책조차 어려운 상황이었으며, 물고기의 집단폐사가 수차례 벌어지고, 철새가 떠나가는 죽음의 강이 되었다. 급기야 2000년 여름에 숭어와 붕어 등 각종 어종 1만 5천여 마리가 집단폐사하는 사건이 벌어졌다. 이때부터 울산시의 강력한 태화강 수질개선 노력이 시작되어 생활오폐수를 빗물과 분리하고, 폐수는 하수처리를 시작했다. 불법 어로행위를 단속하고, 상류의 축산 농가에는 폐수 저장을 위한 탱크가 설치되었으며, 강바닥에 퇴적된 오염물질을 제거하는 조치가 정기적으로 단행되었다. 2003년 태화강은 2급수 수준으로 수질이 회복되었고, 2007년에는 드디어 1급수 수질을 되찾았다.

둔치를 따라 다시 울산의 젖줄 태화강 하류로 내려온다. 죽향이 은은히 밀려오는 울창한 초록색 십리대숲길에 들어선다. 울산의 시목인 대나무 숲이 10리에 펼쳐져 있다고 해서 '십리대밭(十里竹田)'이라 불린다.

산책로에 놓여있는 벤치에 앉아 대나무 숲에서 뿜어져 나오는 에너지를 느낀다. 일제강점기에 큰 홍수로 태화강변 전답들이 소실되어 백사장으로 변했을 때, 한 일본인이 헐값으로 사들여 대밭을 조성하였고, 그 후 주민들이 앞다투어 대나무를 심어 오늘에 이르렀다고 한다. 한때 주택지로 개발이 될 뻔하였으나 시민들의 반대로 숲을 보존할 수 있었다.

대나무는 십장생의 하나로 매화와 난초, 국화와 더불어 사군자(四君子)로 불린다. 사군자는 각 식물의 장점을 살려 군자, 즉 덕과 학식을 갖춘 사람의 인품에 비유하여 부른다. 봄을 알리는 꽃 중에 선비들은 매화를 가장 좋아한다. 추운 겨울을 이거내고 가장 먼저 꽃을 피우기에 사군자의 첫머리에 온다. 난초는 여름날 깊은 산속에서도 은은한 향기를 내뿜고, 국화는 늦은 가을과 겨울의 문턱에서 찬바람을 이거내고 마지막으로 꽃을 피운다. 대나무는 모든 식물의 잎이 떨어진 한겨울에도 푸름을 잃지 않고 꿋꿋한 기개를 내보인다. 그래서 선비들은 정원 한 쪽에 대나무를 심어 그 성품을 본받으며 살았다. 대나무는 아름다움과 강인성, 그리고 실용성 때문에 일찍부터 생활과 예술에 불가결의 존재였다.

대나무의 매력은 마디에 있다. 마디가 형성될 때 대나무는 성장을 잠시 멈추었다가 다시 쑥쑥 자란다. 사람의 마음에도 침묵의 시간, 명상의 시간, 삶의 여백의 마디가 필요하다. 방랑은 마음의 마디를 만들어 준다. 고산 윤선도가 다섯 친구인 물과 돌, 소나무와 달 그리고 대나무를 칭찬하여 노래 부른다.

나무도 아닌 것이 풀도 아닌 것이
곧기는 어찌 그리 곧고 속은 어이 비었는가.
저렇게 사시에 푸르니 그를 좋아하노라

　대나무 숲 가운데에 이르자 날이 어두워지고 가로등에 불이 밝혀진
다. 숙소를 찾아 태화강대공원에서 태화교회 방향으로 나아간다. 이곳
은 지난 5월에 이은 방문이다. 어버이날을 맞이하여 안동의 장모님과

태화교회 권사이신 처이모님, 아내와 처가의 가족들이 태화강공원에서 함께 했던 시간이었다. 3개월이 채 지나지 않은 지금, 이곳을 다시 찾으리라고는 생각지 않았는데, 역시 한 치 앞을 모르는 게 인생이다.

당시 부산에서 울산으로 오는 승용차 안에서 장모님(80세)은 대중가요를 부르시고, 처이모님(72세)은 하모니카를 연주하셨다. 일평생 교회 다니시며 대중가요를 부르지 않던 장모님께서 노인대학에 다니며 배우신 "내 나이가 어때서 사랑하기 딱 좋은 나인데!"라고 노래하시며 박수를 치시는 모습, 처이모님의 하모니카 연주에 승용차 안은 온통 웃음바다가 되었다. 이 글을 쓰고 있는 새벽, 거실에는 또 다른 처이모님(85세)과 함께 세 분이 곤히 주무시고 계신다. 어제 분당의 집안 결혼식에 참석하시고 필자의 집에 오신 세 분은 밤새 노래와 옛 이야기로 꽃을 피우셨다. "장모님! 두 분 이모님! 건강하시고 오래오래 사세요!"

성남동 '젊음의 거리'에서 울산의 밤을 보내고, 이른 새벽 다시 어둠을 뚫고 어제의 대나무 숲길을 걸어간다. 십리대숲을 빠져 나오자 둔치에 심어 놓은 야생화들이 새벽 강바람에 하늘거리며 인사를 한다. 태화강을 따라 하류로 걸어간다. 무궁화 꽃이 곱게 핀 뒤쪽 고층아파트 사이로 서서히 태양이 떠오른다. 드넓게 펼쳐진 억새풀 평원에 만들어진 나무 데크를 걸어간다. 파란 억새풀이 바람에 춤을 춘다. "태화강! 울산 녹색성장의 상징입니다."라는 대형 입간판이 자랑스럽게 뽐낸다. 번영교, 학성교를 지나서 명촌대교에서 자동차도로에 올라 길게 뻗은 인도를 따라 걸어간다. "아산로. 도전과 개척정신으로 국가와 울산 발전에 헌신한 아산 정주영 회장의 뜻을 기립니다"라고 쓰인 대형 표지판 위에서 태양이 환한 조명을 내리쏜다.

　대한민국이 낳은 가장 위대한 기업인 아산(峨山) 정주영은 1915년 통천군 송전리 아산마을에서 6남 2녀 중 장남으로 태어나 소학교를 졸업하고 가난 때문에 아버지의 농사를 도우며 여러 차례 가출을 시도하였다. 가출 당시의 일화다. 어린 정주영이 무작정 상경 길에 나루터에서 배를 타고 뱃삯이 없어 뺨을 맞고 욕을 먹는다. "네 이놈, 어떠냐? 후회되지?" "네, 아저씨." "후회할 짓을 왜 해 이놈아! 조그만 놈이!" "뺨 맞은 게 후회되는 게 아니라 뺨을 맞으면 그냥 탈 수 있는데 탈까 말까 고민하며 허비한 시간이 아까워 후회하고 있어요!"

　가출 후 서울의 쌀가게 점원으로 일하게 된 뒤, 1937년에 경일상회라는 미곡상을 물려받아 첫 사업을 시작하였으나, 사업은 일제의 미곡 통제령으로 허망하게 망했다. 이후 1940년에 자동차 수리공장을 인수하고, 1946년에 현대자동차공업사를 설립, 1947년 5월에는 현대토건사를 설립하면서 건설업을 시작하였다. 불도저 같은 추진력으로 도전에 도전을 거듭한 정주영은 1950년 1월 두 회사를 합병하여 현대그룹의 모체가 된 현대건설 주식회사를 설립하였고, 1970년에는 역사적인 경부고속도로를 완공했으며 1971년에 현대그룹 회장에 취임했다. 1987년 경영일선에서 물러난 정주영은 1992년 초 통일국민당을 창당하고, 이후 대통령후보로 출마하기도 했다. 1998년 '통일소라고 불린 소 500마리와 함께 판문점을 넘어 세계의 주목을 받았으며, 이후 여러 차례 더 방북하며 남북 민간교류의 획기적 사건인 '금강산관광'을 성사시켜

1998년 11월 18일 첫 출항하였다. 2001년에 사망하였으며, 마지막 청운 동 자택에는 낡은 구두, 구멍 난 면장갑, 낡은 금성TV 수상기가 있었다고 전한다.

우리 현대사에 가장 도전적이고 성취욕구가 강한 위인으로 대다수는 대한민국의 경제발전을 이룩한 박정희 대통령과 이병철 회장, 그리고 정주영 회장을 손꼽는다. "시련은 있어도 실패는 없다." "스스로 운이 나쁘다고 생각하지 않는 한은 나쁜 운이란 없다." "길이 없으면 길을 찾아야 하며, 찾아도 없으면 길을 닦아 나아가야 한다." "인간은 일을 해야 하고 일이야말로 신이 준 축복이다." "사람은 의식주를 얼마나 잘 갖추고 사느냐가 문제가 아니라 얼마나 많은 사람에게 얼마나 좋은 영향을 얼마나 미치면서 사느냐가 중요하다."는 역사에 길이 남을 정주영의 명언이다. 또한 영국 은행책임자에게 지폐의 거북선을 내보이며 "이 배로 400년 전에 일본을 이겼소."라는 이야기에서는 정주영 성공비결의 긍정성과 해학성을 엿본다.

동방원정길에 오른 알렉산더대왕은 제우스 신전의 고르디우스 매듭을 거침없이 칼로 내리쳐 풀어버리고, 매듭에 얽힌 예언대로 그리스 문화와 오리엔트 문화를 융합시킨 헬레니즘 문화의 대제국을 건설했다. 아메리카 신대륙을 발견한 탐험가 콜럼버스는 누울 줄만 알지 설 줄을 모르는 달걀을 달걀의 모서리를 깨뜨려 세워버렸다. 끝없는 도전은 인간의 문명을 발전시켰다. 정주영과 같이 창조적인 변화를 추구하고 도전하는 국가와 사람만이 새로운 하늘, 새로운 땅을 만날 수 있다는 교훈이다.

　강변산업도로인 아산로 약 5km를 걸어간다. 6차선 도로의 안전한
인도를 걷지만 산업용 트럭들과 출근길 승용차들이 뒤섞여 도로는 혼
잡하고 굉음은 요란스럽다. 강 건너 울산항에는 배들과 산업시설들이
가득하다. '기적의 태화강'이 하류로 출렁이며 흘러 울산 앞바다에 몸
을 푼다. '한강의 기적'에 박정희 대통령이 있었고 '태화강의 기적'에는
정주영 회장이 있었다. '라인강의 기적'을 일으켰던 독일은 통일 후 옛
동독지역에 '엘베강의 기적'을 일으켰다. 평양 한가운데를 흐르는 '대동
강의 기적'을 염원하며 해파랑길의 도전은 계속된다. 수출용 자동차들
을 실어 나르는 현대자동차선착장을 지나서 성내삼거리를 건너 7코스
의 종점인 염포삼거리에 도착한다.

사상思想

해파랑길 8코스는 염포삼거리에서 시작하여 염포산에 올라 전망대에서 울산만의 웅장한 산업시설들을 감상하고 방어진항으로 내려와 슬도에서 거문고 소리를 듣고 울산을 상징하는 제1호 공원 대왕암공원을 거쳐 일산해변에 이르는 길 11.7km이다.

한 유명한 실험이 있었다. 여섯 마리의 꿀벌과 같은 수의 파리를 하나의 유리병에 넣은 뒤 병을 가로로 놓고 병의 아래쪽 막힌 부분을 창을 향하게 둔다. 어떤 상황이 발생할까? 결과는 벌들은 쉴 새 없이 병의 아래쪽에서 출구를 찾다가 힘이 다해 죽거나 굶어 죽는다. 그러나 파리는 채 2분도 지나지 않아 다른 한 쪽의 입구를 찾아 허공으로 날아가버린다. 벌은 빛을 좋아한다. 벌은 '감옥'의 출구는 반드시 빛이 가장 밝은 부근에 있을 거라 생각해서 끊임없이 행동한다. 하지만 '멍청한' 파리는 사물의 논리에 털끝만큼도 관심 없다. 자유롭게 날아다니가 소 뒷걸음질로 쥐 잡는 식으로 '좋은 기회'를 잡는다. 고정관념에서 벗어난 단순한 생각으로 때로는 구원 받고 새로운 삶을 얻는다.

자유로운 영혼이 자유로운 삶을 찾아 자유롭게 걸어간다. 염포삼거리에서 등산로를 따라 염포산(해발 203m)을 올라간다. 임도를 따라 남목마성(南牧馬城)을 지나간다. 조선시대 해안의 곶이나 섬에 마성을 두어여러 관청과 군대가 사용할 말을 길렀던 터다. 뱃속에서는 밥을 달라고 아우성이건만 초콜릿 행동식으로 대신한다. 중턱까지 올라간 뒤에삼거리를 만날 때마다 오른쪽 길을 선택하여 쉼터와 전망대, 그리고 체육공원 방향으로 내려간다. 어제와 오늘, 울산 내륙길에서 연이어 산길을 걷는다. 새소리가 들려오고 숲의 향기가 코끝을 스쳐간다. 바람결에 외부의 사물들이 말을 걸어오고, 내면의 자신이 미소 지으며 다가간다. "청산도 절로절로 녹수도 절로절로 / 산 절로 수 절로 산수 간에나도 절로 / 이 중에 절로 자란 몸이 늙기도 절로 하리라"라는 하서 김인후의 시를 노래하며 발걸음이 절로절로 옮겨간다.

헨리 데이비드 소로는 "나는 하루에 최소한 네 시간 동안, 대개는 그보다 더 오랫동안 일체의 근심걱정을 완전히 떨쳐버린 채 숲으로 산으로 들로 한가로이 걷지 않으면 건강과 온전한 정신을 유지하지 못한다고 믿는다."고 말한다. 길을 걸으면 복잡했던 머리가 단순해지고 알 수없는 수수께끼들이 하나씩 풀린다. 삶이 단순해지고 풍요로워진다. 마음은 과거와 미래로, 추억에서 계획으로, 계획에서 추억으로 자유롭게여행을 한다. 발걸음은 굴레의 틀을 벗어나 자유를 준다. 니체는 "진정으로 위대한 생각은 걷기로부터 나온다."고 말한다. 모든 사람은 자신의 습관과 관성에 의해 사유가 좌우된다. 경험을 믿고 변화를 두려워하기 때문이다. 걷기는 새로운 사유를 창조한다. 눈으로 보는 풍경은 마음의 세계를 관찰하도록 이끌어준다. 새롭게 떠오르는 생각은 걷기를 통한 외부 존재의 도움으로 창조되고 발견된다. 내가 나를 만나고, 사물들이 나와 소통하면서 성숙되고 팽창된다. 걸어가면서 만나는 모든 것들은 생명체가 되어 가슴속을 밀고 들어와 자리잡는다. 물감이 되어 혈관으로 퍼져나간다. 걷기를 통해 모험을 배우고, 임기응변을 배우고, 고정관념을 부수고, 자유롭게 사고한다.

물고기는 물속에서 자신의 모습을 볼 수 없고 사람은 현실에서 벗어나야 자신의 본 모습을 볼 수 있다. 소동파는 여산의 봉우리들이 보는 위치에 따라 다르기에 산중에서는 여산의 진면목을 볼 수 없다고 노래한다.

가로로 보면 고개이고 옆에서 보면 산봉우리라서
멀고 가깝고 높고 낮음에 따라 각기 다르구나
여산의 참다운 본래 모습을 보지 못하나니
오직 내 몸이 산중에 있기 때문일세

산길을 간다. 마음의 길을 걸어간다. 마음은 생각을 낳는다. 포근하고 따뜻한 마음이 좋은 생각을 낳는 해파랑길을 간다. 좋은 생각은 좋은 말을, 좋은 말은 좋은 행동을, 좋은 행동은 좋은 습관을, 좋은 습관은 좋은 신념을, 좋은 신념은 좋은 인격을 낳아 좋은 인생을 살게 한다. 생각은 사상이다. 사상(思想)은 마음(心) 밭(田)에서 이뤄진다. 사상을 낳는 것은 머리가 아닌 마음이다. 마음은 이성보다는 감성을, 논리보다는 관계를 우위에 둔다. 좋은 생각을 좋은 인격으로 육화하는 해파랑길에서 또 다른 길을 만나고, 온갖 사물들이 공존하는 세계를 만나면서 바람같이 구름같이, 강물같이 세월같이 유유자적 흘러간다.

전망대에서 울산만을 아우르는 웅장한 산업시설들의 위용을 감상한다. 태화강 하류, 동해바다가 시원하게 펼쳐지고 멀리 희미하게 간절곶이 나그네를 기다린다. 오솔길을 따라 천천히 산을 내려와 대로변에서 오른쪽으로 문현삼거리를 지나 시내 도로를 따라 방어진항으로 들어간다. 도로마다 이정표가 많아서 길을 찾기가 수월하다. 마트 앞에서 막걸리를 마시는 사람들이 보이자 땀을 흘려 갈증을 느끼는 몸과 마음이 막걸리를 강렬하게 희망한다. 막걸리와 음료를 배낭에 넣고 뿌듯한 마음으로 포근하고 넉넉한 방어진항을 걸어간다. '방어'라는 등 푸른 생선의 이름에서 유래한 방어진항은 일제강점기에 어업전진기지로 이용되면서 청어, 정어리, 고래 등의 수산자원을 바탕으로 크게 번성한 항구였다.

아침식사 대신으로 회를 포장하기 위해 수산물 산지집산판매장에 들르니 마음씨 좋은 제주상회 아주머니가 호의를 베풀어 푸짐하게 싸준다. 쉬어가기 위해 드라마 '욕망의 불꽃'과 '메이퀸'의 촬영지인 슬도로 들어간다. 방어진 외항에서 거센 파도를 막아주던 바위섬이 1989년 방파제로 연결해 걸어갈 수 있게 된 슬도의 하얀 등대가 예쁜 모습으

로 반갑게 맞아준다. 바위 기슭에 사납게 파도가 밀어닥치면 그 파도
의 울림이 흡사 거문고를 켤 때 나는 소리 같이 들린다고 해서 이름 붙
여진 슬도. 시루를 엎어 놓은 것 같다고 하여 시루섬이라 하기도 하고,
거북이 모양 같다고 하여 구룡도라고도 한다.

　등대 아래에 자리를 잡고 앉아 '슬도명파(瑟道鳴波)'를 듣는다. 하얀색
신(新) 등대 오른쪽으로는 빨간색의 구(舊) 등대가 방파제로 연결되어 있
고, 한 쪽에서는 해녀들이 물질 중이고, 다른 쪽에는 낚시꾼들이 모여
있다. 푸른 바다를 배경으로 등대에서 들려주는 '슬도의 노래'와 파도
소리를 들으며 차려진 산해진미 주안상을 즐긴다. 박정혜 시인의 '파도
가 비파를 타는 섬, 슬도'가 파도를 타고 들려온다.

　섬에는 밤마다 동쪽바다를 향해
　등불을 켜는 한 사람 묵묵히 서 있네.

아득한 사랑의 바다 기다림의 흰 손이

파도를 몰고 와 차르르~ 비파를 타면

세상의 모든 저녁 끝나고 저 바닷길 따라

돌아오는 그대를 위해 제 몸 살라 빛나는 별들

그 별들 모여 다시 섬이 되네.

오감을 넘어 육감이 즐거웠던 슬도의 향연을 마치고 돌아서는 발걸음이 쉬이 떨어지지 않는다. 뒤돌아보고 또 돌아보며 가는 길. 축제도 잠시, 다시 뜨거운 태양 아래 해안선을 따라 고행의 길이 이어진다. 온몸은 이내 땀으로 범벅이 되고 내리쬐는 햇살은 전투 의지를 더욱 강하게 한다. 튼실한 나무는 세찬 비바람과 눈보라, 뜨거운 햇살로 자라난다. 삶의 고비에서 만나는 아픔들은 삶을 더욱 사랑하게 하는 성장통인 것처럼 여행에서 만나는 아픔들은 여행을 더욱 풍요롭게 한다. 아픔은 강함을 키워낸다. 몸이 아프다는 것은 몸이 병균과 싸우고 있다는 뜻이다. 몸은 아픔을 통해서 병을 이기는 것이지 병 그 자체가 아픔은 아니다. 아픔은 치료의 과정이고, 나아가 항체를 얻게 한다. 통증 없이 커가는, 아픔을 느끼지 못하는 병은 이미 몸이 지배된 상태, 곧 죽음을 의미한다. 절망의 철학자 키에르케고르는 속성에 따라 절망의 클래스를 나누고, '절망인지도 모르는 절망의 상태'를 최악의 절망으로 지적한다. 절망은 자아에 대한 상실이며 모든 외부 존재와도 단절된 상태이지만, 절망을 긍정하고 절망의 상태를 절망으로 인식하며 당당하게 마주설 수 있는 생각과 용기는 희망으로 나아가는 빛이 된다. 희망은 가난한 자의 양식, 절망은 없다. 스스로 절망하고 포기할 뿐이다.

한여름 날의 피할 수 없는 고통을 즐기며 시련과 역경을 넘어 해파랑길의 찬가를 부른다.

1960년대까지 동해의 포경선들이 고래를 이곳으로 몰아 포획했다고 하는 몽돌이 있는 너븐개해변을 지나서 울산을 상징하는 제1호 공원인 대왕암공원에 이른다. 화강암으로 이루어진 주상절리가 독특한 풍경을 만들어내고 명성에 걸맞게 절경을 자랑한다. 수령이 백 살이 넘었고 높이가 10m에 이르는 소나무가 15,000여 그루나 있어 거대한 숲을 이루는 울산12경의 하나인 대왕암 송림을 지나간다. 가지산 사계, 간절곶 일출, 강동해안 자갈밭, 주전해안 자갈밭, 내원암 계곡, 울산공단 야경, 반구대, 신불산 억새평원, 작괘천, 태화강 선바위, 태화강 십리대밭, 파래소 폭포, 울산체육공원이 울산이 자랑하는 12경이다.

경주 봉길해수욕장 앞바다에 문무대왕의 수중릉이 있다면 이곳 대왕암공원 앞바다에는 문무대왕비가 호국용이 되어 바위섬 아래 묻혀 용신이 되었다. 삼국통일을 이룩했던 신라 30대 문무왕은 평소 "나는 죽은 후에 호국대용이 되어 불법을 숭상하고 나라를 수호하려 한다."라는 유언을 했다. 문무왕은 죽어서도 호국의 대용이 되어 그의 넋은 쉬지 않고 바다를 지키거늘, 왕비 또한 무심할 수가 없었기에 왕비의 넋도 한 마리의 큰 호국용이 되어 하늘을 날아 울산을 향하여 동해의 한 대암 밑으로 잠겨 용신이 되었다. 그 후 사람들은 이곳을 대왕바위, 대왕암이라고 불렀다. 육지와 철교로 이어져 있는 대왕암으로 걸어 들어가 해금강이라 일컬을 정도로 아름다운 절경을 바라본다. 나라를 지키는 용이 되어 경주와 울산으로 쳐들어오는 왜구들을 격퇴하는 대왕 부부의 쌍용 그림자가 먼 바다에서부터 파도에 밀려온다.

울산의 끝자락에 자리 잡고 있는 등대라고 해서 이름 붙여진 울기등대(蔚氣燈臺)를 지나간다. 100년 전의 구(舊) 등대와 해송이 등대를 가리면서 새로 지은 신(新) 등대가 나란히 서 있다. 일제가 동해와 대한해협의 해상을 장악하기 위해 처음 지었다는 씁쓸함을 뒤로하고 매력적인 해안의 경관을 감상하며 일산해수욕장에 도착한다.

● 9코스

우보 牛步

해파랑길 9코스는 일산해수욕장에서 현대예술공원을 지나고 남목체육공원을 거쳐 주전봉수산 숲길을 올라 봉수대를 지나고 주전몽돌해변으로 내려와 당사 항에서 다시 '강동사랑길'을 따라 우가산 까치봉을 오르내려 정자항에 이르는 길 19.1km이다.

독일의 하이델베르크에는 '철학자의 길'이 있다. 괴테와 하이데거는 물론, 헤겔과 야스퍼스 등 수많은 문인과 사상가들이 자주 찾았던 길 이다. 칸트는 날이면 날마다 같은 시간에 산책을 했다. 얼마나 규칙적 으로 다녔던지 칸트가 지나가는 모습을 보고 그 동네 사람들은 시계 를 맞추었다. 대단한 걷기 예찬론자인 아리스토텔레스는 틈만 나면 제 자들과 걸으면서 토론하는 방식으로 철학을 가르쳤다. 그는 걷기가 자 연과 세상의 변화를 몸으로 느끼게 하는 가장 좋은 방법이라 믿었다. 걸으면 발이 자극되어 몸속 신경과 두뇌를 깨우고, 사고와 철학의 깊이 를 더해 준다고 생각했다. 그래서 아리스토텔레스학파를 산책길이라는 뜻의 페리파토스학파, 소요학파라고도 불렀다. 산책을 통해 깨달음을 얻는다는 것이다. 느릿느릿 소의 걸음으로 걸어간다. 하나라 창시자 우임금의 우보(禹步), 퇴마록의 우보가 아닌 소걸음 우보(牛步)로 묵묵히 간다. 우보천리(牛步千里)를 넘어 해파랑길 우보이천리를 간다.

울산이 자랑하는 일산해수욕장을 벗어나자 길은 다시 바다와 멀어진다. 시가지를 지날 때 뜨거운 햇살을 가리고자 블랙야크 매장에 들러 창이 큰 모자를 구입했다. 차도를 따라 울산의 대표적인 기업인 현대중공업 담벼락을 끼고 지루하게 걸어간다. 호텔현대와 현대백화점 사이의 현대예술공원에서 잠시 들를까 생각하다가 오늘의 목적지인 정자항까지의 갈 길이 멀어 그냥 간다. 해파랑길과는 전혀 어울리지 않는 도시의 이글거리는 아스팔트길을 걸어 남목체육공원을 지나면서 봉대산 숲길로 올라간다.

가쁜 숨을 몰아쉬며 능선에 오르자 조선시대 돌담을 둘러친 남목마성의 자취가 보인다. 호젓한 숲길을 따라 주전봉수대로 올라간다. 낮에는 연기, 밤에는 횃불을 이용해 타 지역과 교신하던 그 옛날의 통신기지인 봉수대를 보면 오늘날의 통신수단은 가히 혁명, 그 이상이다. 봉수대에서 울창한 숲길을 따라 쉬엄쉬엄 능선을 따라 내려온다. 산사에 들러 목을 축이고 의자에 앉아서 한가함을 맛본다. 산악인 엄홍길은 '산 중에서 가장 높은 산은 에베레스트산, 가장 좋고 비싼 산은 부동산, 제일 중요한 산은 바로 하산'이라 하던가. 고은 시인의 '내려올 때 보았네. 올라갈 때 못 본 그 꽃'을 떠올리며 달팽이처럼, 거북이처럼 하산

길의 여유를 즐긴다. 올라갈 때와 내려올 때, 사랑할 때와 죽을 때, 모든 것은 때가 있으니 서두르지 않고 만만디, 느림의 미학을 음미한다.

두 발로 걷기 시작한 최초 인류는 300~400만 년 전의 오스트랄로피테쿠스이다. 직립보행은 불의 발견과 더불어 인류 문명 발전의 신기원을 이루었다. 걷기는 도구에 의존하지 않고 두 발과 다리를 움직여서 목표를 향해 자유의지대로 걸어가는 것, 두 발로 서서 걷기 시작하면서 사람들은 고개를 들어 자연을 바라보기 시작했다. 또한 손과 머리를 사용하여 도구를 만들고 문명을 빠르게 발전시키면서 유목민에서 정착민으로 진화했다. 걷기는 자신과 자연이 직접 마주하는 일, 나무 한 그루와 풀 한 포기, 돌멩이 하나까지도 눈에 들어온다. 산책하듯 천천히 걷다보면 마음의 여유가 생겨 무심코 지나쳤던 주위 풍경들이 다가온다. 그래서 걷기는 천천히 생각하고 사색하는 훈련을 하기에 더없이 좋은 방법이다. 걷는 동안 영감을 얻고 생각한 것을 정리하다 보면 사고하는 힘이 자란다. 느림의 미덕이다. 길을 걷다 보면 생각이 모아지고 머리가 맑아져 현명한 판단을 내릴 수 있다. 생각을 정리하기 위해 산책을 즐긴 사람들로는 철학자 장 자크 루소, 시인 아르튀르 랭보, 베토벤 등 일일이 열거하기 힘들만큼 많다. 자신이 사는 동네와 인근 지역, 고향 마을을 걸으며 현재와 뿌리를 되돌아보는 시간은 힐링의 의미가 있다. 오로지 내 몸과 마음을 움직여 숲길, 해안길, 흙길 등 다양한 길을 거닌다면 가장 행복한 자유인이다. 우리나라뿐만 아니라 세계 여러 나라에서 걷기 열풍이 불고 있다.

걷기 예찬을 하며 산을 내려와 주전천교 다리를 지나간다. 주전천 깨끗한 물이 바다로 흘러든다. 해불양수라, 바다는 어떤 물도 사양하지 않는다. 니체는 "인간은 진실로 더러운 강물과 같다. 더럽혀지지 않은 채 더러운 강을 받아들이려면 인간은 먼저 바다가 되어야 하리라. 나는 그대들에게 초인을 가르치노라. 초인은 바다이며 그대들의 커다란 경멸은 이 바다 속에 가라앉을 수 있을 것이다." 초인이 되고 바다가 되기 위해 한 여름날의 해파랑길을 걸어간다.

주전마을의 시원한 파도소리를 들으며 빨간 탑 등대가 보이는 주전항을 지나간다. 울산12경의 하나인 주전몽돌해변에 '동해안 청정해역과 더불어 보석처럼 아름다운 까만 밤 자갈밭은 하얗게 부서지는 파도소리와 어우러져 절경을 이룬다'라는 표지판을 보고 까만 몽돌을 밟

으며 주전몽돌해변을 지나간다. 당사항에 이르자 바다 한가운데까지 길게 뻗은 교량 위에서 낚시를 할 수 있는 낚시공원이 보인다. 낚시를 하려면 만 원을 내야 하고 교량 끝까지 나아가 바닷가 바람을 맞으려면 입장료 천 원을 내야 한다. 천 원을 내고 바다로 들어간다.

'강동사랑길'이라는 오른쪽 길을 마다하고 왼쪽의 강동축구장으로 향하는 해파랑길 표식을 따라 올라간다. 해발 173m의 우가산 까치봉을 넘어야 하는 길이다. 해는 이미 넘어 가고 인적이 없는 낯선 산길을 걸어간다. 발걸음이 빨라지고 온 몸은 이내 땀으로 범벅이 된다. 정상에 오르자 빠르게 어둠이 밀려온다. '하산길은 천천히'라는 자신의 산행 원칙을 무시하고 뛰듯이 빠른 걸음으로 내려온다. 어쩌다가 야간 산행을 하게 되었을까. 자신의 정보력 부재를 탓하지만 찾아볼 정보도 부족한 해파랑길이다. 날은 어둡고 아직도 갈 길은 멀다.

춘추시대 초나라 평왕의 태자 대부는 오자서의 아버지 오사였고 비무기는 그 밑인 태자 소부였다. 태자와 이웃 진나라 공주 사이에 혼담이 있어서 비무기는 신부를 모시러 진나라에 갔는데, 평소에 태자와 사이가 좋지 않았던 비무기는 공주의 미모를 보고는 공주를 평왕에게 바치고 태자에게는 다른 여자를 줄 계획을 세우고 실행에 옮긴다. 시간이 지나 태자가 이 사실을 알게 되자 비무기는 태자의 보복이 두려워 평왕에게 태자를 참소하고 결국 태자는 국경 밖으로 도주한다.

비무기는 대부인 오사도 참소하여 옥에 가두고, 두 아들이 뛰어남을 알고 그들도 잡아오게 하는데, 큰 아들 오상은 아버지가 잡혀 있음을 알고 스스로 잡히지만, 오자서는 복수를 다짐하며 외국으로 도망한다. 오사와 오상은 처형당하고, 각국을 떠돌던 오자서는 오나라에서 관직에 올라 오왕 합려를 설득하여 초나라를 공격하였고, 직접 군사를 지휘하여 초나라 수도를 점령한 오자서는 죽은 평왕의 시신을 꺼내어 300번이나 채찍질을 가한 후에야 멈췄다. 이때 오자서의 옛 친구 신포서가 오자서를 나무라며, "일찍이 평왕의 신하로서 왕을 섬겼던 그대가 지금 그 시신을 욕되게 하였으니, 이보다 더 천리(天理)에 어긋난 일이 또 있겠는가?"라고 힐난하였다. 이 말을 들은 오자서는, "해는 지고 갈 길은 멀어 도리에 어긋난 일을 할 수밖에 없었다(日暮途遠 倒行逆施)."라고 하였다.

다시 제전마을 해안가에 도착했을 때 세상은 이미 어둠에 덮였다. 온 몸이 땀에 젖은 행색을 보고 지나가는 아저씨가 눈길을 떼지 않는다. 9코스의 종점인 정자항에 도착했을 때는 캄캄한 한밤중이다. 해파

랑길 코스의 마지막을 산길로 우회하면서 위험한 어둠과 만난다는 생각을 한다면 9코스는 안전을 생각해서 당사항에서 '강동사랑길'의 해안으로 변경해야 한다. 2013년의 사자성어는 '도행역시(倒行逆施)'다. 해는 지고 갈 길이 멀다면 도리가 아니지만 해파랑길이 아닌 길을 갈 수밖에 없다. 때로는 원칙이 아닌 변칙도 필요하다. 길은 마음의 길이니까. 그리고 아리스토텔레스는 "즐거워해야 할 것은 즐거워하고, 싫어해야 할 것은 싫어하는 것, 이는 뛰어난 사람의 가장 합리적인 처신"이라고 말하지 않았던가. 강동사랑길로 들어서면 우가항이 내려다보이는 도로변에 우가마을에 얽힌 '바다로 간 소, 그리고 망이'의 애잔한 사랑 이야기가 전해진다.

어미 소가 보이지 않았다. 소는 보이지 않고 워낭만 부뚜막에 남아 있었다.
"바다로 풀 먹으러 갔다."
망이 아버지는 거짓말을 했다. 어미 소를 우시장에 데려가 팔았다. 그 사실
을 알 리가 없는 망이는 송아지를 데리고 언덕에 올라가 앉아 마냥 기다릴
뿐이었다. 햇볕 좋은 어느 날 오후에도 망이는 앞바다로 풀 먹으러 갔다는
어미 소를 마냥 기다렸다. 동네 소녀들과 어울려 놀다가 소를 돌보지 못한
자기를 탓하며 바다 앞에서 하염없이 기다렸다.
변함없이 멍하니 바다 쪽을 바라보고 있는데, 어미 소가 걸어 나오는 게 망
이 눈에 보였다. 어미 목에 얼른 워낭을 걸어주고 싶은 마음에 망이는 손을
흔들며 바다로 나아갔다. 그 후 바다로 간 망이도, 어미 소도 다시는 돌아
오지 않았다.

망이는 어미 소를 사랑했다. 어미 소가 없어지자 망이는 외로웠다.
외로운 망이는 어미 소가 그리웠다. 어미 소를 그리워한 망이는 바다
를 바라보며 하염없이 기다렸다. 기다리던 망이는 마침내 사랑하는 어
미 소를 찾아 바다로 간 가슴 시린 이야기다. 누군가를 사랑하고, 사랑
하지만 함께할 수 없어 외로워하고, 외로워서 그리워하고, 그리워하기
에 만날 날을 손꼽아 기다린다. 사랑은 외로움의, 외로움은 그리움의,
그리움은 기다림의, 기다림은 만남의 메아리요 그림자다.

땀에 흠뻑 젖은 모습으로 모텔에 들어서자 아주머니가 깜짝 놀라며

맞이한다. 몸과 마음을 샤워하고 창문을 열자 어둠의 바다에서 시원한 바람이 밀려온다. 정자항의 불빛은 항구로 오라고 유혹하건만 오늘 하루 약 40여km를 걸은 지친 몸은 제발 마침표를 찍자고 애원을 한다. 주인 잘못 만나 고생하는 육신의 청을 거절할 수 없어 빨래하고 침대에 누워 창밖을 바라본다. 컴컴한 하늘에는 별들이 보석 같이 반짝이고 시커먼 바다에선 파도소리가 밤의 정적을 깨뜨리며 달려온다. 바다에서 망이와 어미 소가 손을 잡고 우보(牛步)로 걸어 나온다. 망이와 어미 소, 나그네가 어우러져 꿀맛 같은 단잠을 이룬다. 해파랑길 전 여정에서 가장 고생한 하루였다.

3. 경주 구간

    신라의 고도(古都) 경주는 BC 57년 박혁거세가 서라벌(徐羅伐)을 세우고, 경순왕이 왕건에게 935년(태조 18년) 항복한 뒤인 940년에 처음으로 '경주(慶州)'라는 그 이름을 얻었다. 대소 가야국을 차지하고, 당나라와의 연합작전으로 백제와 고구려를 차례로 멸하며 삼국을 통일하였던 신라는 세계사에서도 보기 드문 천년왕국을 이루었다. 천 년 전에 살았던 신라인의 숨결이 느껴지는 역사의 도시로 불국사와 토함산의 석굴암을 비롯하여 반월성, 포석정, 괘릉 등 수많은 문화유산이 도처에 있고, 자연경관이 아름다워 도시 전체가 국립공원으로 지정되었으며, 2000년 말 세계문화유산으로 등재되었던 경주, 화랑과 귀족의 화려한 불교문화를 꽃피운 곳, 서역에서부터 출발한 실크로드가 당나라 서안을 지나 동쪽 끝으로 이어지는 국제 무역로의 종착지, 경주는 국제도시였다.

    해파랑길 3구간인 경주 구간은 정자항에서 양포항까지 10코스~12코스 45.8km이다. 10코스는 울산의 강동화암 주상절리와 경주의 양남 주살절리를 관찰하며 자연의 신비에 감탄하고 읍천항 벽화마을에서 야외 미술관 분위기를 즐기고 나아해변에 이르는 길이다. 11코스는 월성원자력발전소를 피해 내륙으로 봉길해안에 이르러 문무대왕 수중릉과 감은사지에서 신라 천년 역사의 숨길을 느끼며 감포항에 이른다. 12코스는 포항의 양포항으로 가는 단조운 해안길로, 감포깍지길을 따라 절반 정도 함께 걷는 길이다.

2013년 전국 향토자원 '최우수'에 선정된 '감포깍지길'은 경주시 감포읍에서 조성한 길이다. 동해안의 아름다운 어항인 감포항이 자리한 감포읍을 중심으로 해, 물, 나무, 불, 금, 흙, 달, 바다의 8개 코스로 구성되어 있어 역사와 문화, 천혜의 자연경관을 느끼며 걷는 길이다.

1구간은 '해안을 따라 걷는 길'로 해가 주제다. 해파랑길과 겹친다. 2구간은 '자전거를 타고 도는 길'로 물이 주제다. 3구간은 '고향을 회상하며 걷는 길'로 나무가 주제다. 4구간은 '고샅으로 접어드는 길'로 불이 주제다. 5구간은 '드라이브 하며 보는 길'로 금이 주제다. 6구간은 '명상에 잠겨 걷는 길'로 흙이 주제다. 7구간은 '소리에 끌려 걷는 길'로 달이 주제다. 8구간은 '배를 타고 도는 길'로 해가 주제다. 마지막 구간으로 처음 구간과 똑같이 해가 주제다. 1구간이 땅 위에서 만나는 해라면 8구간은 물 위에서 만나는 해다. 전국에서 유일하게 바닷길 코스로, 문무대왕릉을 가까이서 볼 수 있다.

10코스 ~ 12코스 45.8km

양포항

손재림문화유산전시관
소봉대

연동마을

오류해변

송대말등대
12 감포항

전촌항
나정해변

감은사지3층석탑
이견대
문무대왕릉(봉길해변)

차량이동구간

11 나아해변

양남면사무소
관성해변

태현학교
신명해변
강동화암주상절리

10 정자항

● 10코스

자연自然

해파랑길 10코스는 정자항에서 시작하여 몽돌해변과 울산의 강동화암주상 절리, 그리고 경주의 양남 주상절리가 절묘하게 어우러진 해안 경관의 절정을 감상하고 읍천항에서 다양한 벽화를 보면서 나아해변에서 마무리하는 길 13.9km이다.

니체는 '좋은 물과 나쁜 물의 차이는 물이 아닌 성분들의 차이'라고 말한다. 삶의 차이에는 그래서 하는 사람이 있고 그래서 하지 않는 사람이 있는가 하면, 그래도 하는 사람이 있고 그래도 하지 않는 사람이 있다. 인생의 모든 순간이 결정적 순간이다. 꿈을 향해 가는 길에 결코 버려지는 순간은 없다. 한 걸음 한 걸음이 모여 해파랑길의 완주가 이루어진다. 티끌모아 태산, 한 걸음의 기적을 이루는 길이다.

장자는 '도행지이성 물위지이연(道行之而成 物謂之而然)', 곧 '길은 사람이 다니므로 만들어지는 것이고, 만물은 그렇게 불러줌으로 그렇게 되는 것'이라고 말한다. 도는 행하여짐으로 이루어지고 만물은 그렇게 되게 되어 있음으로 그렇게 된다. 태초에 길은 없었다. 누군가 다니면서 길이 되었다. 길이 없다면 내가 가는 모든 곳이 길이요 내가 가는 모든 걸음걸음이 길이다. '내가 그의 이름을 불러주기 전에는 그는 다만 하나의 몸짓에 지나지 않았다. 내가 그의 이름을 불러주었을 때 그는 나에게로 와서 꽃이 되었다.'라는 것처럼. 인생은 흘러가는 것이 아니고 성실로써 이루어져 가는 것, 하루하루를 보내는 것이 아니고 내가 가진 무엇으로 채워가는 것이다.

다시 채워야 할 하루가 시작된다. 동 트기 전이 가장 어둡다고 하던가. 어둠에 가려진 잔뜩 흐린 새벽, 경이로운 새로운 날의 한 걸음을 내딛는다. 독수리는 새끼들을 절벽 끝으로 내몬다. 절벽 너머로 내던져진 새끼 독수리는 날기 위해서가 아니라 살기 위해서 본능적으로 날개짓을 한다. 그 순간 새끼 독수리는 자신이 가지고 있던 것은 길고 넓은 앞다리가 아니라 날개였다는 사실을 깨닫는다. 힘들다고 날개를 접은 채, 그것이 날개인지도 모른 채 땅을 향해 걸어만 갈 수는 없다. 하늘을 날기 위해서는 허공으로 내딛는 한 걸음의 용기가 필요하다. "날자!" "이제 날으련다!"라고 외치는 한 걸음의 용기로 하루를 시작한다.

옛날 옛적에 수십 그루 느티나무 사이에 정자(亭子)가 있어 정자마을이 되었다는 정자항을 지나간다. '박달대게' '정자대게직판장' 등 대게를 파는 음식점들이 즐비하다. 정자항은 해양수산부가 선정한 '아름다운 어촌 100선'에 이름을 올린 어촌이다. 그동안 지나온 곳들 중에 '아름다운 어촌 100선' 중 부산 송도, 공수, 대변, 신평, 울산 대송, 일산, 당사 등 이곳 정자항을 포함해 부산 4곳, 울산 4곳, 모두 8곳을 지나왔다. 고래테마 관광도시 울산을 상징하는 귀신고래 형상의 고래등대 한 쌍이 불빛을 반짝인다. 흐린 구름으로 가득한 정자해변 모래사장과 조약돌을 바라보며 걸어간다. 일찍 잠에서 깨어난 갈매기가 가로등 꼭대기에 앉아 무심히 나그네를 쳐다본다.

해변을 지나자 이내 강동화암주상절리로 들어선다. 동해안에 있는 용암주상절리로는 가장 오래된 것이라고 한다. 주상(柱狀)은 기둥을, 절리(節理)는 돌에 생긴 금을 뜻한다. 뜨거운 현무암 마그마가 지표면에서 빠르게 냉각되어 수축하면서 가뭄에 논바닥 갈라지듯 균열되어 일정한 절리들이 생기고, 오랜 세월 풍화와 침식작용을 거치면서 마치 큰 돌기둥들을 정교하게 층층이 쌓아놓은 것처럼 변한 모양이 주상절리다.

화암(花岩)주상절리는 주상체 횡단면이 꽃무늬 모양을 하고 있기 때문이다. 이곳 주상절리는 약 2천만 년 전에 분출한 용암이 냉각하면서 열 수축 작용으로 생성된 냉각절리라고 하니 자연의 손길이 시간의 힘을 빌려 만들어낸 정교한 작품에 놀라울 뿐이다. 풍력발전소 설치에 반대하는 '풍력발전건립에 대한 우리의 입장'이라는 화암해상풍력 반대위원회의 현수막이 마을 담벼락에 붙어있다. '얼마의 전기를 생산하기 위해 하늘이 준 자연의 선물인 아름다운 해안선을 훼손하지 말라'고 한다. 개발이냐 보존이냐 참으로 어려운 문제가 아닐 수 없다. 네덜란드의 신학자 에라스무스가 '지상에서 가장 행복한 종족'으로 묘사한 인디언의 치료사 '구르는 천둥'의 십계명이다.

"대지는 우리의 어머니, 그 어머니를 잘 보살피라. 나무와 동물과 새들, 당신의 모든 친척들을 존중하라. 위대한 신비를 향해 당신의 가슴과 영혼을 열라. 모든 생명은 신성한 것, 모든 존재를 존경하는 마음으로 대하라. 대지로부터 오직 필요한 것만을 취하고, 그 이상은 그냥 놓아 두어라. 모두에게 선한 일을 행하라. 모든 새로운 날마다 위대한 신비에게 감사하라. 진실을 말하라. 하지만 사람들 속에선 오직 선한 것만을 보라. 자연의 리듬을 따르라. 태양과 함께 일어나고 태양과 함께 잠들라. 삶의 여행을 즐기라. 하지만 발자취를 남기지 말라."

자연은 스스로 아름답고 평화롭게 자신의 할일을 하면서, 살아있는 생명의 기쁨을 노래한다. 자연의 리듬을 따라야 한다. 부처나 예수, 공자나 마호메트도 자연의 품에서 자라고 자연에게서 깨달음을 배운 제자들이다. 그래서 자연은 성인들보다 더 위대한 스승이며, 나아가 인간도 자연의 한 조각이다. 자신이 자연이라는 사실을 잊어버리고 자연에 대해 말하면서 자기에 대해서는 망각한다. 아메리카 인디언들은 노래한다. "나무처럼 높이 걸어라. 산처럼 강하게 살아라. 봄바람처럼 부드러워라. 네 심장에 여름날의 온기를 간직해라. 그러면 위대한 혼은 언제나 너와 함께 있으리라." 영화 라스트 모히칸의 첫 대사는 사냥을 한 후, "죽여서 미안하다 형제여! 너의 힘과 용기에 경의를 표한다."라고 한다. 자연의 위대한 정령 앞에서 그들은 언제나 겸손했다.

척박한 바위섬에 입술을 대고 늙은 소나무 한 그루가 솟아있다. 하루 종일 온 몸을 들어 하늘을 향해 기도를 올린다. 햇빛과 바닷바람을

벗하며 새들의 보금자리를 틀어주고 가슴에 눈을 쌓기도 하고 비하고
도 다정하게 지내는 나무, 푸르고 푸르러 한민족의 상징인 소나무가 끈
질긴 생명력을 보여준다. 신경림이 '늙은 소나무'를 노래한다.

나이 쉰이 넘어야 비로소 여자를 안다고
나이 쉰이 넘어야 비로소 사랑을 안다고
나이 쉰이 넘어야 비로소 세상을 안다고
늙은 소나무들은 이렇게 말하지만
바람소리 속에서 이렇게 말하지만

또 다른 바윗돌에는 갈매기들이 앉아 있는 모습이 마치 '도레미파솔
라시도'라고 하듯 높낮이 악보 같은 재미있는 모습이다. 저 갈매기들의
꿈은 무엇일까. 갈매기 조나단과 같이 '더 높이, 더 빠르게, 더 멋있게'
가 아닌 더 아름답게 노래하는 것일까.
주상절리를 지나서 신명교를 건너간다. 예쁜 소공원에 '경상북도 경

주시 양남면'이라는 대형 표지석이 서 있고 메뚜기 두 마리 조각상이 피리를 연주하며 나그네를 반겨준다. 드디어 경상북도 경주시에 들어섰다. 경주에서는 '2015 실크로드 대축전'이 열린다. '살아있는 실크로드, 숨겨진 보물' 신라를 주제로 실크로드 거점으로서의 경주가 국제적으로 인정받도록 하고 실크로드 주요 도시들과 문화협력 체계를 구축한다는 취지다.

실크로드는 동서 문물 교류의 젖줄이었다. 그 명칭에서 드러나듯 비단은 실크로드의 상징적인 교역물이었다. 기원전 1세기경 중국의 비단을 처음 접한 로마인들은 비단의 화려함과 부드러운 촉감에 곧바로 매료되었다. 비단은 단순한 옷감이 아니라 최고의 선물이자 통화를 대신하는 지불수단이기도 했다. 오아시스를 찾아 사막을 오가는 상인들은 만일의 사태에 대비해 집단으로 다녔다. 이 같은 대상(隊商)무역을 주도한 사람들이 소그드인이었다. 소그드인들은 실크로드 요충지 곳곳에 집단거류지를 형성했다. 그리고 네트워크를 만들어 정보를 주고받으며 실크로드의 중계무역을 장악했다. 소그드인은 자식을 낳으면 반드시 꿀을 먹이고 손에 아교를 쥐어주었다. 아이가 성장했을 때 입으론 언제나 꿀처럼 달콤한 말을 하고, 손에 돈이 들어오면 아교처럼 손에서 나가지 않도록 하라는 의미였다.

누에의 꿈은 하늘을 나는 것, 그러나 누에는 실크로드를 만들었다. 나의 꿈은 해파랑길을 종주하는 것, 나비효과로 훗날 통일을 이루는 초석이 될지 누가 알겠는가.

신라시대에 별을 관측해서 시간을 측정하는 첨성대 같은 시설이 이 지역에 있어 '관성'이라 불렸다는 관성해수욕장을 지나간다. 몽돌과 백사장이 함께 어우러진 해변에 갈매기 떼가 회의를 하듯 모여 있다. 가까이 다가가도 별로 놀라거나 피할 의도가 없다. 마치 내가 저들을 좋아하는 줄을 아는 모양새다.

금방이라도 비가 올 것 같은 흐린 날씨에 시원한 바닷바람이 불어온다. 모처럼 날씨 덕을 제대로 본다. 걷기에 좋은 날이기에 발걸음에 속도가 붙는다. 지난 1983년에 침투하는 무장공비 5명을 사살했다는 무장공비격멸전적비를 지나서 하서해안공원으로 들어간다. 하서항에 들어서자 해파랑길 이정표와 파도소리길 안내판이 함께 있고, 바닥에는 '주상절리 가는 길'이란 표시가 되어 있다. 하서항에서 읍천항까지 이어지는 길을 '파도소리길'이라 부른다.

우수에 젖은 청동인어상이 풍만한 젖가슴을 드러내고 바위에 앉아있다. 인어상은 왜 항상 예쁜 여인일까, 우람한 남자이면 안 될까, 알 수 없다. 하서항을 지나서 양남 '주상절리 파도소리길'로 들어선다. 흙길과 데크 계단길을 번갈아 걸어가며 오랜 세월 파도를 맞으며 자리를 지키는 갖가지 주상절리를 감상한다. 주상절리 파도소리길은 '기울어진 주상절리'를 시작으

로 '누워있는 주상절리', '위로 솟은 주상절리', 그리고 가장 아름다운 '부채꼴 주상절리'로 자연이 빚은 예술조각품을 선보인다. 부채꼴 주상절리는 꽃송이처럼 둥글게 펼쳐진 모양이 꽃을 닮았다고 해서 '화형 주상절리', 검은색 돌덩어리라고해서 '흑화'라고도 불렀으며, 바람에 부풀어 오른 주름치마 또는 백두산 천지처럼 보이기 한다.

드라마 '대왕의 꿈' 촬영지인 주상절리 조망공원에서 주상절리에 부딪히는 파도소리를 보고, 듣고, 느끼고, 새긴다. 한국수력원자력㈜ 월성원자력본부의 지원으로 2013년에 세웠다는 출렁다리를 건너 읍천마을로 들어선다. '그림 있는 어촌마을 주상절리 읍천항'이라는 대형 안내판이 반겨준다. 조그만 항구 입구에서부터 읍천항의 상징이라 할 수 있는 새하얀 등대와 새빨간 등대, 다양한 벽화가 눈에 들어온다. '벽화마을', '읍천항 갤러리'에 걸맞게 마을 담벼락이 온통 그림이다. 마을을 벗어날 즈음 벽화를 그리는 학생들이 있다. 월성원자력본부에서 지원을 받아 벽화를 그리는 영남대학교 학생이라 한다. 월성원자력공원이 있는 10코스 종점 나아해변에 이르자 몽돌이 파도에 휩쓸려 구르는 소리가 운치를 더한다. 바다 위로 솟은 황새바위가 배 모양을 닮았다. 바위 정상에 수백 년도 더 된 개동백나무가 황새 모습으로 보여 붙여진 이름이다. 차를 타고 이동하기 위해 지나가는 마을에는 이주대책위원회의 '수명 다된 월성1호기 폐기처분해야 한다'는 현수막이 바람에 일렁인다.

해룡 海龍

해파랑길 11코스는 나아해변에서 시작하여 차를 타고 이동하여 봉길해변에서 문무대왕의 수중릉인 대왕암을 만나고 감은사지삼층석탑과 이견대를 지나서 '바다가 육지라면'을 흥얼거리며 '김포깎지길'을 걸어 감포항에 이르는 길 18.9km이다.

한국 토착신앙의 3대 분야는 용왕신, 산신, 칠성신이다. 칠성은 밤하늘에 반짝이는 북두칠성을 말한다. 별이 인간의 길흉화복과 수명을 지배한다는 도교의 믿음에서 유래하여 삼국시대에 우리나라에 들어왔다. 어머니들이 장독대에 정화수를 떠놓고 빌었던 대상이 칠성신이다. 산신은 산에 있는 신이다. 대한민국은 70%가 산으로 되어있고, 각 산마다 산신령이 있다고 여겨왔다. 역대 왕이나 충신들도 죽으면 산신이 되어 국토를 지킨다고 믿었다. 용왕은 바다를 주관하는 신이다. 뱃사람들의 안전을 책임지고, 바다 밑의 수중 세계를 총괄한다. 신라 문무대왕은 죽어서 나라를 지키는 동해의 용왕신이 되었다. 거룩한 호국정신은 세계 역사상 어디에도 유례가 없다.

문무왕릉이 있는 봉길해안까지 버스를 탈까 택시를 탈까 하는 찰라, 택시가 보인다.

버스를 타고 이동하는 낭만을 맛볼 수도 있지만 갈 길 먼 나그네가 시간은 돈이기에 돈과 시간을 교환한다. 덕분에 택시기사에게 해파랑 길에 대한 이야기도 듣는다. 철학자 제이콥 니들먼 교수는 "자연이나 아이디어나 즐거움과 우리의 관계를 생각해보자. 정체성이나 자존심을 생각해보자. 우리가 사는 곳과 둘러싼 곳을 생각해보자. 다른 사람을 돕거나 대의를 실행하려는 충동을 생각해보자. 우리가 가는 장소와 이동하는 방법과 우리와 관계있는 사람을 생각해보자. 아니면 그저 어제 한 일이나 내일 할일이나 한 시간 뒤에 할일을 생각해보자. 이 모든 생각 속에 돈이라는 요소가 들어있다. 지금 혹은 내년, 아니 평생 당신이 원하거나 꿈꾸는 것을 생각해보자. 이 모든 것에는 일정한 액수의 돈이 들어간다." 그리고, "우리 삶이 지옥 같은 이유는 돈을 너무 중요하게 여겨서가 아니라 그리 중요하지 않게 여기기 때문이다."라고 말한다.

해파랑길의 유랑은 사치가 아닌 소박함으로 돈의 소중함을 일깨워준다. 농부는 돈 때문에 농사를 짓고, 어부는 돈 때문에 고기를 잡는다. 탈무드에서는 '현인은 돈의 위력을 알지만, 부자는 지혜의 위력을 모른다.'고 한다. 돈은 저주가 아닌 축복이다. 돈이 있어 행복하지는 않지만 돈이 없어 불행한 경우는 많다.

택시 기사는 해파랑길 걷는 사람들을 간간이 보았지만 이 뜨거운 여

름날에 걷는 사람은 처음이며, 더구나 혼자 걷는 이상한 사람, 어쨌든
대단하다고 칭찬한다. 택시는 이내 봉길해안에 도착했다. 달콤함의 대
가는 8천원이었다.

문무대왕(626~681)의 바다무덤 앞에 서자 하늘에서 가느다란 빗줄기
가 내린다. 망언을 일삼는 일본의 아베와 우익세력들에 대한 분노인가.
"내가 죽으면 화장(火葬)하여 동해에 장사하라. 그러면 동해의 호국용이
되어 신라를 보호하리라."는 유언에 따라 불교식 장례법으로, 유골은
바닷가에서 200m 떨어진 길이 약 20m 바위섬 수중 못에 모셨다. 실제
유골함은 발견되지 않았지만 사방으로 나 있는 수로와 석공들이 바위
를 다듬은 흔적은 발견됐다.

신라 30대 임금으로 태종 무열왕 김춘추(604~661)의 아들인 문무대왕

은 삼국통일의 기틀을 마련한 아버지의 유업으로 백제 부흥군과 고구려를 물리쳐 과업을 이루었다. 손을 잡았던 당나라가 백제와 고구려, 신라 땅의 주인 행세를 하려 하자 이에 맞서 670년부터 7년 동안 당나라와 전투를 벌였다. 당나라의 20만 대군을 매소성(양주)에서 물리치고 금강 하구 기벌포 전투에서 수군을 격파함으로 대당 전쟁을 끝내고 대동강 아래쪽으로 삼국통일을 이루었다.

왜군은 663년 백강전투에서 백제 부흥군과 합세하여 신라와 전쟁하였고, 나아가 왜구는 우리나라 해안을 끊임없이 약탈했다. 이에 문무대왕은 죽어서도 동해를 지키는 용이 되어 왜구를 막으리라 한 것이다. 대왕암이 보이는 이견대(利見臺)에서 아들인 신문왕은 용이 된 아버지를 보았고, 또 아버지가 편히 쉬도록 감은사지 금당 밑에 수로를 만들었다. 산처럼 커다란 무덤 속에 편히 잠든 여느 왕들과는 달리, 온종일 파도치는 바다 한가운데서 왜구를 막으며 백성을 보살피는 문무대왕의 마음이 가슴에 닿는다.

역사적으로 일본과의 악연은 참으로 참담하고 비극적이다. 일본은 일제강점기에 우리의 주권, 말과 글, 성과 이름, 고유 전통과 문화를 송두리째 빼앗고 짓밟아버린 잔인한 나라였다. 문화적, 인종적 열등감에서인지 우리를 존재부터 없애려 했다. 1904년 러일전쟁 당시 동해에서 작전을 펴기 위해 독도를 자기네 땅 시마네현에 불법 편입시키고, 그곳에 무선 전신기지를 세웠던 일본은 지금도 독도를 자기네 땅이라며 억지를 부린다. 위안부는 없었던 일이라고 파렴치하게 떠든다. 일본의 사무라이는 명예를 생명보다 중히 여겼다. 잘못했으면 무릎 꿇고 배를 갈랐지만 오늘의 일본인은 그 사무라이의 후손이 아닌 것 같이 자기들이 나라를 빼앗고, 독도를 빼앗고, 위안부로 끌어갔고, 자기들로 인해 분단의 고통을 겪고 있는 우리 민족에게 여전히 잔인하다. 세계2차대전 종전 후 동서독과 마찬가지로 전쟁 책임으로 분단됐어야 할 일본의 죄과는 엉뚱하게 우리에게 씌워졌고, 일본의 피폐한 전후 경제 회생은 우리의 6.25 전쟁 덕분이었다. 자기들의 죄과로 파산한 남의 고통에서 쾌락을 즐긴 일본은 죄도 많고 이득도 많은 이웃이다.

일본 국적의 미국의 데라자와 유키 교수는 "일본군 위안부 피해자는 '성 노예'로 끌려갔는데도 스스로 불결하다고 여기며 살아왔습니다. 교회 같은 성스러운 장소엔 감히 들어가선 안 된다고 자책하곤 했습니다. 일본 정부가 그들에게 공식적인 사과를 해야 하는 이유 중 하나입니다."라고 말하지만, '로마인 이야기'의 저자 시오노 나나미는 네덜란드 여성을 일본군 위안부로 동원한 것에 대해서는 "이야기가 퍼지면 큰일이니 급히 손을 써야 한다"라고 주장하면서 한국인 위안부에 대해서는 "강제 연행은 없었다"는 식으로 사실을 왜곡한다.

그 누가 뭐래도 독도는 우리 땅이다. "울릉도 동남쪽 뱃길 따라 이백리, 외로운 섬 하나 새들의 고향! ~ 독도는 우리 땅!!"이다. "동해바다를 지키는 대왕부부여!! 현대판 탐욕의 왜구들을 물리쳐 주소서!!"

빗줄기가 점점 굵어져 해수욕장 천막에서 우의를 입고 배낭을 커버로 씌운다. 해안을 벗어나 대종천을 따라 감은사를 향해간다. 대종천 끝자락에 용이 머물렀다는 용당리에 감은사 절터가 있다. 동해바다에서 서라벌로 들어가는 길목에 자리한 감은사는 문무왕이 삼국을 통일

한 뒤 왜구의 침략을 막고자 절을 짓기 시작하였지만 완성하지 못하고
죽자 신문왕이 부왕의 유지를 받들어 완공했다. 신문왕은 죽어서도 용
이 되어 나라를 지키겠다는 부왕에 대한 감사의 마음을 담아 '감은사
(感恩寺)'로 이름 지었다.

　동쪽과 서쪽에 3층 석탑 두 기가 각각 동탑과 서탑으로 표시되어 있
다. 석탑 사이에는 '효의 물길'인 금당터가 있고, 금당 아래 석축들 사
이로 큰 공간이 비어 있어, 이 공간을 통해 동해 바닷물과 대왕암에 장
사지낸 용이 된 문무왕이 편안히 드나들었다. 감은사 터 뒤쪽 산길로
1km 남짓 이견대를 찾아간다. 사람들이 찾지 않아 풀숲이 우거진 데
다 비에 젖어 있어 중도에 다시 내려올 수밖에 없다. 감은사에서 농로
를 따라 차도로 나와 이견대를 다시 올라간다. 이견대는 문무왕릉과
봉길해변이 한 눈에 내려다보이는 곳에 있는 정자다. 신문왕은 이곳에
서 용이 된 아버지로부터 대나무를 얻어 피리를 만들어 불었다.

682년 5월 초, 신문왕은 동해에 거북머리처럼 생긴 작은 산이 물결을 따라 왔다 갔다 한다는 보고를 받았다. 점을 쳐 보니 신문왕이 해룡(海龍)과 천신(天神)에게서 귀한 선물을 받을 거라 했다. 섬 꼭대기에는 대나무 한 그루가 있었는데 낮에는 둘로 나뉘었다가 밤에는 하나로 합쳐졌다. 신문왕이 배를 타고 산으로 다가가는 순간 안개가 밀려오며 용이 나타나 말했다. "손뼉도 마주쳐야 소리가 나듯이 이 대나무도 하나로 합쳐져야 소리가 납니다. 이 나무로 피리를 만들어 불면 천하가 태평할 것입니다. 해룡이 된 문무대왕과 천신이 된 김유신 장군께서 두 마음을 합쳐 이 보물을 드리라 하였습니다."

신문왕은 대나무를 가져와 피리를 만들어 불어보니 맑고 청아한 소리가 흘러나왔다. 그 뒤로 피리를 불면 마른 강바닥에 물이 넘치고, 폭우가 쏟아질 땐 비가 그치고 아픈 사람은 병이 나았으며 적군은 물러갔다. 이렇게 피리만 불면 만 가지 근심이 사라져 이 피리를 거센 물결을 잦아들게 하는 피리, 곧 만파식적(萬波息笛)이라 불렸다.

칼로 후벼 파낸 그 대나무가 영혼을 달래는 피리가 되고 도공의 가마에서 뜨겁게 구워진 잔이 달콤한 포도주를 담는 잔이 된다. 존재 내부로 슬픔이 깊이 파고들수록 기쁨은 더욱 커진다. 슬픔이 원천이 되어 기쁨을 준다. 역사의 뒤안길을 돌아보며 감포읍 대본리에서 '신라동해구'라고 새겨진 석비를 지나 다시 해안길로 나아간다.

'동해구'에서 '구'는 '입 구(口)' 자를 쓰니, 곧 동해의 입, 동해로 열린 문이다. 동해의 햇살을 들이마시고 안개로 토해낸다는 토함산에서 발원한 대종천이 바다와 만난다. 토함산에서 동해까지 이어진 모습이 꼭 거대한 해룡처럼 생긴 대종천은 조선 시대까지 '동해천'이라 불렸다. 김정호의 대동여지도에 '동해천'이라는 기록이 있다.

'감포깍지길' 1구간이 시작된다. 나정해변, 전촌항, 감포항을 지나 오류해변까지 해안선과 내륙을 잇는 길이 '감포깍지길'이다. 사람이 바다와 깍지를 끼고 걷는 길, 또는 부부나 연인끼리 정겹게 깍지를 끼고 걷는 길이란 의미다. 나 홀로 여행자인 나는 부득이 바다와 깍지를 끼고, 갈매기와 바람과 구름과 깍지를 끼고 간다. 백사장 앞 큰 바위에 새겨진 가수 조미미의 '바다가 육지라면' 노래비가 바다를 등지고 서 있다. 70년대 히트곡인 이 노래의 작사자 정귀문 씨가 바로 이 자리에서 노랫말을 만들었다고 한다. 파도소리에 노래가 실려 온다.

얼마나 멀고먼지 그리운 서울은
파도가 길을 막아 가고파도 못 갑니다.
바다가 육지라면 바다가 육지라면
배 떠난 부두에서 울고 있지 않을 것을
아~아 바다가 육지라면 눈물은 없었을 것을

은빛 융단을 깔아놓은 듯한 고운 모래해변인 나정해수욕장을 걷고, 전촌해수욕장까지 백사장을 걸으며 시골 어촌 전촌항에 이른다. 전촌항 뒷산 숲길을 걸어 정상에 오르자 확 트인 푸른 바다와 감포항이 시원하게 다가온다. 감포항에 도착할 때까지 비에 젖고 땀에 젖은 나그네가 '바다가 육지라면, 바다가 육지라면'을 흥얼거린다.

낭만 浪漫

해파랑길 12코스는 감포항에서 시작하여 연동마을까지 '감포깎지길'을 걷고 '손재림민속박물관'을 지나면서 경주를 벗어나 포항의 미항으로 꼽히는 '양포가는 감포길'이라고도 불리는 해안선을 따라 국도를 주로 걸어 양포항에서 마무리하는 길 13.0km이다.

"궂은 비 내리는 날 / 그야말로 옛날식 다방에 낮아 / 도라지 위스키 한 잔에다 / 짙은 색소폰 소릴 들어보렴. (중략) 밤늦은 항구에서 / 그야말로 연락선 선창가에서 / 돌아올 사랑은 없을지라도 / 슬픈 뱃고동 소리를 들어 보렴 (중략) 이제야 새삼 이 나이에 / 청춘의 미련이야 있겠냐마는 / 왠지 한 곳이 비어있는 내 가슴이 / 다시 못 올 것에 대하여 / 낭만에 대하여~" 최백호의 '낭만에 대하여'를 흥얼거리며 궂은 비 내리는 감포항을 걸어가며 낭만에 젖는다.

낭만(浪漫)의 한자에는 모두 '물 수(水)' 변이 있다. 유랑(流浪)에도 마찬가지다. 낭만은 유랑과 마찬가지로 물 흐르듯이 흘러가는 것이다. 고대 그리스의 철학자 헤라클레이토스는 "영혼이 죽으면 물이 되고, 물이 죽으면 땅이 된다. 그러나 땅에서 물이 나오고, 물에서 영혼이 나온다."라는 알 듯 모를 듯한 말을 남겼다. 그리고 "마른 영혼이 가장 지혜롭다."고 하면서 한편으로는 "술 취한 사람이 아이에게 이끌려가고 있다. 다리는 비틀거리고 어디로 가는지도 모른다. 그의 영혼이 젖어있기 때문이다."라고 한다. 일상생활에서는 이성적 판단의 마른 영혼이 필요하지만 여행자에게는 젖은 영혼의 낭만이 있어야 유랑의 기쁨을 맛볼 수 있다. 낭만이 마른 내 영혼을 적시며 해파랑길에 흘러간다.

동해의 일출을 감상하는 명소로서 항구 모양이 '달 감(甘)' 자와 비슷해서 감포항이라고도 하고, '감은사가 가까이 있는 포구'라서 '감은포'라 불리다가 '감포'가 되었다고도 하는 동해 남부의 중심 어항이자 경주지역 최대의 항구를 지나간다. 싱싱한 횟감을 파는 재래시장이 바다를 배경으로 형성되어 있고 아직까지 남아있는 일본식 집들은 영화 셋트장을 보는 듯하다.

바다에서 감포항으로 들어오려면 날카로운 암초들이 즐비한 송대말을 거쳐야 한다. '송대말'은 소나무가 펼쳐진 끝자락이란 의미다. 등대 주변에는 수령 300~400년 된 소나무가 즐비하다. 울퉁불퉁 튀어 올라온 바위도 있고 송곳처럼 바위 속에 감춰진 바위도 있다. 일제강점기에 우리나라 바다는 일본인들의 먹거리 창고였다. 송대말 암초 때문에 우리 해산물을 가져가기가 쉽지 않자 일본인들은 등대 흉내를 낸 등간을 설치했다. 청정해역인 동해에서 나는 신선한 해산물을 독차지하고, 감포에는 축양장을 만들어 해산물을 보관해 두었다가 일본으로 가져갔

다. '송대정'이라는 고급 요정을 지어놓고 즉석요리를 즐기기도 했다. 스페인의 탐욕에 찬 정복자들과 마찬가지로 일본인들의 엘도라도로서 강제수탈과 영구정착의 목적으로 근대화해서 이주해 어촌을 형성해 살았던 그 잔재가 여전히 느껴진다.

"흘러간 물은 다시 돌아오지 않는다. 슬프거나 분하거나 과거는 과거로 묻어버리고 오늘은 오늘로 생활해야 한다."라고 벤자민 프랭클린은 말한다. 흘러간 물로는 손발을 씻을 수도, 물레방아를 돌릴 수도 없다. 물은 이미 흘러갔고 흐르는 물을 쫓아갈 필요는 없다고 하더라도 같은 일이 다시 반복되어서는 안 된다. 때로는 자신을 만든 모든 것을 이해하려면 먼저 뒤로 돌아가야, 진정으로 돌아가야 전진할 수 있다. 용서는 하되 잊어서는 안 된다. 그러나 용서 받을 자가 용서를 구하지 않는 현실에는 참담할 수밖에 없다.

감포는 찬란한 신라 역사의 고도인 경주 인근의 문화재 도굴 및 발굴된 유물의 밀반출이 가장 조용하게 이루어진 곳이다. 조선총독부 우정국에서 "아침 해가 떠오르는 감포 송대 끝"이라 명명하여 기념우표와 엽서를 발행한 곳이니 그들의 감포 사랑이 얼마나 대단한지 알 수 있다. 송대에는 당시 인근 지역에서는 보기 드물게 노송이 집단 서식한 자연경관이 절경을 이루는 곳이었다. 해송이 즐비한 곳이라 이름도 송대말 등대라 했다. 감은사지 3층 석탑을 형상화해 만든 송대말 등대에서 슬픈 감포항의 과거를 내려 본다.

왜구를 막으려 동해의 용이 되었던 문무왕의 탄식이 감포항의 파도에 밀려온다. 조선 초대 총독으로 취임한 데라우치 마사타케 총독은 "가토 기요마사, 고니시 유키나가가 살아 있다면 오늘밤 이 달을 어떻게 보았을까?"라고 읊으며 임진왜란으로 이루지 못한 한일합방의 감회에 젖는다. 도요토미 히데요시와 이토 히로부미가 저승에서 만나 "후배님! 장하오. 큰 일 했소!"라고 하는 만화를 그리는 일본인이다.

정작 1910년 8월 29일이 국치일이라는 사실을 기억하는 우리 국민은 얼마나 될까. 매천 황현은 "나는 죽어야 할 의리가 없다. 다만 국가가 선비를 기른 지 5백 년 동안인데, 나라가 망하는 날에 한 사람도 난리에 죽는 자가 없다면 어찌 통탄할 일이 아니겠는가?"라며 국록을 먹은 적은 없지만 지식인으로서 책임을 느끼고 스스로 목숨을 끊으면서 절명시를 남긴다.

새와 짐승 슬피 울고 산하도 찡그리니
무궁화 세계가 이미 망했구나.
가을 등불 아래 책 덮고 천고의 역사를 회고하니
글을 아는 인간의 구실이 어렵구나.

굵은비 내리는 감포항 거리 송대말 등대에서 낭만에 젖어 걸어간다. 현실에 매달리지 않고 현실의 건너편을 바라보는 거시적 시각을 갖는 낭만주의는 창조적 정신과 일맥상통한다. 한나라 유향(BC. 77~6)이 펴낸 '초사'의 세계는 낭만적이고 서정적이다. '초사'에서 처음으로 등장하는 시인의 이름이 굴원으로, 그가 중국 대표 낭만 시인인 것은 처음으로 그 이름이 등장했기 때문이다. 1972년 중국을 방문한 닉슨에게 선물로 '초사'를 건넸을 정도로 마오쩌뚱은 '초사'를 한 시도 손에서 놓은 일이 없었다. 대장정(大長征) 때도 마찬가지였다. 마오쩌뚱의 대장정은 인류사 최대의 드라마로 손꼽힌다.

중국 공산당은 1934년 11월 국민당 군에게 쫓겨 370일간 11개 성(省)을 거쳐 24개가 넘는 강을 건너고, 18개의 산맥과 1,000개 이상의 험준하고 높은 산을 넘어 2만 5천 리(9,600km)를 패주해서 도망쳤다. 초기에 10만 명이 넘었던 병력은 7,000명만 살아남았다. 하지만 2년 간의 대장정의 쓰라린 고통은 새로운 중국을 잉태하는 씨앗이 되었다. 중국 역사에서 남과 북이 싸우면 언제나 남쪽이 진다. 남의 패배 북의 승리로 점철된다. 기후가 온화하고 물산이 풍부한 남방인들의 기질이 험난한 풍토에 단련된 북방의 강인한 기세를 당하기 어려웠기 때문이다. 그래서 패배를 '敗北', '북에게 졌다'로 쓴다. 하지만 유일하게 호남성 장사의 마오쩌둥이 이끈 남방이 북방을 물리친 정권이 현대의 중국이다. 마오쩌둥의 대장정은 쓰라린 낭만의 결과물이었다.

마오쩌둥이 흠모했던 삼국지의 조조 또한 빼어난 문학적 감수성으로 희뿌연 모래먼지가 뒤덮인 싸움터에서 말을 달리면서도 낭만에 젖어 시를 짓고 노래를 불렀다. 삶은 짧고 웅대한 뜻을 이루기 어려워 술을 앞에 놓고 앉아 근심을 풀며 조조는 '단가행'을 불렀다. "인생은 너무 짧다. 그러니까 우리는 지루하게 살 수 없다."라고 디즐레이는 말한다. 고통이나 번민에 젖어 있기에는 지구별 위에서 살아갈 날이 그리 많지 않다. 살아온 날보다 살아갈 날이 짧다. 몇 해만 지나면 기억에서 사라질 일에 얽매여 시간과 정열을 낭비하지 말고 오래오래 기억에 남을 낭만의 여행을 즐겨야 한다. 그래야 이 세상 소풍 끝나는 날 지구별에서의 삶이 아름다웠다고 말하지 않겠는가. 죽는 날까지 재미있게 살아야 한다.

오토캠핑장에 사람들이 붐비고 부드러운 모래가 자랑인 오류해변을 거쳐 연동마을을 지나간다. 오류해변은 백사장 모래가 마치 비단을 펼쳐 자로 잰 것과 같다 하여 이 일대를 척사(尺紗)라 부르기도 한다. 문무대왕릉부터 감은사지, 나정해변, 전촌항, 감포항을 거쳐 여기까지가 감포깍지길 1구간 19km이다.

감포초등학교를 지나면서 신라 천 년의 고도 경주를 벗어나 포항으로 들어간다. 신라는 삼국통일 이후 잠시 정치적 안정을 누릴 수 있었으나 150여 년을 넘기지 못하고 반란이 빈발하면서 중앙정부는 지방에 대한 통제력을 상실해 갔다. 농민들은 국가와 호족, 그리고 연이어 계속되는 자연 재해라는 3중의 수탈에 시달렸고, 이는 국가 재정을 파탄으로 몰고 갔다. 역사적으로 국가의 흥망은 인재와 세금에 달려있다. 진흥왕 때 설계두가 "신라에서는 사람을 쓸 때 골품을 따지므로 정해진 신분이 아니면 비록 큰 공을 세워도 한계가 있다."라고 하면서 당나라로 떠나간 이후, 많은 인재들이 떠나갔다. 9세기 말부터 걷잡을 수 없는 혼란에 빠져든 신라는 엎친 데 덮친 격으로 호색에 빠진 진성여왕 즉위 2년째인 888년 5월에는 큰 가뭄이 들어 농민들은 세금을 바칠 수 없었다. 최치원은 '해인사묘길상탑기海印寺妙吉祥塔記'에서 기록한다.

"굶주려 죽은 시체와 전쟁터에서 죽은 시체는 들판에 별처럼 즐비하였다. (중략) 하늘과 땅은 온통 어지러워지고 들판은 전쟁터가 되니 사람들은 방향을 잃고 행동은 짐승과 같았다. 나라가 기울어지려고 한다."

인류 역사상 천 년 사직을 이룬 국가가 있는지 없는지, 천 년 사직 신라가 무너졌다는 사실을 아는지 모르는지, 울산에서 발원한 형산강은 말없이 경주 시내를 거쳐 포항으로 흘러간다. 작은 봉수대가 있던 섬이라서 소봉대(小峰臺)라 불리던 장기면 계원리에 딸린 섬을 바라보며 걷는다. 해안경관이 빼어나 예로부터 문인들이 많이 찾던 곳으로 회재 이언적의 '비속한 티끌세상 벗어나려니' 시비가 있다.

땅이 끝나고 바다가 시작 되는 곳
천지의 어느 곳에 삼신산이 있는가

비속한 티끌세상 벗어나려니

가을바람에 배 띄워 선계(仙界)를 찾고 싶구나

간간이 빗방울이 떨어진다. 중풍치료로 국내에서 손꼽히는 한의사라는 손재림 씨가 폐교를 매입해 민속박물관, 한의학전시관 등으로 조성했다고 하는 '손재림민속박물관'을 지나갈 때 먹구름은 비를 쏟기 시작한다. 점점 세차지는 비바람에 걸음걸이를 재촉하여 어둠 속에 '포항의 미항'이라는 양포항에 도착한다. 수협에서 운영하는 목욕탕은 휴업이라 하고 여관도 문이 굳게 닫혀 있다. 비는 오고 날은 어두워지고 갈 데는 없고, 나그네의 심사가 복잡해진다. 항구를 어슬렁어슬렁 왔던 길을 되돌아가며 어떻게 하나 하다가 비바람을 피하고 몸도 식힐 겸 양포삼거리 다방에 들어간다. 인근에 숙소가 있는지를 물어보며 낭만에 젖어 도라지 위스키가 아닌 커피를 마시며 전열을 재정비한다. 어둑어둑한 비오는 시골의 거리를 걸어 여관에 도착하니 주인 할머니가 당황한다. 밥을 굶을까 하여 여관 할머니에게 우산을 빌려 쓰고 다시 가까운 식당으로 가니, 복날이라 낮에 팔다가 남은 삼계탕이라며 준다. 시집 간 딸이 어린 외손자를 데려와서 집안 분위기가 온통 웃음바다다. 그리운 얼굴들이 스쳐간다. 빗소리 안주에 한 잔 술을 마시며 비에 젖은 몸과 그리움에 젖은 마음을 달랜다. 밤새 창가를 두드리며 쏟아지는 비바람에 '날이 새면 집으로 가야지' 하는 유혹이 끊이지 않는다. 노스탤지어의 손수건이 휘날리는 양포항의 밤은 깊어가고 귀소본능에 젖어 이리저리 뒤척이는 나그네는 하루의 끝에서 잠을 이루지 못한다.

4. 포항 구간

　포항(浦項)은 동해안 영일만에 위치한 인구 약 52만 명의 경상북도 최대 도시로 시의 중심으로 흐르는 형산강이 영일만에 유입되면서 넓은 충적평야를 형성하고 있다. 1970년대 초 포항제철이 조성되면서 도시화가 진행된 포항, '해를 맞이하는' 영일만은 동해로 통하는 경북 제1의 관문으로서 1962년부터 국제개항장이 되었고, 포철단지와 관련된 화물출입이 많다. 호미곶에는 동양 제2의 규모인 장기갑등대가 있고, 흥해읍의 영일민속박물관과 호미곶면의 국립등대박물관은 장기갑등대와 함께 관광명소로 알려져 있다. 축제로는 특히 영일만축제와 포항국제불빛축제가 유명하며 특산물로는 구룡포의 과메기가 유명하다.

해파랑길 제4구간인 포항구간은 양포항에서 화진해변까지 13코스~18코스 107.8km다.

13코스는 육당 최남선이 조선10경의 하나로 극찬한 장기일출암을 지나고 장길낚시공원에서 쉬었다가 구룡포항에 이르는 길이다. 14코스는 구룡포에서 일제강점기의 역사 문화를 느껴본 뒤 한반도 동쪽 땅끝마을인 석병리를 거쳐 호미곶까지 간다. 15코스는 한반도의 꼬리인 호미곶 '상생의 손' 앞에서 동해 일출을 감상하고 '호미기맥 감사나눔 둘레길'의 일부를 걸으며 흥환보건소에 이른다. 16코스는 연오랑과 세오녀의 전설이 있는 영일만을 걷고 포스코 공장 울타리를 지나고 형산강을 건너 포항운하, 송도 해수욕장에 이른다. 17코스는 동빈내항과 영일신항만을 지나며 항구도시 포항을 실감하고, 영일대해수욕장에서 쾌적하고 수려한 경관의 해안도로를 따라 칠포해변에 이른다. 18코스는 길고 짧은 백사장과 시골 바닷가 마을에서 청정 해안의 정취를 맛보며, 해안선만을 따라 월포해수욕장을 거쳐 화진해수욕장에 이른다.

포항시는 감사와 나눔을 통해 행복도시 포항을 만들자는 취지로 감사와 나눔의 캠페인을 벌이며, '감사도시 포항'의 슬로건 아래 '감사나눔둘레길'을 만들었다. 각 읍면동 21개소에 포항의 걷기 좋은 길을 21개의 '감사나눔 둘레길'로 지정하여 운용하고 있다. 해파랑길 구간인 구룡포에는 '감사나눔둘레길'이, 호미곶면에는 '호미기맥 감사나눔둘레길'이 있다.

13코스 ~ 18코스 107.8km

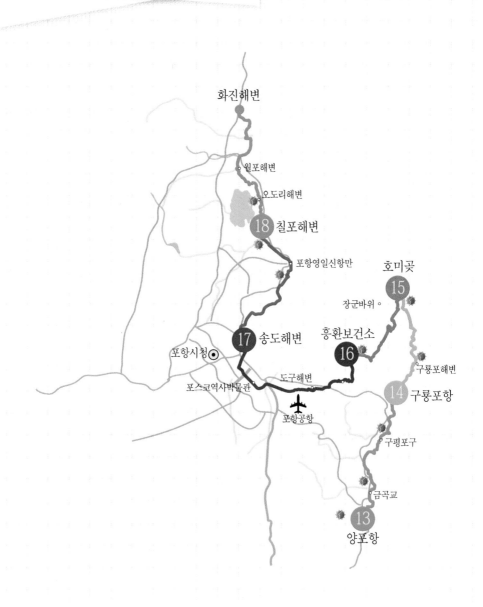

화진해변

월포해변

오도리해변

18 칠포해변

포항영일신항만

호미곶

15

장군바위

17 송도해변

흥환보건소

포항시청⊙

16

구룡포해변

도구해변

14 구룡포항

포스코역사박물관

포항공항

구평포구

금곡교

13

양포항

● 13코스

용기勇氣

해파랑길 13코스는 양포항에서 시작하여 고산과 우암과 다산과 고산자와 육당을 만나는 장기일출암을 지나서 줄곧 해안을 따라 낚시터로 유명한 장길리복합낚시공원을 거쳐 아홉 마리 용이 승천했다는 구룡포에 이르는 길 18.3km이다.

"인간은 본래 무엇과 투쟁하는 성질을 가지고 있다. 그래서 어떤 사람은 승리하고 어떤 사람은 패배한다. 인간이 하는 싸움에는 세 가지가 있다. 첫째는 인간과 자연과의 싸움이요, 둘째는 인간과 인간의 싸움이며, 셋째는 자기 자신과의 싸움이다. 이 세 가지의 싸움은 그 성격상 대단히 다르다. 인간의 역사와 함께 그 중요성은 끊임없이 변화하고 있다. 그 싸움의 방법도 상대에 따라 전혀 판이하다.", "재능 있는 사람이 가끔 무능하게 행동하는 것은, 그 성격이 우유부단한 데 있다. 망설이는 것보다 실패가 낫다."라고 영국의 철학자 버트런드 러셀은 말한다. 내면의 강한 나를 끄집어내어 투지에 찬 전사가 되어 용기 있게 하루를 시작한다.

이른 새벽, 창문을 두드리는 빗소리에 잠을 깨어 길을 나선다. 자기 자신과의 싸움에서 '집으로!' 하는 마음은 어디로 가고 젖은 신발을 신고 씩씩하게 희망의 해파랑길을 걸어간다. 파도치는 양포항이 비바람에 출렁인다. 사람들이 서성이는 어판장에 들러 비를 피하며 한가로운 아침 풍경을 구경한다. 양포항의 유명한 아구탕은커녕 문을 연 식당이 없어 국물도 못 얻어먹고 근린공원을 거쳐 방파제를 지나가며 항구를 벗어난다.

하늘에서 비가 내리듯 내 마음속에 눈물이 내린다. 가슴 속에 외로움이 밀려든다. 속삭이는 빗소리는 해파랑길에, 바다에 내리고 까닭 없는 눈물이 소리 없이 울적한 가슴에 내린다. 지난 날 비 오는 날이면 허무한 마음에 젖어 얼마나 울었던가. 상처에서 솟아나는 아픔의 추억이 눈물이 되어, 빗물이 되어 흘러내린다. 해파랑길의 멋과 운치가 걸을수록, 갈수록 깊어진다.

신창리 마을 입구에 들어서자 '21세기 신성장 동력, 녹색혁명, 바다숲!! 바다숲 가꾸기 사업'이라고 큼지막하게 쓰인 글씨가 반겨준다. 몽돌과 모래가 뒤섞인 신창해변을 지나가자 장기천이 동해바다와 만나는 곳에 장기일출암이 보인다. 섬처럼 우뚝 솟은 바위 틈새로 그림처럼 붙어 자란 소나무들과, 그 사이로 떠오르는 아침 해의 조화가 절경이어서 육당 최남선은 '장기일출'을 '조선십경(朝鮮十景)'의 하나로 꼽았다.

조선십경은 압록 기적(汽笛 경적을 울리는 압록강의 기선), 천지 신광(神光 백두산 천지 풍광), 대동 춘흥(春興 대동강변 봄빛), 금강 추색(秋色 금강산의 단풍 비경), 재령 관가(觀稼 황해도 구월산 동선령 풍경), 경포 월화(月華 경포대 수면에 비취는 달), 연평 어화(漁火 연평도 조기잡이 어선 불빛), 장기 일출(日出 장기에서 뜨는 아침 해), 변산 낙조(落照 변산 앞바다의 해넘이), 제주 망해(茫海 제주도의 망망대해)이다. 북한 땅 재령을 제외한 나머지 '구경(九景)'을 모두 둘러보았으니, 통일의 그날이 와서 조선십경을 모두 볼 수 있기를 학수고대한다.

포항시 장기면은 조선 후기까지만 해도 하나의 현이었다. 이곳에는 고산 윤선도뿐만 아니라 조선왕조실록에 3천 번이 넘게 나오는 우암 송시열과 다산 정약용 등 유배객들이 많았다. 산당의 영수 송시열(1607~1689)은 1674년 효종의 모후인 조 대비의 복상문제로 덕원에 유배되었다가 1675년(숙종 원년)에 이곳 장기현으로 이배되었다. 율곡 이이의 학문을 이어받은 기호학파의 영수로서 나는 새도 떨어뜨리는 권력을 지닌 송시열이었지만 얼마나 정적(政敵)이 많았으며 그때마다 아내는 가슴 졸이며 좌불안석이었겠는가. 위리안치의 유배생활을 하던 송시열은 아내의 부음을 듣고 슬픈 제문 한 장을 보낼 수밖에 없었다. 오도전이 1725년에 기록한 '송시열선생적거후기'에 실린 글이다.

아, 나와 당신이 부부로 맺은 지가 지금 53년이 지났습니다. 그동안 나의 가난함에 쪼들리어 거친 밥도 항상 넉넉하지 못하여 손발이 다 닳도록 고생하던 그 정상은 이루 다 말할 수가 없습니다. 그리고 내가 쌓은 앙화 때문에 아들과 딸이 많이 요절하였으니, 그 슬픔은 살을 도려내듯이 아프고 독하여 사람으로서는 견뎌낼 수 없는 일이었습니다. 게다가 근세에 이르러서는 내가 화를 입어서 당신과 떨어져 살아온 지가 이제 4년이 되었는데, 때때로 나에게 들려오는 놀랍고 두려운 일들 때문에 마음을 녹이고 창자를 졸이면서 두려움에 애타고 들볶이던 것이 어찌 끝이 있었겠습니까. 그러나 시인들의 논죄가 바야흐로 극에 달하였고, 바다의 장기가 몸을 매우 괴롭히므로 이 생명이 끝나는 것도 아침이 아니면 저녁일 것입니다. 나의 자손과 여러 아우들은 마땅히 나의 뼈를 고향 산에 묻어줄 것이고 보면 또한 당신도 마땅히 옮겨서 나와 합장해 줄 터이니, 살아서는 떨어져 있었으나 죽어서나마 함께 살 수 있는 때가 바로 그때일 것입니다. 이것밖에 다시 무슨 말을 하겠습니까……. 오직 당신은 어둡지 않을 터이니, 나의 슬픈 정성을 살펴주시오. 아, 애통하고 또 애통합니다.

1689년(숙종 15년), 경종의 원자 책봉에 반대하다가 송시열은 제주도로 유배되었고, 다시 서울로 압송되던 도중 정읍에서 83세의 고령으로 사약을 받았다. 사약을 두 잔이나 마시고 온돌방에 앉아 있어도 도무지 죽을 것 같지 않자, 금부도사가 '제발 죽어 주십시오!'라고 애걸을 하자, 결국 송시열은 숟가락으로 입안을 긁은 뒤 사약을 석 잔이나 더 마시고 죽었다고 전한다. 기호학파의 적통에 붓으로 세상을 움직인 노론의 영수로서 '송시열과 그들의 나라'라는 권위, 4대 임금을 섬기며 30여 년간 정권을 재단한 파란만은 생은 그 후 서인들이 권력을 잡자 다시 의로운 희생으로 추앙되었고, 정조는 송시열을 공자, 맹자 등과 더불어 '송자'라 칭하며 존중했다.

정조의 총애를 한 몸에 받았던 다산 정약용은 임금의 급작스런 죽음과 함께 나락의 길로 접어들었다. 순조 원년인 1801년 대비 김 씨는 천주교 탄압을 위한 사학금령을 선포하였고, 300여 명이 죽어간 신유사옥이 일어났다. 형인 정약종, 매형인 이승훈 등 천주교 주축들이 서소문 밖에서 목이 잘려 죽었고, 큰 형인 정약전은 신지도로, 다산은 장기현으로 유배되었다. 8개월에 걸쳐 이곳에서 고난의 유배생활을 하던 중 그해 가을에 조카인 황사영의 백서사건(帛書事件)이 일어났다. 제천의 배론 토굴에 도피 중이던 황사영이 중국에 있는 프랑스 선교사에게 비단에 써서 보내려던 편지가 발각되어 빚어진 옥사였다. 청국황제가 조선 국왕에게 천주교도 박해 중지의 압력을 가하도록 선교사들이 개입해 달라는 청원이었다. 황사영은 체포되어 능지처참 당하였고, 정약용과 정약전은 다시 체포되어 정약용은 강진으로 정약전은 흑산도로 유배되었다. 나주 율정점에서 헤어진 형제는 다시 만나지 못하는 이별의 길을 떠나 다산은 18년 간의 긴 유배생활을 하였고, 정약전은 유배지에서 한 많은 죽음을 맞이하였다. 다산은 유배지에서 저술을 하며 "동트기 전에 일어나라. 기록하기를 좋아해라"라고 가르치며 앉아 있지 못할 때는 서서 글을 읽고 기록했다.

'대동여지도'를 만든 고산자 김정호는 동해로 뻗친 장기곶과 울진군에 있던 죽변곶 중 어느 쪽이 더 튀어나왔는지를 측정하기 위해 장기와 죽변 사이를 일곱 차례나 오갔다고 한다. 그래서 결국 '대동여지도'에는 장기곶이 더 튀어나와 있다. 김정호가 일생을 지도 만들기에 바친 것은 어려서부터 우리 땅에 대한 호기심 때문이었다. '저 산줄기의 끝은 어디일까, 저 강물의 끝은 어디일까?' '그래 이 길이 어디까지 나 있나 한 번 가보자'라며 호기심에 이끌려 길을 따라 다닌 김정호는 언제나 그 끝을 찾을 수가 없었다. 30여 년 동안 백두산을 일곱 번이나 오르는 등 나라 곳곳을 두루 돌아다닌 끝에 김정호는 마침내 '청구도'와 '대동여지도'를 세상에 내놓았다. 1861년 김정호의 '대동여지도'를 건네받은 홍선대원군은 나라의 기밀을 외적에게 누설한다는 죄목으로 감옥에 가두었고, 김정호는 감옥 안에서도 좋은 지도를 그려야겠다는 신념으로 연구를 하다가 일생을 마쳤다.

한편, 1894년 5월 이곳 장기곶 앞바다에는 '삼일천하'로 끝난 갑신정변(1884년)의 주역 김옥균의 시체 한 토막이 버려졌다. 1894년 3월 상하이에서 친구인 홍종우에게 권총으로 비운의 죽임을 당한 김옥균은 시신이 썩지 않게 페인트칠을 해 한양으로 운송되어, 다시 능지처참을 당한 뒤 효수되어 목에는 '대역부도옥균'이라고 써 갈겨진 천이 붙었고, 동해에서 튀어나온 이곳 장기의 지형에 역모의 기운이 서려있다고 해서 그의 시체 일부가 역모를 잠재우기 위해 이곳에 버려졌다.

조선왕조실록에 이름이 가장 많이 등장하는 유학자 송시열, 우리 역사상 가장 많은 저술을 남긴 실학자 정약용, 집념의 화신 천재 지리학자 김정호, 3일천하의 주인공 혁명아 김옥균은 모두 용기와 소신으로 산 역사의 인물이었다. 유교의 세 덕목은 지(智), 인(仁), 용(勇)이다. 서양에서도 고대로부터 지혜와 절제, 용기와 정의를 기본 덕목으로 일컬었다. 소크라테스는 용기에 대해, "어떤 사람은 쾌락을 이겨내는 용기를 보이고, 어떤 사람은 고통을 참는 용기를, 어떤 이는 욕망을 극기하는 용기를, 또 어떤 이는 두려움에 맞서는 용기를 보인다."라고 하면서 용기는 '조용한 실행의 덕'이라 가르친다. 용기는 씩씩하고 적극적인 행동, 위험을 무릅쓴 행위나 모험을 자처하는 것뿐만 아니라 소란스럽지 않고 담담한 행동 속에서도 큰일을 이룰 수 있는 덕이다.

장기현을 스쳐간 송시열과 정약용, 김정호와 김옥균은 모두 자기가 믿고 생각하는 소신을 지키며 굳건히 버틴 용기의 순교자였다. 소신을 꺾지 않을 용기, 인생에 지지 않을 용기, 버텨내는 용기, 미움을 받을 용기, 상처받을 용기 등 인간은 스스로 살아갈 용기를 갖는다면 얼마든지 변할 수 있는 존재다. 그러자면 변화에 되한 두려움을 극복해야 한다. 13척의 배로 330여 척의 적선을 맞이하는 명량해전을 앞두고 "두려움이 용기로 바뀌어 돌아온다면 그 힘은 백 배, 천 배로 돌아올 것이다."라고 한 이순신 장군의 외침이 장기곶에서 울린다.

한적한 길을 따라 축양장을 지나간다. 갈매기들이 떼를 지어 비를 맞고 바위에 모여 앉아 있다. 파도가 점점 거칠어진다. 흰 거품을 물고 바위를 몰아치는 파도가 노래를 한다. "파도가 부서지는 바위섬 / 인적 없던 이곳에 / 세상 사람들 하나 둘 모여들더니 / 어느 밤 폭풍우에 휘말려 / 모두 사라지고 / 남은 것은 바위섬과 흰 파도라네 ~"

2009년 착공해 완성된 지 얼마 되지 않은 장길리복합낚시공원을 지나간다. 비를 맞으며 수려한 해안경관의 바닷길 데크 산책로를 둘러보며 바다 쪽으로 길쭉한 170m 보릿돌교 긴 다리를 걸어 거친 바다로 들어간다. 세찬 비바람에 몸이 날려갈 것만 같다. 방파제등대를 지나고 구룡포조선소를 돌아서니 비구름 덮인 연안바다에서 용 열 마리가 하늘을 오르다가 한 마리가 떨어져 죽고 아홉 마리 용만 승천했다고 해서 이름 지어진 구룡포, 드디어 비구름에 덮인 구룡포항이 맞아준다.

왜구倭寇

해파랑길 14코스는 과메기의 고장 구룡포항에서 시작하여 구룡포 해안과 차도를 걷다가 한반도 동쪽 땅끝마을 석병리를 지나서 해안을 따라 한반도의 꼬리인 상생의 손이 있는 호미곶에서 마무리하는 길 15.3km이다.

"지금의 중국과 조선은 우리 일본을 위해 털끝만큼도 도움이 안 된다. (중략) 조선을 대하는 방법도 이웃나라라 하여 특별히 혜택을 베풀 필요가 없다. 아시아 동방의 악우(惡友 중국, 조선)를 사절할지라." 엔화 1만 엔짜리에 인쇄된 초상화의 주인공 후쿠자와 유키치(1835~1901)의 탈아론(脫亞論)이다. 메이지 시대 최고의 지식인으로 요시다 쇼인과 후쿠자와 유키치는 정한론(征韓論)을 내세워 조선을 공략해야 한다고 주장했고, 결국 조선은 침략 당했다. 구룡포는 그들의 엘도라도였다.

비 오는 아라광장 화장실에서 젖은 몸을 추스르고 아침도 못 먹어 주린 배를 채우러 간다. 오후 1시경, 따뜻한 국물이 그리워 식당 문을 열고 들어서자 쳐다보던 아주머니는 대뜸 '우리 집에는 혼자 식사할 메뉴가 없다'고 한다. 배낭을 메고 비옷을 덮어쓴 초라한 몰골 탓에 문전박대 푸대접을 당하고, 거리를 걷다가 다른 곳에 들어갔다. 식당 안에 손님들은 있는데 맞이하는 사람은 없다. 신발과 배낭, 젖은 양말도 벗고 수건으로 발을 닦고는 자리에 앉았다. 그때 주방 쪽에서 아주머니가 쳐다보는데 식사 주문도 받지 않고 아무런 반응이 없다. '또 틀렸구나!' 하고 일어서서 나가려는데 그때서야 '왜 그냥 가느냐?'고 한다. 언짢았지만 눌러 앉아 꾸역꾸역 서글픈 점심을 먹었다. 문전걸식하는 김삿갓도 아니건만, 비에 젖은 나그네에게 대하는 동네 인심이 참으로 고약하다는 생각이 들었다.

국토종주 도보여행이나 4대강 자전거여행, 백두대간종주나 지리산 둘레길 등 숱한 여행을 하면서 만나는 대부분 음식점에서는 고행자를 대하는 태도가 일상보다 더욱 친근했다. 국토종주 시 흠뻑 비를 맞으며 들어간 전남 장흥의 녹차갈비탕집에서는 수건을 주면서 젖은 몸을 씻으라며 안내도 해주었다. 특히 지리산 둘레길을 걸으면서 만났던 고마운 인연은 잊을 수가 없었다.

2013년 8월 10일 케냐에서 귀국하여 다음날 바로 지리산 둘레길 종주를 위해 1코스 시작지점인 남원의 주천으로 갔다. 해파랑길을 걷는 지금처럼 8월 중순 한여름의 열기가 가득한 산청군 단성면 어천리에서 아침밥을 굶고 7코스를 시작하여 종점인 운리까지 13.3km를 걸어 12시 경에 도착했다. 운리는 시골이라 음식점이 없었고, 시골 슈퍼는 문이 닫혔으며 주인은 들에 일하러 갔다고 했다. 그늘에 앉아 생각에 잠겼다. 아침부터 어천계곡을 넘는 힘든 산길을 걸어왔는데, 8코스는 시천면 덕산리까지로 골이 깊고 물이 맑아 남명 조식이 거닐었던 백운계곡을 지나는 산길 13.1km를 더 걸어야 한다. 아침과 점심을 굶고 여름날의 산길 27km 가까이 걷는다는 것은 체력적으로 힘든 일이었다. 그때 길 한쪽에 카페 '흙속에 바람속에'의 연락처가 보여서 전화를 했다. 아주머니는 '민박 손님에게만 식사를 제공하는데 지금은 식사 준비가 안 된다'고 한다. 사정을 이야기 하고 '식은 밥이라도 달라'고 부탁했다. 친절한 아주머니는 '그럼 차도를 따라 산길로 약 2km 올라와야 하니 일하는 사람이 없어 올 때는 차로 얼른 데려 올 테니 갈 때는 걸어서 가라'고 한다.

산바람이 불어오는 시원한 그늘에서 배낭을 메고 누워 하늘을 쳐다보는데 태우러 온다는 아주머니는 때가 지났는데도 오지를 않았다. 연신 한적한 차도를 바라보고 있는데 승용차가 나타나서 얼른 일어섰다. 50대 후반의 아주머니는 두 개의 비닐봉지를 내 놓았다. 하나는 주먹밥, 또 하나는 막걸리와 김치가 든 봉지였다. 아주머니는 '카페까지 왔다 갔다 하면 시간이 지체되니 여기서 식사를 하고 바로 길을 가라'고 준비를 해 왔다고 한다. 진심으로 감사의 인사를 하고 돈을 드리니 받지를 않는다. 도리가 아니라며 돈을 건네도 '주먹밥에 막걸리 정도는 그냥 드려도 된다.'고 하면서 돌아간다. 뒷모습을 보고 참으로 고마운 분이구나 하고, 막걸리를 곁들인 꿀맛 같은 주먹밥을 먹었다. 먹으면서 생각하니, 그냥 떠날 것이 아니라 오늘은 '흙속에 바람속에'에서 하룻밤을 묵고 가자는 생각이 스쳐갔다. 산길 차도를 따라 올라갔다. 발걸음이 가벼웠다. 고마운 인정에 자석처럼 이끌려갔다. 지리산 산자락을 내리쬐는 여름날의 태양도 아주머니의 따뜻한 마음에는 미치지 못한다는 기분 좋은 생각을 하며 흙으로 지어진 소박한 카페에 도착했다. 깜짝 놀라는 아주머니에게 반갑게 미소 지으며 여장을 풀었다. '우둔한 사람도 이곳에 오면 지혜로워진다'는 지리산(智異山)이 집 앞에 시원하게 펼쳐지고 아래에는 저수지가 햇빛을 받아 푸르게 반짝인다.

정자에 누워 책을 보다가, 일어나 막걸리를 마시다가, 지리산 둘레길에서 신선 같이 한가함을 누리는데, 60대 초반의 키가 크고 잘 생긴 남자 사장님이 오셨다. "내 마누라가 그렇게까지 친절한가?" 하는 웃음에 이어, 그날 밤 별빛이 쏟아지는 지리산에는 밤늦은 시간까지 막걸리를 마시며 "형님!", "아우님!"하는 소리가 울려 퍼졌다. 지리산 둘레길(19코스 240km)을 마치고 들러봐야지, 지리산둘레길의 진정한 마무리는 화엄사에서 대원사를 종주하는 것이라 하며 화대종주(47km)를 마치고 찾아가야지, 하고는 아직도 못가 뵈었으니 이 글을 마치면 찾아갈까나. 잊을 수가 없다.

포항을 대표하는 키워드는 '구룡포', '호미곶', '포스코'이고, 그 첫 번째인 구룡포는 1923년 일제가 구룡포항을 축항하고 동해 어업을 점령한 침탈 현장이다. 조선시대까지만 해도 조용한 어촌마을이었는데 일제강점기가 되자 최적의 어업기지로 떠올랐다. '도가와 야사부로'라는 일본인 수산업자가 조선총독부를 설득해 구룡포에 축항을 제안한 것

이다. 큰 배가 정박할 곳이 생기자 일본의 수산업자들이 대거 구룡포로 몰려오고, 방파제를 쌓아 새로 생긴 땅에는 일식 가옥들이 들어섰다. 현재 '일본인 가옥거리'가 그것이다.

10년 전까지만 해도 100여 채 남아있던 일본인 가옥은 현재 50채 가량 남았다. '구룡포근대문화역사거리'라는 일본 가옥들이 줄지어 서 있는 거리, '구룡포근대역사관', '구룡포 100년을 걷다'라는 안내판이 눈길을 끈다. 낡은 지붕과 붉은 벽돌, 뻥 뚫린 나무 창살 등 빛 바랜 풍경사진 같은 구룡포 100년이 펼쳐진다. 1900년대 초 일본인들이 살았던 가옥들이 시간을 되돌려놓는다. 구룡포에서 성공을 거둔 도가와 야사부로의 가옥을 옛날 모습 그대로 복원해서 방문객이 자유롭게 둘러볼 수 있도록 해두었다. 다다미방에서 차를 마시거나 책을 읽고, 자기 방에서 악기를 켜는 딸의 모습 등 행복한 침략자들의 일상이 보인다. 어떤 것이 옳고 그른지 판단하지 못했던 당시의 무능함을 떠나, 어떤 것이 옳고 그른지 판단할 수 있는 유능함으로 역사를 되풀이하지 말아야 한다.

구룡포공원에 올라 구룡포 앞바다와 흐린 항구를 바라본다. 공원 한쪽에는 도가와 야사부로의 공덕비가 있다. 원래 일본인이 세운 신사와 공덕비가 있었으나 해방 이후 구룡포 청년들로 구성된 대한청년단 30여 명은 신사를 부수고 송덕비에는 시멘트로 덧칠해버렸다. 구룡포 일본인 가옥거리에는 일본인 관광객들의 발길이 끊이지 않는다. 침탈의 역사에 대한 뉘우침과 교훈이 아닌 번영의 역사로 받아들이며 향수를 느끼며 만족해하는 그들의 모습이 비칠까 우려스러운 현장이다.

우리 역사는 일찍이 왜구로 인해 수많은 인명과 재산의 피해를 입었다. 왜구는 13세기로부터 16세기에 걸쳐 한반도와 중국 연안에서 활동한 '일본인 해적집단'이다.

조선 초기의 문신 권근은 "왜적으로 인하여 고을이 함락되고 불타서 백성들이 학살과 약탈을 당하여 거의 없어지고 그 중에 벗어난 자는 흩어져 사방으로 달아났다. 마을은 빈터만 남았고 무성한 나무들만 길을 가리니……"라고 왜구들의 만행을 기록했다. 포항의 향토연구지인 '일월향지'에는 옛날 어떤 병사가 남긴 '탄왜구시'가 실려 있다. "도륙과 약탈 뒤에는 시체가 산을 이루고 피가 내를 이루었으며 (중략) 노략질한 쌀이 흘러 길을 덮었고 어린아이의 배를 갈라내고 술을 담았다."

잔인한 이웃 일본인 거리에서 나와 '여명의 눈동자 다시 보고 싶은 드라마 1위 촬영지' 거리를 돌아 '과메기 문화거리'를 걸어간다. '과메기 문화거리 아라광장' 표지석에 적혀 있는 과메기 이야기를 만난다.

동해안 지방의 한 선비가 겨울에 한양으로 과거를 보러 해안가를 걸어갔다. 민가는 보이지 않고 배는 고파오는데, 해안가 언덕 위 나무에 생선이 나뭇가지에 눈이 꿰인 채 말라 있는 걸 보고 찢어 먹었는데 너무나 맛이 좋았다. 과거를 보고 내려온 그 선비는 집에서 겨울마다 생선 중 청어나 꽁치를 그 방법대로 말려먹었다.

과메기는 선비가 처음 본 대로 나무에 물고기 눈을 꿰어 말려 먹었다는 뜻의 '관목(貫目)'이 '관맥이'로, 다시 '과메기'로 변한 것이라 한다. "영일만 토속 식품 중 조선시대 진상품으로 선정된 것은 연일과 장기 두 곳에서 생산된 천연재료의 관목청어뿐"이라는 글귀도 보인다. 지금은 주로 꽁치를 말린 과메기를 먹지만 예전에는 청어를 사용했던 것이다.

"고래는 울산한테 뺄껴부꼬, 대게는 영덕한테 뺄껴부꼬, 오징어는 울릉도한테 빼앗겼다 아이가. 구룡포는 고래, 대게, 오징어, 과메기 할 것 없이 어장이 어마어마해." 하는 어민의 소리를 들으며 호미곶을 향해 발걸음을 옮긴다. 구룡포해안을 지나면서 주상절리를 감상하며 쾌적한 모래사장이 이어지는 삼정해변으로 간다. 날은 흐리고 간간이 빗방울이 떨어져 걷기에는 좋은 날씨다.

잠시 해안가를 벗어나 925번 국도를 따라 걷다가 마을 앞에 병풍처럼 생긴 바위가 있었다 해서 석병리라 불리는 마을을 지나간다. 오른쪽에 '한반도 동쪽 땅끝마을'이라고 적힌 이정표가 눈길을 끈다. 땅끝마을이라면 전남 해남인데 난데없이 이곳에 땅끝마을이라니, 하는 생각이 든다. 해남이 남쪽 땅끝마을이면 여기는 동쪽 땅끝마을이다. 경북 포항시 남구 구룡포읍 석병리 산 135번지, 경도 129도 35분에 위도 36도 02분 한반도의 최동단이다. 해파랑길의 동쪽 땅끝마을에게 국토 종주 시 만난 남쪽 땅끝마을의 안부를 전한다. 동쪽 땅끝마을 표지석에서 끝없이 펼쳐진 푸른 바다를 바라본다.

"이제는 젊었을 때 그렇게 나를 괴롭혔던 고독을 즐긴다."라는 아인슈타인처럼 마음의 행복지도를 따라 고독한 길을 걸어간다. 어디에서 왔는가를 알기 위해 떠나는 자기성찰의 해파랑길에서 마음의 길을 따라간다. 걸음마다 변화하는 새로운 세계를 구경하며 길 위에 쏟아지는 힘과 사랑의 빛을 맛본다. 잊었던 기억을 되살리고 지극히 평범하고 작은 것에 감동하며, 살아 있음에 감사한다. 멀리 호미곶이 보인다. 촉촉이 내리는 빗속에 상생의 손이 보인다. 갈매기 날아가듯 가벼운 발걸음으로 날개짓하며 호랑이 꼬리에 도착한다.

● 15코스

항해航海

해파랑길 15코스는 한반도 호랑이의 꼬리 끄트머리인 일출 명소 호미곶에서 시작하여 해안길로만 따라가면 되던 길을 '호미기맥감사나눔둘레길'로 2013년에 변경하여 쉽지 않은 산을 넘어 흥환리 해안 영일만으로 내려오도록 한 길 14.4km이다.

"'인생은 일장의 허망한 꿈이요, 잠든 영혼은 죽음으로 돌아가고 사물은 한낱 그림자에 지나지 않는다.' 나에게 슬픈 말투로 이런 말을 지껄이지 말라. 인생은 참되고 엄숙하다. 기쁨도 슬픔도 우리 숙명은 아니며 나그네 길도 아니다. 행동하라. 오늘보다는 높은 내일을 위해서 행동하라. 세계의 넓은 들판에서, 인생의 싸움터에서 목이 매인 송아지처럼 쫓기지 말고 투쟁하는 용사가 되라. 위대한 자의 생애를 돌아보고 인생을 숭고하게 가꾼 뒤 이 세상을 떠나는 날, 시간의 모래 위에 영원한 발자취를 남기고 가라."라고 하는 롱펠로의 목소리가 빗속의 호미곶에서 들려온다.

비가 내린다. 바다에 하나 육지에 하나, 왼손이 하나 오른 손이 하나인 호미곶(虎尾串) 상생의 손 위에 갈매기들이 '도레미파솔라시도' 음계를 아는 듯 앉아 있다. 조선의 풍수지리학자 남사고(1509~1571)는 '동해산수비록'에서 "한반도는 호랑이가 앞발로 연해주를 할퀴는 모양으로 백두산은 코, 이곳은 꼬리에 해당한다."고 묘사하면서 호미곶을 천하의 명당이라 칭했다. 사람들은 호랑이 꼬리 모양의 작은 반도인 호미곶이 한반도의 최동단, 일출을 가장 먼저 볼 수 있는 곳으로 알고 연간 100만 명 이상이 이곳을 찾는다.

포항시는 2013년 12월 31일부터 2014년 1월 1일까지 이틀 동안 호미곶 해맞이광장 일원에서 열리는 제16회 '호미곶 한민족 해맞이 축전'에서 2014년 희망 사자성어로 장자 '제물론(齊物論)'의 조삼모사(朝三暮四) 고사를 인용한 '화균양행(和鈞兩行)'으로 선정하였다. '어느 쪽에도 치우침이 없는 소통으로 조화롭게 상생'하길 바라는 뜻이다.

국립등대박물관과 연오랑세오녀 조각상, 새천년기념관을 둘러보고 면민복지회관 2층 건물 해파랑길 시작점에서 선택의 기로에서 갈등을 한다. 이리 갈까 저리 갈까, 안내판은 15코스 내내 해안길이 아닌 산속 임도로 가라 한다. 눈을 들어 가야 할 산을 바라본다. 비구름이 하늘을, 산을 뒤덮고 있다. 저 하늘로, 저 산속으로 빗속을 걸어가야 하는가, 아니면 해안을 따라가야 하는가.

부산 구간은 네 개 코스 중 절반 가까이가 내륙길이었고, 울산 구간은 다섯 개 코스 대부분이 내륙길이었으며 경주는 대부분 해안길이었

다. 해안길은 바닷바람과 파도소리를 들으며 해안선을 따라 길을 찾기가 쉬워 느긋한 마음으로 걸을 수 있었으나 내륙길은 안내표지를 제대로 찾지 못해 길을 묻거나 인터넷이나 지도를 보면서도 많은 어려움을 겪었다. 산을 감싸고 있는 시커먼 구름을 쳐다보며 해안길을 걷기로 한다. 오늘 저 산길을 걸으면 폭우를 맞고 걷는 구름 속의 신선은 될 수 있어도 동해의 푸른 바다를 볼 수 없음은 물론, 길을 제대로 찾을 수 있을지 긴장하며 종종걸음을 칠 것이라는 생각에서 자신과 타협을 한다.

해안을 따라 걸어간다. 대보항을 지나고 '호미숲해맞이터'를 지나간다. 인도가 구분되지 않은 위험한 차도를 걸어가며 해파랑길 코스를 산길로 변경한 이유를 알 것 같다. 하지만 도로는 거의 차량 통행이 없어 한적하다. 구름으로 가득한 바다에서 세찬 비바람과 거친 파도가 밀려온다. 우의를 입고 우산을 썼건만 몸은 이내 흠뻑 젖는다. 하지만 발걸음은 가볍고 마음은 훨훨 하늘을 나는 듯하다. 미치지 않으면 미칠 수 없다(不狂不及). 미친놈이 아니면 미칠 수 없는 황홀감에 미칠 것만 같다.

지구의 생명수요 청소부인 비는 오염에 찌든 공기와 산하, 대지와 인간의 마음마저 깨끗이 씻어낸다. 지구는 비를 통해 생명력을 유지한다. 지구상의 모든 동식물은 빗물의 혜택을 누린다. 물이 흐르면 생명이 흐른다. 물은 생명이 그 생명을 이어가는 데 있어서 절대 없어서는 안 될 생명 그 자체다. 그래서 생원지수(生源之水), 생명의 원천이라 한다. 타고르는 "물은 다만 사람의 사지를 깨끗이 해줄 뿐만 아니라 사람의 마음도 깨끗이 해준다."라고 말한다. 물은 변신하며 순환한다. 빗물은 실개천이 되고, 강물이 되어 바다에 이르고, 바닷물은 수증기가 되고 구름이 되어 바람에 날리다가 빗물이 되어 내린다. 윤회의 굴레에서 새로운 생을 시작한다.

동해의 바다가 비바람에 출렁인다. 거친 풍랑은 유능한 사공을 만든다고 하였던가. 인생의 배를 타고 머나먼 항해를 떠난다. 인류 최초의 배는 성경에 나오는 노아의 방주로 배의 역사는 인류의 역사와 함께 시작되었다. 사람들은 바다를 건너기 위해 노를 저어 동력을 얻는 노선시대를 지나서 16세기 이후 범선시대를 열었다. 바다로 가면 부자가 될 수 있다는 것을 처음으로 깨닫고 탐험 항해를 시작한 나라는 포르투갈이었다. 엔리케 왕자는 왕위에는 별로 관심이 없었고, '항해정보센터'를 세우고 항해 기술자들을 모아 해도와 항해기구를 개량해 1420년부터 아프리카 연안을 따라 탐험 항해를 하도록 지원했다. 그 결과 바람의 힘을 빌려 동력을 얻는 범선과 항해술의 발달을 가져와 대항해시대를 열었고, 유럽의 식민지 개척이 시작되었다.

포르투갈의 한 왕자가 해상무역의 가치에 눈을 뜨고 항해를 조직적으로 장려한 결과 획기적인 변화가 일어났다. 대양 항해가 가능한 선박 개발과 식민지 건설뿐만 아니라 "지구는 둥글다"는 선구적인 학자들의 주장을 입증했으며, "가 보라!"는 경험주의가 등장하는 밑거름이 되기도 했다.

포르투갈 리스본에서 천문지리학과 해도(海圖) 제작을 공부하던 이탈리아 태생의 콜럼버스는 포르투갈 황실에 서쪽으로 인도에 이르는 항해 계획을 설명하고 지원을 요청했으나 연이어 거절당하고 스페인 왕실의 문을 두드렸다. 스페인에서도 세 번이나 거절당했으나 마침내 이사벨 여왕의 허락을 받아, 1492~1502년까지 10여 년 간 네 차례에 걸쳐 탐험 항해를 하였다. 콜럼버스가 항해에서 신대륙 아메리카를 발견하자, 포르투갈이 식민지를 독점해 왔던 이전과는 달리 대서양 중앙에서 동쪽은 포르투갈이, 서쪽은 스페인이 식민지를 나누어 가지게 되었다. 이로써 스페인은 유럽 최강국이 되었고, 스페인의 넓은 영토를 통치하는 데 필요한 금과 은을 아메리카로부터 실어왔다. 향료와 노예무역으로 부(富)가 유럽으로 몰렸고, 해양 경쟁이 본격화했다. 대항해 항로의 개척, 길 없는 길을 간 탐험은 새로운 길을 만들었고, 새로운 길 위에서 새로운 문명이 탄생했다. 스페인의 "위대하고 가장 행운이 있는 함대"인 무적함대가 1588년 영국에게 패하면서 바다에서 최종 승자가 된 영국은 엘리자베스 여왕 이후 20세기 초까지 오대양 육대주를 누비며 '해가 지지 않는 나라'를 건설했다. 바다를 제패한 나라가 세계를 제패한다는 교훈을 준 이 전투 후에 다음과 같은 비문이 적힌 대형 메달이 만들어졌다.

"신이 입김을 불자 그들은 흩어졌다. God blew and they were scattered."

비바람이 세차게 몰아치는 해안가를 걸으며 신이 입김을 불어 나타난 위력을 실감한다. 해파랑길 코스가 아니건만 간간이 해파랑길 안내 표지가 보인다. 이전에는 해파랑길이었건만 코스가 바뀌었다. 해파랑길은 새로 만든 길이 아니다. 원래 있던 해안길과 산길, 들길과 차도를 다듬고 이어 붙여 하나의 길로 만들었다. 해파랑길은 길에 연하는 길의 생명력으로 생성하고 소멸하는 과정을 거쳐 새롭게 변모해 간다.

아뿔싸, 기분 좋게 걷던 해안길이 막다른 절벽에 이른다. 언덕 위의 차도로 올라가는 길을 찾기 위해 두리번거리는데 곱게 늙은 초로의 할머니가 걸어온다. 길을 물으니 타지에서 와서 자기도 잘 모르겠다며 '둘레길을 걷느냐?'고 묻는다. 그렇다고 하자, '포항으로 걷다보면 할아버지 한 분을 만날 거다'라고 한다. 샛길을 따라 다시 언덕 위 차도로 올라와 2~3km 정도 걸어가는데 먼발치에 우의를 입은 할아버지가 걸어오는 모습이 보였다. 할아버지도 이 빗속을 걷고 있는 맞은 편 상대를 예의주시하는 느낌이다. 가까이 다가서서 할머니에게 들었노라 인사를 드렸다. 비를 맞으며 서서 대화를 나누기를 20~30분, 할아버지의 이야기는 뜻밖이었다. 작년 가을에 고성 통일전망대에서 시작하여 해안길을 걸었고, 또 해안에 접해 있는 산을 두루 걸으면서 부산까지 가는 길이라고 한다. 할머니는 할아버지가 정해준 일정이 끝나는 지점에서 숙소를 잡고 식사를 준비하고 기다리신단다. 그렇게 하기를 벌써 1년 가까이 됐다는 말씀에 부러움과 존경심이 들었다. 할아버지와 헤어져 뒤돌아보고 또 돌아보며 70대 초반으로 걸음걸이도 약간 비정상적인 할아버지의 여정이 무사하기를 기원한다.

링컨 대통령의 얼굴에 뜨거운 커피를 끼얹은 부인, 제자들마저도 '이제 그만 헤어지라'고 하는 소크라테스의 아내는 악처로 유명하다. 레오

톨스토이는 82세 때 아내의 바가지 긁는 소리가 듣기 싫어서 가출하여 11일 후에 어느 기차역에서 객사했다. 아내의 바가지 긁는 잔소리는 위대한 대통령도 만들고 위대한 철학자도 만들고 위대한 문인을 객사하게도 한다. 함께 길을 떠난 할머니의 뒷바라지가 예사롭지 않다. '언제든 길을 떠나도 좋으니 함께 가자고만 하지 말라'는 내 아내의 배려도 예사롭지 않지만.

춘추시대 제나라의 명재상 관중이 전쟁터에서 돌아오다가 길을 잃었다. 군사들은 살을 에는 겨울 찬바람의 추위에 떨고 있었다. 이때 관중은 '늙은 말의 본능과 지혜로 길을 찾으리라.' 하고는 한 마리 늙은 말을 수레에서 풀어 주었다. 말은 잠시 두리번거리며 망설이더니 한 방향으로 나아갔다. 관중과 군사들은 그 뒤를 따랐고 이내 길을 찾을 수 있었다. '늙은 말이 길을 안다'는 노마식도(老馬識途), 노마지지(老馬之智)의 교훈이다. 한비자는 말한다. "현명하고 덕이 높은 관중이 모르는 것에 부딪치면 하찮은 말에게 배우는 것도 주저하지 않았다. 그런데 지금 사람은 잘난 척하며 성인의 지혜도 배우려 하지 않는다. 이 얼마나 어리석은 짓인가!"

78세의 노인 더글러스 맥아더는, "오래 살았다는 이유만으로 늙는 것은 아니다. 사람이 노쇠하는 이유는 자신의 꿈을 잃어버리기 때문이다. 사람이 나이가 들면 얼굴에 주름살이 생기는 것은 너무나 당연한 일이다. 그러나 미래에 대한 꿈을 버린 자는 마음의 주름살이 생길 것이다."라고 말한다. 레이건은 70세에 대통령이 되었고, 괴테는 80세에

'파우스트'를 완성했다. 모세는 80세에 자기 민족을 이끌고 출애굽 하는 위대한 사명을 감당했고, 사도요한은 90세에 주께로부터 환상을 받아 불멸의 예언서 '요한계시록'을 기록했다. 4천여 년 전 아브라함은 '내 나이가 어때서!'라며 100세에 하나님께서 약속하신 이삭을 안아 보았다.

바람처럼 왔다가 이슬처럼 가는 인생이다. 오늘도 지구별 위에서 살아있는 것을 감사하며 마음의 소리에 귀를 기울인다. 내가 이 세상에 태어날 때 나는 울고 세상은 웃으며 기뻐했다. 내가 죽을 때 세상이 울고 나는 기쁘게 떠날 수 있도록 소중한 추억을 만드는 유랑의 길, 창조적인 유람을 떠난다. 시간의 모래 위에 발자취를 남기면서 인생의 노래를 부르는 나그네의 발걸음은 더욱 굳세지고, 하늘에서 터트린 축배의 샴페인은 쏟아지는 비바람이 되어 더욱 거칠어진다. 드디어 15코스의 항해를 마치고 바닷가 아담한 홍환보건소에 닻을 내린다.

● 16코스

투쟁鬪爭

해파랑길 16코스는 흥환보건소에서 시작하여 연오랑세오녀의 전설이 담긴 도구해변을 지나고 도시의 산업단지 중심부인 포스코왕국을 지나 아름다운 나신의 '평화의 여인상'이 반겨주는 송도해변에 이르는 길 23.3km이다.

쇼펜하우어는 말한다. "진리의 골짜기를 찾으려거든 당신의 눈에서 눈물이 쏟아져야만 한다. 당신의 마음이 터질 만큼 괴로움을 느껴야 한다. 그래야 풍성하고 빛나는 내면생활을 갖게 될 것이다. 슬픔과 괴로움 속에서 기쁨을 찾지 못한다면 인생의 지혜에 도달하기 힘들 것이다. 그러니까 참된 인생을 살고 있다고 결코 말할 수가 없다. 슬픔과 괴로움에 대한 투쟁의 과정이 인생의 길이다. 안락과 행복은 당신에게서 모든 적극성을 빼앗아 가고 말 것이다."라고. 행복과 고생은 백지 한 장의 차이이기에 '고생할 신(辛)' 위에 '한 일(一)'을 붙여서 '행복할 행(幸)'자가 된다. 행복에는 고생이 들어있다. 행중신(幸中辛)이다. 행복은 쓰라린 고통 뒤에 있다. 비바람의 해파랑길에 행복이 밀려온다.

악전리의 식당에서 비에 젖은 몸을 추스르고 허겁지겁 물회로 요기하고 다시 쏟아지는 빗속을 걸어간다. 흠뻑 젖은 신발 속의 발이 철벅거린다. 주인 잘못 만나 하는 고행이라면 참고 견뎌야 하는 것이 인생의 규칙이다. 체리 카터 스코트는 "삶이 하나의 놀이라면 이것이 그 놀이의 규칙이다. 당신에게는 육체가 주어질 것이다. 좋든 싫든 당신은 그 육체를 이번 생 동안 갖고 다닐 것이다.(후략)"라고 노래하지 않던가. 한쪽 발에 있는 26개의 뼈, 33개의 관절, 100개가 넘는 근육과 인대, 수많은 신경과 혈관은 한 걸음 내디딜 때마다 섬세하게 조화를 이루어 동시에 움직인다. 부르트고 물집이 생기는 한이 있어도 가야 할 길이 있다면 걸어야 하는 사명이 발에게는 있다. 고행을 마다않는 주인을 만난 몸, '걸음아 날 살려라'의 일등공신 어깨와 허리와 발에게 특히 깊은 고마움을 전한다.

도구해변에서 '일월동 유서 깊은 삼국유사의 마을'이라 새겨진 큰 표지석과 '연오랑세오녀상'이 맞아주는 일월동으로 들어간다. 연오랑세오녀가 일본으로 건너간 장소로서 이곳 일대가 '영일(迎日)만이라 불리게 된 설화의 고장으로 삼국유사에 전하는 내용이다.

신라 제8대 아달라왕 즉위 4년(157년) 동해 바닷가에 연오랑과 세오녀 부부가 살고 있었다. 어느 날 연오가 바다에 나가 해초를 따고 있었는데 갑자기 어떤 바위(혹은 물고기라고도 한다)가 나타나 연오를 싣고 일본으로 갔다. 그러자 이를 본 그 나라 사람들이 말하였다. "이 사람은 매우 특별한 사람이다." 그리고는 연오를 세워 왕으로 삼았다. 남편이 돌

아오지 않자 이를 이상하게 여긴 세오는 남편을 찾아 나섰다가 남편이 벗어놓은 신발을 발견하고 역시 그 바위에 올라갔다. 그랬더니 그 바위도 예전처럼 세오를 태우고 갔다. 그 나라 사람들이 이를 보고 놀라서 왕에게 아뢰었다. 이리하여 부부가 다시 만나게 되었고, 세오는 귀비(貴妃)가 되었다.

이때 신라에서는 해와 달이 빛을 잃어버렸다. 일관(日官)이 말하였다. "해와 달의 정기가 우리나라에 내려와 있었는데 지금 일본으로 갔습니다. 그래서 이렇게 괴이한 변고가 생긴 것입니다." 왕은 사신을 일본에 보내어 두 사람에게 돌아오라고 하였다. 그러자 연오가 말하였다. "내가 이 나라에 도착한 것은 하늘이 시켜서 그렇게 된 것이오. 그러니 이제 어찌 돌아갈 수 있겠소. 그 대신 내 왕비가 짠 고운 명주 비단이 있으니 이것을 가지고 가서 하늘에 제사를 지내면 잘 해결될 수 있을 것이오." 그리고 비단을 내려 주었고 사신은 돌아가 이 일을 아뢰었다. 그 말대로 하늘에 제사를 지내자 해와 달이 예전처럼 빛이 났다. 그 비단을 임금의 창고에 보관하고 국보로 삼았으며 그 창고의 이름을 귀비고(貴妃庫)라고 하였다. 하늘에 제사 지낸 곳을 영일현(迎日縣) 또는 도기야(都祈野)라고도 하였다.

도구해변에서는 해마다 포항시에서 가장 다복한 부부를 뽑아 그 해의 연오랑세오녀로 선정한다. 해변의 해양경찰대 사무실에서 따뜻한 커피를 얻어 마시며 몸을 녹이고, 세월호 사건의 여파로 기운을 잃어버린 듯한 경찰관을 위로하고 길을 간다. 청포도 문학공원에서 비를 피하며 휴식을 취한다. 아예 신발을 벗고 배낭을 베고 눕는다. 내 고향 안동의 이육사가 포항에 문학공원이 있다니 새삼스럽다. '청포도 문학거리 추진배경'이라 쓰인 안내판이 의문을 해결해 준다.

1920~1960년대 청림동(일월동) 해병사단 내 일월지와 골프장 주변에 동양 최대의 삼륜포도원이 있었으며 포항포도주로 유명했고, 또한 이곳 일월지 언덕에서 영일만을 바라보며 이육사가 '청포도' 시를 지은 배경이기도 함. 이런 역사적 사실을 바탕으로 청포도 문학거리를 관광명소로 탈바꿈시켜 활기차고 발전하는 청림동을 만들기 위함.

동양척식회사가 국유지인 땅을 점유하고 일본인들에게 싼 가격에 나누어 주었고, 태평양 전쟁 말기에 가미가제 특공대가 이 포도주로 건배를 하고 출정했다고 한다.

독립 운동가이며 시인인 이육사는 퇴계 이황의 14대 손으로 안동의 도산서원 인근에 이육사 문학관이 있다. 본명은 이활(이원록이라고도 함)이며, 이육사는 대구형무소에 있을 때 수감 번호가 264번이었던 데서 따

왔다. 1925년 이육사는 대구에서 의열단에 가입하였고 1927년에 조선
은행 대구지점 폭파사건에 연루되어 대구형무소에 투옥되었다. 중국
을 오가며 독립운동을 하던 그는 모두 17차례에 걸쳐 옥고를 치렀으
며, 1943년에 일본 관헌에 붙잡혀 베이징으로 송치된 후 1944년 1월 베
이징 감옥에서 41세로 생을 마감하였다. 1936년 7월, 청포도 밭 둔덕에
서 바라본 영일만 하늘이 가슴을 열고 푸른 앞바다의 흰 돛단배가 곱
게 밀려오면서 이육사의 시상을 자극해 청포도 시를 낳는 자양분이 되
었다. 이육사와 포항의 만남이 없었다면 청포도 시도 탄생하지 않았을
것이다.

내 고장 칠월은 청포도가 익어가는 시절

이 마을 전설이 주저리주저리 열리고

먼 데 하늘이 꿈꾸며 알알이 들어와 박혀

하늘 밑 푸른 바다가 가슴을 열고

흰 돛단배가 곱게 밀려서 오면

내가 바라는 손님은 고달픈 몸으로

청포(靑袍)를 입고 찾아온다고 했으니

내 그를 맞아 포도를 따먹으면

두 손은 함뿍 적셔도 좋으련

아이야 우리 식탁엔 은쟁반에

하이얀 모시 수건을 마련해 두렴.

빛깔이 푸른 도포인 청포를 입고 백마를 타고 오는 초인을 기다리는
이육사의 마음은 조국 광복의 이상을 희망하고 있다. 청포도, 하늘, 푸
른 바다, 흰 돛, 청포, 모시 수건은 절망의 시대에 몸부림치던 이육사의
강인한 내면을 표현하며 희망찬 미래를 노래한다. 안동의 고향집 거실
에 걸려있는 '청포도'를 떠올리며 마음은 안동으로, 몸은 포항의 산업
단지 중심부를 걸어간다. 포항이 큰 도시로 발전한 것은 1970년부터 11
년 동안 세운 포항종합제철소가 있어서다. 자동차 경적 소리를 들으며
포스코가 만들어 놓은 도시 속 아스팔트길, 공장 담벼락을 끼고 걷고
또 걷는다. '자원은 유한, 창의는 무한'이란 슬로건이 포스코 정문에서
비를 맞고 있다.

국립묘지에 안장된 '한국의 철강왕' 박태준(1927~2011) 묘비에는 "20대
에 '짧은 일생을 영원 조국에'란 인생 좌표를 세우고", "포스코로 '제철
보국'을, 유치원에서 포항공대까지 설립해 '교육보국'의 이상을 실현시킨
당신은 이 땅의 경제의 아버지, 교육의 신개척자, 사리사욕 없이 나라

위해 일평생을 바친 조국의 일꾼이며 민족의 위인이시다."라고 찬사의 헌시를 바치며 그의 인생을 담아낸다. 박태준은 대한민국의 군인, 정치인, 기업인이다. 포스코의 전신인 포항제철을 설립한 대한민국의 기업인으로, 창업 25년이란 짧은 기간에 세계 3위의 철강업체로 키운 한국 철강업계의 대부이자 세계 철강업계의 거목이었다. 그의 일생은 조국을 위한 위대한 투쟁이었다.

인생을 살아가는 데는 누구나 자기 자신만의 철학이 필요하다. 삶의 목적은 자신이 누구인지를 발견하고 그 길을 가는 것이다. 자신이 삶을 사는 방식이 철학이다. 더욱 지혜롭고 자유롭게 살기 위해서 누구나 성찰하는 철학자가 되어야 한다. 포스코왕국의 창시자를 돌아보며 포스코대교를 향한다.

울산에서 발원하여 경주를 거쳐 동해에 몸을 푸는 형산강이 시야에 들어온다. 형산큰다리인 포스코대교를 건너 형산강을 따라 하류로 걸어간다. 포항운하관을 지나 넓은 바다로 흘러드는 63.34km를 달려온 형산강을 바라본다. 바다는 먼 길을 달려온 형산강을 반갑게 포용한다. 송도해수욕장에 도착하자 아름다운 나신의 '평화의 여인상'이 바다를 배경으로 비를 맞으며 두 팔을 높이 들어 반겨준다. 빗속에서 걸어온 힘든 여정이 끝나고 숙소를 찾아간다. 차도 옆 포항시 남구 송도동 산 1번지에 '포항지구 전투 전적비'가 세워져 있다. 6.25 전쟁 당시 포항지구 전투에서 용감하게 싸웠던 국군의 전투상을 기념하고 후대에 귀감으로 삼고자 세운 비문이다.

"동해에 솟는 햇살은 이 강산을 빛내거니와 포항에 벌어진 이 전투는 우리 역사를 새롭게 하였도다. 단기 4283년 8월 15일, 17일에 걸쳐 공산군 제5사단은 막대한 희생을 무릅쓰고 포항을 점령하였다. (중략) 이에 우리 제3사단은 우군 총반격이 개시되기까지 적에 치명적인 반격을 가하면서 끝끝내 방어에 성공하였다. 이에 우리 용사들의 과감무쌍한 이 혈투사는 자손만대에 영원히 빛나리."

해파랑길에서 진리를 찾아 투쟁을 벌인, 빗속을 과감무쌍(果敢無雙)하게 혈투를 벌인 나그네가 돼지국밥에 막걸리 한 통으로 허기를 달래며 비 내리는 포항의 밤을 노래한다. "새는 알에서 나오려고 투쟁한다. 알은 세계이다. 태어나려는 자는 하나의 세계를 깨트려야 한다."라는 헤르만 헤세를 떠올리며.

독도 獨島

해파랑길 17코스는 송도해변에서 시작하여 동빈내항의 동빈큰다리를 건너고 포항여객선터미널을 거쳐 아름다운 백사장을 자랑하는 영일만해수욕장의 영일대에서 영일만 친구를 만나고 포항영일신항만을 지나서 칠포해변에 이르는 길 17.1km이다.

빗방울이 떨어지는 이른 아침, '평화의 여신상' 아래에서 동해의 먼 바다를 바라본다. 수평선 저 멀리 하늘과 바다가 하나가 되어 평화롭고 고요한 마음의 바다에 울릉도가 보이고 독도가 보인다. 그 뒤에 아름다운 금수강산을 유린한 야수의 모습을 한 침략자들이 보인다.

"저 멀리 동해바다 외로운 섬 오늘도 거센 바람 불어오겠지 조그만 얼굴로 바람 맞으니 독도야 간밤에 잘 잤느냐 ~~" '홀로아리랑'을 부르며 마음은 외로운 섬 독도로 달려간다.

오른쪽 바다 건너 포스코의 하늘은 구름인지 굴뚝의 연기인지 분간

할 수 없이 뿌옇게 덮여있다. 포스코왕국의 궁궐을 뒤로하고 해파랑길을 걸어간다. 고요한 해변의 아침, 송도 송림공원에 들러 진한 솔향을 느껴본다. 해안가의 울창한 소나무 숲과 정자들, 체육시설 등이 잘 조성되어 있다. 내륙 깊숙이 들어온 바닷물을 형산강 하류와 운하로 연결한 동빈내항의 동빈큰다리에서 걸음을 멈춰 선다. 25년간 조국의 바다를 지키다가 퇴역한 초계함을 바라보며 명량해전을 앞두고 수군을 폐하려는 선조에게 올린 이순신 장군의 "금신전선 상유십이(今臣戰船 尙有十二)" 장계가 스쳐간다. 판옥선 열두 척밖에 없는 상황에서 장군은 '신에게는 아직 열두 척의 전선이나 있습니다.', '사력을 다해 적과 싸운다면 아직 이길 희망이 있습니다.', '전선이 비록 그 수가 적으나 미천한 신이 죽지 않는 한, 적은 감히 우리를 업신여기지 못할 것이옵니다.'라고 외친다. 필생즉사 필사즉생(必死則生 必生則死)이다. 노량해전에서의 죽음으로 겨레의 가슴에 영원히 살아있는 장군은 우리 역사, 우리 민족의 최고의 축복이요 행운이었다.

　다리를 건너 동빈나루를 끼고 걸어간다. '아이를 등에 업고 앉아 난
전에서 생선을 파는 아주머니와 아이의 손을 잡고 생선을 사려는 아주
머니', '앉아서 그물을 손질하는 아저씨' 등 그 옛날 어촌 풍경들을 보
여주는 정겨운 조각 작품들이 눈길을 끈다. 포항여객선터미널 앞에서
아침식사를 하기 위해 식당으로 들어갔다. "울릉도를 가느냐?"고 묻기
에 "부산에서부터 해파랑길을 걷고 있다."고 하니 아주머니는 안쓰러워
한다. 곰치국을 주문했지만 안 된다며 고단한 나그네를 위해 물메기탕
을 푸짐하게 준다. 터미널 앞에서 독도 사진과 함께 '여기서부터 독도
까지 258.3km'라고 쓰인 대형 표지판을 바라본다. 울릉도와 독도를 여
러 번 다녀왔던 추억이 스쳐간다.

　포항에서 배를 타고 세 시간쯤 가면 울릉도에 도착한다. 울릉도는
동해상에 위치한 섬으로 삼척시 원덕읍에서 직선거리로 137km, 죽변
항에서는 140km, 포항에서 217km 떨어진 거리다. 도둑과 거지, 뱀이

없고 바람과 향나무, 미인과 물, 돌이 많다고 하여 삼무오다(三無五多)의 섬으로 불리는 울릉도가 개척된 데에는 한때 한반도 동남쪽의 여러 섬들을 개척하는 벼슬을 맡았던 김옥균의 역할이 컸다. 1882년 개척령이 내려지기 전만 해도 그곳에는 조선인 116명과 일본인 79명이 나라의 허락 없이 몰래 숨어 들어가 도벌이나 미역과 약초를 따서 생활하고 있었다.

국경과 관련하여 처음 일본과 황당한 사건이 일어난 때는 숙종 19년 (1693년) 봄, 안용복을 비롯한 울산의 어부 40여 명이 울릉도에 갔을 때 일본 어부들과 마주치면서부터였다. 신라 지증왕 이래 우리 영토였고, 사람들도 거주해왔던 울릉도는 태종의 공도(空島)정책으로 인해 어부들만 고기잡이를 위해 찾을 뿐 사실상 무인도로 방치되었다. 왜구들의 노략질 대상이 되기 쉽고 죄인들의 도피처가 될 수 있기 때문에 섬 백성들을 모두 육지로 옮겨 살게 한 것이다. 광해군 시절 돗토리현의 한 일본인 어부가 울릉도에 표류해 왔다가 고기와 전복, 목재가 많은 노다지임을 알고 막부의 도해 허가를 얻어 후손들에 이르기까지 독점적으로 어로 행위를 했다. 그래서 울릉도는 당연히 일본령으로 인식되었고 그들에게 안용복 등은 침입자였다.

울릉도에 있던 일본 어부들은 안용복과 박어둔을 본토로 잡아갔다. 일본으로 끌려간 안용복은 겁먹기는커녕 시종 큰소리치며 울릉도와 자산도(독도)는 조선령이라고 강변했다. 결국 안용복은 돗토리현 태수와 담판을 통해 울릉도와 자산도가 조선령임을 인정하는 문서까지 받아들고 융숭한 대접을 받고 대마도로 보내졌다. 그러나 대마도에서는 안용복을 강제 구금하고 문서를 빼앗고는 조선 조정에 죽도는 일본땅이니 조선 백성의 죽도 도해 금지를 요구해 왔다. 당시 일본은 울릉도를 죽도라 불렀다. 처음에는 소극적으로 대응하던 조선은 갑술환국으로 서인 정권이 들어서고 영의정이 된 남구만은 이에 단호한 대응을 주장했고, 울릉도가 역사적으로 조선의 영토임을 설명하며 일본인들이 울릉도에 출입하지 말 것을 촉구하는 강경한 메시지를 대마도 쪽에 보냈다. 하지만 대마도의 귤진중은 조선이 포기한 땅이라며 강변했다.

조선으로 돌아와 있던 안용복은 돗토리현 태수와 이미 다 정리된 일인데 대마도의 농간으로 논란이 있는 것을 주시하고 숙종 22년(1696년) 자신의 이야기에 관심을 보이는 어부, 승려들을 규합하여 필요한 물품들을 준비해 다시 울릉도로 향했다. 이때도 역시 여러 왜선들이 울릉도에 정박 중이었다. 안용복이 호통을 치자 일본 어부들은 자기들은 송도(松島)에 사는데 우연히 고기를 잡으러 나왔다며 물러갔다. 송도는 자산도, 곧 독도였으므로 다음날 새벽에 안용복은 자산도로 가서 솥단지를 걷어차며 일갈하고 일본 어부들을 내쫓고 도주하는 그들을 쫓아 다시 일본으로 들어갔다. 태수를 다시 만난 안용복은 대마도에서 지난번에 받아간 문서를 빼앗은 일을 거론하며 다시는 침범하지 않도록 요구했다. 대마도 도주가 급히 와서 사죄하고 태수도 전의 입장을 더욱 분명히 해주었으니 안용복은 뿌듯한 마음으로 돌아왔다.

그런데 안용복을 기다리고 있는 것은 포승줄이었다. 안용복은 포승

줄에 묶여 한양으로 압송되었다. 죄명은 '관직사칭죄'였다. 안용복은 동래수군으로 노 젓는 일을 담당하는 최하층 백성이었다. 그럴듯한 옷차림에 '울릉 자산 양도감세장'이라는 깃발을 앞세우고 교자를 타고 일본 태수를 만난 것이 죄상이었다. 안용복은 동래 왜관을 드나들며 배운 어설픈 일본어 실력으로 빛나는 외교적 성과를 일궈냈지만 조정은 중죄로 다스려야 한다는 의견이 다수였다. 때마침 대마도가 '울릉도는 조선의 영토이며 앞으로 침범하지 않겠다'는 소식이 오자 '나라에서 못하는 일을 해냈으니 공이 능히 죄를 덮을만하다'는 의견도 있었으나 결국 안용복은 유배에 처해졌다. 그리고 300년이 지난 지금 저들은 또 '죽도는 우리땅'이라며 노래를 부르는 파렴치한 행위를 하고 있다.

울릉도에서 동남쪽으로 92km 떨어진 곳에 독도가 있다. 독도는 동도와 서도, 그 주변에 흩어져 있는 89개의 바위섬으로 이루어진 화산섬이다. 악어바위, 코끼리바위, 얼굴바위, 천장굴이 있고 동도를 돌다 보면 동도의 한 면이 마치 한반도의 지형처럼 생긴 곳이 있다. 성종 때인 1476년의 조선왕조실록에는 "섬 북쪽에 바위 세 개가 나란히 있고, 그 다음엔 작은 섬, 그 다음엔 암석이 벌여 섰으며, 그 다음은 복판 섬이고, 복판 서쪽에 또 작은 섬이 있는데, 다 바닷물이 통한다."라고 하여 지금의 독도 모습을 고스란히 보여주고 있다. 1794년(정조 8년) 강원도 관찰사 심진현이 울릉도 보고서를 보냈는데 '갑인년 4월 26일에 가지도(可支島)에 가보니 가지어가 놀라 뛰어 나왔다'라는 내용이 있다. 가지도는 독도를, 가지어는 물개의 일종인 강치의 우리말 '가제'를 음역한 것으로 '가지도'란 '강치가 많이 사는 섬'이다. 지금도 독도에는 강치가 많이 살고 있다. 독도는 삼봉도, 가지도, 우산도 등으로 불리다가 울릉도가 개척될 때 처음에는 돌섬이라고 하였는데, 이것이 돍섬으로 변하였다가 다시 독섬으로 변하였고, 독섬을 한자로 표기하면서 독도가 되었다고 한다.

황현의 '매천야록' 1906년 기록에는 "울릉도 바다에서 동쪽으로 백리 떨어진 곳에 독도라는 한 섬이 있어 예로부터 울릉도에 속했는데, 왜인이 그 영지라고 늑칭(勒稱, 강제로 또는 거짓으로 칭함)하고 심사하여 갔다"라고 했다. 1905년 러일전쟁에서 승리한 일본은 일방적으로 독도를 다케시마로 바꾸고 시마네 현에 편입한 뒤 계속해서 독도를 자기네 섬이라며 영유권을 주장하고 있다. 일본 시마네 현 의회는 2005년 3월 16일 매년 2월 22일을 '다케시마의 날'로 정하는 조례안을 가결하였다. 이에 대응해 같은 해 3월 17일 한국 정부는 일반에 독도 방문을 전면 허용했다. 일본의 중고생 10명 중 9명은 독도가 자기네 땅이며 대한민국이 불법으로 점령하고 있다고 배운다는 조사가 있으니, 이 땅의 안용복의 후예들은 결단코 독도를 지켜내야 한다.

영일대해수욕장 해변을 걸어간다. 다양한 형태와 이름의 미술 조형물들이 길을 따라 전시되어 있다. 영구 설치물이 아닌 '포항 스틸 아트 페스티벌'에 전시된 작품들이란다. '2050 비너스의 탄생'이 눈길을 끈다. 르네상스의 대표적인 작가 보티첼리의 '비너스의 탄생'을 '스틸퀼트' 기법으로 제작한 작품이다. 작가는 앞으로 과학기술이 더 발전하면서 일어날 일에 대한 긴장과 두려움을 단편적으로 표현하고 있다. 아름다

움의 상징이었던 비너스의 이미지를 빌려 스테인리스 스틸의 반짝이는
특성과 조형적인 감각으로 미래의 아름다움을 예견하고 있다.

칼 대신 붓과 역사책을 쥐고 있는 장군의 조각상이 역사를 바로 알
고 배우는 것이야 말로 나라를 지키는 첫걸음이라 시사하고 있다. 그
뒤로 영일대가 보인다. 인적 없는 조용한 아침의 영일대에 올라 구름
낀 하늘, 푸른 바다를 바라본다. 순간, 하늘에서 구름 사이로 햇빛이
비춰고, 이어서 태양이 살짝 모습을 드러낸다. 며칠 만에 보는 태양이
던가. 그것도 해를 맞이하는 영일대(迎日臺)에서! 바다에서 떠오르는 일
출은 아니지만 특별한 기쁨을 누린다. 누각에서 한참을 쉬다가 길을
나선다.

환여동 환호해맞이공원 앞을 지나면서 해를 맞이한다. 반가운 햇살이 비쳐온다. 아담한 바닷가 마을 여남포에서 뒷산 길로 접어들며 낭패를 맞는다. 인적이 없어 풀들이 무성한 호젓한 숲길의 풀잎은 빗물을 머금고 있고, 길은 철벅철벅, 신발은 물속에 잠기고 반바지 차림의 아랫도리는 이내 흠뻑 젖는다. 산을 내려오면서 멀리 영일만 끝자락의 영일신항만 정경이 눈에 들어온다. 평이한 해안 길을 걷고 또 걷고, 영일신항만으로 가는 길고 지루한 차도를 걸어간다.

어업기술센터의 바다고기 모양의 건물디자인을 감상하다가 용한리 해변에서 휴식을 갖는다. 갈매기들이 몰려온다. 멀리 백사장 끝으로 칠포 곤륜산(해발 177m)이 보인다.

길고 긴 백사장을 지나서 단조로운 해안 길을 걸어간다. 푸른 하늘에 빛나는 태양이 내려다본다. 길고 지루한 빗속의 행군이 드디어 끝났다. 노을이 아무리 아름다워도 어둠이 곧 찾아오듯 다시 폭염이 기다리고 있다. 노자는 지족지족상족(知足知足常足), 장자는 지락무락(至樂無樂), 공자는 안빈낙도(安貧樂道)를 가르쳤으니 변화무쌍한 해파랑길의 정취에 족한 줄을 알고 나그네 발걸음 걷고 또 걸어간다.

천명天命

해파랑길 18코스는 칠포해변에서 시작하여 해안을 따라 자갈길, 모랫길, 바윗
길을 번갈아가며 오도리해변과 월포해변을 지나서 기다란 백사장을 만나고 화
진해변에 이르는 한적한 해수욕장, 시골 어촌의 쾌적함과 함께하는 길 19.4km
이다.

만세의 목탁 공자는 15세를 지학(志學), 30세를 이립(而立), 40세를 불혹
(不惑), 50세를 지천명(知天命), 60세를 이순(耳順), 70세를 종심(從心)이라 했
다. 자신의 일생을 돌아보고 학문의 심화된 과정을 술회하였던 것이다.
공자는 50세에 천명을 안다고 했다. 천명을 안다는 것은 하늘의 뜻을
알아 그에 순응하거나, 하늘이 부여한 최선의 원리를 안다는 뜻이니
마흔까지는 주관적 세계에 머물렀으나 50세가 되면서 객관적이고 보편
적 세계의 경지에 들어섰음을 의미한다. 주체적으로 인생을 사는 사람
은 그 임무에 대한 소명의식이 있다. 역사 속에서 위대함은 모두 천명
을 목숨처럼 실천하려고 노력하였던 인물에게서 피어났다. 해파랑길의

푸른 하늘을 바라보며 저 하늘이 50대의 나그네에게 내린 사명은 무엇일까 생각하며 걸어간다.

햇살이 뜨거워지는 칠포해변에서 길고 긴 백사장과 푸른 바다를 바라보며 쉼표를 찍는다. 여행길의 쉼표가 휴식이라면 인생길의 쉼표는 여행이다. 걸어온 길을 돌아보고 나아갈 길을 준비한다. 꽁지에 불붙인 듯 바쁘게 살다가 동가식서가숙하며 한가로운 시간을 즐기는 나 홀로 여행은 독락(獨樂)이다. 해파랑길의 독락은 함께 더불어 즐거워함이 진정한 즐거움이라는 맹자의 여민동락(與民同樂)에 반(反)하는 것이 아니라, 여민락으로 가는 길 위에서 쉼표를 찍는 것이다.

비가 온 뒤라 아직은 해수욕을 즐기러 온 사람들이 많지 않다. 바다와 바닷가는 모든 사람의 소유이니 누구나 마음 놓고 바닷가에 나갈 수 있다. 아무도 "여긴 내 땅이야, 나가!"라고 말할 수 없다. 그러나 푸른 하늘도 푸른 바다도 즐길 수 있는 사람만이 소유한다. 경제재가 아닌 자유재다. 돈이 아닌 마음만으로도 소유할 수 있다. 즐기려면 좋아해야 하고 좋아하려면 알아야 한다. 아는 것보다는 좋아하는 것이 더좋고, 좋아하는 것보다는 즐기는 것이 더 좋다고 하지 않는가.

50대는 하늘의 섭리를 아는 시기요, 세상을 향한 용기 있는 도전보다는 중년의 문턱에서 숨고르기를 하는 시기이다. 옛말에 쉰 살까지 성실하게 살아온 사람은 노후를 걱정하지 않아도 된다고 했다. 그때까지 뿌린 씨앗과 인간관계가 안전망이 되어 노후를 책임진다는 것이다. 한 사람 한 사람의 삶은 자기 자신에게로 이끄는 길, 일찍이 그 어떤 사람도 완전히 자기 자신이 되어 본 적은 없었다. 그럼에도 누구나 자기 자신이 되려고 노력한다. 걸어온 길은 자기 자신을 만들어 가는 길이다. 오래 입은 팬티가 궁둥이를 알듯이 오래된 신발은 발을 알고 걸어온 길을 알고 있다. 어디로 가야하나, 어디로 갈까? 해파랑길에서 길을 찾는다. 속도보다는 방향이 더 중요하다는 사실을 깨닫는 것은 여행의 즐거움이다.

이글거리는 태양 아래 칠포해변 백사장을 걸으며 태양 때문에 살인한 이방인을 생각한다. "만약 아무것도 의미를 가진 것이 없다 하더라도 그것은 옳을 것이다. 그러나 어딘가에 여전히 의미를 가지는 것은 존재한다."라며 '세계의 정다운 무관심'에 마음을 열고 이방인은 해파랑길을 걸어간다. 다시 편안한 나무데크 길을 걸어 칠포2리로 넘어간다. 자갈길, 모랫길, 험한 바윗길을 번갈아 간다. 민물이 바닷물로 흘러들어가는 지점에서는 돌아가야 하나, 신발을 벗어야 하나, 생각하다가 물살을 가늠해본다. 이 정도 물살이면 빠져 죽지는 않을 것이라는 생각에 신발을 벗고 다리를 둥둥 걷고 건너간다.

오도리 백사장에서 갈매기가 떼를 이루어 한가로이 놀이를 펼친다. 그늘진 바윗돌에 앉아 휴식을 가지며 푸르고 먼 바다를 바라보다가 걷고 또 걸어 이가리의 해변을 지나고 용두교를 건너 아기자기한 조형물들이 반겨주는 월포해변에 이른다. 포스코 월포수련관을 지나간다. 월포해수욕장의 남쪽 일부를 포스코에서 직원과 그 가족들의 수련시설로 운영하고 있다. 울산이 현대왕국이라면 포항은 포스코왕국이다. 포스코수련원 숲 그늘에서 자리를 잡는다. 햇살이 그리웠건만 벌써 흐린 하늘이 그리워진다. 오늘은 맑은 날씨이건만 연일 흐린 날씨였던 탓에 해수욕장은 사람들이 없어 한산하다. 주인 없는 검정개가 나그네의 먹거리를 탐내며 주변을 어슬렁 어슬렁거린다. 과자를 던져주자 입에 물고 인사도 없이 달려간다.

길고 긴 해수욕장 해변을 지나서 농촌마을 들길을 걸어 다시 어촌마을 방어리를 지나 차도로 올라섰던 해파랑길은 사료연구센터에서 다시 해변으로 방향을 잡는다. 송림을 돌아 조사교를 건너 자갈해변이 드넓게 펼쳐진 조사리 간이해변에서 휴식을 취한다. 뜨거운 햇살 아래 걸음걸이가 느릿느릿 하다. 최한기(1803~1877)는 '인정'에서 걸음걸이를 논한다. "착한 사람의 걸음걸이는 배가 물에 흘러내리듯 하여 몸은 신중하고 다리는 가벼우며, 소인의 걸음걸이는 불이 타오르듯 하여 몸은 경솔하고 다리는 무겁다. 그러므로 걸음걸이는 머리를 뒤로 젖히고 다리를 구부리지 말아야 하고 또 몸을 비틀어 꺾어서도 안 된다. 걸음이 지나치게 높으면 오만하고 지나치게 낮으면 비굴하며, 지나치게 급하면 난폭하고 지나치게 더디면 느리다." "대개 행보의 동작이 귀천과 직접 관계 되는 것은 아니나, 선악은 걸음걸이 사이에 자연 나타난다."

내가 걷는 걸음걸이가 그런대로 괜찮다고 생각했는데 지금의 걸음걸이는 어떨까 하며 다시 걸음걸이를 추스른다. 땡볕의 차도를 따라 걷다가 그늘진 소나무 숲길을 걸어 바다에 이르자 솟대 위의 새들이 먼 바다를 향하고 있다. 흐린 하늘과 바다가 맞닿은 저 건너편을 바라보며

무슨 소망을 빌고 있을까. 나그네의 꿈을 솟대에 실어 먼 하늘로 날려 보낸다. 그 옆에서 갈매기들이 떼를 지어 한가로이 놀고 있다. 저 갈매기들의 꿈은 무엇일까? 리처드 바크의 '갈매기의 꿈'이 떠오른다. 사람이 책을 쓰지만 한 권의 책은 한 사람의 인생을 변화시킬 수 있다. '높이 나는 새가 멀리 본다.'라는 경구는 20세 이후 오늘까지도 내 삶에 커다란 영향을 미친다.

거의 대부분의 갈매기들에게 중요한 일은 나는 일이 아니라 먹는 일이었지만 주인공 갈매기 조나단에게 중요한 것은 먹는 일이 아니라 나는 일이었다. 조나단은 갈매기이지만 다른 갈매기와 달랐다. 생각이 다르고 행동이 다르고 하늘을 나는 층위가 달랐다. 노는 물이 달랐던 조나단은 그 어떤 일보다 나는 일을 좋아했다. 행복의 참기쁨은 무엇이며, 어떻게 삶을 살아야 하는가, 삶을 의미 있게 만드는 것이 무엇인가를 깊이 사색했고, 그것은 먹기 위해 나는 것이 아니라 날기 위해 먹는 것이었으며 더 높이, 더 멀리, 더 빠르게, 더 멋있게, 더 자유롭게 나는 것이라 깨달았다. 조나단의 꿈은 새로운 하늘, 새로운 땅을 찾아가는 꿈이었고 그것은 조나단에게 내려진 하늘의 명령, 곧 천명(天命)이었다.

'중용(中庸)'은 "하늘이 명한 것을 성(性)이라 하고, 성을 따르는 것을 도(道)라 하고, 도를 닦는 것을 교(敎)라 한다."로 시작한다. 중용이 가장 중요하게 선언하는 것이 이(理), 곧 성즉리(性卽理)이다. 이가 성이며 성이 천명이다. 성을 충실히 따르는 것이 도이며, 도는 사람으로서 마땅히 따라야 하는 것, 솔(率)해야 하는 것이다. 이 도를 따르기 위해 해야 할 일이 교다. 주자가 '중용'을 통하여 제기하려고 하는 가장 절실한 주제는 '도의 근원이란 하늘에서 명한 것'이란 사실, 인간은 그것을 따르고 실천하는 것이 당연한 도리라는 것이다.

천명(天命)의 '명(命)'에는 제일 위에 사람 '인(人)'이 있고, 그 아래 하늘을 뜻하는 '일(一)'이 있고 그 아래 엎드려 두드릴 '고(叩)'라는 글자가 있다. 사람이 하늘을 향해 엎드려 두드리며 묻는다는 뜻이다. 하늘의 섭리와 메시지를 알고 살기 위해서는 엎드려 두드리며 묻고 깨달아야 한다. 자신의 인생을 아름답게 만드는 것, 그것은 하늘이 부여한 최소한의 소명이다. 왜 태어난 것일까, 어떤 사명이 주어진 걸까, 어떻게 살아야 하는가를 자문해보면 비록 정확한 답은 몰라도 인간으로서의 깊이를 안겨준다. 사람은 누구나 자신의 시야의 한계를 세계의 한계로 간주한다.

이순신 장군은 보민과 보국을 천명으로 알았기에 전쟁터에서 초개와 같이 자신의 목숨을 던질 수 있었다. 다산 정약용은 18년간의 유배 생활에서도 굴하지 않는 용기로 백성들을 위한 천명을 실천하기 위해 복사뼈가 문드러지도록 책을 읽고 쓰며 실학이라는 거대한 꽃을 피워 냈다. 관우는 멋진 풍모와 의리 그리고 용맹으로, 제갈량은 뛰어난 지략과 주군을 향한 충성심으로, 킹 목사는 흑인의 인권을 위하여, 잔 다르크는 백년전쟁에서 조국 프랑스를 구하는 일에 생명을 바치며 자신에게 주어진 천명을 다했다. 나에게 부여된 천명은 무엇일까. 힌두교에서는 50세의 나이를 '바나프라스타'라고 한다. 산을 바라보기 시작할 때로 나이 쉰이 되면 이제는 자신의 일에 관심을 가지라는 의미이다. 고대 경전 '베다'에 규정된 일생의 사주기 중 세 번째에 해당하는 은둔기가 시작되어 가정을 떠나 숲에 살면서 금욕과 고행을 실천하며 영적 삶을 추구하는 시기다.

인생의 산을 바라본다. 뜨거운 햇살의 해파랑길, 험한 세상길 건너기가 숨가쁘고 힘겹지만 가야 할 길이기에 기쁨과 즐거움으로 걸어간다. 뙤약볕의 차도에서 다시 시원한 송림 사이로 길게 해파랑길이 이어진다. 멀리 화진해변이 보인다. 반가움이 숙소가 없을 것 같은 예감과 교차한다. 혹시나 했건만 도착해서보니 역시나 없다. 일단 지친 몸에게 포상하기 위해 해수욕장 끝집 포장마차에서 시원한 맥주로 목젖을 적신다. 바다에서 모터보트를 타고 달리는 사람들을 보고 그냥 있을 수가 없다. 모터보트의 속도감, 상쾌함이 피로를 날려 보낸다. 짜릿한 탄성이 절로 나온다. 즐거운 인생, 살만한 인생이다.

오후 6시, 숙소도 없고 걷기 좋은 시간이라 다음 코스인 19코스 7번 국도로 올라간다. 화진휴게소 테라스에서 화진해변을 내려다본다. 기다란 해안선과 흰 파도가 보이고, 걸어온 길이 선명히 보인다. 차량의 굉음으로 요란한 국도를 따라 올라가 바닷가 전망 좋은 모텔에서 여장을 푼다. 창 밖에 파도가 철썩이고 동해바다에 땅거미와 바다거미가 내려앉는다. 검푸른 바다 위로 별빛이 반짝인다. 수많은 사람들의 마음과 사연이 별이 되어 빛나고 있다. 그 가운데에 내 마음의 별도 있다. 누군가에게 보낸 내 마음이 광활한 흑지에 활자가 되어 빛이 난다. 시커멓고 커다란 편지지 같은 밤하늘에 나그네의 마음을 담은 편지를 어둠이라는 봉투에 넣어 보낸다.

"나는 자유를 향한 머나먼 길을 걸어왔다. 주춤거리지 않으려고 노력했다. 도중에 발을 잘못 내딛기도 했지만, 나는 커다란 언덕을 올라간 뒤에야 올라가야 할 언덕이 더 많다는 것을 발견하게 된다는 비밀을 알았다. 나의 머나먼 여정은 아직 끝나지 않았기 때문에 나는 감히 꾸물거릴 수가 없다."라고 만델라는 말한다. 나는 내 운명의 지배자, 내 영혼의 선장이다. 낮의 태양과 밤의 북극성을 바라보며 하늘과 땅이 통하는 길, 하늘이 부여한 사명을 찾아 해파랑길을 걸어간다. 양심과 진실함, 성실함과 용기로 자신의 길을 간다. 그 길이 바로 내가 가야 할 길이고 천명을 다하는 열린 문이기에.

5. 영덕 구간

　영덕은 산과 들과 강과 바다가 잘 어우러진 인간이 더불어 숨쉬고 살아가기 좋은 자연 친화형 도시다. 원래 영덕과 영해 양 군이었던 것을 일제강점기인 1914년에 합병했다. 영덕에는 나옹선사의 창건일화가 있는 홍련암과 반송유적지, 이색이 출생한 괴시리 전통마을과 목은 이색 기념관 등이 있다. 옛 선비들이 읊은 영덕의 명승전경으로 영덕팔경은 남촌석연, 불봉조운, 삼강귀범, 둔호백구, 천전어가, 경호춘파, 적벽추풍, 북송목적을 꼽는다.

　남촌석연(南村夕烟)은 남쪽 초가지붕 위로 백성들의 저녁밥 짓는 연기가 실안개 같이 낮게 퍼져가면서 만들어내는 목가적인 풍경. 불봉조운(佛峯朝雲)의 불봉은 고불봉(高不峯 또는 高佛峯)을 말하며 붉은 해가 동해바다에서 오르고, 떠오른 해의 아침햇살에 봉우리 위에 걸친 구름이 산 아래로 흩어지면서 이윽고 드러나는 고불봉의 장엄한 자태. 삼강귀범(三江歸帆)의 삼강(三江)은 오십천 맑은 물이 우곡리의 호호대(浩浩臺) 앞에서 세 갈래의 물줄기로 갈라져 강구로 흘러 내려 갈 때 흰 돛을 높이 달고 만선(滿船)의 뱃노래를 부르며 돌아오는 돛단배들의 아름다운 정경. 둔호백구(屯湖白鷗)는 둔호의 푸른 물과 갈매기들의 흰색이 청백(淸白) 조화를 이루던 때의 아름다운 경치. 하지만 이제는 삼강도 없어지고 둔호도 없어졌다.

　천전어가(川前漁歌)는 오십천을 낀 내앞(川前)에서 낮에는 대낚시로, 밤에는 관솔불을 밝혀 매운탕을 끓여먹으며 흥얼거리는 노래 소리를, 경호춘파(鏡湖春波)는 임경대 호수 위로 부는 봄바람에 이는 물결을, 적벽추풍(赤壁秋風)은 영덕팔경의 으뜸으로 무릉산 한쪽 절벽에 붉게 물든 단풍과 그 밑을 맑게 흘러내리는 오십천이 만드는 경관을, 북송목적(北松牧笛)은 화개리의 울창한 소나무 숲에서 황소 타고 풀피리 꺾어 불며 돌아가는 목동들의 고즈넉한 풍경을 말한다.

해파랑길 제5구간인 영덕구간은 화진해변에서 고래불해변에 이르는 19~22코스 62.8km이다. 19코스는 영덕이 자랑하는 블루로드를 시작하는 코스로, 장사해변과 삼사해상공원을 거쳐 강구항에 도착하는 길이다. 19코스는 가장 늦게 조성된 길이기에 블루로드 D코스가 되었다. 20코스는 강구항 언덕에서 숲길을 따라 고불봉까지 오른 후 풍력발전단지를 거쳐 영덕해맞이공원까지 걷는 블루로드 A코스 '빛과 바람의 길'이다. 21코스는 아름다운 해안을 온전히 걸으며 감상할 수 있는 블루로드 B코스로, 영덕대게 원조마을이 있어 강구항이 있는 1코스를 제치고 이름을 얻은 '푸른 대게의 길'을 따라 축산항에 이른다. 22코스는 역사와 문화가 살아 숨쉬는 블루로드 C코스로, 대소산봉수대를 넘어 고려 말 삼은(三隱)의 한 분으로 성리학의 기초를 세운 목은 이색(1318~1396)의 출생지와 산책한 길을 닦아 만든 '목은 사색의 길'을 따라 고래불해변에 이르는 길이다.

영덕의 블루로드는 동해안의 대표적인 걷기 길이다. '국내의 좋은 길'로 유명한 영덕 블루로드 네 개 코스가 D-A-B-C 순으로 이어진다. 열악한 교통사정에도 불구하고 블루로드는 성공적으로 평가되는 걷는 길의 신데렐라이다. 어쩌면 푸른 신호등의 블루로드가 있어 국내 최장 걷기 길인 동해안 트레일 해파랑길의 가능성이 보였다고 할 수 있다. 해파랑길 영덕구간은 블루로드의 술이부작(述而不作)이었다.

19코스 ~ 22코스 62.8km

고래불해변

○덕진해변

○대진항

22 축산항

경정리대개탑

승리슈퍼

○경정해변

○오보해변

신재생에너지전시관

21 영덕해맞이공원

⊙
영덕군청 ○고불봉

하저해변

20 강구항

삼사해상공원

남호리해변

○구계항

○장사해변

19 화진해변

● 19코스

자유自由

해파랑길 19코스는 화진해변에서 시작하여 지경교에서 포항을 벗어나 영덕으로 들어가 블루로드 D코스를 걸어 장사해수욕장과 구계항을 지나고 삼사해상 공원에서 내려와 강구항으로 들어가는 길 15.7km이다.

장자가 복수에서 낚시질을 하고 있을 때, 초나라의 위왕이 대부 두 사람을 보내어 재상을 삼으려는 뜻을 전했다. 장자는 낚싯대를 드리운 채 돌아보지도 않고 웃으며 말하였다.

"내가 들건대, 초나라에는 신령스런 거북이 있는데 죽은 지 이미 삼천 년이나 되었다고 합니다. 임금은 그것을 비단으로 싸서 상자에 넣어 묘당 위에 보관한다 합니다. 그 거북의 입장이라면, 그가 죽어서 뼈만 남기어 존귀하게 되고 싶겠습니까, 아니면 살아서 진흙 속에 꼬리를 끌고 다니고 싶겠습니까?"

두 대부는 대답했다.

"그야 살아서 진흙 속에 꼬리를 끌고 다니려 할 것입니다."

장자는 말했다.

"그러면 돌아가시오. 나는 진흙 속에 꼬리를 끌고 다니며 살려는 것입니다."

부귀를 누리며 속박 받는 삶보다 가난하지만 자유로운 삶이 좋다는 예미도중(曳尾塗中)의 일화다. 사람들은 자유를 추구하면서 자유를 잃어버린다. 돈을 벌기 위해 억지로 미소를 보이고, 승진하기 위해 굽실거리며, 자신의 본성을 억누르고 내키지 않는 행동을 한다. 얼굴을 꾸미고 옷차림으로 포장하며 거짓된 걸음을 걷는다. 장자는 이런 삶을 묘당 위에 놓인 신령스러운 거북의 박제에 비유한다. 장자는 완전한 자유를 추구한다. '장자' 제1편은 소요유(逍遙遊)로 시작한다. 어슬렁거리며 노닌다는 뜻인데, 장자가 추구하는 삶의 방식은 어슬렁거리듯 유유자적 노닐며 세상을 사는 것이다. 그러나 장자의 소요유는 절망의 그림자 속에서 패배의 미학, 부정의 철학이 아니라 고차원의 사회철학이었다. 부정적이기는커녕 낙천적인 세계관이었다.

장자 같은 삶을 추구하고 흉내내는 나그네가 해파랑길의 자유를 만끽하며 하루를 기쁨으로 시작한다. 날이 밝아온다. 모처럼 일출을 볼 수 있을까 하는 기대감으로 새벽길을 나선다. 온 세상이 고요하다. 바다 끝 구름 뒤로 해가 솟아오른다. 검푸른 바다가 감춰두었던 해를 밀어 올리자 말갛게 씻은 얼굴로 고운 해가 모습을 드러낸다. 희망도 함께 솟아오른다. 모처럼 찬란히 빛나는 아침의 태양을 맞이한다. 솟아오른 해가 수면에서 점점 멀어진다. 경이롭고 신비로움을 맛본다. 시원한 바람을 맞으며 포항과 영덕의 경계에 위치하는 지경교에 이른다. '1993

년도에 건립되어 지금은 노후화되어 1톤 이상의 차량은 통행을 금지한다.'는 포항시장의 안내를 받으며 다리를 건너간다. 세계 철강산업을 선도하는 공업도시 포항을 벗어나서 동해안의 소박한 어업기지 영덕으로 들어간다. 영덕라이온스클럽에서 조성한 커다란 사자상이 '어서 오십시오. 여기는 영덕군입니다.'라며 인사한다. 4년 전 용인라이온스클럽 회장을 하며 용인지역의 5개 명산에 국기게양대와 마음의 양식이 되는 글들을 새긴 표지판을 세웠던 일들이 스쳐간다. '도보여행자를 위한 블루로드' 안내표시도 반겨준다. 해파랑길과 블루로드가 겹치기에 안내판도 늘어서 길 잃을 염려는 덜 하지만 차량이 많이 다니는 7번국도와 해변길을 번갈아 오르내려 위험스럽다. 도로 건너편 대게공원에는 커다란 대게조형물이 두 집게 다리를 하늘 높이 들고 영덕대게의 위용을 과시한다.

장사상륙작전 전승기념공원을 둘러보고 '장사상륙작전 전몰용사 위령탑' 앞에 서서 영령들에게 묵념을 올린다. 9월 14일은 6.25 한국전쟁 당시 인천상륙작전의 양동작전으로 장사리 해안에서 전개된 장사상륙작전 기념일이다. 당시 유엔군은 인천상륙작전을 성공시키기 위해 적을 기만하는 양동작전으로 장사상륙작전을 계획하고, 부산에서 17~19세의 학도병 718명 등 772명의 병력을 상륙함인 문산호에 승선시켜 1950년 9월 14일 새벽에 장사리 해변에 기습 상륙하는 작전을 감행하였다. 학도병들에 대한 공산군의 무차별 사격으로 130여 명이 사망하고 300여 명이 부상을 당했으며 문산호는 태풍으로 인해 좌초되는 피해를 입게 되었다. 그러나 당시 아군은 막대한 피해를 무릅쓴 결과 해안교두보를 장악하는데 성공하였으며 도주하는 적을 추격함으로써 인천상륙작전의 성공을 지원하였을 뿐만 아니라 북진의 발판을 마련하는 데 큰 기여를 하였다. 인천상륙작전의 성공에는 적의 관심을 분산시키는 동해안 장사상륙작전의 효과가 있었던 것이다. 학도병들은 대부분 고등학생들로 구성되어 군사훈련을 충분히 받지 못한 상태에서 변변한 무기도 갖추지 못하고 오직 구국일념으로 전투에 참가한 탓에 많은 희생을 치러야 했다. 장사리 바다 속에는 아직도 인양되지 못한 전몰용사의 유골들이 있다. 오늘을 살아가는 사람들은 조국을 지키기 위해 용전분투한 호국용사들의 구국충정을 가슴에 되새기면서 조국의 평화적 통일을 위해 노력해야 한다.

백사장 옆 한적한 송림 사이를 걷다가 달리는 차량들이 점점 늘어나는 7번국도로 올라간다. 부흥리에서 원척리로 넘어가는 도로 건너편 경보화석박물관으로 향한다. 화석전문박물관으로는 국내 최초, 최대 규모라고 한다. 46억 년의 지구에 생명의 숨결이 언제 어떻게 진화해 왔는지를 보여준다지만 이른 시간이라 들어가 볼 수가 없다. 아직 식사 준비가 안 된 간이휴게소에서 라면에 김치로 아침식사를 한다. 식은 밥을 주는 아주머니의 호의로 모처럼 라면 국물에 밥을 말아 먹는다. 꿀맛이다.

구계항을 지나고 남호해변에 이를 즈음에 지루한 7번국도는 끝이 나고 해안마을로 들어선다. 차량의 소음과 위험에서 벗어나 갈매기를 벗 삼아 걷는 해안길이 새삼 정겹고 아름답다. 아무도 없는 바닷가 바위틈에서 해수욕을 한다. 물고기는 물속을 헤엄치고 사람은 땅 위를 걷고 새는 하늘을 난다. 나그네는 동해 바다의 물고기가 되어 자유롭게 헤엄을 친다. 파도를 타고 밀려오는 시원한 아침의 바다가 폐부에 흘러들어온다. 짜릿한 감각이 온 몸에 느껴진다. 마음의 씨앗인 쉼표가 마음의 꽃인 느낌표가 되어 침묵의 말없음표로 밀려온다. 살아있다는 사실이, 자유를 누릴 수 있다는 사실이 이렇게 행복할 수가 없다.

자유란 내 마음대로 할 수 있다는 것, 마음대로 하는 것이 자유의 본질이다. 자유에는 무엇인가를 할 수 있는 자유가 있는가 하면 무엇인가를 하지 않아도 되는 자유도 있다. 하지만 사람은 사회적 동물이기에 자유의 일정 부분은 제한되어 있다. 그래서 자유는 모순적인, 너무나 모순적인 것이다. 사람들이 자유를 얻기 위해 현실에서 추구하는 것은 돈이다. 사람들은 자유를 위해 돈을 모은다. 하지만 자유를 위해서 돈을 모으는 동안 자유를 잃어버린다. 자유를 위해서 자유를 희생한다. 자유로우면 행복하다. 하지만 행복한 사람이 꼭 자유로운 것은 아니다. 자유를 지향해서 행복할 수 있지만 행복을 지향하면 자유를 얻는다는 보장은 없다. 노예의 상태는 전형적인 비자유의 조건이다. 기원전 1세기 로마의 노예 검투사 스파르타쿠스는 자유를 쟁취하기 위해 반란을 일으켰다. 검투사들로 조직된 반란군을 이끌고 로마로 진격할 때, 애인 바리니아가 지금 무슨 생각을 하고 있느냐고 묻자 미소 짓는 스파르타쿠스의 답은 간단했다. "내가 자유롭다는 것!"

흔히 사상의 자유만큼 소중한 자유는 없다고 한다. 그러나 더 중요한 자유는 떠나는 자유다. 절이 싫으면 중이 떠나듯 떠나는 것은 인간이 누릴 수 있는 최후의 보루다. 세상이 싫으면 세상을 떠날 수도 있다. 사는 그 곳이 싫으면 떠나는 것은 인간이 선택할 수 있는 남아있는 마지막 자유다. 사상의 자유는 내심의 자유요, 침묵할 자유요, 표현의 자유다. 그것이 거부당할 때 할 수 있는 자유가 떠나는 자유다. 하지만 떠날 자유조차 없는 북한주민들은 죽음의 위험을 무릅쓰고 사선을 넘어야 한다.

산속에 사는 선비는 청빈하여 그윽한 맛이 절로 풍기고, 들에서 일하는 농부는 소박하여 천진한 모습을 그대로 지닌다. 가난하지만 자유를 누리고 사는 것이 부유하면서 전전긍긍하며 사는 것보다 낫다. 화분 속의 꽃은 생기가 없고 새장 속의 새는 자연의 멋이 없어 측은하다. 산속의 꽃과 새가 하나로 어우러져 자유롭고 아름답게 마음껏 날아다니는 데서 유연한 묘미를 깨닫게 된다. 정판교는 '바보경'에서 "총명하기도 어렵고 멍청하기도 어렵지만, 총명하다가 멍청해지는 것이 가장 어렵다. 멍청한 척하며 다른 사람과 다투지 않을 때 우리는 무한한 자유를 누릴 수 있다."라고 한다. 바보는 항상 즐겁다고 했던가. 바보가 되어 하늘을 날고 물속을 헤엄치며 땅 위를 걸어가는 무한한 자유를 누린다.

동해는 벽해(碧海), 서해는 탁해(濁海)라 하던가. 벽해에 씻은 정갈한 몸과 마음으로 바위틈에서 방파제로 올라오니 가까운 곳에서 할머니가 음식물 쓰레기를 바다에 버린다. 갈매기들이 아침 식사를 하기 위해 떼를 지어 장관을 연출하며 몰려든다.

삼사리 해안 마을 산책로를 지나서 다시 7번국도로 올라가자 '삼사해상공원'이라고 쓰인 거대한 아치가 공원으로 안내한다. 북한에 고향을 둔 실향민들이 고향을 그리워하며 세운 '망향탑'과 '바다의 빛'이라는 주제의 해맞이 조형물을 지나 공원의 정상으로 올라간다. 매년 1월 1일 타종식과 함께 해맞이 행사를 하는 무게 30톤의 '경북대종'이 위용을 뽐낸다. 90년대 후반 인기를 모았던 주말드라마 '그대 그리고 나'의 촬영지 안내판이 보인다. 드라마 속에서 수평선 위로 붉은 해가 솟아오르고 갈매기 날고 고깃배 지나는 이 어촌마을을 무대로 생활하던 박선장(최불암 분)과 그 가족들의 일상이 떠오른다.

한적한 길을 따라 삼사해상공원을 내려와서 '청정바다 해풍이 물가자미와 만나는 아름다운 해변' 오포3리를 지나서 나무데크 길을 걸어

가며 건너편 강구항을 둘러본다. 강구교를 건너 생동하는 강구항으로 들어간다. 2010년 우리나라에서 개최된 G20정상회의에서 만찬장에 영덕박달대게가 진상되어 맛에 대해 극찬을 받았다는 안내문과 함께 식당의 이마에 붙은 커다란 대게가 강구항에 왔다는 실감을 느끼게 한다. 대게 조형물이 보여주는 대로 대게 집산지 가운데 으뜸이라 할 강구항을 걸으면 대게가 사시사철 나는 것으로 잘못 알 수도 있다. 하지만 대게는 해마다 12월부터 5월까지만 조업을 허용한다. 다른 철에 맛보는 대게는 대개 러시아산이다.

　덕불고 필유린(德不孤 必有隣)이라, 덕이 있으면 외롭지 않고 반드시 이웃이 있다고 하던가. 영덕세무서 과장으로 근무하는 친구와 물가자미회로 점심 식사를 한다. 스물한 살의 나이로 79년도에 같이 안동세무서에서 공직생활을 시작한 안동고등학교 동기생이다. 친구도 나도 세금을 천직으로, 세금과 함께 걸어온 세금쟁이 인생이다. 20코스 출발점인 대게 직판장 앞에서 헤어져 강구마을 뒷산으로 올라간다. 식곤증이 밀려오고 뜨거운 한낮의 열기를 피해 정자에 누워 정거운 강구항을 내려 본다.

향수鄕愁

해파랑길 20코스는 강구항에서 시작하여 '해와 바람의 길'이면서 동시에 산과 바다를 끼고 블루로드 A코스를 걷는 길이다. 봉화산과 고불봉을 지나서 영덕풍력발전단지에서 창포말등대가 반겨주는 영덕해맞이공원에 이르는 길 18.8km이다.

평화롭고 한적한 어촌 강구항에 내 고향 안동의 시골 농촌이 겹쳐진다. 향수는 인간의 원초적 감정이다. 그래서 인간은 영원한 향수의 동물이다. 청마 유치환은 휘날리는 깃발에서 '노스탤지어의 손수건'을 보았다. 아련한 추억이 있는 고향은 유토피아가 아닌 '고향피아'로 누구나 언젠가는 영원히 돌아가기를 꿈꾼다. 모두 다 돌아갈 수는 없지만 나그네 길의 끝 지점은 영원한 귀향이다. 정지용의 '향수'에 젖는다.

넓은 벌 동쪽 끝으로 / 옛 이야기 지줄대는 실개천이 휘돌아 나가고,

얼룩백이 황소가 / 해설피 금빛 게으른 울음을 우는 곳,

그곳이 차마 꿈엔들 잊힐리야

질화로에 재가 식어지면 / 비인 밭에 밤바람 소리 말을 달리고
엷은 졸음에 겨운 늙으신 아버지가 / 짚 벼개를 돋아 고이시는 곳
그곳이 차마 꿈엔들 잊힐리야

흙에서 자란 내 마음 / 파란 하늘빛이 그리워
함부로 쏜 화살을 찾으려 / 풀 섶 이슬에 함초롬 휘적시던 곳,
그곳이 차마 꿈엔들 잊힐리야.

전설 바다에 밤물결 같은 / 검은 귀밑머리 날리는 어린 누이와,
아무렇지도 않고 예쁠 것도 없는 / 사철 발 벗은 안해가 따가운 햇살을 등
에 지고 이삭 줍던 곳,
그곳이 차마 꿈엔들 잊힐리야.

하늘에는 성근 별 / 알 수도 없는 모래성으로 발을 옮기고,
서리 까마귀 우지짖고 자나가는 초라한 지붕,
흐릿한 불빛에 돌아 앉어 도란도란 거리는 곳
그곳이 차마 꿈엔들 잊힐리야

작은 산동네 언덕의 정자에서 내려다보는 강구항의 모습은 해파랑길
종주가 아니었으면 보지 못할 진풍경이다. 소식은 불식여산진면목(不識
廬山眞面目)이라 했으니 산에서 산을 제대로 볼 수 없고 숲에서 숲을 볼

수 없듯, 밑에서 보던 시끌벅적하던 모습과는 달리 조용하고 한적한 어촌이다. 봉화산으로 올라간다. 편안한 숲길을 따라 영덕 블루로드 A코스 '빛과 바람의 길'을 간다. '바다를 꿈꾸는 산길, 걷는 것은 자연의 속도로 살아가는 것'이라는 모토가 그럴듯하다. 다시 만날 바다를 그리워하며 산으로 간다. 건강한 걷기 행복한 길을 간다.

정자에서 긴 휴식을 취했건만 발걸음이 무겁다. 가야 할 길이기에 한 걸음 한 걸음 발걸음을 옮긴다. 블루로드와 해파랑길의 노란 화살표와 표찰이 힘내라며 곳곳에서 반긴다. 봉화산(해발 150m)을 지나 금진도로 위 육교인 금진구름다리를 건너 푹신푹신 흙길을 간다. 땀이 쏟아져 내린다. 정상의 '235m 고불봉' 표지석 옆 정자에 배낭을 내려놓고 보니 '높지 않은 봉우리'라는 뜻의 고불봉(高不峰)이 오늘은 높게만 느껴진다. 영덕 사람들이 해맞이 산행과 시산제 장소로 1순위로 꼽는 곳, 동해의 해가 떠오르기 직전에 새벽 구름에 싸여있는 고불봉이 부처의 모습을 닮아 영덕팔경의 하나인 불봉조운(佛峰朝雲)으로 불린다 하니 차라리 '높이 솟아 있는 불상'의 '고불(高佛)'이 더욱 어울린다. 눈을 돌리니 고산 윤선도의 시 '고불봉'이 답을 내려준다.

고불이란 봉우리 이름이 기이하다 하지만
여러 봉우리 중 최고로 뛰어난 봉우리라네.
어디 쓰이려 구름 달 사이로 홀로 높이 솟았나.
때가 되면 저 홀로 하늘 받들 기둥이 될 것이야

1638년 8개월 남짓한 영덕의 유배 생활 속에서 20여 수의 글을 남기며 '때가 되면 저 홀로 하늘 받들 기둥이 될 것이야'라고 하는 고산의 심정이 가슴에 와 닿는다.

막걸리 한 잔을 하고 정자에 누워 하늘을 쳐다보다 살짝 잠이 든다. 꿈속에서 나비가 되어 산으로 들로 훨훨 날아간다. 휴식의 의미를 만끽한다. 휴식(休息)의 휴(休)는 사람(人)이 나무(木)그늘에 있는 모양이고 식(息)은 스스로(自) 마음(心)을 들여다보고 숨을 쉬는 것이다. 그래서 쉬는 것은 깨달음이다. 에디슨은 많은 발명을 했던 비결이 "앉을 수 있는 곳에 앉고 누울 수 있는 곳에 누워 쉬었기" 때문이라고 한다.

바람 소리 새 소리가 그만 자고 길 가라고 재촉한다. 아쉽다. 꿈속의 나비가 나이고 고행의 맛을 즐기는 지금이 꿈이라면 좋으련만. 하산 길, 산과 바다를 배경으로 서 있는 거대한 하얀 바람개비들이 장관을 이룬다. 아름다운 경관 앞에서 떠오르는 얼굴은 진정 사랑하는 사람이라 하던가. 자랑하고 보여주고 싶은 얼굴들이 스쳐간다. 대관령, 울룽도, 제주도 등 바람이 많은 곳에 풍력발전소가 설치되어 있는데, 이곳 영덕 풍력발전소는 영덕군민 전체가 1년 동안 사용할 수 있는 전력을 생산하는 국내 최대 규모다. '산 위에서 부는 바람 시원한 바람 그 바람은 고운 바람 고마운 바람'을 가슴으로 맞으며 대산 김매순의 '풍서기(風樓記)'를 떠올린다.

"북쪽 바다에서 일어나서 남쪽 바다로 들어가기까지 왕궁과 여염집을 가리지 않고 불어대니 한 곳도 바람이 오지 않는 곳이 없으며 큰 나무는 뽑아 버리는 일이 있지만 굽은 싹은 길러주고, 몹시 단단한 얼음이 얼지만 물결의 파란을 일으키니, 하나의 일도 바람이 아닌 것이 없는 것이다. 저 하늘과 땅 사이에서 형체를 받은 것이 하루라도 바람을 떠나서 살 수 있는 것이 있겠는가?"

하루라도 떠나서 살 수 없는 바람과 빛과 공기이건만 고마운 줄도 소중한 줄도 모르고 살아간다. 불어오는 바람의 숨결을 마시며 바람의 힘으로 해파랑길을 걸어간다. 바람결에 고통과 절망은 날아가고 희망과 기쁨이 몰려온다. '바람이 분다. 바람이 불어' 노래를 부르며 내려갔다 올라갔다 흙길, 통나무 계단, 아스팔트 차도를 걷고 또 걸어간다. 고개 마루에 서 있는 붉은색 털모자를 눌러쓴 하얀 창포말등대가 해 저물녘이건만 희망의 빛을 발하며 발길을 안내한다. 영덕대게가 달라붙어 있는 24m의 창포말등대에서 시원한 바닷바람과 땀 흘리며 달려온 달콤한 하루의 여정을 맛본다. 시작도, 과정도, 마무리도 즐겁다. 땀과 고통, 희열과 탄성이 어우러져 도전의 성취감을 전한다. 차를 세워

두고 등대와 바다를 바라보던 사람들의 눈길이 힐끔힐끔 나를 향한다.
벤치에 앉아있던 두 아저씨가 궁금증을 못 참고 물어온다. '해파랑길을
아시나요?'라고 반문하는 내 목소리에 힘찬 자랑이 깃든다.

  등대 아래 해안선으로 동해안 해맞이 명소인 영덕해맞이공원이 조성
되어 있다. 나무계단으로 꾸며놓은 산책로, 다양한 조형물들이 창포말등
대를 쳐다보고 있다. 1997년 동네 개구쟁이들이 뱀을 잡는다고 땅구멍
에 불을 놓다가 주변에 불이 옮겨 붙으며 산과 해안을 다 태워버렸다. 이
후 민둥산이 된 것을 5년 동안 불탄 나무들을 재활용해 데크계단을 만
들고 야생화를 심으며, 나아가 풍력발전소를 설치하는 등 해맞이 명소
로 변화시켰으니 그 아이들은 이 지역발전의 일등공신이 되었다.

  영덕해맞이공원에 서서히 어둠이 밀려오고 갈매기들도 잠자리를 찾
아간다. 코스 종점에 도착하면 숙소가 있으려니 하는 희망도 잠시, 산

길을 내려간다. 혼자 걷는 즐거움 중의 하나는 언제든지 발걸음을 멈추고, 생각을 멈추고, 넋을 잃고 주변 경관을 바라볼 수 있다는 것이다. 혼자 걸을 때면 와자지껄 할 때 볼 수 없고 들을 수 없는 자연의 소리, 생명의 소리, 내면의 소리, 바람의 소리를 들을 수 있다. 인생을 살아볼 가치가 있는 것으로 만드는 유일한 멋은 바로 아름다움이다. 내 마음에 빛과 향기가 가득한 바다정원을 만들어 음미하며 걸어간다. 아름다운 인생을 노래하며.

전망 좋은 곳에 있던 금슬 좋아 보이는 부부가 과일을 건네며 조금 전 등대 아래에서 이야기를 들은 듯 해파랑길에 대하여 묻는다. 신명이 난 나그네가 해파랑길을 노래한다. 그러자 옆에 있는 권기태 시인의 '나그네'가 다가온다.

회한과 슬픔의 조각들로 / 기워진 일상
지는 해 뜨는 달도 / 덧없고
지는 달 뜨는 달도 부질없다.

땅거미 어스름을 헤집고 / 먼 길을 돌아서 가는
등 뒤의 허허로움

유년의 추억은 / 한 웅큼 눈물이 되어
옷깃에 매달린다.
먼 데서 기적이 초저녁별을 적신다.

인간은 나그네요, 인생은 나그네길이다. 나그네는 본향을 떠나 낯선 곳을 떠도는 사람이다. 길은 미래를 향하지만 마음은 향수에 젖어 원래 있던 곳인 과거로 돌아간다. 인간의 본능으로 식욕, 성욕, 수면욕을 들지만 귀소본능 또한 인간을 사로잡는 본능이다. 그래서 유년의 추억은 한 움큼의 눈물이 되어 옷깃에 매달린다. 왜 인간은 돌아가고 싶어하고 그 애틋한 감정을 즐길까. 고향을 되돌아보며 성찰하는 자세로 현재를 살고 미래를 계획하라는 뜻일지도 모른다. 도시의 삶이 보편화된 아이들에게 고향은 예전처럼 시골이 연고지이고 고향일 수는 없다. 고향의 지리적인 성격은 변해도 어린 시절을 보낸 곳이 고향이 된다.

이런 시골 어촌에 얼마나 가야 잠자리와 먹거리가 있을까, 하는 불안감이 스쳐갈 무렵 멀리 바닷가에 민박집 불빛이 보인다. 도로 건너편에는 음식점도 있다. 갑자기 횡재한 기분이다. 숙소에서 음식점에 전화를 한다. 닭과 오리 가운데 무엇을 먹을까, 하다가 '30분 뒤에 갈 테니 닭도리탕 해주세요!'라고 한다. 푸짐한 닭도리탕에 밥 한 그릇 소주 한 병을 마시고, 남은 것을 친절하게 포장해주는 아주머니의 인사를 뒤로하고 민박집으로 돌아온다. 빨래를 하고 술상을 차리니 불어오는 바닷바람, 밀려오는 파도소리, 창가에 내리는 별빛이 운치를 더한다. 한 잔의 술이 나그네 여정의 깊은 맛을 더한다. 호마(胡馬)가 북풍을 그리워하고 월조(越鳥)가 남쪽 가지에 앉는 것처럼 고향 생각이 간절한 밤, 향수에 젖는다. 존재의 고향 어머니가 보고 싶다.

등대燈臺

해파랑길 21코스는 동해안의 해맞이 명소인 영덕해맞이공원에서 시작하여 '푸른 대게의 길' 블루로드 B코스를 걸어 죽도산에서 망망대해를 바라보다가 축산항에 이르는 길 12.2km이다.

등대는 바닷가 사람들의 역사요 삶의 궤적이다. 바닷길을 떠나지 않는 배는 등대가 필요 없다. 바닷길을 떠나지 않는 배는 더 이상 배가 아니다. 등대는 암흑 속의 밤바다를 밝혀준다. 등대만 따라가면 폭풍을 헤쳐나갈 수 있다. 등대 자체가 폭풍을 잠재울 수는 없지만 등대는 폭풍 속에서 사람들을 이끌어주고 폭풍을 이겨내도록 돕는다. 사람이 세상을 살아가는 데도 등대가 필요하다. 희망은 사람의 등대다. 희망은 힘들고 어두운 삶에 빛을 밝혀준다. 인생길을 가는 사람은 희망을 가져야 한다. 희망은 형형색색의 아름다운 등대의 불빛이 되어 삶의 길을 나서게 하고, 길을 함께한다. 맹세도 등대와 같은 기능을 한다. 맹세는 인간의 마음속에서 미쳐 날뛰는 끝없는 파도에서 인간을 구하는 위대한 힘이다. 목표를 세우고 맹세를 하는 것은 자신이지만 다음에는 맹세와 목표가 자신을 이끌고 간다. 해파랑길은 희망의 길, 맹세의 길을 밝혀주는 빨간 등대요 하얀 등대이다.

바닷바람과 파도소리가 창문을 두드려 이른 새벽에 눈을 뜬다. 창문을 열자 기다렸다는 듯 상쾌함이 밀고 들어온다. 신선한 만남으로 하루를 시작한다. 모텔을 빠져나와 길을 간다. 땅거미 같이 여명이 밝아온다. 고요한 어촌마을의 낯설고 한적한 길을 걸어간다. 블루로드 B코스, 끝없이 이어지는 해안을 따라 곳곳의 숨은 경관을 보는 '푸른 대게의 길'이다. 사람들은 A, B, C, D코스 중 바다와 파도를 맛보며 걷는 가장 좋은 코스라고 한다. 거북이 등짝처럼 쩍쩍 갈라진 기암괴석들이 파도에 부딪히며 나그네를 기다린다. '인공의 소리가 모두 묻혀 고요한 길'이란 표현이 눈길을 끈다. 데크 길, 한적한 차도, 바윗길을 걸어가는 해안에 '미역이 유명한 석리와 노물리에는 예로부터 생계를 위해 해녀들이 물질을 해왔다'는 안내문과 함께 물질을 끝내고 해안으로 올라오는 해녀 조형물이 나그네를 맞이한다.

모래는 하나도 없이 온통 돌뿐이라 마을 이름을 '석동'이라 했다가 지금은 '석리'라 부른다는 마을의 방파제에서 일출을 맞이한다. 포구에서 바다 쪽으로 길게 손을 뻗친 방파제와 그 끝에 위태롭게 서 있는 등대, 그 사이로 떠다니는 갈매기와 구름 사이로 아침 해가 한 폭의 그림 같이 떠오른다. 장엄한 광경이 펼쳐진다. 얼마 만이던가, 반가움이 앞선다. 동굴이 태양에게 어둠을 가르쳐 주려고 자신의 집에 태양을 초대

했는데 동굴로 들어간 태양이 물었다고 한다. "도대체 네가 말하는 어
둠이란 게 뭐니?" 태양이 희망의 상징이면 어둠은 절망의 상징이다. 태
양이 뜨는 한 어둠은 없다. 희망이 있는 한 절망은 없다. 아침은 동굴
에서 나오는 시각이다.

　눈부신 태양이 바다를 향해 점점 강렬하게 빛을 내리고 바다는 그
빛을 받아 반짝인다. 바다와 태양, 그들은 얼마나 오랜 세월을 이렇게
호흡을 나누며 지내 왔을까?
　인류는 동서양을 막론하고 태양을 숭배했다. 태양은 매일 아침 바다
와 대지를 밝게 비추며 동쪽에서 떠올라 그 빛으로 인류에게 안정감
과 따스함을 가져다준다. 원시의 사람들은 태양과 함께 일어나고 태양
과 함께 잠들었다. 태양 없이는 어떠한 생명체도 존재할 수 없다는 사
실을 알게 된 인류는 태양을 최고의 숭배 대상, 태양신으로 섬겼다. 고
대 이집트에서는 태양신 호루스에 대한 숭배사상을 가졌고, 잉카제국
이나 아즈텍 문명에서는 태양신에게 살아있는 인간의 피 끓는 심장을

바쳤다. 지금은 비록 신으로 섬기지는 않는다 할지라도, 태양은 여전히 인류와 모든 생명체에게 생명의 빛을 주고 정기를 주는 고마운 존재다. "세상이 시작된 이래 태양이 그 빛을 비추지 않은 적이 없다. 하지만 우리는 태양을 보지 못하면 자주 그의 변덕을 불평한다. 그러나 진실로 비난받아야 할 것은 구름이지 태양은 아니다. 구름 뒤에서 태양은 늘 비추고 있으니까." J. 옥스님의 말이다. 태양은 언제나 빛을 발하고, 모든 밤에는 반드시 태양이 찾아온다. 내일은 내일의 태양이 뜬다.

반복되는 데크 계단과 흙길, 돌길의 해안을 걸어간다. 해안 초소에 있는 군인이 손을 들어 반긴다. 다가가니 초소에 설치된 조형물이다. 멋진 사나이 대한민국 군인이다. '해파랑쉼터'로 이름이 바뀐 전망 좋은 초소에서 잠시 쉬어간다. '초병의 길'이라 이름 붙여진 이 길은 전에는 민간인은 다닐 수 없는 길이었으나 이제는 개방이 되었다. 손을 흔드는 초병에게 나그네도 손을 흔들어 인사하고 옥빛 바다를 곁에 두고 바윗길을 오르내린다. 바다의 수심(水深)도 모르고 청무우밭인가 해서 날개를 물에 적시는 어린 나비 같이 새로운 세계를 찾아 해파랑길을 간다.

바윗길을 지나 경정3리 해변 마을의 슈퍼에서 시원한 음료를 사서 지나가는데, 마침 집에서 나오던 할아버지가 무뚝뚝한 목소리로 "어디 가!" 하신다. 해파랑길 걷는다며 인사를 하니, "저기 차도로 가면 길도 좋고 더 빨리 갈 텐데 왜 이 험한 길을 가!"라고 하신다. 할아버지는 집 마당을 지나가는 수많은 블루로드 여행자에게 사생활을 침해당하는 불편을 겪어 온 터라 마치 어리광처럼 화풀이를 하신다. 할아버지는 아예 집 계단에 편안하게 자리를 잡고 앉으서서 말동무를 만난 듯 이야기하신다. '홍해읍에 버스터미널이 들어서고 포항에서 삼척까지 철로가 개설되고' 등등 블루로드뿐만이 아니라 앞으로 영덕의 변화를 장황하게 설명하신다. 그러기를 20~30분, 길을 나서려고 하니 "모두 쌍쌍이로 오는데 마누라는 어떻게 하고 혼자 다니는 거야!"라고 일갈하신다.

웃음으로 인사를 하고 다시 한적한 자갈길, 바윗길을 걸어간다. 골재 운반용으로 만들어져 사용하던 석산 컨베이어가 고철 신세가 되어 흉물스럽게 바다로 향하고 있다. 해체 비용도 만만치 않을 것 같다. 텅 빈 초소 옆의 커브를 돌아 험한 바위에 걸려있는 로프를 타고 내려가니 모래해변이 펼쳐지고 수정 같이 맑은 물이 파도에 밀려온다. 순간, '나 홀로 해수욕'의 유혹이 솟구친다. 온 세상에 사람이라고는 자신밖에 없는 원시의 바닷가에서 발가벗은 아담이 되어 물속으로 뛰어든다. 바다의 신선!, 남자 인어가 되어 헤엄을 치며 더운 여름날의 해파랑길을 만끽한다. 만약 저 커브를 돌아 갑자기 이브가 나타나면 하는 생각이 스쳐간다. 부끄럽고 쑥스러운 상상을 하며 벌거벗은 아담이 태양빛 아래로 걸어 나온다.

모랫길을 걸어 출발하니 가까이에 '수영금지구역'이라는 표지판이 서 있다. '나는 모르고 한 일'이라 애써 변명하며 고운 모래가 태양에 노출된 경정해변을 걸어간다. 차도를 따라 가다가 보니 '안동병원 복지연수원' 안내판이 붙은 연수원 앞을 지나간다. 내 고향 안동병원, 부모님께서 입원하셨고 장례를 치른 병원이라 반가움이 든다. 천천히 둘러보고

'대게원조마을'인 경정2리로 들어간다. '아름다운 어촌마을'로 선정된 적도 있는 차유마을의 대게원조탑이 반기며 자신의 내력을 소개한다. 고려시대인 1345년 영해부사 정방필이 이곳 마을을 순시할 때 수레를 타고 고개를 넘어왔다고 해서 차유(수레車 넘을踰)라 이름 지었으며, 마을 앞 동해에 우뚝 솟은 죽도산(竹島山)이 보이는 이곳에서 잡은 게의 다리 모양이 대나무와 흡사하여 대게로 불리어 이곳을 영덕대게마을이라 한다는 설명이다. 태조 왕건도 이곳을 순시하며 수랏상에 올라온 대게를 맛있게 먹었다는 유래가 전한다.

어촌체험마을을 지나 울창한 숲길에서 나와 대나무가 많아 죽도(竹島)라 불리는 죽도산을 바라보며 시원하게 펼쳐진 해변을 걸어간다. 이글거리는 태양 아래 저 멀리 블루로드 현수교가 죽도산을 배경으로 웅장하게 서있다. 높이 26m의 블루로드 현수교 그늘에서 신발을 벗고 시원한 바람을 맞으며 드러눕는다. 옆에 있는 간이매점의 천막에서는 시끌벅적 아저씨들의 낮술 파티가 벌어졌다. 블루로드 다리를 천천히 건너 죽도산 전망대를 향해 올라가면서 내려다보는 현수교의 경관 또한 일품이다. 죽도산은 깊숙이 들어온 축산항 포구 때문에 바다에 떠 있는 외딴 섬의 형국이다. 죽도산에 올라 남쪽으로는 블루로드 현수교, 북쪽으로는 아담한 축산항 포구, 서쪽으로는 평화로운 축산면의 전경이, 동쪽으로는 끝없이 뻗어있는 동해의 수평선이, 사방이 절경 중의 절경인 경관을 맛본다. "만일 그대가 모든 사물의 밑바닥과 배경을 관찰하려면, 물론 이와 같이 그대 자신을 넘어서 위로 올라가야 한다. 높이, 더욱 높이, 그대가 그대의 별을 발아래 내려다볼 때까지!"라고 니체는 〈짜

라투스트라는 이렇게 말했다〉에서 말한다.

　빨간 모자를 쓴 하얀 등대가 파란 하늘을 배경으로 아름답다. 한국
의 아름다운 등대로 최남단 마라도등대, 최동단 독도등대, 오류도등대,
간절곶등대, 울기등대, 호미곶등대, 속초등대 등 16개를 손꼽지만 죽도
산(해발 80m)의 등대는 칠흑 같은 망망대해에서 축산으로 들어오는 어선
들이 바라보면 포항 장기와 울진 중간에서 북극성처럼 빛났다고 한다.
밤이면 무한포스의 빛을 발사해 축산일대가 휘황한 빛의 향연으로 떠
오른다. 강은교의 '등대의 노래'를 들으며 전망대 매점으로 들어선다.

　너의 눈이 천리를 안을 수 있다면

　너의 눈이 천리를 안아
　내 언저리에 둘러앉힐 수 있다면

우리 가리

천리 함께 가리

　무엇이라도 다 받아 삼키고 포용할 수 있는 끝없이 펼쳐진 동해의 푸른 바다를 바라본다. 넓고도 넓고, 깊고도 깊은 바다이니 무엇인들 소화하지 못할까 하는 마음으로 송곳 꽂을 여유도 없는 얇고 좁은 자신의 마음을 흉보면서 휴식을 취한다. 갈증 해소차 막걸리를 샀는데 안주는 팔지 않는다고 한다. 그래도 좋다. 발걸음이 떨어지지 않아 30여 분간의 긴 휴식을 취하고 지형이 소가 누워있는 모습을 닮았다 해서 축산항이라 불리는 21코스의 종점인 항구로 내려간다.

　자연산 물가자미 정식으로 유명한 맛집에서 식사를 하고 나와, 항구로 발걸음을 옮긴다. 오래전 어느 명절에 안동 고향집에서 이곳 축산항을 찾아와 영덕대게를 사가서 어머니와 함께 온 가족이 맛있게 먹었던 기억이 스쳐간다. 축산대게활어타운 앞에서 영덕대게의 원조가 강구항이 아니라 축산항이라는 어느 아저씨의 애향심이 깃든 열띤 유래를 들으며 대중가요가 울려 퍼지는 축산면 축산리 축산항 거리를 걸어간다.

　해파랑길을 끝내고 다시 찾은 축산항, 죽도산에서 바라보는 야경과 죽도산 등대가 비추는 동해의 밤바다 전경은 별유천지 비인간(別有天地非人間)의 천상의 세계랄까. 밤바다를 밝혀주는 등대의 불빛은 태양처럼 빛이 났다. 희망처럼, 맹세처럼.

근원根源

해파랑길 22코스는 '영양남씨발상지' 표석이 있는 축산항에서 시작하여 블루
로드의 마지막 C코스 '목은 사색의 길'을 걸어 괴시리전통마을과 대진항, 덕진
해변을 거쳐 고래불해변에 이르는 길 16.1km이다.

옛날 옛날에 깊은 산, 밭 가운데 시냇가에 한 노인이 살고 있었다. 노
인은 시냇가에 물레방아를 만들어 시골사람들의 쌀을 찧어주고 얼마
안 되는 사례금으로 생계를 유지했다. 노인은 편안하였고 만족하며 살
고 있었다. 어느 날 그는 쌀을 찧는 절굿공이와 절구에 감사하는 마음
이 생겨났다. 그래서 종이돈을 싸서 절굿공이 앞에서 경건하게 향을
피우고 무릎 꿇고 절을 하였다. 그러던 어느 날 노인은 절굿공이가 하
는 일은 물레방아가 돌아가기 때문에 일어나는 것임을 깨닫고 술과 음
식을 준비해 물레방아를 향해 감사의 절을 올렸다. 그 후 노인은 졸졸
흐르는 물을 보고 갑자기 머리가 탁 트이며 만일 물은 없고 물레방아
만 있다면 어떻게 되었을까 생각해 보았다. 노인은 정말로 감사의 절을

하려면 모든 동작의 근원이 되는 물에게 절을 해야 한다는 생각이 들었다. 생각이 여기에 이르자 노인은 마침내 세상의 이치를 깨달았다.

중국 북주의 유신(513~581)은 멸망한 조국 양나라와 고향을 생각하며 "과일을 먹을 때는 그 열매를 맺은 나무를 생각하고, 물을 마실 때는 그 물의 근원을 생각하네."라고 노래했다. 음수사원(飮水思源)이다. 사람은 그 근본을 잊어서는 안 된다. 나무도 한 치에서 시작하여 천 길에 이른다. 천 길도 한 치에서 시작하였으니 천리 길도 한 걸음부터다. 이천 리 해파랑길을 걸으며 인생은 어디서 와서 어디로 가는지, 바람은 어디에서부터 불어와서 어디로 가는지 그 근원을 찾아 올라간다.

세종시의 정 동쪽에 있다고 해서 '신정동진 프로젝트'로 인해 관심이 집중되고 있는 축산항을 출발해 남덕우 전 국무총리가 쓴 '영양남씨발상지' 표지석 앞에서 걸음을 멈춘다. 영양남씨는 남민(南敏)을 시조로, 남민의 둘째 아들 남군보를 파조로 하고 14세기 중엽 안동에 정착한 남휘주(1326~1372)를 입향조로 하여 안동의 내 고향마을인 일직면, 와룡면, 풍산읍 일대에 세거해 왔다. 남민은 당나라 사람 김충으로, 755년(경덕왕 14) 사신으로 일본에 갔다가 풍랑을 만나 영해 축산항 부근에 표착하여 신라에 귀화하였다. 경덕왕이 남씨(南氏)로 성을 내리고 이름을 민(敏)으로 고쳐 영양현을 식읍으로 내려 살게 하였다. 후손들이 의령남씨, 고성남씨로 분파되어 나갔으나 다 남민의 자손이다. 안동에 분포된 영양남씨는 남민의 둘째 아들 남군보의 맏아들인 남공약의 후손이다. 내 어머니가 영양남씨의 후손이니 내 혈관에도 남민의 피가 흐르고 있다.

사랑하는 어머니의 근원을 돌아보며 표지석을 끼고 산길을 올라간
다. 해파랑길 22코스이자 블루로드 C코스를 본격적으로 시작한다. 영
덕군 남정면에서 병곡면까지 총 64km, 4구간의 블루로드의 마지막길,
C코스 축산항에서 고래불해변으로 가는 길이다. 블루로드 A코스가
내내 산속 등산길이라면, B코스는 완전히 해안길이었다. 마지막 C코스
는 A, B 두 코스를 반반씩 합친 길이다. 땀을 뻘뻘 흘리며 3km 가까운
완만한 소나무 숲길을 오르자 해발 282m 대소산 봉수대에 이른다. 명
불허전(名不虛傳)이다. 감탄사가 절로 나오는 축산항의 전경이 평화롭게
펼쳐진다.

밤에는 횃불을, 낮에는 연기를 올려 변방의 동태를 중앙으로 전했던
이곳에 지금은 현대식 통신 중계시설이 들어서 있다. 봉수대에서 바라
보는 동해의 푸른 물결을 뒤로하고 이제는 본격적으로 산길로 들어선
다. 아기자기한 숲길을 오르내리며 걸어 대소산의 한줄기인 망월봉(望月

峯)을 지나고 해발 152m의 망일봉(望日峯)에 도착한다. 주세붕의 시 '망일봉'이 정자 앞에서 바다를 등지고 서 있다.

"고향엔 낙엽이 쓸쓸히 날리겠지만 나는 지금 높은 봉우리에 올라 해돋이를 본다. (중략) 만일 내 겨드랑이에 날개 생겨 날 수만 있다면 아득히 먼 저 구름들 위로 한번 날아보고 싶다."

시를 읽고 있노라니 나 또한 겨드랑이에 날개가 생겨 동해의 저 아득한 하늘 위로 날아보고 싶다는 충동이 느껴진다. 소나무 숲이 우거져 그늘진 산길을 오르내리며 목은 이색이 즐겨 걸었다 해서 이름 지어진 '목은 사색의 길'을 걸어간다. 사진리와 목은 이색(1328~1396)이 살았던 괴시리 전통마을을 연결하는 아스팔트 차도 위 사진구름다리를 건너 고요한 숲속 흙길을 걸어가는데 목은 이색의 시가 발걸음을 멈추게 한다.

외가댁은 적막한 바닷가 마을에 있는데
풍경은 예로부터 사람들 입에 올랐었네.
동녘바다 향하여 돋는 해를 보려하니
갑자기 슬퍼 두 눈이 감감해지누나.

황량한 마을에서 하룻밤 단란하게 묵으면서
젊은 시절 회포를 자세히 못 논해 보았는데.
회상컨대 몇 년 사이 선배들은 다 떠났고
아침 까치 지저귀더니 어느 덧 또 황혼일세.

마을 앞에 기름진 영해평야가 있는 괴시리 전통마을 산자락에는 목은 이색이 태어나서 유년시절을 보냈던 생가 터를 복원한 기념관이 아늑하게 자리 잡고 있다. 이색은 포은 정몽주, 야은 길재와 함께 삼은(三隱)의 한 사람이다. 공민왕 이후 고려 정치가와 지식인들의 기본 정서는 '숨고 싶다'였다. 공민왕과 같은 해에 사망한 이인복은 초은(樵隱)이라 했다. 나무꾼이 되어 숨고 싶다는 뜻이다. 이색(목은: 牧隱)은 소나 양을 치며 숨고 싶었고, 정몽주(포은: 圃隱)는 채소를 가꾸며 숨기를 원했다. 이숭인(도은: 陶隱)은 질그릇을 구우며, 길재(야은: 冶隱)는 대장장이로 숨고 싶었다. 최해는 농은(農隱)이었으며, 전녹생은 야은(野隱)이었다. 우왕 때의 권력자인 염흥방조차도 어은(漁隱)이라고 자처할 정도로 고려 말 지식인 사이에서 '은' 자 호를 삼는 것은 한 마디로 유행이었다.

이색은 1375년 우왕의 사부가 되었다가 위화도회군으로 우왕이 강화도로 쫓겨나자 조민수와 함께 창왕을 옹립, 즉위하게 하였다. 명나라에 사신으로 가서 이성계 일파의 세력을 억제하려 하였으나 실패하고 이성계가 세력을 잡자 유배되었다. 1391년 해배되었으나 1392년 정몽주가 피살되자 이에 연루되어 다시 유배되었다. 1395년 이성계의 출사종용이 있었으나 끝내 고사하고 이듬해 여주의 여강(驪江)으로 가던 도중에 생을 마감했다. 그의 제자들로 정몽주, 길재, 이숭인 등은 고려왕조에 충절을 다하였으며, 정도전, 하륜, 권근, 윤소종 등 제자들은 조선왕조 창업에 큰 역할을 하였다. 조선 초기의 성리학은 이색에서 정몽주와 길재, 김숙자, 김종직으로 이어지며 주류를 이루었다.

괴시(槐市)마을은 동해로 흘러드는 송천 주위에 늪이 많고 마을 북쪽에 호지(濠池)가 있어 호지촌이라 부르다가 이색이 원나라에서 돌아와 중국의 구양박사가 태어난 괴시마을과 자신이 태어난 호지촌이 시야가 넓고 아름다운 풍경이 비슷해 괴시라 고쳐 이름 지었다고 한다. 고려 말에 함창 김씨가 마을에 처음 입주하였고, 그 후 수안 김씨와 여해 신씨가, 인조 때인 1630년경에는 영양남씨가 처음으로 거주하였다. 그 후 모두 떠나가고 내 어머니의 성씨인 영양남씨들이 집성촌을 이루고 있다.

어머니는 존재의 고향이다. 어머니는 삶의 근원이다. 누구나 어머니가 있어 이 세상에 태어났다. 조병화 시인의 묘비에는 '어머니의 심부름으로 이 세상에 나왔다가 이제 어머니 심부름 다 마치고 어머님께 돌아왔습니다'라고 적혀 있다. 내 삶에 있어 신앙이고 종교였던 내 어머니는 몇 해 전 세상을 떠나셨다. 영원히 살아계실 것 같았던 내 어머니도 결국 모든 어머니처럼 한 줌 흙으로 돌아가셨다. 살아계신 어머니의 심부름을 나름대로 열심히 했지만 아직도 해야 할 심부름이 남아있다. 심부름을 마치고 돌아가는 날 다시 만나서 어리광부리며 자랑할 장면을 떠올리며 미소 짓는다.

동해안의 다른 지역에 비하여 전통 문화와 예절이 매우 잘 보존되어 있는 괴시리를 벗어나 소박한 시골어촌 대진항으로 간다. 할머니들이 '대진2리 자율어업 공동체사무실' 앞 그늘진 처마에 모여앉아 이야기를 나누다가 한 여름날 뙤약볕에 땀 흘리며 걸어가는 나그네의 행색을 보고 의아해한다. 대진방파제 정자에 앉아 갈매기의 노래를 듣고 불어오는 바닷바람을 마시며 휴식을 즐긴다. 사람들은 책을 읽다가 쉼표가 나오면 한 호흡을 쉰다. 돈을 계산할 때 천 단위로 찍힌 쉼표를 보면서 한 숨 돌린다. 쉼표는 쉬면서 세상과 통하는 문을 연다. 지나온 길을 돌아보고 갈 길을 내다보고 더 큰 도전을 예비하는 숨고르기의 동작이다. 쉼표는 작은 나가 큰 나로 변하는 사색의 정거장이다.

위대한 독재자 히틀러와 같은 해 같은 달에 태어났던 '세계 영화사의 손꼽히는 광대' 중절모와 콧수염의 찰리 채플린(1889~1977)은 빈민 수용소에 있을 때나 먹을 것을 구하기 위해 길거리를 방황할 때에도 자신은 자신이 세계 제일의 배우라고 믿었다. 희극인들 중에는 인생의 비극을 견뎌낸 이들이 많다. 그들은 인생의 눈물을 웃음으로 승화시킬 줄 알았다. 그들은 눈물 젖은 빵을 먹고 서러움과 치욕의 성장통을 겪으며 시련의 길을 달려 영광의 순간을 맞이한 사람들이다. 정신의학자 자크 라캉은 "인간은 욕망 그 자체를 욕망하는 존재이다."라고 말한다. 해파랑길의 욕망이 대진항의 바닷바람에 실려 가슴 저 깊은 곳으로 밀려든다.

대진해변을 지나서 고래불대교를 건너간다. 이후 고래불해변까지 펼쳐지는 광활하고 고요하고 쾌적한 '송림20리', '황금해변20리'를 걸어간다. 고래불해수욕장에 도착하니 날이 저문다. 해수욕장 광장에서 고래 한 마리가 콘크리트 바닥 위를 헤엄치는 거대한 조형물이 되어 반겨준다. 해변에서 고래가 하얀 분수를 뿜으며 노는 것을 본 이색이 고래'불(뻘)'이라고 불렀다는 데서 지명이 유래되었다고 한다.

"나는 천천히 가는 사람입니다. 그러나 뒤로는 가지 않습니다." (에이브러햄 링컨)

고래불해수욕장 화장실에 붙어있는 링컨의 명언이 거북이처럼, 달팽이처럼 천천히 고래불해변까지 걸어온 나그네를 칭찬한다. 부산에서 울산으로, 다시 경주로, 포항으로, 이제 영덕의 블루로드를 마무리한다. 천리 길도 한 걸음부터, 티끌모아 태산을 실증하는 해파랑길 여행이다. 포기하지 않고 해파랑길 종주라는 욕망을 향해 천천히 걸어간다. 호시우행(虎視牛行)이다.

바다가 보이는 전망 좋은 모텔에 여장을 풀고 식당을 찾아 나섰다. 해수욕장 철이 끝나지 않았음에도 한산한 고래불해변의 횟집에 들어서자 초로의 할머니가 '회를 푸짐하게 줄 테니 술 한 잔 주겠는가?'라고 농담을 하신다. 술상을 함께하며 세련되신 할머니의 자식 자랑, 괴시리 전통마을에서 다니러온 안동댁 며느리의 맥주 마시는 솜씨에 혀를 내두르며 유쾌한 밤이 깊어가고 영덕 블루로드도 막을 내린다.

6. 울진 구간

울진은 경상북도 동쪽 최북단 해안에 위치한 지역으로 6만여 명이 사는 청정지역이다. 원래 북쪽에는 울진군, 남쪽에는 평해군으로 다른 행정체계를 갖고 있던 고장이었으나 1914년 두 군을 합쳐 지금의 울진군이 되었다. 그동안 강원도에 속해오던 것을 1963년부터 경상북도로 옮겨 지금에 이르게 되었다. 대부분이 산악지대로 이루어져 어느 지역보다도 아름다운 자연환경을 간직하고 있다. 동해안에서 정중앙에 자리 잡아 수도권에서 보면 상대적으로 접근성이 떨어지는 곳으로 그만큼 사람들의 발길이 덜 닿아 덜 훼손된 자연을 느낄 수 있는 지역이다. 특히 관동팔경 중 두 곳이 바로 이 울진군에 속해 있는데, 망양정과 월송정이다. 울진의 관동팔경 역사의 길은 울진군 산포리 망양정(望洋亭)에서 평해읍 월송정(越松亭)에 이르는 약 28.8km에 이르는 해안길이다. 동해의 절경을 따라 이어지는 관동팔경 길은 눈부신 선물이다. 망양정에 오르면 망망대해가 한 눈에 들어오고 바다로 흘러드는 왕피천의 모습과 망양해수욕장이 펼쳐진다. 기성면 망양리에 이르러 '망양정옛터' 이정표 옆 언덕을 오르면 쓸쓸한 비석과 늙은 소나무, 우거진 풀들이 옛터임을 알려준다. 다시 해안길을 따라 내려가면 송강 정철도 가보지 못한 관동팔경의 하나인 월송정이 소나무 숲에서 바다를 바라보고 있다.

관동팔경이란 관동 지방에서 가장 경치가 뛰어난 여덟 곳을 말하는데, '관동(關東)'이란 명칭은 고려 성종 14년(995년) 전국을 10개 도로 편성할 무렵, 관내도(關內道)인 서울, 경기 지역의 동쪽이라는 데에서 붙여진 이름이라고 하며, 백두대간을 횡단하는 길목인 대관령의 동쪽, 즉 영동지방을 가리키기도 한다. 대관령의 서쪽은 영서이고, 죽령과 조령의 남쪽은 영남, 호강(금강)의 남쪽은 호남지방으로 불리는 것과 같다.

고려와 조선을 막론하고 사대부들이 가장 가고 싶어했던 답사처가 금강산과 관동팔경이다. 관동팔경은 북에서부터 통천의 총석정, 고성의 삼일포, 간성의 청간정, 양양의 낙산사, 강릉의 경포대, 삼척의 죽서루, 울진의 망양정, 평해의 월송정을 말한다. 총석정과 삼일포는 북한 지역에 있고, 모두가 강원도에 있었으나 망양정과 월송정은 울진이 강원도에서 경상도로 편입되어 지금은 경상도에 있다.

해파랑길 제6구간인 울진 구간은 고래불해변에서 부구삼거리에 이르는 23~27코스로 78.3km이다. 23코스는 해안도로를 따라 어촌마을을 지나는 전형적인 해안길로, 영덕에서 울진군 후포면으로 넘어가 대게 조형물을 만나고 후포항으로 향한다. 24코스는 역동적인 후포항에서 시작하여 관동팔경의 첫 번째인 월송정을 만나고 기성버스터미널에 이른다. 25코스는 관동팔경 길의 망양정 옛터와 기성 망양해변의 명사십리를 지나 관동팔경의 두 번째인 망양정을 거쳐 수산교에 이른다. 26코스는 울진엑스포공원과 연호공원을 둘러보고, 산속 숲길과 해안도로를 번갈아 걸어 TV촬영지로 유명한 죽변등대에 이르는 길이다. 27코스는 절반은 내륙의 시골길로, 나머지 절반은 차량 많은 울진북로를 걷는 길로 옥계서원 유허비각과 원자력홍보관 등 과거와 현재를 번갈아 보며 부구삼거리에 이르는 길이다.

23코스 ~ 27코스 78.3km

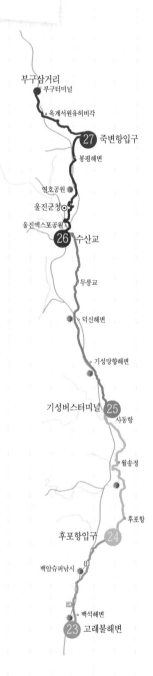

부구삼거리
부구터미널

옥계서원유허비각

27 죽변항입구

봉평해변

연호공원
울진군청⊙
울진엑스포공원

26 수산교

무릉교

덕신해변

기성망향해변

기성버스터미널 25
사동항

월송정

후포항

후포항입구 24

백암슈퍼낚시

백석해변

23 고래불해변

행복 幸福

해파랑길 23코스는 광장에서 고래가 춤을 추는 고래불해변에서 시작하여 어촌 풍경의 백석해변을 맛보고 영덕에서 울진 후포면으로 행정구역이 넘어가 대게를 홍보하는 대형 홍보판을 지나고 후포해변을 거쳐서 역동적인 후포항에 이르는 길 10.1km이다.

풀리처상 수상자이자 보호생물학자인 에드워드 윌슨은 "자연 환경에 끌리는 것은 단순히 문화 현상이 아니라 훨씬 심오한 생물학적 충동"이라고 말한다. 초기 인류는 200만 년 이상에 걸쳐 진화하면서 무리를 지어 사냥과 채집을 하며 유목민으로 살았다. 인간은 수풀에 숨어있는 작은 동물을 식별할 수 있는 능력에 따라 먹느냐 굶주리느냐가 결정되었으며, 자연과 하나가 되어 살아간 인간만 생존을 보장 받았다. 자연을 찾아가는 것은 혈관 속에 흐르는 생존의 본능이다. 행복하려면 자연과 하나가 되어야 한다. 인간과의 가까운 유대감 못지않게 자연과의 깊은 유대감, 자연의 지혜는 행복의 필수조건이다. 태양과 하늘, 바다와 갈매기, 바람과 구름, 산과 숲, 자연과 어우러지는 숱한 인연들 속에 해파랑길의 유랑은 그 멋과 맛을 더한다.

처얼썩 처얼썩 바위를 두드리는 자연의 소리에 잠에서 깨어난다. 바닷바람이 창문을 열어달라고 노크한다. 시원한 바람이 여명에 실려 밀려든다. 흐린 구름이 하늘과 바다를 덮고 있다. 천천히 준비를 하고 길을 나선다. 고래불해수욕장 광장에서 춤을 추고 있는 대형 고래와 이별하고 동해의 푸른 바다를 시원하게 내려다보며 언덕길을 걸어간다. 웬일인가! 구름이 비켜서고 바다 끝이 붉게 물들며 서서히 태양이 떠오른다. 어선 한 척이 태양의 조명을 받으며 평화로운 풍경을 연출한다. 희미한 햇빛이 바다에 비치고 그리운 얼굴이 스쳐간다. 오늘 하루 나를 기쁘게 하고 나를 힘들게 할 나의 태양, 나의 동행이 내 곁으로 온다. 행복이란 참다운 나를 나눌 줄 아는 것, 내가 찾던 내 안의 행복을 오늘의 태양과 나눈다. 오늘은 남은 내 인생의 첫날, 기쁨과 설렘으로 해파랑길을 간다.

용머리공원을 지나고, 호젓한 백석해변을 한가롭게 걸어간다. '부처의 눈에는 부처가 보이고 돼지의 눈에는 돼지만 보인다.'는 말처럼 한가로운 나그네의 눈에는 세상이 한가롭게 비친다. 내 집 창문이 더러우면 이웃집 빨래가 더럽게 보이는 법, 내 마음의 눈을 아름답게 닦고 보면 세상이 아름답게 보인다. 여유가 넘쳐난다. 금곡2리 마을회관을 지나면서 이제 영덕에서 울진으로 넘어간다. '어서 오십시오. 울진군입니다.' 울진군 후포면을 알리는 이정표가 반긴다.

울진의 고구려 때 이름은 우아진현이며, 신라 때 지금의 이름으로 고쳐 오늘에 이어진다. 삼국통일 직후에 김유신이 "산림이 울창하고 바다에 이어져 진귀한 물산이 풍부하다"라고 감탄한 데서 나왔다는 울진에 대하여, 조선 시대 문인 최부는 "나그네 베개에 날이 차니 꿈 못 이루는데, 시내와 산의 눈, 달빛이 맑기도 하구나. 공문서가 희소하니 벼루를 덮었는데, 늦게 일어나니 동창에 바다해가 올라왔네."라고 노래하였다.

울진의 해안선은 최남단의 후포항에서 최북단의 고포마을까지 102km이다. 대게로 유명한 울진은 산, 바다, 강, 온천, 계곡, 동굴 등 천혜의 관광자원을 보유하고 있다. 행정구역 개편으로 지금은 울릉도가 독립됐지만 고려 초부터 조선 말까지 약 1000년 동안 울릉도와 독도가 울진현 소속이었으니 동해안 유일의 섬까지 보유했던 고을이었다. 울진대게홍보관과 울진대게 유래비가 위치한 후포면은 '대게의 고향'으로 불린다. 후포항 동쪽의 왕돌초 일대에서 대게가 잡히기 때문이다. 왕돌초는 수중 3개의 봉우리로 이뤄진 동서 21km, 남북 54km에 이르는 수중암초지대로 수중 경관이 아름답고 한류와 난류가 교차해 126종의 해양생물이 분포하는 생태계의 보고이다.

빗방울이 부슬부슬 떨어지기 시작한다. 평소에도 비를 좋아하고 또 걷기에 덥지 않아 좋기는 한데 한편으로는 너무 잦은 비가 어설프기도 하다. 비가 오지 않아서 댐과 저수지의 물이 말라붙고 논바닥이 갈라진다고 아우성이었는데 내가 길을 떠나니 연일 비가 온다. 2010년 국토종주 때도 정말 많은 비를 맞으며 걸었다. 아무래도 기우제 보다는 내가 길을 떠나면 비오는 효험이 있는 것 같다. 인디언들은 기우제를 지내면 반드시 비가 온다고 한다. 비가 올 때까지 포기하지 않고 기우제를 지내기 때문이다. 말을 타고 힘차게 광야를 달리던 인디언이 어느 순간 말에서 내려 뒤를 돌아본다. 자신의 영혼은 어디까지 따라왔는지 보기 위해서다. 비를 내리게 하고, 자신의 영혼을 찾아 떠나는 내면의 여행이 점점 깊어간다. 떨어지는 빗방울을 맞으며 진정한 자아와 단둘이서 만나는 창조적인 유람을 떠난다.

다 같은 해파랑길인데 영덕과 울진이 느낌이 다른 것은 왜일까. 영덕 블루로드의 역동성이 아스팔트 차도와 콘크리트 인도를 걸어가는 울진 구간의 시작지점과 비교가 된다. 불평불만을 한다는 것은 마음이 행복하지 않다는 표현이다. 조삼모사(朝三暮四)의 고사와 같이 환경이 나빴다가 좋아지는 것과 좋았다가 나빠지는 것에 대한 반응은 사람이나 원숭이나 마찬가지다. 세상만사 일체유심조(一切唯心造)라던가.

인생의 목표는 행복이다. 아리스토텔레스는 인간은 행복을 추구하는 존재이고 행복이 인생의 중요한 목적이라며 철학사에서 최초로 개인의 행복에 관해 이야기하였다. 사람들은 행복하기 위해 살고, 행복하게 살려고 한다. 그러나 행복이 무엇인지, 어떤 게 행복하게 사는 것인지 헷갈릴 때가 많다. 루트비히 마르쿠제는 "행복이라는 말은 마치 태양과도 같아서 쾌적함, 쾌락, 만족, 즐거움, 기쁨, 안녕 등 한 무리의 말의 행성을 주변에 거느린다."고 말한다. 그만큼 행복이라는 말은 여러 가지 의미를 지니고 있다. 인생은 복잡한 욕구와 바람으로 이루어져 있다. 행복의 나무는 한 그루지만 이를 지탱하는 뿌리와 열매는 수없이 많다.

행복은 순간적으로 느낄 수도 있고 지속가능할 수도 있다. '행복한'이란 뜻의 영어 'happy'는 'hap'에 그 뿌리를 두고 있는데, 'hap'는 '우연히 일어난 일 또는 요행'이라는 뜻으로 쓰이며 영어 'happen'의 어원이기도 하다. 이는 행복이란 살아가면서 순간적으로 일어나는 일과 함께하는 것임을 보여준다. 그런 의미에서 행복은 쾌락과 밀접하다. 인간의 3대 본능적 욕구는 식욕, 성욕, 수면욕이다. 이것이 결여되면 불행해서 견디기 어렵지만, 일단 충족되면 지속성을 잃는다. 인간은 쾌락과 환희 등을 길게 늘일 만큼 육체적으로나 정신적으로 강건하지 못하다. 오히려 고통은 지속적으로 감내하면서 살지만. 그래서 행복의 순간들이 있고, 그것을 필요로 하고 즐기며 살아간다.

토마스 모어의 '유토피아'에서 라파엘은 섬 주민들의 행복론과 연관해 "건강은 그 자체만으로 쾌감을 일으키는 것입니다. 물론 이런 쾌감은 먹고 마시는 것과 같은 싱싱한 쾌감보다는 덜 화려하고 남의 주목을 끄는 힘도 적지만, 그래도 생애 최대의 쾌락이라고 여겨집니다. 사실상 모든 유토피아인은 이러한 쾌락이 다른 모든 쾌락의 기초이기 때문에 가장 중요한 쾌락이라는 점에 동의합니다."라고 말한다. 유토피아에서 건강은 행복의 제1조건이라는 이야기이다.

루트비히 마르쿠제는 "나의 행복, 그것은 어느 누구도 나에게서 빼앗아갈 수 없는 바로 나 자신의 창조물이다.", "각자는 자기 행복을 두들겨 만들어내는 대장장이"라고 말한다. 빅토르 위고는 "저녁이면 사랑으로 가득차고 밤이면 거대한 그림자 사이로 하늘이 내리는 축복 아래

영원히 행복한 노래를 부르리."라고 노래한다. 행복은 삶의 느낌표(!)와 말없음표(……)의 성격을 모두 갖고 있다. '순간의 커다란 행복감(!)'과 '작지만 탄탄한 행복의 지속감(……)'이 그것이다. 해파랑길 770km 장거리 트레킹은 '느낌표!!!'이자 '말없음표……'가 동행하는 자신이 창조한 행복의 여정이다.

'생태문화관광도시 울진대게'와 큰 대게가 한 마리 그려있는 대형 입간판이 울진이 대게의 고장임을 알려준다. 금음교차로를 지나 길을 잘못 들어 잠시 7번국도를 걷는다. 오고가는 차량들이 굉음을 내며 달려간다. 세로로 길쭉한 대한민국의 지형은 산맥을 따라 동서로 구분되어 있다. 동해안 7번국도는 그 중 동쪽 해안가를 따라 부산에서 함경도에 이르는 총 513. 4km의 길이다. 고성에서 부산까지 이어지는 일출 명소와 바닷가 해수욕장 여행은 자동차나 자전거로도 멋과 낭만이 있지만 두 발로 걸어가는 해파랑길 도보여행은 죽는 날까지 영원히 잊지 못할 소중한 시간이다.

조선 시대에는 한양을 시발점으로 전국 각지를 잇는 총 아홉 개의 큰 길이 있었다.

제1로는 개성 평양 의주로, 제2로는 원산 함흥 길주를 거쳐 한반도 동북단 경흥의 서수라까지, 제3로는 원주를 거쳐 동해안 강릉까지 횡단한 후 삼척 울진까지, 그리고 충청 호남 영남 등지로 내려가는 4~9로가 있었다. 경부고속도로와 호남고속도로, 영동고속도로와 강원도를 영남지방과 연결해 주는 7번국도는 모두 조선 시대의 이 길들을 근간으로 만들어졌다. 지금의 동대문인 흥인지문에서 남한강을 따라 남양주 마재마을, 양평, 원주 문막, 횡성 문재, 평창 진부를 거치고 대관령을 넘어 강릉 안인해변까지 200km, 그리고 다시 남쪽으로 정동진, 동해 망상, 삼척 동막, 호산을 거쳐 울진 고포, 매화, 평해까지 160km를 짚신을 신고 걸어 다녔을 선조들을 생각하면 참으로 아득하다.

용인에서 문경새재와 죽령을 넘나들며 고향 안동을 다녀오는 500km가 넘는 먼 길을 추운 겨울 왕복하였고, 마라도에서 해남 땅끝마을을 거쳐 고성의 통일전망대까지 약 800km, 백두대간 종주 690km, 4대강 자전거 종주 997km, 지리산 둘레길 240km 등등 만만치 않은 길을 걷고 달렸으며, 지금 해파랑길을 걷고 있는 나그네가 옛 사람들에 비춰 부끄러움은 면했다고 자족한다. 자연과 더불어 독만권서 행만리로(讀萬券書 行萬里路)를 행하는 기쁨은 최고, 최선의 행복이다. 길 위에서 걸어온 날들이 기적이고, 걸어가는 하루하루가 기적이라는 기쁨을 맛보며 오늘도 행복한 해파랑길을 걸어간다.

백암휴게소의 해파랑가게에서 커피를 마시고, 방파제를 따라 걸어 후포해변을 지나서 후포항으로 들어간다. 항상 사람들로 야단법석이던 후포항이 날씨 탓인지 조용하다. 파도에 실려 신경림 시인의 '동해바다-후포에서'가 들려온다.

친구가 원수보다 더 미워지는 날이 많다.
티끌만한 잘못이 맷방석 만하게
동산 만하게 커 보이는 때가 많다.
그래서 세상이 어지러울수록
남에게는 엄격해지고 내게는 너그러워지나 보다.
돌처럼 잘아지고 굳어지나 보다.
멀리 동해바다를 바라보며 생각한다.
널따란 바다처럼 너그러워질 수는 없을까. 깊고 짙푸른 바다처럼.
감싸고 끌어안고 받아들일 수는 없을까.
스스로는 억센 파도로 다스리면서.
제 몸은 맵고 모진 매로 채찍질하면서

'비단처럼 빛나는 바다'라서 '휘라포(輝羅浦)'라 불리는 후포바다에 행복의 물결이 넘실거린다.

월송月松

해파랑길 24코스는 후포항에서 후포등대에 올랐다가 해안도로를 따라 울진대
게유래비를 지나서 관동팔경 중 최남단에 있는 월송정을 둘러보고 구산항에서
대풍헌을 돌아본 후 울진비행장까지 오르막을 올라 기성버스터미널에 이르는
길 19.8km이다.

내 고향 안동의 청산(靑山)에는 소나무와 진달래, 할미꽃, 참나무, 청솔
모, 까치, 올빼미, 야생화 등 많은 식구들이 살고 있다. 하루는 장난기
많은 소나무가 진달래에게 말했다. "가을날 앙상한 가지만 남은 네 모
습, 몹시도 처량하구나." 그러자 진달래가 코웃음 치며, "눈에도 안 띠
는 봄날의 네 꽃도 꽃이라고 피우냐."라고 말한다. 조그마한 진달래에
게 무안을 당한 소나무는 몹시 기분이 상해 밤에는 잠도 못 이루었다.
다음날 소나무는 진달래에게 말했다. "봄에 온 산을 덮고 있는 울긋불
긋 네 꽃은 정말 그렇게 아름다울 수가 없어." 진달래도 환희 웃으며
말했다. "무슨 소리! 추운 겨울에도 꿋꿋하게 청산을 지키는 네 모습이

야말로 기개가 있지." 소나무는 기분이 좋았다. 진달래도 웃었다. 청산에는 다시금 평화가 찾아왔다. 소나무는 알고 있다. 봄에 피는 자신의 꽃은 비록 볼품없다 해도 매서운 한파를 이겨내며 겨우내 푸르름을 지키는 자신의 멋을. 진달래 또한 알고 있다. 비록 가을바람에 힘없이 흔들리지만 떠나기 싫어하는 꽃잎을 아픔으로 보내고 참고 기다리면 새봄에 더욱 아름다운 자신을 만날 수 있다는 사실을. 청산의 식구들은 그렇게 머무를 때와 떠날 때를 안다. 시원한 바람과 구름이 소나무와 진달래의 이야기를 청산의 가족들에게 알려주었다. 산새와 나무들, 이름 모를 풀잎까지 모두 뛰쳐나와 소리 내어 웃었다. 모두가 함께 사는 청산에는 어느덧 평화와 기쁨이 넘쳤다.

후포항의 안동식당에서 식사를 한다. 아저씨에게 고향이 안동인가 물어보니 부인이 안동이란다. 반가운 고향 까마귀끼리 인사를 하고 나니 금방 수족관에 들어온 오징어 한 접시를 서비스로 준다. 막걸리 한 통을 곁들여 푸짐한 식사를 하고 길을 나선다. 바닷바람에 밀려오는 비릿한 생선 냄새를 마시며 후포항을 떠나 후포등대로 향한다. 안동과 가까워 여러 번 다녀간 후포항이지만 등대에 오르기는 처음이다. 등기산 공원 고목나무 그늘 아래 벤치에 앉아 바라보는 후포의 푸른 바다가 한 폭의 절경을 이루며 후포의 인심을 나타내듯 후덕하게 펼쳐진다. 등대에서 내려와 해안도로를 따라 걸어간다. 거일리 마을 앞 대나무와 울진대게, 어부를 나란히 세워놓은 커다란 조형물 앞에서 인자하게 생긴 어부의 조각상과 함께 손에 게를 잡고 사진 촬영을 한다. '대게'는 '큰 게'가 아니고 다리가 대나무처럼 마디지고 길쭉하다 해서 대게라 부른다. 울진대게유래비가 영덕대게를 의식한 듯, 원조는 자신이라고 하소연을 한다. 갈매기의 조각상, 대게의 조형물이 방파제 바위와 마을 도로를 따라 아름답게 펼쳐진다.

뜨거운 날씨라 비오듯 땀을 흘리며 걸어간다. 직산2리 정자에 누워서 달콤한 낮잠을 자고, 직산1리 마을회관을 지나서 남대천 월송교를 건너 간다. 흙과 모래로 이루어진 소나무 숲길을 따라 월송정으로 향한다. 드디어 관동팔경 중 가장 남쪽에 있어 첫 번째로 만나는 월송정에 도착했다. 울진의 망양정, 삼척의 죽서루, 강릉의 경포대, 양양의 낙산사, 간성의 청간정, 북한에 있는 고성의 삼일포, 통천의 총석정이 월송정과 더불어 관동팔경이다. 팔경 중 통천의 총석정을 제외하고 칠경은 일찍이 모두 다녀보았다. 해파랑길에서 다시 만나는 월송정이 더욱 새롭고 반갑다.

비 갠 후 떠오른 맑은 달빛이 소나무 그늘에 비칠 때 가장 아름다운 풍취를 보여준다는 월송정, 신선들이 달밤에 송림에서 놀았다 하여 불리는 월송정은 처음 세워진 고려 때는 경치를 감상하는 정자가 아니라 왜구의 침입을 살피는 망루로서의 역할이 컸다. 왜구의 침입이 잠잠해진 조선 중종 때 반정공신으로 활약했던 박원종이 강원도 관찰사로 와서 이곳을 정자로 중건하였고, 월송정은 그 뒤부터 관동팔경의 하나로 사람들의 사랑을 받았다.

정자에 올라 옛 시인들이 써 놓은 시들을 읽어보며 '월송정'을 맛본다. 안내판에는 월송정은 중국 월나라에서 소나무를 가져와서 심었다 하여 '월나라 월(越)' 자를 써서 월송정(越松亭)이라 쓴다. 신라의 영랑, 술랑,

남석랑, 안상랑이라는 네 화랑이 울창한 소나무 숲에서 아름다운 달빛을 즐기며 소원을 빌었다 하여 '달 월(月)' 자를 써서 월송정(月松亭)이라 부른 적도 있다고 한다. 월송정(越松亭)보다는 당연히 월송정(月松亭)을 생각했다가 아쉬움이 스쳐간다. 이행은 '평해의 월송정에서'를 노래했다.

동해의 밝은 달이 소나무에 걸려있네.
소를 타고 돌아오니 흥이 더욱 깊구나.
시 읊다가 취하여 정자에 누웠더니
단구의 신선들이 꿈속에서 반기누나.

성종은 화공에게 명하여 팔도의 정자 중에 가장 풍경이 뛰어난 곳을 그리도록 했는데, 영흥의 용흥각과 평해의 월송정이 뽑혔다. 사람들이 1, 2등을 쉽게 정하지 못하자 성종이 "용흥의 연꽃과 버드나무가 아름답기는 하나 월송정에 비할 수 없다"고 하면서 월송정이 뛰어나다고 했다. 월송정에서 바다를 내려 보니 솔숲 너머로 쪽빛 바닷물이 넘실거리고 은빛 모래가 햇볕에 반짝인다. 그 옛날 1만 그루의 울창했던 송림은 일제강점기에 모두 베어내어 황폐해지고, 1956년 월송리 마을에 사는 손치후라는 사람이 시방관리소의 도움을 받아 해송 1만 5000그루를 다시 심어 오늘에 이르고 있다. 세월의 흐름 속에 월송정은 일제강점기인 1933년 이축하였다가 월송에 주둔한 일본 해군이 적기내습의 목표가 된다하여 철거하였던 것을 1969년에 신축, 1980년에 지금의 위치에 다시 지었다.

관동팔경 중 유일하게 송강 정철이 와 보지 못한 월송정에 앉아 막걸리를 기울이며 그 옛날 시인묵객들이 누렸을 느낌을 상상해본다. 시원하게 펼쳐진 소나무와 백사장, 그리고 푸른 바다를 바라보며 평민 의병장 신돌석이 월송정에서 나라 잃은 설움을 읊은 시를 읊조린다.

누대에 오른 나그네 갈 길을 잃고
단군의 옛터가 쇠퇴함을 한탄하네.
남아 스물일곱 무엇을 이루었는가.
추풍에 의지하니 감개만 솟는구나.

신돌석(1878~1908) 장군의 생가는 영덕군 축산면 도곡리에 있다. 1896년 명성왕후 시해사건으로 전국 각지에서 의병이 일어날 무렵, 경기도 광주의 의병부대가 영덕으로 이동해오자 18세의 어린 나이에 참전하였던 신돌석은 1905년 을사조약이 강제로 체결되자 의병을 일으켜 영덕, 영양, 울진, 삼척, 강릉, 양양 등의 여러 전투에서 일본군을 섬멸하여 일본군에게 '태백산 호랑이'로 불리며 독립 의병사에 길이 남을 혁혁한 전공을 세웠다. 특히 울진의 장홍포에서는 일본군선 아홉 척을 침몰시키기도 하였다. 1908년 12월 엄동설한 추위를 앞두고 다음 해에 다시 기병하기로 하고 의병들을 해산시킨 후 영덕군 지품면 눌곡리에 있는 부하 김상열의 집에 침거하였는데, 현상금에 눈이 어두워진 이들 형제들이 건네준 독주를 마시고 죽었다. 그 당시 사회지도층인 유생이나 양반이 아닌 평민으로 의병을 지휘한다는 것은 쉬운 일이 아니었다. 신돌석은 30년의 짧은 세월 속에 12년을 의병항쟁에 몸 바쳐 오직 민족을 위해 살다 간 의병장이었다.

아름다운 숲 전국대회에서 네티즌이 선정한 아름다운 누리상을 수상한 월송정 소나무 숲길을 걸어간다. 소나무 군락지에 사람들이 여기저기 누워 있고 앉아 있다. 월송정휴게소 아저씨가 '암을 고치러 오는 사람들이며 실제 치유효과가 있다'고 일러준다. 월송포진 터를 지나 차도를 걷다가 군무교 건너 제방길로 구산해변 가는 길로 들어서서 조그만 바닷가 구산리 마을에 도착한다. 울릉도와 독도가 대한민국 영토라는 증거는 구산리 마을에 위치한 대풍헌(待風軒)에서도 만날 수 있다. 대풍헌은 구산항에서 울릉도로 가는 수토사(搜討使)들이 순풍을 기다리며 머물던 관청이다. 3년마다 파견되던 수토사들은 울릉도로 도망한 죄인들을 수색하고 토벌하며, 일본인들이 울릉도와 독도에서 불법어로를 못하도록 순찰하는 관리다. 수토사들은 울릉도와 직선거리로 가장 가까운 이곳 구산포에서 며칠 동안 순풍을 기다려 파도가 잠잠할 때 출발하였는데, 순풍을 만나 2~3일이면 울릉도에 도착할 수 있었다고 한다.

　　해안을 따라 어촌을 걸어간다. 푸른 바다와 갈매기를 벗 삼아 나 홀로 길을 간다. 오스카 와일드는 "평생 지속될 로맨스는 오직 자신과의 사랑뿐이다."라고 말한다. 자신과의 로맨스를 즐기며, 누군가를 위해 사는 것이 아니라 누구도 대신할 수 없는 자신의 삶을 찾아간다. 구름이 흘러가고 물이 흐르듯 삶의 흐름을 따라가는 그 흐름을 사랑한다. 남이라는 글자에 점 하나만 지우면 님이 되고, 남이라는 글자에 받침 하나 없애면 나가 된다. 남과 님, 남과 나를 생각하고, 나를 사랑하듯 남을 사랑하고 남을 사랑하듯 나를 사랑하며, 마음을 활짝 열고 미소 지으며 자신에게 너그럽고 세상에 너그러운 유랑의 길을 간다.

인생은 자기(自己)를 사랑하고(自愛), 자기를 믿고(自信), 자기를 도와서(自助), 스스로 힘써 가다듬고(自强), 스스로 반성하고(自省), 스스로 깨닫고(自敬), 스스로 일어서서(自立), 스스로 주인이 되어(自主), 스스로 즐기고(自樂), 스스로 만족하며(自足), 자신을 존중하고(自尊), 자기 힘으로 생존(自存)해 가야 하는 자신(自身)과의 여행이다.

여행은 작은 이야기의 연속이다. 시시껄렁해 보이는 작은 이야기들이 모여 인생의 큰 무늬를 이룬다. 삶의 좋은 기억은 자신의 선택으로 만들어지고, 좋은 기억의 작은 이야기들은 별처럼 빛나며 행복하고 즐거운 삶을 선사한다. 동서고금의 현인들은 지속가능한 행복, 궁극적인 쾌락과 행복을 기획하고 추구했으니 노자는 '만족할 줄 아는 데 만족할 줄 알면 늘 만족할 수 있음(知足知足常足)'을, 장자는 '지극한 즐거움은 즐거움이 없는 것임(至樂無樂)'을, 공자는 '도를 추구하는 데 행복을 느껴 가난과 근심을 잊음(安貧樂道)'을 설파했다.

바둑을 두는 사람은 미혹에 빠지기 쉽고 곁에서 보는 사람은 맑은 정신으로 대세를 읽는다(當局者迷 傍觀者靑). 절제로 얻은 자유와 현실을 초월하여 은근한 풍취를 즐기는 해파랑길은 두 발로 걸으며 자신을 객관화시켜서 성찰하는 유랑, 산수 간 경치 좋은 곳에서 한 잔 술을 마시며 풍류를 즐기는 멋스러운 삶의 노래이다. 해파랑길에서 거창하게 '덕스러운 삶', '도를 닦는 삶'을 깨우친다. 해안을 지나고 숲길을 지나서 높다란 해안 절벽 앞에서 우회하여 길에 연한 길을 가다가 보니 마을로 접어들며 기성공룡정류장에 도착한다.

정자亭子

해파랑길 25코스는 기성버스터미널에서 시작하여 기성망양해변의 명사십리를 지나 망양휴게소에서 망망대해를 바라보다가 해안차도를 걸어 관동팔경의 두 번째 경관 망양정을 둘러보고 왕피천이 흐르는 수산교에 이르는 길 23.0km이다.

노란 숲속에 길이 두 갈래

나는 두 길을 다 가지 못하는 것을 안타깝게 생각하면서

오랫동안 서서 한 길이 굽어 꺾여 내려간 데까지

바라볼 수 있는 데까지 멀리 바라다보았다.

(중략)

먼 훗날 어디에선가

나는 한 숨을 쉬며 이야기할 것이다.

숲 속에 두 갈래 길이 있었다고

나는 사람들이 적게 간 길을 택하였다고

그리고 그것 때문에 모든 것이 달라졌다고

여명이 밝아오는 아침 로버트 프로스트도 '가지 않은 길', 해파랑길을 걸어간다. 종주가 끝나는 날 그것 때문에 모든 것이 달라졌다고 이야기할 것이라 생각하면서. 밤새 잃어버린 색을 되찾으며 밤의 어둠 속에 숨었던 사물들이 제 몸뚱어리를 드러낸다. 마을과 길들이 공손하게 허리를 꺾고 나그네에게 인사를 한다. 또 하루의 길을 간다. 많은 사람들이 간 길이라고 그 길이 결코 최고의 길은 아니다. 가지 않은 길이 있으면 가고 싶어도 못 간 길이 있다. 그 동안 걸어온 길은 자신이 선택한 길, 그 길의 결과물은 오늘의 자신이다. 산이 거기 있으므로 산을 오르는 것처럼, 생명(生命)이 생(生)의 명령(命令)이기에 생의 여로를 걸어야 하는 것처럼, 땀을 흘리며 힘든 해파랑길의 여정을 걸어간다. 세상에서 방향을 돌려 자아의 길을 걸어간다.

시작부터 아스팔트 차도를 따라가는 지루하고 피곤한 25코스, 사동항에 도착해서야 시원한 바닷바람에 상쾌함을 느낀다. 백사장이 맑고 드넓어 명사십리로 불리는 기성 망양해변을 지나간다. 송강 정철이 올랐던 망양정은 기성망양해수욕장과 망양휴게소 중간의 마을 뒷산에 위치한다. 현종산 기슭에 위치한 옛터에는 비석 하나만 있고 앞에는 해송 세 그루가 쓸쓸하다. 마을과 도로가 생기면서 지형이 바뀌어 정철의 '관동별곡'과 겸재 정선의 '망양정도(望洋亭圖)'와는 거리가 먼 풍경이다.

해변을 걸어 최근 일출명소로 각광을 받고 있는 황금대게공원에 이른다. 큰 대게를 형상화한 울진대게조형물이 색다른 볼거리를 제공한다. '사진 찍기 좋은 녹색 명소'라는 안내문이 있는 전망 좋은 망양휴게소에서 휴식을 취한다. 천길 절벽에 들어선 망양휴게소는 동해안에서 가장 경치가 수려한 곳이다. 푸른 바닷가의 정경은 망양정 옛터에서 느끼지 못하는 감흥을 맛볼 수 있게 한다. 멋진 풍광을 뒤로하고 해안 차도를 따라 걸어간다.

울진이 낳은 인물 격암 남사고는 1509년(중종 9년) 근남면 수곡리에서 태어났다. 왕피천 줄기의 근남면 구산리 바깥질미에 있는 달팽이집 같은 초가집에 살았지만 술을 즐기며 성품이 고결하여 찾는 이의 발길이 끊이지 않았다. 권세와 돈으로 치르던 당시의 과거에서 여러 차례 떨어진 뒤 벼슬하겠다는 꿈을 접고 천문지리와 복술을 깊이 연구하여 예언이 어긋나지 않았다. 63세에 죽기까지 숱한 예언과 일화를 남겨 전설에 가장 많이 나오는 인물로도 꼽힌다. 이수광의 '지봉유설'에는 남사고가 말하길, 임진년에 백마를 탄 사람이 남쪽에서 조선을 침범하리라 했는데, 그의 예언대로 임진왜란이 일어나 왜장 가토 기요마사가 백마를 타고 쳐들어 왔다고 기록되어 있고, 이긍익의 '연려실기술'에도 남사고의 예언이 틀림없이 맞았다고 한다.

어느 날 울진향교에 갑자기 참새 떼가 날아들자 사람들이 남사고에게 무슨 징조인지 물어보았다. 그는 "잠시 후에 쇠갓을 쓴 여자가 들어올 것"이라고 대답했다. 그리고 갑자기 소나기가 쏟아져 문밖에서 밥을 짓던 향교의 여종이 솥뚜껑을 덮어쓰고 뛰어 들어와 자리한 사람들이 모두 놀랐다고 한다. 남사고는 자신의 죽음과 후손이 없을 것을 예언하여 맞혔으며, 그의 예언서 '격암유록'에서 38선으로 국토가 분단될 것과 한국전쟁을 예언했는데, 그의 죽음 이후 문집마저 임진왜란 때 대부분 불타 없어지고 말았다.

오산항을 지나고 국립수산과학원을 지나 울진 관동팔경길을 걸어간다. ㈜한국의 길과 문화에서는 사통팔달하는 길을 크게 다섯 가지로 분류하고 있다. 백두대간 등줄기의 동쪽 바닷가를 이어가는 해파랑길, 강변을 따라 걷는 가람길, 역사의 자취를 따라가는 옛길, 남해의 자연과 함께 하는 남해안길, 각 지역의 특성을 살린 테마길이 그것이다. 세상에는 수많은 길이 있다. 작가 애벌린 앤서니는 "인생은 사거리다. 미래를 향하는 길로 직진을 하든 좌우로 회전을 하든 다른 길로 우회를 하든, 우리는 진정 우리가 원하는 선택을 할 수 있어야 한다."라고 말한다.

아무리 명성과 재산과 그 모든 것을 얻어도 자신이 원치 않은 길을 갔을 때 인생은 허무하다. 원하는 일, 하고 싶은 일을 했을 때 인간은 충만해진다. 마음의 길을 가야한다. 라퐁텐은 '매장된 황제보다 살아있는 거지가 낫다.'고 말한다. 장자는 '죽어 3천년을 숭배 받는 거북이보다 진흙 속을 뒹굴며 백년을 사는 거북이가 낫다.'고 말한다. '개똥밭을 굴러도 이승이 낫다.'고 하지 않는가. '얕은 물에서 노는 용은 새우에게 놀림을 당하고, 평야에서 노는 호랑이는 개에게 놀림을 당한다.'고 했다. 50대가 돼서야 진정으로 원하는 마음의 길을 가지 못한 지난 40여 년의 잘못을 깨닫는다. 지난날의 공을 생각하며 자신의 허물을 위로한다.

'망양정해맞이공원' 안내문을 그냥 지나쳐서 해안 차도를 따라 망양 해수욕장에 이른다. 숲길을 따라 '바다를 바라보는 정자' 해발 50m 높

이의 망양정(望洋亭)에 오른다. 평해 월송정에서 시작된 29km 관동팔경
길의 북단인 망양정에 도착했다. 망양정에서 바라보는 바다 풍광의 아
름다움은 예로부터 관동팔경의 하나로 꼽혔다. 왕피천이 바다와 만나
는 근남면 산포리 야산에 위치한 현재의 망양정은 조선 철종 11년(1860)
에 옮겨왔다. 정자의 본령은 거기에서 바라다보는 풍광에 있는 것이니,
예의 송강이나 시인묵객들이 누렸을 망양정의 바다와 오늘 내가 누리
는 바다가 무엇이 다르겠는가.

숙종이 강원도 관찰사에게 관동팔경을 그림을 그려오라고 해서 팔경
을 두루 감상한 뒤 그 중에서 망양정이 가장 낫다고 하며 하사한 '關東

第一樓' 현판이 자태를 뽐낸다. 숙종은 망양정을 그린 그림을 보고 이렇게 노랬다.

뭇 멧부리들이 첩첩이 둘러있고
놀란 파도 큰 물결 하늘에 닿아있네
만약 이 바다를 술로 만들 수 있다면
어찌 한갓 삼백 잔만 마시리

임금인 숙종이 '만약 이 바다를 술로 만들 수만 있다면 어찌 한갓 삼백 잔만 마시리.'라고 하는 것으로 보아 술이 없어서가 아니라 배고픈 백성들을 생각해서 절주한 것이리라. 이태백이 하루에 삼백 잔을 마심으로 애주가인 고려의 이규보는 아들 이름을 '이삼백'으로 지었으니, 후일 아들이 술을 너무 마셔 이름 잘못 지은 것을 후회하는 시를 남겼지만 풍류를 즐기는 애주가들의 술 사랑은 대단했다.

관동팔경 유람에 나선 430년 전 강원도 관찰사로 '장진주사'를 남긴 정철이 관동별곡의 대미를 장식한 곳은 울진 망양정이었다. 망양정은 동해안에서 가장 경치가 수려한 곳에 위치해 송강 이전부터 매월당 김시습과 겸재 정선 등 걸출한 문인과 화가들이 시를 짓고 그림을 그리던 순례지였다. 송강은 노래한다.

하늘 끝을 못내 보지 못하여 망양정에 오르니
바다 밖은 하늘인데 하늘 밖은 무엇인가.

가뜩이나 노한 파도 그 누가 놀라게 하였기에

물살을 불거니 뿜거니 어지럽게 구는 것인가.

집채 만한 파도 꺾여내 온 세상에 흘러내리듯

오월 아득한 하늘에 하얀 물보라 웬 말인가.

망양정에서 '바다 밖은 하늘인데 하늘 밖은 무엇인가'를 생각하며 먼 바다와 맞닿은 하늘을 바라본다. 마음이 먼 우주로 날아간다.

정자에 앉자 더위를 녹여주는 시원한 해풍이 불어온다. 옛 사람들의 한여름 피서지로는 모정과 누정이 있었다. 모정(茅亭)은 글자 그대로 초가를 얹은 소박한 정자인데, 농민들이 한여름 더위를 피하는 휴식공간이었다. 순박한 농민들의 숨결이 살아있는 곳이다. 누정(樓亭)은 누각과 정자를 일컫는 정자식 건물이다. 쌓아 올린 대 위에 세운 건물을 누각이라 한다면 누정은 밑에 대가 없다고 할 수 있다. 누정은 양반들을 위한 곳으로 야트막한 구릉과 계곡이나 경관 좋은 강변, 절경의 암반 위나 연못가에 지어졌다. 누정에 대해서는 음풍농월로 세월을 보내는 특권층에 대한 비판도 따랐지만 자연을 관조하며 조화를 이루고 살아가는 선비들의 멋과 풍류도 있었다.

누정은 16세기 이후, 특히 연산군에서 중종 대에 이르는 시기에 많이 건립되었다. 권력다툼이 벌어지자 많은 선비들이 정계진출을 단념하고 고향에 내려가 여생을 보내면서 정자를 지었던 것이다. 이러한 전통은 송나라 때의 대유학자 주희가 무이산에 들어가 무이정사(武夷精舍)

라는 정자를 세워 은거하면서 비롯되었다. 퇴계 이황은 도산서당을, 서경덕은 화담정사를, 남명 조식은 지리산 자락에, 율곡 이이는 황해도 해주의 석담에 정자를 지어 제자들을 가르쳤다. 이는 선비의 마음가짐은 부귀공명만을 추구하는 것이 아님을 보여준다. 공식기록으로만 885개에 달하는 누정은 진주의 촉석루, 안동의 영호루, 밀양의 영남루, 울진의 망양정, 간성의 청간정 등 전국 곳곳에 있었다. 이름난 누정의 편액에는 지금도 당대 일류의 글씨와 문장이 전해져 오고 있으니 자연 풍광이 좋은 곳에 위치한 누정에서 주옥같은 시와 산수화가 탄생했다.

망양정에서 내려와 왕피천이 바다로 흘러드는 모습을 보면서 왕피천을 따라 25코스 종점인 수산교를 향한다. 부산에서 고성까지 모두 50개 코스 가운데 절반인 25코스를 걸어왔다. 코스별 거리를 합쳐보면 총거리 770km 중 55퍼센트 가량 된다. 반환점을 돌았다. 드디어 내리막길이다. 유유자적, 여유롭게 해파랑길을 걸으리라. 동해안의 좋은 길, 좋은 경관을 모두 맛보며 아름다운 인생의 찬가를 부르리라.

순수純粹

해파랑길 26코스는 왕피천이 바닷물과 합쳐지는 수산교에서 시작하여 울진 엑스포공원을 지나고 연호공원을 지나서 봉평신라비를 만난 뒤 대나무가 많은 바닷가 '폭풍 속으로'의 무대 죽변항에 이르는 길 16.2km이다.

순수는 전혀 다른 것의 섞임이 없는 있는 그대로다. 겨울이 오면 누구나 첫눈을 기다리고, 첫눈이 내려 온 세상이 하얗게 덮였을 때 사람들은 하얗디하얀 눈을 한 움큼 입안에 집어넣으며 순수를 맛본다. 하지만 추억과는 달리 이젠 아무도 눈을 먹지 않는다. 오염되어 더이상 순수함을 맛보기 어렵기 때문이다. 오염되기는 사람의 마음도 마찬가지다. 순수함을 믿지도 않을뿐더러 순수라는 말을 입에 올리면 순진하기 짝이 없는 사람이 된다. 가끔 순수를 순간순간 맛보는 경험을 할 때 짜릿한 기쁨을 느낀다. 그런 사람을 만날 때면 자신의 마음도 순화되는 기분을 느낀다. 순수는 티 없이 맑고 깨끗하고 아름답다.

해파랑길을 걸으며 몸과 마음의 찌꺼기들을 버린다. 뜨거운 햇살에 태워버리고 쏟아지는 땀으로 배출해버린다. 남은 것들은 바람에 날리고 별빛에게 사연으로 보내버린다. 해파랑길의 고난과 경험은 영혼을 투명하고 순수하게 정화시키고 단련하여 정금 같이 나오게 한다.

때 묻지 않은 순수한 왕피천이 흐르는 수산교를 건너간다. 왕피천은 영양군 수비면 금장산에서 발원해 울진군 서면과 근남면을 거쳐 울진을 남과 북, 동일한 면적으로 이등분하며 61km를 굽이굽이 흘러 망양 정해변에서 바닷물에 흡수된다. 울진의 명소 불영계곡과 더불어 왕피천의 계곡은 울진의 수려한 풍광을 보여주는 곳이다. 계곡물에는 맑은 물에서만 사는 진귀한 고기인 은어가 있어 조선시대에는 이를 궁중 진상품으로 올렸다.

울진은 경상북도에 속하지만 강원남도라고 할 수도 있다. 실제 1963년 경상북도로 편입되기 전 강원도에 속해 있었던 만큼 국내 최대 자연보존지역으로 자연을 잘 지켜 살 맛 나는 청정지역이다. 1968년 울진 삼척 무장공비침투사건으로 화전민 대부분이 몰살당하거나 외지로 내쫓겼다. 사람이 그리웠던 그들에게 길손은 반가운 존재였지만 무장공비는 악마였던 것이다.

울진을 대한민국의 대표적 오지라고 한다면 왕피천 유역은 '오지 중의 오지'라고 할 수 있다. 무인지경의 원시림이 펼쳐지고, 양안은 거의 절벽으로 일어서 있고, 통로는 개울 안으로 이어진다. 오지(奧地)는 사람들의 발길이 닿지 않은 산 넘고 물 건너 두메산골이다. 오지를 찾으면 사람들은 있는 그대로의 어린아이 같은 순진무구한 자연인이 되어 삶을 놀이로 만들고 삶의 예술가가 되어 규칙을 만든다. 그리고 자연의 순수를 맛본다.

이 세상에 완벽하게 순수한 사람, 순수한 삶은 없다. 니체는 "인간은 짐승과 초인 사이에 놓인 밧줄"이라며 세 가지 변신을 말한다. 무거운 짐을 지고 자신의 사막을 건너갈 수 있는 강력한 정신의 낙타와, 자유를 쟁취하고 의무에 대해서조차 '아니오!'라고 말할 수 있으며, 새로운 가치를 창조하기 위해 구시대의 의무와 가치를 죽이고 내면의 명령에 따르는 사자의 정신을 말한다. 그리고는 어린아이가 되어 순진무구한 정신으로 삶을 놀이로 만들고 놀이의 규칙을 만들어 새롭게 출발하는 성스러운 긍정을 얻도록 말한다. 낙타와 사자의 정신을 넘어 어린아이가 되라는 것이다. 어린아이는 순진한 삶의 예술가다. 니체는 어린아이의 형태를 그가 추구했던 초인과 가장 가까운 유형이라고 말한다. 순수한 감성으로 살아가는 순간들을 늘려가면 삶은 좀 더 밝아지고 사람들은 서로를 좀 더 믿게 되고 세상은 좀 더 깨끗해질 것이니, 자기 자신을 극복해 나가면서 자신의 새로운 가치를 만들어 나가는 순수한 의지가 초인으로 가는 길이라는 것이다.

온갖 희귀 동식물이 서식하는 왕피천 생태경관 보존지역은 단일 보전지역으로는 국내 최대 규모다. 38개 생태경관 보존지역의 28.4%에 해당하며, 북한산국립공원보다도 20%나 더 넓다. 높이 30m가 넘는 금강송 군락의 자태를 맛보며 느끼는 탐방로는 사전 예약제에 따른다. 왕피천을 따라 상류로 조금만 올라가면 선유산 절벽 밑에 천연기념물인 성류굴이 있다. 472m 길이의 성류굴은 왕피천에서 흘러든 물이 석회암 지형에 침식작용을 일으켜 만들어낸 석회동굴로, 동굴 속에서 하고 있는 그 모습이 하도 기기묘묘해서 '지하의 금강산'이라고도 불리는 가장 유서 깊은 동굴이다.

임진왜란 때 왜군이 울산을 지나 진격을 해 온다는 말을 들은 근남, 원남 일대의 백성들 5백여 명이 성류굴로 피난했는데, 왜군이 동굴 입구를 막아버려 모두 굶어 죽었다. 입구 경사지에 깔린 바위들은 그때 왜적이 입구를 막은 돌이며, 제5광장 동쪽에서 발견된 사람 뼈는 그때 죽은 사람들이다. 원효대사가 이곳에서 수도했다고도 전하며, 목은 이색의 부친인 고려 말의 학자 이곡이 성류굴에 대하여 언급한 '관동유기'는 국내 최초의 동굴 탐사기록이다. 성류굴을 찾았던 김시습은 '울진 성류굴에서 자며'라는 시를 남겼다.

성류굴 앞 봄물이 이끼 낀 낚시터에 출렁이고
바위 뒤의 산꽃은 지는 해에 비치네.
또 한 가지 청절한 맛이 있는 사람은
밤 깊어 깃들었던 학이 사람 놀라 날음이라.

왕피천이 동해 바다로 유입되기 직전에 흡수하는 불영천은 서면 하원리에서 근남면 행곡리까지 15km에 이르는 옥수와 기암괴석, 숲으로 이루어진 불영계곡을 만든다. 계곡에서 흘러내리는 물이 봉우리들을 크게 감싸고돌아 산태극수태극(山太極水太極)을 이룬 곳에 고찰 불영사가 자리하고 있다. 절 서편에 우뚝 솟은 바위가 연못에 비친 모습이 부처의 환영과 같아 절 이름을 불영사(佛影寺)라고 했다.

7번국도인 왕피천대교에 비해 소박한 옛 다리 수산교를 건너 오른쪽 울진엑스포공원으로 들어간다. 하늘을 찌를 듯한 해송의 웅장한 자태가 발걸음을 멈추게 한다. 200년 이상 된 낙락장송이 1000그루나 우거진 공원의 친환경농업관 등을 둘러보고 왕피천 강둑으로 나와 흙길, 지압 길, 데크 길을 걷다가 발걸음을 멈추고 꿀맛 같은 휴식을 취한다. 나무그늘에 앉아 지나온 길을 돌아본다. 해파랑길을 돌아보고 인생길을 돌아본다.

돌아보면 모든 것이 축복이었다. 내게 오는 건 모두가 축복이었다. 뼈저리게 가난하고 외로웠던 시절도, 까맣게 밤을 지새우며 잠 못 이루던 시절도, 컴컴한 동굴에 갇혀 절망감 속에 방황하던 시절도, 피와 땀과 눈물을 흘리며 노력하던 시절도, 청산(靑山)의 절벽에서 초인을 숭배하던 시절도 모두가 축복이었다. 눈물도 시련도 고통도 번민도 해파랑길도 주어진 모든 것이 축복이었다. 모두가 내 뼈와 근육을 튼튼하게 하고, 내 정신을 건강하게 하고, 내 영혼을 순수하게 씻겨내는 담금질이었다. 랭스턴 휴지가 '꿈'을 노래할 때 부드러운 신의 손길이 시원한 바람이 되어 내 볼을 어루만지며 스쳐간다.

가슴이 꿈을 품으니 마음이 길을 구하네.
개인의 꿈이 아니라 모두의 꿈이 되리니
나만의 꿈이 아니라 우리의 꿈이 되리니
어울려 이룰 꿈이니 이루는 자의 꿈이네.

울진대교 아래를 지나서 백사장을 걷고, 하천을 걷고, 울진에서 처음 만나는 산속 숲길을 걷고, 유유자적 아스팔트길을 걸어 연호교차로를 거쳐 호젓한 연호공원에 도착한다. 연호공원을 벗어나 온양리부터는 어느 해안길과 다름없는 평이한 해안길을 따라 죽변항으로 간다.

봉평해변 인근 울진봉평신라비전시관으로 들어간다. 국보 제242호인 봉평신라비는 신라 법흥왕 11년(524년)에 세운 것으로, 오랜 세월 동안 땅속에 묻혀 있다가 세상의 빛을 본 지 얼마 되지 않는다. 봉평신라비도 광개토대왕비나 진흥왕순수비처럼 자연석을 거의 그대로 사용하였으며, 오랫동안 땅속에 묻혀 있었으므로 원래의 형태를 잘 보존하고 있다. 비문은 전체 10행으로 구성되었는데 비의 일부가 떨어져나가 전체 글자 수를 정확히 알 수는 없으나 398자에서 400자 사이로 추정하고 있다. 비문의 내용은 거벌모라와 남미지 지역에서 어떤 사건이 발생하여 군대를 동원해 이를 해결한 뒤 법흥왕이 13인의 신료들과 영(令)에 따라 조처를 취하였고, 소를 잡아 의식을 거행한 뒤 율(律)을 적용하여 이 지역 지방관과 토호들에게 책임을 물어 장형으로 다스렸다는 내용이다. 비문에는 기존의 문헌 사료에 나타나 있지 않은 많은 내용이 담겨 있어서 신라사 연구에 커다란 활력을 불어넣었다.

대나무가 많은 바닷가 또는 '대숲 끄트머리 마을'이라 하여 죽빈이라고도 하다가 죽변이라고 부르게 되었던 죽변항에 도착한다. 남인수가 부른 '포구의 인사'라는 대중가요 속에서 죽변을 만난다.

포구의 인사란 우는 게 인사러냐.

죽변만 떠나가는 가물가물 화륜선

비 젖는 뱃머리야, 비 젖는 뱃머리야

어데로 가려느냐. 아…….

　드라마 '폭풍 속으로'의 촬영지로 유명한 죽변항에 초록 대나무와 대
게 조형물이 높이 서 있다. 울진대게와 오징어, 정어리, 꽁치, 명태잡이
로 이름난 죽변항은 어업 전진 기지로 명성을 날렸고 동해안에서 규모
가 크기로 손꼽히는 곳이다. 부슬부슬 내리는 빗속에 몸과 마음을 데
우기 위해 곰치국으로 유명한 맛집을 찾아갔다. 곰치국을 주문하고 나
니 문어숙회가 눈에 들어온다. 안동 사람이 문어를 그냥 지나칠 수 없
어 이마저 주문하니 주인아저씨 왈 "혼자 다 드실 수 있겠습니까?" "남
으면 싸 가지요" 문어숙회와 소주를 곁들인 곰치국으로 점심을 하니 임
금님도 부럽지 않은 산해진미다. 점심(點心)은 한 점(點)을 찍듯이 가볍게
먹는 것이건만, 먹을 자격 있는 자는 실컷 먹을진저!

서원書院

해파랑길 27코스는 죽변등대에 올라 그림 같은 죽변항을 내려다보고 드라마에 나온 하얀 교회와 절벽에 서있는 외딴 집을 지나서 내륙 시골길을 따라 걷다가 차량 많은 울진북로를 걸어 옥계서원 유허비각을 만나고 부구삼거리에 이르는 길 9.2km이다.

옛날 옛적 한 가난한 농부가 살고 있었다. 어느 날, 농부를 불쌍히 여긴 지주 하나가 그에게 말했다. "내가 자네에게 땅을 조금 주겠네. 해 뜰 무렵부터 해 질 무렵까지 자네가 걸을 수 있을 만큼의 땅을 말일세. 조건은 딱 하나일세. 정확히 아침에 출발한 그 지점에 해가 지기 전에 돌아와야 한다는 것이네." 가난한 농부는 뛸 듯이 기뻤다. "안락하게 살아가기 위해 필요한 만큼의 땅을 밟는 데는 한나절도 걸리지 않을 것입니다."라는 농부의 말에 지주는 온화하게 고개를 끄덕였다. 농부는 가벼운 마음으로 걷기 시작했다 그러나, 서서히 욕심이 잉태하고 걸음걸이는 빨라졌다. 더더욱 빨라지는 걸음걸이에 숨이 가빠왔고 심장이 방망이질치고 이마에는 구슬땀이 흘러내렸다. 태양이 마지막 광선을 뿌릴 때 농부는 젖 먹던 힘까지 다해 처음에 출발했던 작은 언덕에 다다랐다. 이제 드디어 농부는 드넓은 땅의 소유자가 되었다. 하지만 결국 지쳐 쓰러져 죽고 말았다. 그에게 남은 것은 자신이 묻힐 만한 크기의 땅뿐이었다. '사람에게는 얼마만큼의 땅이 필요한가?'라고 톨스토이는 묻는다. "욕심이 잉태한즉 죄를 낳고 죄가 장성한즉 사망을 낳느니라."라는 야고보의 음성이 해파랑길에 들려온다.

고기잡이배들이 정박해있고 갈매기들이 한가로이 소리 내어 날아가는 죽변항을 걸어간다. 경매장을 지나고 수협을 지나서 해안에서 왼쪽 데크로 올라간다. 임진왜란 때 화살촉을 만들었다는 울창한 대나무밭 사이로 난 산책로를 걸어 죽변등대에 이른다. 죽변등대가 위치한 용추곶은 드라마 '폭풍 속으로'의 촬영지로 등대 아래 바닷가에는 드라마에 나온 하얀 작은 교회와 절벽에 서있는 외딴 집이 갈매기 날아가는 푸른 바다를 배경으로 아름다운 풍광을 빚어낸다. 한 폭의 풍경화가 펼쳐진다. 하얀 죽변등대와 폭풍의 언덕을 둘러보고 해안선을 따라 걷는다. 죽변마을에 들어와서 뒷산으로 올라간다. 고요한 죽변항의 시원한 전망이 한 눈에 들어온다.

시골길을 여유롭게 한참을 걸어 울진북로에 들어서니 자동차의 굉음이 귀를 때린다. 뜨거운 여름날의 급변하는 분위기에 발걸음이 무겁다. 고목리와 신화리 주민들이 걸어놓은 '마을을 갈라놓은 과속, 죽음의 도로! 불안해서 못살겠다. 집단 이주 원한다!'라는 플래카드와 해골 그림이 그들과 나그네의 고통을 대변한다. '그리스인 조르바'를 쓴 니코스 카잔자키스는 말한다. "현실은 바꿀 수 없다. 하지만 현실을 보는 눈은 바꿀 수 있다." 경영의 신 마쓰시타 고노스케는 "감옥과 수도원의 차이는 불평을 하느냐 감사를 하느냐에 있다."라고 말한다. 행복의 길은 감사에 있다. 잠시 스쳐가는 나그네에게는 오직 감사가 있을 뿐 불평은 금물이다.

우암 송시열 등이 모셔져 있는 옥계서원의 유허비가 보인다. '유허비 (遺墟碑)'는 선현의 자취가 있는 곳을 길이 후세에 알리거나, 이를 계기로 그를 추모하기 위하여 세운 비로, 고려시대까지는 유허비란 명칭이 보이지 않으나 조선시대 이후에는 다양한 이름으로 많이 조성되었다.

옥계서원은 1740년(영조 16)에 지방 유림의 공의로 송시열, 김상정, 전선의 학문과 덕행을 추모하기 위해 창건하여 위패를 모시고, 선현 배향과 지방 교육의 일익을 맡아왔으나 대원군의 서원 철폐로 1868년(고종 5) 훼철되었다. 옥계서원유허비는 1872년 옥계서원 터에 건립되어 2005년 현재의 자리로 옮겨지고 매년 음력 3월 16일 향사를 올린다.

서원은 사림문화의 상징이자 꽃이었다. 서원이란 이름은 세종 때에도 이미 있었으나, 선현의 제사를 모시고 성리학을 강론하는 두 기능을 결합시킨 서원으로는 1543년(중종 38)에 풍기군수 주세붕이 세운 백운동서원이 최초였다. 풍기군수로 부임한 주세붕은, 풍기 출신으로 성리학 도입에 공이 큰 안향의 사당을 세우고 그 앞에 서재를 지어 백운동서원이라 이름 짓고 사족들을 교육하려 하였다. 그는 향교를 꺼리는 사족을 위한 과거 준비기구로 서원을 생각하고, 서원교육을 통해 유향소, 사마소를 중심으로 활동하던 사족들을 포섭하려 하였으나 풍기 사족들은 서원에 냉담한 반응을 보였다. 명종 초 평소 서원을 도학 닦는 곳으로 여기던 퇴계 이황이 풍기군수로 부임하여, 국가에 서원의 공인을 요청하여 '소수서원'이라는 어필 현판과 함께 서적과 토지, 노비를 하사받자 지역 사족들도 서원의 운영에 적극 참여하게 되었다. 이황은 또 스스로 10여 곳의 서원 건립에 관여하여 조선 서원의 전형을 만들어갔다.

서원은 후손에게는 현조를 제사 모심으로써 문중의 결속을 다지고 명문으로 행세하는 기반이었고, 문인에게는 스승의 도학적 지위를 높이고 후진을 양성하여 학통을 잇는 근거지였으며, 지역 양반에게는 서민에 대한 우위를 보장하는 모임터였다. 교육과 제사를 통해 학파를 성립시키고 재생산한 서원은 붕당정치가 전개되자 지연과 학파, 붕당을 연결하는 접점에 놓이게 되었다. 그리하여 서원은 이제 학파를 중심으로 남인계 서원은 남인계끼리, 서인계 서원은 서인계끼리 상호관계가 그물처럼 짜여 서원의 조직망이 곧 사림의 붕당적 공론을 형성, 유통하는 조직망이 되었다. 송시열은 서원에서 강학활동을 활발하게 벌여 산당의 영수로 명성을 얻고, 서원의 조직망을 바탕으로 자파의 사림을 규합하여 산림으로써 붕당정국을 주도할 수 있었다.

17세기 후반 서원 남설의 중요한 원인은 사림간의 정치적 대립의식이었다. 숙종 대 당쟁이 격심해지면서 서원이 학문적 정통성을 확인하는 당권의 척도로 바뀌었으며, 여기에 사족의 문중적 기반이 연결되어 서원이 폭발적으로 남설되었다. 한 인물을 여기저기 모시는 첩설서원은 노론의 득세와 밀접한 관련이 있었다. 5곳 이상에서 모셔진 인물이 44인, 10곳 이상인 경우도 13인(송시열, 이황, 이이, 정구, 조광조, 이언적, 송준길, 정몽주, 조헌, 김장생, 김상헌, 김굉필, 주희)이나 되었다.

날이 갈수록 서원의 문중성이 심화되는 가운데 경제적인 폐단 역시 적지 않게 나타났다. 서원의 증가는 세입의 감소를, 노비의 기진(寄進)은 국역 부담자의 감소를 가져와, 국가는 토지와 노비의 수를 제한하게 되었다. 지방관의 현물공여를 중심으로 꾸려가던 서인 노론계 서원의 작폐는 극심하여 그 대표격인 송시열을 제향하기 위해 세운 화양동서원의 경우 '화양동 묵패(墨牌)는 조정의 명령보다 무섭다'는 말이 나올 정도였다.

조선 말엽, 당시 한량으로 지내던 대원군이 괴산의 화양동서원을 지나가던 중 하마비(下馬碑)에서 내리지 않는다 하여 묘지기에게 발로 걸어차이고 가랑이 사이로 지나갔으니, 이때 망신을 당한 대원군은 서원을 '도둑놈의 소굴'이라며 훗날 섭정을 시작하자 곧 서원철폐령을 내렸다는 뒷얘기가 전해진다. 홍선대원군은 전국에 47개만을 남기고 600여 곳의 서원을 헐도록 하였다. 대원군이 물러난 뒤 훼철된 서원의 상당수가 재건되었으며, 그 뒤 1920년대에는 일제가 분열 책동의 하나로 조상 숭배를 조장하는 가운데 문중이 중심이 되어 서원을 중건하기도 하였으나 서원의 기능은 사림과 함께 역사의 무대에서 사라지고 말았다.

뜨거운 햇살 아래 삿갓을 쓰고 괴나리봇짐을 둘러맨 한가로운 선비가 시골길을 걸어간다. 어디를 가나 따라다니는 그림자가 지금은 앞장을 선다. 정오에는 난쟁이 같고, 해를 안고 가면 뒤 따라오고, 춤을 추면 따라 추고, 달밤에는 괴물 같은 형상이지만 평생을 함께 다녀도 말한마디 없이 충직한 동반자다. 그림자 벗을 삼아 한가로운 해파랑길을 걸어간다. 억울한 누명을 쓰고도 '진정한 즐거움은 한가한 삶에 있나니'를 노래하는 중종 때의 명신 사재 김정국이 진정한 선비의 모습으로 다가온다.

내 밭이 넓진 않아도 / 배 하나 채우기에 넉넉하고
내 집이 좁고 누추해도 / 몸 하나는 언제나 편안하네

밝은 창에 아침 햇살 오르면 / 베개에 기대어 옛 책을 읽고
술이 있어 스스로 따라 마시니 / 영고성쇠는 나와는 무관하네

무료할 거라곤 생각지 말게 / 진정한 즐거움은 한가한 삶에 있나니

김정국은 재물이나 권력 같은 세속적 욕망에 매이지 않고 청복(淸福)을 마음껏 누린 군자였다. 기묘사화로 정계에서 축출당해 은휴정(恩休亭)이라는 정자를 짓고, 후학을 가르치고 책을 지으며 나날을 보내면서 불행조차도 다행으로 여기고 원망하기보다는 고마워하는 마음으로 청빈(淸貧)과 여유를 즐겼다. 갑작스런 불행은 사람을 황폐하게 만들지만 사재는 그와 반대로 자신에게 닥친 불행을 편안히 받아들였다.

연산군 때 한양의 남산 밑에 구만구천구백아흔아홉 칸이란 상상을 초월하는 호화주택이 있다는 소문이 팔도에 떠돌았다. 그래서 지방 사람들이 한양에 오면 그 집을 찾아 남산을 헤맸는데 그 집을 발견하고서는 실망이 컸다. 왜냐하면 그 집은 허백당이란 당호가 붙은 판서를 지낸 홍귀달의 단칸 초막이었기 때문이다. 홍귀달은 그 단칸방에서 구만구천구백아흔아홉 칸에서 하는 생각을 할 수 있다고 여겼고, 그의 생각이 사람들의 입에서 입으로 옮겨갔던 것이다.

마음의 크기가 작다면 집이 구만 칸인들 무슨 소용이 있으며, 반대로 집이 작더라도 그곳에서 구만 칸의 집채만큼이나 넓고 큰 생각을 할 수 있다면 그 마음자리가 바로 집인 것이다. 모든 것은 마음에 있다. 일체유심조다. 천하를 내 집이요, 내 땅이라고 생각한다면 온 세상을 품을 수 있지 않는가. 당나라 백거이가 노래한다.

이 세상에 사람으로 태어나 내 멋대로 한 평생 즐겁게 살았네.
벼슬을 그만둔 뒤 봄이면 취하는 날 많아졌고
책 읽기도 그만두니 늘그막에 더욱 한가롭네.

오르막을 올라 한울원자력본부에 이르자 울진원자력발전소의 준공을 기념하고 에너지 자립을 축하한다는 취지의 대형 조형물이 설치되어 있다. 울진원자력홍보관에서 한가로움을 맛본다. 27코스 종점인 부구삼거리를 향해 응봉산에서 발원하여 울진의 북면을 흘러 동해바다로 들어가는 부구천을 건너간다.

삶에서 무엇도 되돌릴 수는 없지만 삶을 바꿀 수는 있다. 자꾸만 뒤돌아보면 앞을 제대로 볼 수 없다. 다른 이들의 발자취를 따르면 자신만의 발자취를 따를 수 없다. 이슬람교의 코란과 유대교의 탈무드는 자신에게 주어진 기쁨을 즐기지 않은 사람은 책임을 추궁 받을 것이라고 가르친다. 자신에게 주어진 기쁨을 즐기지 않는 것은 죄악이다. 홀로 가는 길, 기쁨을 즐기고 한가로움의 여유를 즐긴다. 누구나 자기 인생의 주인공, 나는 네가 아니라 나이기에 나의 길을 기쁨으로 간다.

7. 삼척 ~ 동해 구간

삼척은 신라 경덕왕 16년(757)에 삼척군이라 이름이 지어진 인구 7만 4천여 명의 강원도 동해안 최남단에 있는 시이다. 산과 바다, 동굴과 계곡이 함께 어우러진 해양관광문화도시인 삼척은 서쪽으로는 태백산맥이 위치하여 두타산(1,353m), 청옥산(1,404m) 등 1000m 이상의 산이 고위 평탄면을 이루고, 동쪽으로는 급경사를 이루어 해안평야를 형성한다.

삼척십경으로 관동팔경의 제일루인 죽서루, 동해안 유일의 남근숭배민속이 전해 내려오는 해신당공원, 탁 트인 푸른 동해를 따라 약 4km 남짓 펼쳐지는 동해안 으뜸 해안절경의 새천년해안도로, 마라톤 영웅 황영조기념공원, 여러 모양의 종류석, 석순, 석주가 웅장하게 발달되어 있는 환선굴, 아름다운 소와 계곡의 덕풍계곡, 바다를 물리친 척주동해비, 명사십리의 맹방해수욕장, 이승휴가 제왕운기를 저술한 천은사, 이성계의 5대조인 준경묘가 있다. 그 외에도 많은 항구와 포구가 있고, 깨끗한 백사장과 천혜의 자연경관으로 빼어난 천연해수욕장, 수많은 계곡, 명산과 더불어 전국에서 가장 많은 55개의 석회동굴을 보유한 동굴관광의 고장이다.

동해시는 1980년 삼척군 북평읍과 명주군 묵호읍이 통합되어 신설된 인구 9만 5천여 명의 시로, 서쪽은 태백산맥의 분수령인 청옥산, 두타산 등의 연봉이 솟아 지세가 험준하고 높으며, 동해 쪽으로 급경사를 이루나 해안지역은 구릉성 산지가 남북으로 배열되어 농경지 및 시가지로 이용되고 있다. 주요 관광지로는 한국 자연 100선 중 하나로 국민관광지인 무릉계곡을 비롯해 두타산과 청옥산이 있고, 망상해수욕장, 추암해수욕장, 추암촛대바위 등이 있다.

해파랑길 제7구간인 삼척~동해 구간은 부구삼거리에서 옥계시장에 이르는 28~34코스 101.3km이다. 28코스는 무장공비침투사건의 현장인 울진 나곡과 삼척의 고포지역을 걸어 호산버스터미널에 이르는 길이다. 29코스는 등산로가 절반으로, 황희정승의 공덕을 기리는 소공대비를 지나 검봉산휴양림과 '수로부인길'을 걸어서 용화레일바이크정류장에 이르는 길이다. 30코스는 마라톤영웅 황영조 선수의 기념관과 생가를 지나 궁촌레일바이크정류장에 이르는 코스로, 걷지 않고 레일바이크로 달리는 추억을 남길 수도 있다. 31코스는 공양왕릉에서 고려 말의 역사와 마주하고 27코스부터 이어진 내륙길을 끝내고 맹방해수욕장에 이르는 길이다. 32코스는 관동팔경인 죽서루를 거쳐 삼척항과 수로부인공원을 지나서 추암해변에 이르는 길이다. 33코스는 동해시의 자유무역단지와 산업공단을 거쳐 동해역을 지나서 묵호역까지 해안철로와 나란히 걷는 길이다. 34코스는 묵호등대에서 서민들의 애환을 느끼고 망상해수욕장을 지나서 망운산 옷재를 넘어 강릉의 옥계시장에 이르는 길이다.

28코스 ~ 34코스 105.2km

옥계시장
망상해변
대진항
묵호역 34
동해시청 ⊙
한섬해변
동해역
33 추암해변
삼척시청 ⊙
새천년해안유원지
태봉산
삼척역
32 덕산해변입구
재동소공원
31 공양왕릉입구
문암해변
30
옥원소공원
호산버스터미널 29
고포항
부구삼거리 28

모험冒險

해파랑길 28코스는 부구삼거리에서 시작하여 울진군과 삼척시의 분단마을인 고포항을 지나며 강원도로 들어가 산길을 걷다가 삼국유사에 나오는 '수로부인 길'을 걸어 내려오면서 월천교를 지나 호산버스터미널에 이르는 길 12.4km이다.

T.S. 엘리엇은 "우리는 탐험을 중단하면 안 된다. 그리하여 탐험이 끝나면 처음 출발했던 장소로 돌아오게 되리라. 그리고 그 장소를 처음으로 알게 되리라."라고 말한다. 여행은 자신이 있어야 할 진정한 자리를 알려준다. 하지만 그 자리에 도달하기란 쉽지 않다. 자신의 내면 깊은 곳으로 여행하려면 끈기와 대담성이 있어야 한다. 자신이 걷고 있는 방향을 모르면 겁이 난다. 홀로 걷는 길 위에서 자기 자신을 이해하기 위해 두려워해서는 안 된다. 탐험이 끝나면 재미있는 추억 속에 두고두고 행복감에 젖게 된다. 봄을 찾아서, 파랑새를 찾아서, 다이아몬드를 찾아서 모험의 길을 간다. 스티브잡스는 모험은 젊을 때, 곧 잃을 게 없을 때 하라고 한다. 나이가 들면서 갖게 될 타인에 대한 의무가 없을

때 모험을 하라고 조언한다. 하지만 나이는 숫자에 불과한 것, 50대 중반의 나그네가 비 오는 해파랑길에서 인생의 보석을 찾아 모험의 길을 간다.

가라고 내리는 가랑비인지, 있으라고 내리는 이슬비인지 하늘에서 부슬부슬 비가 내린다. 따뜻한 된장찌개로 속을 풀고 길을 간다. 된장은 그 자체로 요리의 반열에 끼지는 못하지만 많은 요리에서 사랑을 받으며 양념으로 훌륭한 역할을 해낸다. 그래서 된장은 예로부터 다섯 가지 덕이 있다고 칭송받았다.

첫째, 다른 맛과 섞여도 제 맛을 잃지 않는다는 단심(丹心). 둘째, 오래 두어도 변질되지 않는다는 항심(恒心). 셋째, 기름진 냄새를 제거해 주는 불심(佛心). 넷째, 매운 맛을 부드럽게 해 주는 선심(善心). 다섯째, 어떤 음식과도 잘 어울리는 화심(和心)이다. 자신이 된장처럼 잘 숙성되기를 바라는 마음으로 해파랑길을 걸어간다.

부구삼거리에서 해안도로를 따라 부구해변 백사장으로 들어선다. 해안선을 따라 이어진 산과 울창한 나무숲을 바라보며 '울진삼척무장공비침투사건'의 현장인 나곡리 해안에 이른다. 나곡리를 벗어나 두 번째 공비 침투지였던 다음 마을 고포항까지는 내륙으로 걸어간다. 오르막 차도를 1시간 정도 걷고 걸어 다시 고포항 해안선으로 내려간다. 무장공비들은 2, 3일의 간격을 두고 고포리 해안으로 다시 침투해 와서 산속 마을의 무고한 주민들을 무참하게 살해했다.

'울진 삼척 무장공비 침투 사건'은 1968년 10월 30일부터 11월 2일까지 3차례에 걸쳐 북한의 무장공비 120명이 침투하여 12월 28일 소탕되기까지 약 2개월간 게릴라전을 벌인 사건이다. 이는 한국전쟁 휴전 이후 최대 규모의 도발로, 침투한 무장공비 중 7명이 생포되고 113명이 사살되었으며, 남한 측도 민간인을 포함하여 40명이 넘게 사망하고 30명이 넘게 부상하는 등 피해를 입었다.

이들 무장공비들은 그 해 1월 21일 청와대 폭파를 목표로 서울에 침투하였던 김신조 일당의 124군 부대로서, 침투지역 일원에서 공포분위기 속에 주민들을 선전 선동하는가 하면, 양민학살 등 만행을 저질렀다. 이때 평창군 산간마을에 나타나서 "나는 공산당이 싫어요!"라는 9세의 이승복 어린이의 입을 찢으며 처참하게 죽였다. 남과 북의 여전한 대치 상황에서 한때 "이승복 사건은 허위"라고 주장하는 사람들이 있었으니 이들은 어느 나라 사람인지를 알 수가 없다.

빗방울이 떨어진다. 빠른 속도로 제법 강하게 비바람이 몰아친다. '집 나오면 개고생'이라 했는데, 나는 왜 고생을 사서 할까, 하며 웃는다. 어느 인디언 추장이 손자에게 "사람의 마음에는 두 마리 늑대가 있다. 하나는 멋있고 선하고 훌륭한 놈이고, 또 하나는 못나고 악하고 흉측한 놈이다."라고 말한다. 이에 손자가 "둘이서 싸우면 누가 이기나요?" 하고 묻자 추장은, "네가 먹이를 주는 놈이 이긴다."고 답한다.

내가 먹이를 준 늑대가 승리해서 오늘 이 빗속을 걷고 있다. 스스로 안락지대를 포기하고 모험의 불편지대를 선택했다. 사도 바울은 "나는 행복하다. 어떤 상황에서도 자족(自足)을 배웠기 때문이다."라고 고백한다. 사방으로 욱여쌈을 당하여도 낙심하지 아니하고 온갖 고난과 핍박

속에서도 자족을 배웠기 때문에 행복하다고 하는 바울은 죽음의 모험을 즐기는 전도자요 순례자였다. 멀고 먼 해파랑길에서 비오는 날 어두운 터널 끝에 존재하는 빛을 찾아 순례의 길을 간다.

용감한 뱃사람이었던 크리스토퍼 콜럼버스(1451~1506)가 새로운 인도항로를 발견하기 위해 정서향 항해를 감행하면서 고정관념에 반기를 들고, 이어서 세계사는 획기적인 전기를 맞게 되었다. 콜럼버스가 연회에 초대되어 최고 상석에 앉아 있을 때 그를 시기하던 한 사람이 갑자기 질문을 던졌다. "당신이 인도를 발견하지 않았더라도, 그 정도의 모험적인 일을 해낼 수 있는 인물은 스페인에 많지 않았을까요?"

콜럼버스는 직접 대답하는 대신 계란 하나를 집어 들고, 동석한 사람들에게 계란을 탁자 위에 세워보라고 말했다. 모든 사람이 차례로 시도했지만 아무도 성공하지 못했다. 그러자 콜럼버스는 계란을 탁자 위에 가볍게 쳐서 한쪽 끝을 부수고 그것을 탁자 위에 세웠다. "그런 식이라면 우리도 할 수 있소!" 처음 질문을 던졌던 그 사람이 말했다. 콜럼버스는 대답했다. "물론이죠. 방법을 미리 알았다면 말이지요. 마찬가지로 내가 신세계로 가는 길을 보여 주었으니까, 이젠 그걸 따라 하는 것만큼 쉬운 일도 없을 겁니다." 콜럼버스는 모험으로 새로운 항해지도를 개발했다.

세계적 명성의 작가 러셀 콘웰은 "다이아몬드는 멀리 떨어진 산이나 저 건너 바다 밑이 아니라 당신 집 뒷마당에 묻혀 있다. 단, 당신이 찾으려 노력한다면 말이다."라고 말한다. 누구나 마음에 다이아몬드 밭을 가지고 있다. 풍요의 원천과 기회의 씨앗은 누구의 마음에나 있다. 내 집 마당의 매화에 그토록 찾아 헤매던 봄이 있었던 것처럼, 내 집 처마에 그토록 찾아 헤매던 파랑새가 있었던 것처럼, 내 집 뒷마당에 그토록 찾아 헤매던 다이아몬드 밭이 있을 수 있다.

고포항은 울진의 마지막 마을이자 삼척의 첫 마을이다. 경상도의 가장 북쪽마을이자 강원도의 가장 남쪽마을이다. 20여 가구의 마을 주민들은 골목 하나를 사이에 두고 경상도 사람과 강원도 사람으로 갈린다. 한 집은 경상북도 울진군 북면 나곡리, 맞은편 집은 강원도 삼척시 원덕읍 월천리. 그러다보니 마을 이장도 둘이다. 시외전화의 지역번호도 다르고, 한 주민이 경상도와 강원도 두 개 도에 걸쳐있는 땅을 소유하기도 한다. 행정관서의 일을 보는 것도 누구는 울진으로, 누구는 삼척으로 간다. 대다수 주민들은 통합을 원하지만 주민 편의보다는 지역 이권이 우선시되어 통합할 수가 없다. 머리와 가슴만큼이나 거리가 멀다. 통일을 염원하며 드디어 강원도 땅을 걸어간다.

조선의 개국공신 정도전은 이성계에게 팔도 사람을 평하면서 강원도를 암하노불(岩下老佛), 곧 바위 아래 정좌하고 있는 늙은 부처로 표현하였다. 노불(老佛) 같아 푸근하면서도 무게가 있다는 의미다. 한편 그는 경기도를 일러 거울에 비친 미인, 경중미인(鏡中美人)이라 하였고, 충청도는 맑은 바람 속에 밝은 달, 청풍명월(淸風明月)이라 하였으며, 전라도는 바람 앞에 가는 버드나무라는 뜻을 지닌 풍전세류(風前細柳) 또는 청산의 아름다운 여우라는 뜻의 청산미호(靑山美狐)라 하였다.

그리고 경상도는 소나무나 대나무와 같은 절개를 가졌다는 뜻의 송죽대절(松竹大節), 함경도는 진흙 밭에서 싸움질하는 개라는 뜻의 이전투구(泥田鬪狗), 평안도는 수풀에서 나온 사나운 호랑이라는 뜻의 맹호출림(猛虎出林)이라 했다. 황해도는 봄 물결에 돌을 던지는 듯하다는 춘파투석(春波投石)이라 했다. 그런데 함경도를 평할 때 고향이 함경도인 이성계의 안색이 변했으므로 정도전은 재빨리 말을 고쳐 돌밭을 가는 소라는 뜻의 석전경우(石田耕牛)라고 해서 분위기를 돌렸다고 전한다.

이중환은 조선 팔도의 인심을 〈택리지〉에 소개하면서 '팔도 중에 평안도의 인심이 가장 후하고, 다음은 경상도로서 풍속이 가장 진실하고 함경도는 지리적으로 오랑캐 땅과 가깝기 때문에 백성의 성질이 모두 거세고 사나우며, 황해도 사람들은 산수가 험한 까닭에 사납고 모질다. 강원도 사람들은 산골 백성이어서 많이 어리석고, 전라도 사람들은 오로지 간사하고 교활하여 나쁜 일에 쉽게 움직인다. 경기도는 도성 밖의 들판 고을 백성들의 재물이 보잘 것 없고, 충청도는 오로지 세도와 재물만을 좇는 경향이 있는데, 이것이 팔도 인심의 대략이다.'라고 한다. 이중환은 특히 호남의 인심을 나쁘게 말하고 있는데 어찌하여 그가 호남을 폄하하게 되었는지 그 이유는 확실하지 않다.

제법 쏟아지는 비를 맞으며 오르막 산길을 올라간다. '철벽부대' 군초소 표지를 보며 좌측으로 올라 산 정상에 오른다. 푸른 바다 위에 먹구름이 흘러간다. 태백 방향 능선으로 펼쳐지는 산들의 모습은 시원한 장관을 연출한다. 가히 형용하기 어렵다. 아름다운 풍광 앞에 떠오

르는 사람은 좋아하는 사람이라던가. 전화를 걸어 자랑을 한다. 다행히 바람이 고요하다. 휴대폰이 젖지 않게 우산을 쓰고 이리저리 사진을 찍다가 군부대쪽을 향하자 왠지 무장공비로 오인하여 군인들이 쫓아오지 않을까, 염려한다.

옮기기 싫은 발걸음을 내딛으며 능선을 따라 걸어간다. 해파랑길에서, 해안이 아닌 산길을 걸으면서 한 폭의 그림 같은 흘러가는 구름과 파도에 밀려오는 바다를 바라본다. 자신이 선택하여 걷는 길은 자신의 인생과 마찬가지로 자신을 위해 만들어가고 있는 아름답고 진정한 하나의 예술품이다. 자신은 자신만의 독창적인 분위기를 연출하는 예술가다. 나는 나만이 만들 수 있는 작품을 만들고 있다. 그것은 내가 이 세상에 태어난 이유이기도 하다. 내가 먹이를 준 색다른 시도, 모험을 감행하는 선택은 인생의 꿈을 펼칠 새로운 여백을 맞는다. 그리고 아름답게 그려간다. 나는 기도한다. '바로 이 순간 느끼는 내 삶이 얼마나 풍요롭고 아름다운지 영원히 잊지 않게 해주소서. 감사하는 마음을 절대 잊지 않게 해주소서.'라고.

구름 위를 나는 듯이 사뿐사뿐 신선 같은 발걸음으로 약 5km 산길을 지나서 다시 차도로 내려온다. 차도를 거꾸로 올라가 '수로부인길' 표지목에서 숲길로 접어든다. '삼국유사'의 수로부인 설화가 있는 삼척의 수로부인길은 여기서부터 30코스 중반까지 약 24km 길이다. 월천교를 건너기 전에 기곡천을 거슬러 올라 호산버스터미널로 향한다. 촉촉이 내리는 비를 맞으며 터미널에 도착하여 몸을 닦고 녹인다. 매점의 밝고 쾌활한 아가씨의 목소리가 흐린 날의 햇살이 되어 마음을 밝게 한다.

인재人材

해파랑길 29코스는 호산버스터미널에서 시작하여 옥원노곡길로 들어서서
황희 정승을 기리는 소공대에 올랐다가 검봉산 자연휴양림을 지나 아칠목재
에서 내륙산길로 내려와 용화리 해안에 이르는 호젓한 시골길, 자갈길, 숲길
22.0km이다.

　　유가의 학문적 전승 계보인 '요순우탕문무주공(堯舜禹湯文武主公)'은 공
자-안자-증자-자사-맹자로 이어지고, 다시 1천년을 건너 뛰어 주렴계-
정명도-정이천-주희로 이어진다. 공자가 성인으로 높였던 주공은 주 왕
조를 세운 문왕의 아들이자 중원을 통일한 무왕의 동생이다. 태평성대
요순시절을 지나고 하 왕조를 세운 우 임금, 은 왕조를 세운 탕 임금
과 더불어 문왕, 무왕, 주공은 유가의 도통(道通)이었다. 무왕 사후 왕위
에 오른 조카 성왕은 열세 살에 불과했기에 주공이 대신 섭정했다. 이
때 주공의 정사에 대한 사자성어가 토포악발(吐哺握發)이다. 주공은 아들
백금이 노(魯)나라 땅에 봉해져 떠나게 되자 "나는 한 번 씻을 때 세 번

머리를 거머쥐고(一沐三握髮), 한번 먹을 때 세 번 음식을 뱉으면서(一飯三吐哺) 천하의 현명한 사람들을 놓치지 않으려고 했다."라며 훌륭한 인물을 얻기 위해서는 먹던 밥을 뱉고(吐哺), 목욕할 때 손님이 찾아오면 머리를 움켜쥐고(握髮) 나가서 맞이하라고 말한다.

"산은 높음을 싫어하지 않고 물은 깊음을 싫다 않으리. 주공은 입에 문 것을 뱉어가며 천하의 인심 얻기에 힘썼네."라는 조조의 '단가행'을 부르며 궂은 비 내리는 해파랑길을 걸어간다.

터미널 건너편 호산교를 건너 원덕 읍내를 돌아보며 길을 간다. 호산리 바닷가에는 해망산(海望山 해발 106m)이 호산천과 가곡천이 만나는 지점에 있다. 전설에 따르면 옛날 관북지방의 바다 가운데 있던 삼형제섬이 떠내려와 정착을 하였는데 첫째는 삼척시 근덕면 덕봉산이 되었고, 둘째는 선녀가 내려와 놀다 갔다는 이곳 해망산이며, 셋째는 울진의 비래봉이 되었다고 한다.

동해안에서 유일하게 남근숭배민속이 전래되고 있는 원덕읍 갈남리에는 해신당(海神堂)이라는 당집이 있다. 해신당 일대를 성 민속공원이라 부르며, 공원 내에는 유명 작가들이 제작한 대형 남근조각상과 어촌민속전시관이 있다. 마을의 북동쪽 끝 동해의 물결이 치오르는 벼랑 위에 있는 해신당의 주인은 마을을 지켜주는 수호신 애랑 낭자인데, 지금도 매년 두 차례 제사를 올린다.

아주 오랜 옛날 이 마을에 결혼을 약속한 애랑 처녀와 덕배 총각이 있었다. 어느 날 총각은 해초를 따러 가는 처녀를 배에 태워 해변에서

조금 떨어진 바위에 내려주며 다시 태우러 오겠다고 약속하고 해변으로 돌아왔다. 그런데 갑자기 강풍이 불고 바다는 거센 파도에 휩싸였다. 총각은 먼발치에서 발을 동동 굴렸고, 처녀는 총각을 향해 살려달라고 애원했으나 결국 물에 휩쓸려 죽고 말았다. 그 후부터 이 바다에서는 고기가 전혀 잡히지 않았고 해난 사고가 자주 발생했다. 주민들은 애랑의 원혼을 달래기 위해 정성들여 음식을 장만하여 제사를 지냈으나 여전히 고기는 잡히질 않았다. 그러던 어느 날 한 어부가 술에 취해 고기가 잡히지 않는데 대한 화풀이로 바다를 향해 욕설을 하며 소변을 보았다. 그런데 그 다음날 다른 배들은 여전히 고기를 잡지 못했으나 오줌을 갈긴 어부의 배만 만선이었다. 그 어부에게 까닭을 물으니 오줌 이야기를 들려주었고, 어부들은 너도 나도 모두 바다를 향해 오줌을 누고 조업을 나갔다. 기대한 대로 모두 만선으로 돌아온 어부들은 산 끝자락에 애랑신을 모시고 남근을 깎아 제물과 함께 바쳐서 애랑의 원한을 풀어주게 되었다.

지금도 애랑은 애바위에서, 덕배는 어촌민속관 앞뜰에서 동상으로 승화되어 사랑을 나누고 있다. 해신당 부근에는 어촌민속전시관, 남근 모양의 장승을 줄지어 세워놓은 성 민속공원이 조성되어 사람들의 발길이 끊이지 않는다.

수릉삼거리에서 쉬었다가 다시 옥원노곡길로 들어서서 소공대비 안내 간판에 따라 오른쪽 오르막길로 들어선다. 이후 계속되는 임도를 따라 소공대에 이른다. 동해바다와 산들이 시원스럽게 펼쳐진다. 소공대비는 명재상 황희(1363~1452)에 얽힌 비석이다. 1423년(세종 5년) 황희가 삼척관찰사로 있을 때 관동지방에 흉년이 들어 백성들이 죽어갔다. 황희는 정부미를 풀고 사재를 터는 등 굶어 죽기 직전의 많은 백성들을 살렸다. 이에 감동한 이 지방 백성들이 관찰사인 황희가 다니며 쉬었던 높은 언덕에 돌로 쌓아 탑을 만들었고, 어진 정치로 백성들에게 존경받았던 중국 주나라 소공의 이름을 따서 이 탑을 '소공대'라 불렀다. 세월의 풍파와 함께 소공대는 자연 붕괴되었는데, 이후 붕괴된 비를 삼척부사가 다시 건립해 지금에 이르렀다고 한다.

지도자의 최고 덕목인 청빈과 너그러움을 실천하였던 황희는 오늘날에도 존경 받는 최장수 재상으로 금강의 발원지가 있는 전라도 장수가 고향이다. 황희는 두문불출이 생겨난 두문동의 일화에서 알 수 있듯이, 목숨도 초개 같이 버릴 줄 아는 과단성이 있는가 하면 우직함도 있었다. 소신과 원칙을 견지한 정치적 자세로 양녕대군 폐세자를 반대하다가 태종에 의해 남원의 광통루(지금의 광한루)로 유배 갔으나 세종은 자신의 왕위 계승을 반대한 황희를 다시 불러들여 재상에 앉혔다. 황희의 배려와 관용의 인간관계는 '네 말이 옳다.' '누렁소와 검정소' '종의 아이가 커서 장원급제' '손님으로 예우하기' '단 한 벌뿐인 조복' 등의 일화에서도 볼 수 있다.

어느 날 길을 가던 젊은 황희가 소 두 마리를 몰고 밭으로 가는 농부를 보고 물었다. "어느 소가 일을 더 잘하오?" 농부가 쟁기를 놓고 가까이 와서 황희 귀에 대고 "누렁소가 더 잘 합니다."라고 속삭였다. "그것을 왜 속삭이시오?" "아무리 짐승이라도 비교되는 건 싫어합니다. 내가 끄는 대로 밭을 갈고 따르는데 말을 못 알아듣는다고 어찌 장담하겠소." 농부의 이야기는 젊은 황희에게 큰 깨달음으로 다가왔다.

황희는 뇌물수수, 간통, 부패 등 물의를 빚어 조선왕조실록에 기록되기도 했다. 그러나 세종은 황희를 발탁하여 18년간 영의정에 재임했다. 오늘날 정치판과는 달리 세종은 인재를 발탁할 때 신분, 가문, 학파, 지역 등을 따지지 않고 오로지 '일을 잘 할 수 있느냐'를 보았다. 삼국지의 영웅 조조 또한 "재능만 있다면 관리로 등용하겠다"라는 '인재를 구하는 명령'을 공포하고 절개와 의리를 중시하여 '도덕적 품성'을 기준으로 인재를 선발했던 관행을 폐지했다. 조조는 '나에게 귀한 손님 오면 거문고와 피리로 반기리.' '나무를 세 번 둘러봐도 의지할 가지 하나 없구나.'라며 '단가행'을 부르며 천하의 인재를 구했다. 오늘날 신상 털기에 바쁜 인사청문회와는 전혀 다른 난세의 풍경이다.

인재를 볼 줄 아는 세종 같은 임금에 청백리 황희 같은 정승이 만났으니 이 무렵이 조선시대 최고의 번영기였다. 임진강이 내려다보이는 기암절벽 위에 반구정(伴鷗亭)을 짓고 갈매기를 벗 삼아 여생을 마무리했으나, 임진강변의 어부들 중 아무도 그가 황희 정승인 줄 몰랐다고 한다. 정치적 동반자인 세종을 먼저 보내고 황희는 90세에 천수를 다했다. 황희 정승이 이곳에서 쉬면서 삼척의 백성들을 생각했던 마음이 얼마나 지대했으면 백성들은 주나라 소공의 이름을 따서 '소공대'라 했을까.

소공(召公)은 3천 년 전 중국 주나라의 정치가로 전국칠웅의 하나인 연(燕)의 시조이다. 은나라를 멸하고 주나라를 세운 3대 개국공신으로 무왕의 동생인 주공과 소공, 그리고 강태공을 꼽는다. 무왕은 동생인 주공을 스승처럼 모시며 개국 초기에 많은 도움을 받았다. 주공은 형인 무왕을 돕고, 형의 아들이자 자신의 조카인 성왕에 이르기까지 2대에 걸쳐 헌신한 위대한 정치가였다. 그의 동생 소공 또한 두 형을 돕고 조카 성왕을 도우며 어진 정치로 만백성을 편안하게 하였다. 수양대군은 조카인 단종의 왕위를 찬탈하였지만 주공과 소공은 조카를 도우며 어진 정치를 베풀었기에 비교가 된다. 이석형(1415~1477)은 소공대를 찾아 한 편의 시를 남겼다.

비로소 구름 끝에 나와 멀리 보니
소공은 어디에 가고 대만 남았나.
위에는 하늘, 아래는 물 한없이 아득하니
건곤(乾坤)이 밤낮 떠 있다는 것 알게 되었다.

편안한 숲길을 따라 인적 없는 검봉산 자연휴양림에서 휴양인지 고행인지 알 수 없는 발걸음을 내딛는다. 자연휴양림을 벗어나 비포장 자갈길로 걸어간다. '수로부인 길' 표지목이 서 있는 곳에서 오르막으로 들어서서 양쪽에 울창한 숲을 둔 고갯길로 올라간다. 아칠목재가 나온다. "고갯길에 아름드리 숲이 우거져 호랑이와 산적들의 출몰이 빈번해 혼자서는 고갯길 넘는 것이 위험해서 주막에 여럿이 모이기를 기다려 함께 재를 넘었다. (……) 언제 호랑이나 산적들이 출몰할지 몰라 아찔!, 아칠목재라 하였다."라는 안내문이 있다. 그 옛날 아찔하게 무서워서 혼자서는 넘지 못했던 고개를 겁도 없이 혼자서 넘고 있다.

아칠목재를 넘어 멀리 7번국도를 바라보며 걸어 내려온다. 내륙산길을 넘어 해안가 마을 용화리에 이른다. 장호초등학교를 지나 차도를 따라 오르막에 오르니 해안 절벽 끝에 전망이 확 트인 정자가 기다린다. 오른쪽으로 용호해수욕장의 기다란 백사장이 뻗어있고, 그 너머로는 장호항이 보인다. 바닷물이 너무 맑아 경남 통영과 함께 '한국의 나폴리'라 불리는 항구다.

세계에서 제일 아름다운 항구, 3대 미항(美港)은 이탈리아의 나폴리, 호주의 시드니, 브라질의 리우데자네이루를 꼽는다. 그 중에서도 가장 아름다운 항구도시 리우데자네이루는 브라질 제2의 도시로 경제의 중심지, 보사노바 음악의 발상지, 삼바축제가 열리는 고급 휴양지로서 '남미의 뉴욕'이라 불린다. 유연한 곡선으로 굴곡진 항구의 만과 동양의 산수화와 같은 바위산들이 이리저리 이어지며 미적 조화를 이룬다. 리우가 한 눈에 내려다보이는 코르코바도 언덕과 건너편의 팡데아수카르

바위산은 리우 최고의 명소이며, 언덕에 높이 서 있는 불가사의한 거대한 예수상은 2014년 브라질 월드컵 기간 동안 전파를 타고 세계에 널리 알려졌다.

여행을 하며 다녀왔던 나폴리와 시드니, 리우 예수상의 추억을 회상하며 한국의 나폴리 장호항 끝자락 횟집에 도착한다. 한 잔의 술을 곁들이며 낯선 곳에서 하룻밤을 즐길 때, "아주 오랫동안 육지를 보지 못한다는 각오로 항해를 해야 새로운 땅을 발견할 수 있다."라고 하는 앙드레 지드의 목소리가 파도에 밀려온다. 별빛이 반짝이는 밤바다의 수평선에 돛단배 하나 떠 있고, 인생의 수평선에 한 나그네 술잔을 들고 노래한다. 새로운 땅을 찾아 항해하는 나그네의 심장이 소리 내어 뛴다. 삶이 신선하게 다가오고 살아있다는 사실이 새삼 감사히 여겨진다.

● 30코스

풍류風流

해파랑길 30코스는 용화레일바이크정류장에서 아스팔트 차도를 따라 올라가 황영조기념공원과 초곡항의 생가를 지나고 문암해변부터는 계속 레일바이크 철로와 나란히 걷다가 원평해변에서는 소나무 숲길을 걸어 공양왕릉에 이르는 길 7.2km이다.

    방랑자의 원조 고운 최치원은 멋과 낭만보다는 시대의 아픔을 벗 삼아 시를 쓰고 글을 남겼던 비운의 천재였다. 신라 왕실에 대한 실망과 좌절감으로 관직을 버리고 해운대, 마산 월영대, 청학동 등등을 방랑하다가 가야산 해인사에서 신선이 되었다. 조선 시대 이후 많은 방랑객들이 그의 행적을 좇았으니 최치원은 가히 풍류가객의 원조였다. 유불선(儒佛仙)에 통달했던 최치원은 풍류를 '현묘한 도'라 했다. 유교의 본질은 아욕(我慾)에 찬 자기를 버리고 인간 본성인 예(禮)로 돌아가는 데 있고(克己復禮), 불교의 본질은 아집(我執)을 버리고 인간의 본성인 한 마음, 곧 불심(佛心)으로 돌아가는 데 있으며(歸一心原), 도교의 본질은 인간의 거짓된 언행심사를 떠나 자연의 대법도를 따라 사는 데(無爲自然) 있으니 삼교(三敎)의 본질은 결국 욕망에 사로잡힌 자기를 없애고 참마음으로 돌아가는 데 있다는 것이 현묘한 도요 풍류도였다.

상고시대의 우리 조상들은 봄가을에 하늘에 제사를 드리되 술과 노래와 춤으로 하였다. 여기에서 강신(降神)한 하늘과 함께 하고 융합하는 체험이 풍류도였다. 신과 하나가 된 풍류객은 자기중심의 세계에서 벗어나 사람과의 관계를 홍익인간(弘益人間)으로 넓혀갔다. 이러한 풍류도를 몸에 지닌 사람을 화랑(花郞)이라 했고, 화랑은 세 가지를 배우고 실천했다. 곧 도의로써 서로 몸을 닦고(相磨道義), 노래와 춤으로써 서로 즐기며(相悅歌樂), 아무리 멀어도 명산대천을 찾아 노니는 것(遊娛山水 無遠不至)이었다.

명산대천 대신 동해안 해파랑길을 즐기는 풍류가객이 힘차게 노래를 부르며 걸어간다. '풍류(風流)'란 바람 풍(風)에 흐를 유(流)를 쓰니 바람이 부는 대로 흘러흘러 자연을 벗 삼아 떠다니는 멋스러운 유랑(流浪)이다. 여명이 밝아온다. 새벽을 맞이하는 기분이 상쾌하다. 30코스, 7.2km는 해파랑길 50개 코스 중 가장 짧은 길이라 느긋하다. 시원한 바닷바람을 마시며 길을 나선다. 전날의 가벼운 취기가 해파랑길의 흥취와 풍류를 더한다. '사랑과 죽음'이 서양 문학의 양대 주제라면 중국 문학은 단연 그 위에 '술'이 있었다. 모든 술꾼이 다 문인은 아니지만 모든 문인은 다 술꾼이라 해도 지나치지 않을 정도였다.

술은 멋과 여유를 주는 활력소다. 자연 속에서 술 한 잔은 온갖 시름을 덜어주고 풍류의 세계로 이끈다. 풍류는 흥을 바탕으로 한다. 술을 마시고 풍류를 즐기는 것은 흥취 때문이다. 이규보는 술이 없이 시를 짓지 않았다. 정철은 술에 지나치게 탐닉되어 금주를 결심한 적도 있지만 고산 윤선도는 운치 있는 음주의 낭만에 비해 술은 덜 마셨다. 정철은 권주가에서 "한 잔 먹세 그려 / 또 한 잔 먹세 그려 /꽃 꺾어 산(算) 놓고 / 무진 무진 먹세 그려"라고 읊조린다. 얼핏 보면 주량에 관계없이 무진장 마시자는 것 같지만 자기가 얼마나 마시는지 '꽃 꺾어 산 놓고' 잔을 세면서 주량의 한도 내에서 마신다. 조선의 양대 시인인 윤선도는 "술을 먹으려니와 / 덕 없으면 문란하고 / 춤도 추려니와 / 예 없으면 난잡하니 / 아마도 덕예를 지키면 / 만수무강하리라."라고 노래한다.

  진정한 음주의 풍류는 '취하더라도 몸가짐이나 마음자리를 결코 흐트러뜨리지 않으며, 남에게 절대로 무례를 저지르지 않는 예절, 즉 주도(酒道)를 지키는 데서 비롯되는 것이다. 명심보감에는 '술과 색과 재물과 울분의 네 담장, 수많은 잘나고 못난 사람들 그 안 행랑에 들어 있네. 그 누가 이곳을 뛰쳐나오기만 한다면 그것이 곧 신선(神仙)이 되는 불사(不死)의 방법이 되는 것을'이라 하고, 또 '술이 사람을 취하게 하는 것이 아니라 사람이 저 스스로 취하는 것이요, 미색이 사람을 현혹시키는 것이 아니라 사람이 저 스스로 미색에 빠지는 것이다.'라고 하며 술과 색을 경계한다.

  옛사람들은 술 마시는 데에도 원칙과 법도가 있었다. 논어에는 '마시더라도 난잡해지지 말아야 한다'고 하고, 채근담에는 꽃은 반만 피는 것이 좋고 술도 반만 취하는 것이 좋다고 한다. 전통 주법에는 세 가지 계명이 있었으니 '술은 유시(오후 5~7시) 이후에 마시라'는 유시계와 '술을 마시고는 물을 마셔 입안과 식도를 씻으라'는 현주계, '석 잔 이상 마시지 말라'는 삼배계가 있었다. 즉 술을 마시되 때를 구별할 줄 알며, 깨끗하게 마시고, 과음하지 말라는 교훈이다. 그러나 주당들은 술잔 석 잔 대신 양푼이 석 잔 술을 부어 마셨다고 한다. 또한 전통적인 주도(酒道)에는 술을 마시는 단계를 입이 풀리는 해구(解口), 미운 것도 예뻐 보이는 해색(解色), 억눌려 있던 분통이나 원한이 풀리는 해원(解寃), 인사불성이 되는 해망(解妄)의 4단계로 보고 해구나 해색에서 넘어서지 않는 것을 주도로 꼽았다. 술은 과연 악마의 유혹인가, 성자의 눈물인가.

이백이나 백낙천, 소동파는 혼자 마시는 독작을 좋아했다. 상진 (1493~1564)은 혼자서 술잔을 들고 달뜨기를 기다렸다가 달이 뜨면 그림자하고 주거니 받거니 했다. 신용개(1463~1519)는 둥근 달이 떠오르는 밤 국화 화분과 수작을 하며 취하도록 마셨다. 기묘사화로 낙향한 선비 박공달과 박수량은 강릉에서 한 냇물을 사이에 두고 술벗으로 살았는데, 매일처럼 쌍한정에서 만나 술을 마셨다. 장마로 물이 불어 내를 못 건너면 양 언덕에 술병과 술잔을 들고 앉아 서로 권하며 마셨다.

이백은 '월하독작'에서 "하늘에 주성(酒星)이 있고 땅에 주천(酒泉)이 있으니 술 좋아함이 하늘에 부끄럽지 않노라"라고 노래하며 달과 그림자를 벗하여 독작을 하였다. 만천명월주인옹(萬川明月主人翁) 정조는 "불취무귀(不醉無歸)라, 안 취하면 집에 못 가네!"라고 하며, 자신이 다스리는 모

든 백성들이 풍요로운 삶을 살면서 술에 흠뻑 취할 수 있는 세상을 만들어 주겠다며 지금도 수원 팔달문 앞에서 술을 권한다.

풍류가객이 용화레일바이크 정류장으로 향한다. 레일바이크를 타고 갈까 걸어갈까, 하다가 개장 시간을 확인하고는 정류장으로 간다. 레일바이크 대수가 많지 않아 하루 6회 운행인데 비수기 평일이 아니면 현장 매표는 어렵다는데 이른 시간이라 자리가 여유가 있다. 운수 좋은 날이다.

용화정류장에서 레일바이크를 타고 달려간다. 페달을 밟으며 시원한 바람을 맛본다. 터널에는 조명이 찬란하다. 몬주익 마라톤 영웅 황영조 선수의 기념관과 생가를 지나간다. 해파랑길 종주가 끝나고 다시 찾은 기념관에는 황영조의 동상과 그의 생애가 전시되어 있다.

황영조는 1970년 바닷바람이 파도를 몰고 와 하얗게 부수고 가는 동해안의 작은 바닷가 시골마을 이곳 근덕면 초곡리에서 태어났다. 초곡

항은 강릉의 심곡항, 양양의 남애항과 더불어 강원도 3대 미항으로 손
꼽힌다. 황영조는 초곡항에서 7번국도를 따라 3km가 넘는 곳에 있는
궁촌초등학교를 다녔다. 처음부터 마라토너가 되기를 꿈꾼 것은 아니
었지만 이 등하교길 6km와 놀던 동네 바닷가, 겨울철 땔감을 마련하기
위해 오르내린 태백산은 기초체력 연마의 장이 되었고, 꿈 많은 소년
을 세계최고의 마라토너로 단련시키는 용광로가 되었다.

황영조에게는 바다에 나가 물질을 하고 틈만 나면 땡볕 아래에서 밭
일을 하며 어려운 가정 살림을 도맡아 이끌어간 어머니가 있었다. 해
녀 어머니가 물질을 할 때면 황영조는 홀로 둑에 앉아 어머니와 호흡
을 맞추어 보았다. 어린 황영조가 숨을 멈추고 있다가 호흡이 벅차서
숨을 들이키건만 어머니는 아직도 물질 중이었다. 어머니의 좋은 폐활
량은 황영조에게 그대로 이어졌고, 홀로 살림을 이끌어 가는 강인한

어머니의 모습은 어떠한 어려움에도 굴하지 않는 황영조의 정신적 버팀목이 되었다.

황영조는 타고난 체력과 불굴의 정신으로 1992년 바르셀로나 올림픽 마라톤에서 금메달을 획득하여 조국의 명예를 세계만방에 떨치고 온 국민들에게 영광과 자부심을 안겨주었다. 1936년 8월 9일, 베를린 마라톤 대회에서 손기정 선수가 올림픽 신기록으로 금메달을 목에 건 지 56년 만이었다. 손기정은 태극기가 아닌 일장기를 걸고 시상대에 오르는 치욕을 겪었으나 우리 민족에게 통렬한 감격과 희망을 안겨주었다.

마라톤은 인간이 하는 스포츠 가운데 가장 고통스러운 것 중의 하나이다. 고통스런 레이스를 완주하기 위해서는 인내심, 독립심, 도전의식, 장인정신이 요구된다. 마라톤은 기원전 490년 그리스와 페르시아의 전쟁에서 그리스의 승전보를 알리기 위해 휘디피데스라는 병사가 마라톤 평원에서 아테네까지 40km 거리를 달린 것이 기원이 되었다. 제1회 근대올림픽인 아테네 대회에서부터 종목으로 채택되었고, 최초로 42.195km의 거리로 경기를 한 대회는 1908년 런던 올림픽부터였으며 이를 정식거리로 채택한 것은 1924년부터였다. 패배한 페르시아의 후신인 이란은 마라톤대회에 출전하지 않으며, 정치와 무관한 올림픽 정신에 위배된다며 올림픽 종목에서 마라톤을 제외하라고 지속적으로 건의를 하고 있다.

레일바이크 선로를 따라 바닷바람을 맞으며 펼쳐지는 파란 바다와 해송이 장관이다. 레일바이크 운행 도중에 기찻길 간이역 분위기를 풍기는 휴게소에서 잠시 쉰다. '인어공주' '원더풀 삼척' 같은 아기자기한 조각품들이 눈길을 끈다. 한 시간 남짓 달린 후 궁촌레일바이크 정류장에 도착했다. 해파랑길의 가장 짧은 코스를 가장 빠른 시간에 가장 재미있는 놀이로 지나왔다.

　궁촌레일바이크 정류장에서 약 500m 가량 떨어진 곳에 자리 잡고 있는 공양왕릉으로 발걸음을 옮긴다. '궁촌(宮村)'이란 이 지역 이름은 공양왕과 그 왕족들 일부가 잠시나마 유배 와 살았기 때문에 붙은 이름이다. 돌계단을 올라 높은 언덕으로 올라간다. 나무숲과 잔디로 둘러싸인 높은 위치가 경관 좋은 곳이기는 하나, 왕과 그 일가의 무덤이라 하기에는 너무나 초라하게 느껴진다. 슬픈 역사의 숨결이 바람결에 밀려온다.

유언遺言

해파랑길 31코스는 고려의 역사를 마주하는 공양왕릉 입구에서 시작하여 구도로인 '낭만가도'를 따라 가다가 마읍천을 끼고 둑길을 걸어 오랜 내륙구간을 끝내고 바다가 시원하게 펼쳐지는 맹방해변까지 이르는 길 8.5km이다.

　무덤은 고요하고 잠잠하다. 무덤에는 더 이상 번민도 좌절도 고통도 없다. 삶이 끝난 후 모든 것을 내려놓은 적막함만이 존재한다. 지금도 그렇지만 유교사상이 강했던 조선시대에 조상을 모신 무덤은 신성한 경배대상이었다. 그랬던 무덤이, 그것도 고려 왕릉과 귀족들의 무덤이 벌집을 쑤신 듯 파헤쳐진 때가 있었다. 조선침략의 원흉 이토 히로부미는 1905년 무렵부터 무덤 안에 있는 고려청자를 손에 넣기 위해 굴총광풍(掘冢狂風)을 일으켰다. 이토는 스물두 번 조선에 왔다. 이토가 을사늑약 후 초대 조선 통감으로 왔을 때 그를 사로잡은 것은 고려청자의 아름다움이었다. "얼마든지 좋으니 고려자기를 가져와라. 몽땅 사겠다."는 장물아비 이토의 말에 도굴꾼들은 마음 놓고 무덤을 파헤쳤다. 임

진왜란의 재탕이었다. 예부터 내려오는 심한 욕 가운데 '굴총을 할 놈'
이 있다. 무덤을 파헤칠 만큼 못된 이상의 못된 이토는 결국 1909년 10
월 26일 하얼빈역에서 안중근의사에게 사살당했다.

　망국의 한을 안고 사사당한 공양왕릉에서 역사의 뒤안길이 스쳐간
다. 1392년 이성계는 즉위하면서 공양왕(1345~1394)을 원주로, 다시 간성
으로 추방하고 맏아들 왕석과 둘째 아들 왕우도 간성으로 유배 보내
감시했으나, 역시 불안하여 2년 뒤 3부자 모두를 이곳으로 데려와 한
날 한 시에 죽였다는, 계단 옆 안내문에 슬픈 역사가 서려있다. 고양시
원당동에도 공양왕릉이 있는데, 문헌이 빈약하여 고증이 어려운 까닭
에 이처럼 두 곳이 있다. 원당에 있는 고릉에는 '고려공양왕고릉'이라는
비석이 세워져 있으나, 여기에는 비석이 없고 공양왕릉이라는 말이 전
하고 있을 뿐이다. 옆에는 왕자, 나머지는 시녀 또는 왕이 타던 말 무덤

이라고 전한다. "나는 왕이 되기 싫다!"라고 수없이 외쳤으나 억지로 끌려가 결국 왕이 되어 비운의 최후를 맞이한 공양왕의 능묘에 쓸쓸함이 감돈다.

1389년 11월에 발생한 우왕 복위사건 이후 이성계 일파는 정몽주 등과 결탁하여 폐가입진(廢假立眞)의 명분으로 창왕을 폐위하고 정창군 왕요를 옹립하니, 이가 공손히 왕위를 양위했다는 공양왕(恭讓王)이다. 이때 목은 이색이 일시적으로 판문하부사에 임명되어 정계에 복귀하였으나 대간에서 창왕의 즉위를 도운 일을 탄핵하는 바람에 복귀 한 달만에 파직당해 아들 이종학과 함께 유배되었다. 창왕 즉위에 공로가 컸던 조민수도 함께 탄핵되어 삼척으로 이배되었으며 이숭인, 하륜, 권근 등도 유배길에 올랐다. 그리고 이성계는 우왕과 창왕을 죽여야 한다고 강권하여 공양왕은 몇 번이나 결정을 유보하다가 결국 창왕과 우왕을 사사토록 하였다.

정몽주가 선죽교에서 이방원에게 피살당하고 정도전이 정계에 복귀하면서 역성혁명은 구체화되어 정도전, 남은, 조준, 배극렴 등은 공양왕을 폐위시키고 이성계를 왕으로 추대할 것을 결정한다. 그리고 이듬해 2월에 이성계는 국호를 '조용한 아침의 나라'라는 '조선(朝鮮)'이라 정하여 새로운 왕조를 열었으니, 사실상 고려의 마지막 왕은 이성계요 조선의 첫 임금도 이성계인 것이다.

우리 역사에 조선은 네 시기로 나눈다. 흔히 이성계가 세운 '조선(朝

鮮)'과 구분하기 위해 고조선(古朝鮮)이라는 명칭을 쓴다고 생각하지만 고조선이란 표현은 일연의 '삼국유사'에 처음 나온다. 고려 사람 일연은 훗날 이성계가 조선이란 나라를 세울 줄은 꿈에도 몰랐다. 그럼 일연은 왜 고조선이란 표현을 썼을까? 일연은 위만조선과 구별하는 의미로 고조선을 썼던 것이다. 단군조선만을 조선으로 인식하는 일조선, 일연과 같이 단군조선과 위만조선으로 나누는 이조선, '제왕운기'를 저술한 이승휴와 같이 단군조선, 기자조선, 위만조선으로 나누는 삼조선으로 인식하기도 한다. 조선이라는 명칭이 가장 먼저 등장하는 것은 사마천의 '사기'이다. 단군조선에 관한 가장 오래된 기록은 일연의 '삼국유사'로 기원전 2333년에 건국하여 기원전 108년 위만의 손자인 우거왕 때 한 무제에 의해 멸망했다. 식민사관의 영향으로 아직도 국사교과서에 우리의 역사인 단군조선이 없다는 사실이 개탄스럽다.

백제는 기원전 18년 온조가 건국하였으며 마지막 왕은 제31대 의자왕(597?~660)이다. 해동증자(海東曾子)라 불리며 성군(聖君)의 소리를 들었던, 용감하고 대담하며 결단력이 있었던 의자왕은 700년 역사의 마지막 왕이다. 사치와 향락을 일삼은 호색한으로, 삼천궁녀를 거느린 왜곡된 이미지로 당나라의 북망산에 끌려가 병으로 쓸쓸한 최후를 맞이했다.

고구려는 기원전 37년 주몽이 건국하였으며 마지막 왕은 제28대 보장왕(?~668)이다. 보장왕은 고구려 멸망 후 당나라에 압송되어 벼슬을 받았으나 오히려 말갈과 손을 잡고 고구려 부흥을 위해 반란을 일으켰다. 반란은 실패하였고 681년(신라 신문왕 1년) 중국의 촉 땅(지금의 쓰촨성)에 유배당해 죽었다.

신라는 기원전 57년 건국하였으며 마지막 왕은 제56대 경순왕(?~978)이다. 경순왕은 후백제 견훤의 추대로 927년 왕위에 올랐으나 935년 나라를 보존하기 어렵다고 판단하고, 마의태자의 반대에도 불구하고 고려 태조 왕건에게 투항을 요청하는 편지를 보냈다. 문무백관과 함께 금성을 떠나 송악으로 향한 경순왕을 왕건은 따뜻하게 맞아주어 사위로 삼았고, 신라는 경주로 개칭되어 경순왕에게 식읍(食邑)으로 주어졌다. 신라 천년의 마지막 왕으로 천수를 누린 경순왕은 경기도 연천군 백학면의 지뢰밭 옆에 누워있다.

조선의 마지막왕은 제27대 순종으로 조선은 519년 만에 역사의 뒤안길로 사라졌다. 그리고 치욕스런 36년간의 일제강점기가 시작되었다.

918년에 왕건이 개국하여 474년 만에 최후를 맞이한 고려의 제34대 왕인 공양왕의 무덤 앞에서 역사의 흥망성쇠를 돌아본다. 세계사에 유래가 드물고 긴 우리의 왕조들이지만 한 시대를 끝내는 마지막 왕들의 말로는 비운과 슬픔을 자아낸다.

징기스칸이 "내 후손이 성을 쌓고 비단옷을 입을 때 반드시 망할 것이며, 끊임없이 이동하는 자만이 살아남으리라"라고 한 것처럼 현실에 안주하는 국가나 개인은 살아남을 수가 없다. 끊임없이 이동하고 움직이고 정복하는 유목민이 되어야 한다. 징기스칸은 말한다. "강한 자가 살아남는 것이 아니라 살아남는 자가 강한 자"라고. 위대한 정복자 징기스칸은 1227년 8월 18일 육반산 부근의 청수현에서 66세의 나이로 영원한 제국을 위한 세 가지 유언을 남기고 병으로 사망한다. 150만으로 1억5천만 명을 지배했던 몽골제국은 징기스칸의 유언을 어기고 150여 년 만에 쇠퇴한다.

부처는 "태어나는 모든 사물은 덧없으며 결국 죽는다."는 가르침을 남기고 80세의 나이로 죽음에 이른다. 공자는 73세의 나이로 지팡이에 몸을 의지한 채 "지는 꽃잎처럼 그렇게 가는구나."라고 노래하며 죽음을 맞이한다. 예수는 33세의 나이로 십자가에서 신 포도주가 가득 찬 해융으로 목을 축이고 "다 이루었다."라는 말을 남기고 숨을 거두었다. 소크라테스는 71세에 독약을 마셔 일그러진 얼굴로 어린 학생 크리톤에게 마지막 임무를 내린다. "크리톤, 우리는 아스클레피오스에게 수탉한 마리를 빚졌네. 그에게 그것을 제물로 바치게." 마호메트는 63세의 나이에 죽음의 문턱에서 고열과 그에 따른 환상으로 고통 받으며 "알라시여, 나의 사투에 함께 하소서."라고 신에게 마지막 청원을 했다. 불멸의 신으로 추앙 받았으나 34세의 나이로 너무 일찍 죽은 세계의 정복자 알렉산더 대왕은 마지막으로 정신이 돌아왔을 때 추종자들이 후계자에 대해 묻자, "가장 강한 자"라고 답했으나 그의 유언은 이루어지지 못했다. 버나드 쇼는 "우물쭈물 하다가 내 이럴 줄 알았지"라고 하는 묘비명을 남겼다.

'삶이 끝난 후에도 삶은 계속되는가? 죽은 다음에도 존재할까? 사후의 삶이 있을까? 죽음이란 무엇인가?'라는 질문에 공자는 "사람이 삶에 대해서도 알지 못하는데 어떻게 죽음을 알겠는가?"라고 말한다. 죽음은 그 나팔을 미리 불지 않는다. 삶을 준비하듯 죽음을 준비해야 한다. 먼저 간 사람들에게서 '잘 산 하루가 달콤한 잠을 주듯 잘 산 삶은 달콤한 죽음을 예비한다.'는 사실을 본다. 삶을 노래하는 것이 죽음을 노래하는 것, 왕조의 흥망과 선현들의 죽음에서 삶의 의미를 되새긴다. 칼릴 지브란이 '살아남아 고뇌하는 이를 위하여' 노래 부른다.

때때로 임종을 연습해 두게. 언제든 떠날 수 있어야 해.
돌아오지 않을 길을 떠나고 나면
슬픈 기색으로 보이던 이웃도 이내 평온을 찾는다네.
떠나고 나면 그뿐. 그림자만 남는 빈 자리엔
타다 남은 불티들이 내리고 그대가 남긴 작은 공간마저도
누군가가 채워줄 것이네.
먼지 속에 흩날릴 몇 장의 사진, 읽혀지지 않던 몇 장의 시가
누군가의 가슴에 살아남은들 떠난 자에게 무슨 의미가 있나.

그대 무엇을 잡고 연연하는가.
무엇 때문에 서러워하는가.
그저 하늘이나 보게.

그저 하늘이나 보며 조선시대 관동대로라 불리던 구 7번국도를 따라 걸어간다. 빗방울이 떨어진다. 궁촌에서부터 낭만가도를 따라 동막리 방향으로 이동한다. 포항에서 삼척 사이에 개통된 동해대로에 밀려 한적한 옛길이다. '강원도에서는 삼척에서 동해, 강릉, 양양, 속초, 고성을 잇는 동해안의 빼어난 해안 절경을 한국의 낭만가도로 정하고 추억

과 낭만을 선사한다.'고 적힌 낭만가도 안내도가 비를 맞고 서 있다.

한 시간 이상 지나서 동막교를 건너 오른쪽으로 넓은 마읍천을 끼고 걷는 호젓한 둑길을 걸어간다. 마읍천은 태백산맥의 해발 1,000m가 넘는 응봉산과 사금산에서 발원해 산골 상마읍리와 중마읍리에서 동막교를 지나 맹방해수욕장과 덕산해수욕장 사이로 흘러나오는 하천이다. 총 25km 중에서 마지막 3km를 해파랑길과 함께한다.

가랑비가 내리는 평화롭고 호젓한 둑길을 걸어 부남교를 건너 부남리 농촌마을로 들어간다. 덕산교에서 제방길로 이동하여 하천이 끝나가는 덕봉대교를 건너서 '곰솔향기 그윽한 명사십리'라고 쓰인 길게 뻗은 백사장, 삼척십경의 하나인 맹방해변으로 걸어간다. 쏟아지는 빗속에 호수 같이 잔잔한 백사장을 걸어간다. 탁 트인 해안선에 갈매기 한 마리가 가벼이 날아가고, 괴나리봇짐을 멘 나그네가 무거운 발걸음으로 걸어간다. 푸른 바다에서 파도소리가 '때때로 임종을 연습해 두게. 언제든 떠날 수 있어야 해.'라며 밀려오고, '나는 무슨 말을 남기고 떠나갈까?'라는 빗소리가 귓가를 스쳐간다.

경중輕重

해파랑길 32코스는 맹방해변입구에서 시작하여 시원하게 펼쳐진 맹방해변을 지나 한재소공원을 넘어 오분마을로 들어서고 오십천을 따라 걸으며 관동팔경의 하나인 죽서루를 바라보고 새천년도로를 따라 삼척항을 지나서 추암해변에 이르는 길 22.6km이다.

'참을 수 없는 존재의 가벼움'에서 밀란 쿤데라는 인생을 묵직하게 선택할 것인지 가벼움을 선택할 것인지에 대한 새로운 문제를 제기한다. 묵직한 삶은 진지하게 고민하며 단순한 일상도 철학적 사유를 담으려 하고 뭔가 의미를 부여하며 사는 인생이다. 배울 게 있고 가치 있어 보이지만 재미있지는 않다.

가벼운 삶은 진지함이 좀 부족해 보이고 인생을 즉흥적이고 순간의 선택으로 살아간다. 유행에 민감하고 무척 유쾌하고 즐거워 인생을 즐길 줄 안다. 철학이나 정치와는 거리가 좀 있고 크게 배울 점은 없다.

짐이 무거우면 무거울수록, 삶이 지상에 가까우면 가까울수록, 삶은 보다 생생하고 진실해진다. 반면 짐이 완전히 없다면 인간 존재는 공기보다 가벼워지고 날아 가버린다. 지상적 존재로부터 멀어진 인간은 기껏해야 반쯤만 생생하고 움직임은 자유롭다 못해 무의미해지고 만다. 그렇다면 나는 무엇을 택할까? 묵직함?, 아니면 가벼움? 쏟아지는 빗속에 무거운 질문마저 가볍게 쏟아진다.

'내 인생은 무거운가, 가벼운가? 나는 어떻게 살아왔을까? 가볍게, 아니면 무겁게?' 돌아보면 아무래도 젊은 날이 무거웠고 40대를 넘고 50세가 넘어서야 점점 가벼워짐을 느끼면서 가벼운 발걸음으로 해파랑길을 걸어간다. 여름해수욕장에 인파가 몰려들어야 하건만 빗소리, 흰 파도 소리만 소리 없이 밀려든다.

외로운 나그네 되어 나 홀로 해파랑길을 걸어간다. 걷는다는 것은 자신이 걸어온 길을 다지며, 자신이 나아갈 길을 꿈꾸는 일이다. 삶의 대양(大洋) 앞에서 동해바다를 바라본다. 거대한 물뿐만이 아니라 건너가야 할 저 건너편이 보인다. 힘겨웠던 시절, 비교적 풍요로운 삶, 두 인생을 반추해본다. 아직도 살아가면서 만나야 할 새로운 삶과 얼굴들에 대한 본능적인 희망으로 비에 젖은 몸뚱어리를 역동적으로 움직인다. 언제나 시간이 부족했던 생활, 내 자리를 잡아야 했고, 확실히 지켜야 했고, 일하고 공부하고, 어머니를 찾아가는 발걸음이 분주했던 시간들이었다. 시간의 물결 속으로 떠밀려 들어가 끝없이 움직이고 더 빨리 뛰어다녀야 했던, 질주에 채찍질을 해야 했던 시절에서 느림과 침묵에 굶주려 망중한을 즐기는 여행자로 변신한 삶이 고맙고 다행스럽다. 내 인생은 무거운 곳에서 시작해서 점점 가벼운 쪽으로 나아가고 있다. 인류의 가장 오래된 이동방법인 걷기를 즐길 수 있는 여유가 있음에 참으로 감사하다. 무거운 질문이 가벼운 발걸음으로 이어진다.

하맹방, 상맹방 3km의 청정해변을 걸어간다. 저 멀리 삼척항과 새천년해안도로가 어스름히 보인다. 테마형 리조트를 지나서 한적한 길을 걷는다. 한재소공원에서 잠시 휴식을 취하고 구불구불 7번국도 옛길을 따라 한재를 올라간다. 오붓한 시골어촌, 오분마을에 내려오니 날은 어두워지고 비는 더욱 세차게 몰아친다. 하늘의 뚫린 구멍으로 쏟아지는 폭포수 같은 빗물에 몸과 마음과 영혼을 씻어낸다.

오십천을 따라 삼척시외버스터미널 인근에서 하룻밤 묵을 숙소를 잡는다. 김치찌개에 소주 한 병이 비오는 밤, 나그네의 운치를 더한다. 주룩주룩 빗소리가 밤새 창문을 두드린다. 아득히 먼 옛날 엄마의 자장가 소리로 들려온다. 엄마의 눈물과 한숨이 섞인 빗소리가 귓가를 두드린다. '엄마가 보고플 때 엄마 사진 걸어놓고 ~~' 입속으로 노래를 응얼거린다. 그리움에 젖은 외로운 나그네가 낯선 곳에서 또 하루를 삼키며 침묵과 꿈의 오솔길로 접어든다.

빗줄기가 그치지 않는 아침이다. 따뜻한 국물로 속을 데우고 오십천을 따라 걸어간다. 오십천은 삼척시 도계읍 구사리 큰덕샘에서 발원하여 죽서루 밑에 와서 휘돌면서 못이 되어 정상리에서 동해로 들어가는 59.5km의 강이다. 발원지에서부터 동해에 이르기까지 오십여 번을 돌아 흐른다 하여 오십천(五十川)이라 이름 붙었다. 잘 조성된 삼척장미공원

에 가시가 있어 아름다운 장미꽃들이 화사하게 피었다.

오십천을 거슬러 올라가다가 내려오는 지점에 깎아지른 계곡의 절벽 위에 정자 하나가 나타난다. 관동팔경 중 바다에 접하지 않은 유일한 건물인 죽서루다. 앞서 본 월송정, 망양정보다 고난도의 장인 기술로 세워져 있는 죽서루의 입구 왼쪽 대나무 숲을 지나면 용문바위를 만난다. 경주 대왕암의 문무대왕이 용이 되어 동해를 순찰하던 중 죽서루 아래 이 오십천에 뛰어들어 피곤한 용체를 쉬며 주변 경관을 감상하다가, 절벽 위 바위들을 더 아름답게 조각하고는 바위 하나를 뚫고 승천했다는 그 용문바위다.

죽서루는 이승휴(1224~1300)가 처음 지었다고 한다. 이승휴는 감찰대부라는 높은 자리에 오른 뒤 기울어가는 고려왕조를 일으켜 세우기 위해 충렬왕의 실정과 친원 세력의 횡포를 비판하였다. 하지만 날이 갈수록 임금의 미움만 받게 되자 이승휴는 미련 없이 두타산 자락의 지금의 천은사 자리에 용안당이라는 초막을 짓고 은둔 생활을 하며 '제왕운기'를 쓰기 시작했다. 원나라의 지배 밑에서 신음하는 우리 민족의 뿌리를 단군으로 귀착한 그는 우리 문화의 우수성과 올바른 왕도의 길을 역설하였다. 이승휴는 김부식이 지은 '삼국사기'와 다른 각도에서 역사를 보았으며, '삼국유사'에서도 다루지 않은 발해사를 우리 민족의 역사로 다루었다. 그가 죽은 뒤 100년이 지나지 않아 고려는 태조 이성계에게 허물어지고 말았다.

관동팔경의 정자 중에서 가장 큰 정자인 죽서루는 태종 3년에 삼척 부사 김효손이 중창하였다. 죽서루를 세울 당시 죽죽선이라는 이름난 기생이 살던 집이 있어 이름을 죽서루(竹西樓)라 지었다고 한다. 해파랑 길 종주가 끝난 뒤 오십천 물길이 내려다보이는 죽서루에 올라 율곡, 허목, 이성조 등이 쓴 시와 송강 정철이 '관원의 신분을 잊고 여기에 눌러앉아 신선놀음'이나 하고파했던 그 심정을 헤아려본다.

정라삼거리를 지나서 오른쪽으로 오십천이 흘러드는 삼척항이 내려다보이는 육향산 언덕에 올라 미수 허목(1595~1682)이 써서 세운 척주동해비(陟州東海碑)를 만난다. 허목이 삼척부사로 있을 때 심한 폭풍이 일어 바닷물이 삼척을 덮치면서 난리가 났는데, 그가 동해를 예찬하는 노래를 지어 비를 세우자 물난리가 가라앉고 그 뒤로는 아무리 거센 풍랑이 와도 척주동해비를 넘지 않았다고 한다. '척주'는 고려 때부터 전해오는 삼척의 옛 이름이다. 척주동해비는 허목의 철학의 극치를 담은 신비로운 문장과 웅혼한 전서체 필치로 성난 바다와 물과 불과 바람을 다스린 주술적인 힘이 있어, 이 비문을 탁본하여 소장하면 온갖 재앙을 물리친다고 한다. 오래전 비문을 탁본한 도자기를 선물 받은 적이 있었건만, 어려운 한자를 이해하지 못함에 내가 모르는 것이 바다라면 내가 아는 것은 그 바다에서 퍼 올린 한 주먹 안의 바닷물에 불과하다고 깨달았었다.

삼척항에서 '새천년도로'이자 '낭만가도'인 해안길을 따라가도 되건만 해파랑길은 산으로 올라가라 한다. 비탈의 집들 사이를 헤집고 골목길 따라 뒷산에 오르니 빗속의 삼척항이 한 눈에 내려다보인다. 폭우가 쏟아지는 능선길을 걸어 광진산봉수대로 올라가 휴식을 갖는다. 이

무슨 짓거리인가, '미친 놈!' 소리가
절로 나와 미소 짓는다. 여유로운
마음으로 길 위에 자신을 맡긴다.
나무와 숲도 비를 맞고 있는데 나
는 왜 비를 맞으면 안 되는가, 자문
하며 자연에 순응하는 자연의 한
조각이 되어 흘러간다.

　고개를 들어 구름에 덮인 하늘
을 바라보며 비를 내려줘서 고맙다
는 인사를 전한다.

　기쁨은 홀로 간직하기 어려운 감
정이라, 주체하지 못하고 보고픈
사람에게 전화를 한다. 다시 해안
도로에 내려오자 바람이 심하게 불
고 파도가 거칠다. 비치조각공원
을 지나서 삼척해수욕장으로 향한
다. 해안도로 데크 길에서 거칠게
춤추는 파도를 신기한 듯 구경한

다. 차를 몰고 가던 사람들도 정차하여 거친 바다를 감상한다. 울창한
송림을 배경으로 모래알이 고운 삼척해수욕장이 모습을 드러낸다. 백
사장 중앙에는 바다를 배경으로 'I ♡ YOU'라고 쓰인 조형물이 흰색과
빨간색의 조화를 이루며 눈길을 끈다.

삼척해변을 나와 와우산 오르막 아스팔트길을 올라 바다를 배경으로 서 있는 수로부인공원으로 향한다. 임해정(臨海亭)에 앉아 비바람을 피한다. 신라 성덕왕 때 순정공이 강릉 태수로 부임하여 가던 중 이곳 임해정에서 점심을 먹고 있는데 갑자기 해룡이 나타나 부인을 끌고 바다 속으로 들어가자 순정공이 마을사람들을 모아 막대로 언덕을 치며 '해가 (海歌)'라는 노래를 지어 부르니 용이 수로부인을 모시고 나와 도로 바쳤다고 삼국유사에 전한다. 해가사의 터 표석에 '해가(海歌)'가 새겨져 있다.

거북아 거북아 수로를 내 놓아라
남의 아내 앗은 죄 그 얼마나 큰가.
네 만약 어기고 바치지 않으면
그물로 잡아서 구워 먹으리.

용에게 납치됐다가 돌아온 수로부인, 다친 곳은 없는지 묻는 남편에게 살포시 미소 지으며 '일곱 가지 보배로 지은 아름다운 용궁을 구경하면서 맛있는 음식을 대접 받았고, 용왕이 자신과 헤어지는 것을 아쉬워하며 신비로운 향수를 뿌려주었다'고 자랑한다. 철딱서니 없는 아내의 이야기에 순정공은 과연 어떤 마음이었을까.

삼척의 마지막 해안인 이사부사자공원으로 올라간다. 이사부사자공원은 울릉도와 독도를 신라에 귀속시킨 이사부 장군의 정신을 기려 조성한 공원이다. 삼국사기에는 신라시대 때 지금의 울릉도인 우산국의 왕비 풍미녀의 심한 사치가 전한다. 왕의 부하들은 신라에 들어가 노략질을 해서까지 그 욕심을 채워줘야 했고, 이에 지증왕의 명령을 받은 이사부가 우산국을 정복하러 갔지만 거친 바다에 단련된 우산국 군사들을 쉽게 무너뜨리진 못했다. 지혜를 짜낸 이사부는 나무를 깎아 사자 모형을 만들게 했고, 무서운 형상의 사자들이 뱃머리에 가득한 신라 군선들을 보고 우산국 군사들은 지레 겁을 먹어 항복했다고 전한다.

공원 안에는 각양각색의 사자 모형들이 비를 맞고 서 있다. 백수의 제왕이 무섭기는커녕, 하나같이 정겹고 친근한 모습이다. 이사부 장군은 우산국 정벌을 위해 이곳 삼척에서 출발했다. 지금의 독도는 당시 우산도로 우산국에 포함되어 있었다. 우산도가 그때부터 우리 땅에 귀속되었다는 사실을 보여주는 상징적인 공간이다. 독도를 자기 땅이라고 우기는 미친놈들을 향해 "독도는 우리 땅!"이라며 사자들이 포효한다.

거센 비바람 속에서 이리저리 추암촛대바위로 내려가는 길을 찾았으나 길이 없어 다시 아래로 내려온다. 기존의 출입로인 바윗길은 자전거도로 나무 데크 공사 중이라며 출입금지란다. 비바람 몰아치는데 촛대바위를 어디로 가란 말인가. 달리 길이 없어 출입금지를 무시하고 지나간다. 역시 하지 말라는 짓이 재미있고 스릴 있다.

반드시 원칙을 지켜야 한다는 무거움에서 벗어나 좀 도덕적이지 않아도, 다소 이기적인 것이 더 인간적일 수 있다는 생각에 삶의 무게도 조금은 가벼워진다.

독서讀書

해파랑길 33코스는 애국가의 배경이 되는 추암촛대바위가 있는 추암해변에서 시작하여 삼척시를 벗어나 동해의 자유무역단지와 산업공단을 지나고 동해역을 지난 후 영동선 열차의 해안 철로를 옆에 두고 걸어 묵호역에 이르는 길 13.3km이다.

성난 바다가 포효한다. 우산은커녕 몸 하나 가누기 어려울 정도로 비바람이 몰아치고 파도가 거품을 내뿜으며 추암촛대바위와 능파대에 사정없이 부딪힌다. 잿빛 바위에 부딪혀 산산이 부서지고, 부서지고, 부서진다. 풍파를 겪는 사람처럼 할 말 많은 바다가 심중에 솟아오르는 얘기들을 시원스레 마음껏 내뱉는다. 그러고는 다시 잠잠하겠지.

'삼척의 해금강', '동해의 해금강'으로 불리는 동해안의 대표적인 일출 명소 추암촛대바위, TV속 애국가 첫 배경의 장엄한 일출을 떠올리게 하는 바로 그곳에서 빗소리와 파도소리를 반주삼아 '동해물과 백두산이 ~' 애국가를 부른다. 누가 보면 '미친놈!' 하겠지만 주위엔 아무도 없다. 평소 많은 관광객들이 다녀가는 곳이지만 오늘은 인적이 없다. 도대체 미치지 않았다면 이 빗속을 뚫고 누가 여기를 찾아들겠는가. 미쳐야 미칠 수 있으니 미치지 않으면 미칠 수 없다.(不狂不及)

동해시 추암동에 있는 추암촛대바위는 바다에서 솟아오른 형상의 기암괴석이 촛대와 같아 촛대바위라고 부른다. 촛대바위는 삼척시와 동해시의 경계지점에 있다. 추암(湫岩)이라는 이름 그대로 촛대처럼 뾰족솟은 형상도 기묘하지만 동해시와 삼척시 바닷가에 한 발씩 걸친 위치가 더 절묘하다. 바다를 향해서면 왼쪽이 동해시, 오른쪽이 삼척시이다. 전설에 따르면 추암에 살던 한 남자가 소실을 얻은 뒤 본처와 소실 간의 투기가 심해지자 이에 하늘이 벼락을 내려 남자만 남겨 놓았으며 이때 혼자 남은 남자의 형상이 촛대바위라고 한다. 여인들은 어디로 가고, 남자만 남았을까, 하늘의 처사가 참으로 몰인정하다.

촛대바위 주변에 솟아오른 10여 척의 기암괴석은 동해바다와 어울려 절경을 연출하여, 세조 때 도체찰사로 이곳을 찾은 한명회는 바위에 부딪히는 파도의 절경에 취해 이 일대 기암괴석들을 일컬어 '능파대'라 불렀다. '능파(凌波)'란 물결 위를 가볍게 걸어 다닌다는 뜻으로 미인의 가볍고 아름다운 걸음걸이를 이른다. 기암괴석들이 비바람과 거친 파도에 부딪히며 장관을 이룬다. "남한산성의 正東方은 이곳 추암해수욕장입니다."라는 커다란 표석이 나그네에게 현재 어디에 있는지 존재의 위치와 방향을 일깨워준다.

능파대에서 내려와 사나운 비바람을 피해 해암정(海岩亭) 처마 밑으로 간다. 비에 젖은 우의를 벗어 물기를 닦고 전열을 재정비한다. 해암정은 고려 공민왕 때 삼척 심씨의 시조인 심동로가 벼슬을 버리고 고향으로 내려와 살며 세운 정자다. 탁 트인 바다가 한 눈에 보이고 갖가지 형상의 절벽이 병풍처럼 둘러 서 있어 바다라는 자연 자체를 집안으로 끌어들여 정원을 삼은 조경이다.

빗줄기가 약간 가늘어져 다시 길을 나선다. 추암역에 올라 철길을 걸으며 그 정취를 느껴보고, 추암 철길 아래 통로를 지나 동해시로 향한다. 자유무역단지와 산업공단을 지나간다. 인적 없는 넓은 자동차 도로에 사람이라곤 나 홀로다. 하수종말처리장을 지나 해안숲길을 바라보며 강변길을 따라간다. 양편에 있는 거대한 공장들 사이로 난 강변길을 걷는다. 빗속을 걸으며 하늘을 우러러 본다. 내가 어디에 있는가. 나는 어디로 가고 있는가. 진정한 삶이라는 예술적인 작품을 창조하기 위해 자아의 중심으로 여행을 떠난다.

동해시에서 가장 규모가 큰 하천인 전천(箭川)을 따라 상류로 올라가면서 동해역으로 가자면 어디에서 강을 건너야 하는지 알 수가 없구나, 하는 순간 징검다리가 보이고 작은 표지판이 동해역으로 가는 길임을 가르쳐 준다. 낭패다. 징검다리가 물에 잠겨 보일 듯 말 듯하다. 하지만 달리 선택의 여지가 없다. 폭이 100m나 되어 보이는 강 건너편에 마침 낚시꾼이 보인다. 물살에 떠내려가려면 저 사람이 시신이나 찾아줄 수 있을까, 하는 생각을 하며 돌다리를 건너간다. 이미 젖은 신발이지만 이내 물속에 잠긴다. 비는 내리고 바람은 불고 길은 험하다. 가야 하는 길이기에 조심조심 건너간다. 징검다리를 다 건너가자 오른편에 있는 낚시꾼이 그 위험한 길을 건너오느냐며 인사를 한다. 순간, 귀와 눈을 의심했다. 낚시꾼은 분명 남자가 아닌 초로의 여인이었다. 비오는 날 낚시하는 여인, 아마존의 여전사 같은 여류 강태공이었다.

강태공은 80년은 가난하게 살고 이후 80년은 영화롭게 살았다. 궁팔십달팔십(窮八十達八十)이다. 기원전 11세기 중국의 은나라를 멸망시킨 강태공은 학문을 좋아해서 집안일도 돌보지 않았다. 마당에 곡식을 널어놓은 멍석이 비가 와서 떠내려가도 모를 정도로 자나 깨나 공부밖에 몰랐다. 10년, 20년이 지나도 늘 그런 상태니 집안 형편이 말이 아니었고, 그의 아내 마씨는 이제나 저제나 기다리다 달아나버렸다.

강태공은 낚시를 좋아해 위수 강가에서 자주 낚시를 했다. 처음에는 고기를 잡기 위해서 했지만 나중에는 세월을 낚기 위해 낚시를 했다. 그런 강태공의 모습을 본 서백창(후일 주 문왕)은 강태공을 궁궐로 모셔 스승으로 삼고 태공망(太公望)이라는 호를 지어 주었는데, 이는 서백창의 아버지인 태공이 바라던 인물이라는 뜻이었다. 강태공은 그렇게 탄생했고 그의 원래 이름은 강상(姜尙)이었다.

강태공이 제나라의 공작이 되어 금의환향하는 길에 거지 차림의 떠나간 아내가 돌아와서 다시 받아줄 것을 애원했다. 강태공은 물 한 그릇을 가져오도록 하여 그릇의 물을 땅바닥에 쏟게 한 다음, 그 물을 다시 그릇에 담아보라고 하였다. 한 번 땅에 쏟은 물은 다시 담을 도리가 없었다. "한번 엎지른 물은 다시 주워 담을 수 없는 법이오. 마찬가지로 한번 끊어진 인연도 다시 맺을 수 없소." 유명한 복수불반분(覆水不返盆)의 경구다. 매정한 강태공은 가던 길을 재촉했고 여인은 길에 주저앉아 대성통곡을 했다.

조선 후기의 어느 날 책만 보고 있는 허생에게 아내가 말한다. "그깟 책은 읽어 뭐하우. 밥이 나와 쌀이 나와." 허생, "공부가 아직 부족해."

아내, "식구들 쫄쫄 굶기면서 책을 읽고 있으면 배가 부른가 보지? 물건을 만들던가, 장사를 하던가." 허생, "기술도 밑천도 없는 걸 어떡하나."

아내, "밤낮 글 읽더니 못 한단 말만 배웠소? 차라리 도둑질이나 하던지."

견디다 못한 허생은 책을 탁 덮고 자리에서 벌떡 일어난다.

"안타깝다. 내 십년독서가 이제 겨우 7년인데 나머지를 못 채우는구나."

아내에게 떠밀린 허생은 장안의 변 부자에게 돈 만 냥을 빌려 큰돈을 벌게 된다.

십년독서(十年讀書), 십년한창(十年寒窓)은 옛 선비들의 꿈이었다. 눈앞에 만 권의 책을 쌓아놓고 한 10년간만 읽으면 세상 보는 안목이 훤히 열린다고 믿었다. 송나라 때 심유지가 만년에 독서에 빠져 손에 책을 놓은 적이 없었다. 그가 늘 입에 달고 했다는 말이, "진작에 궁달에 정한 운명이 있음을 알아 십년독서를 못 한 것이 안타깝다." 젊어 십년독서를 했다면 인생을 안타깝게 허비하지는 않았으리라는 말이다. 산전수전, 세상풍파 다 겪으면서 늘 길을 몰라 우왕좌왕 하다가 나이 들어 독서에 몰입하고 나니, 몰라 헤매던 그 길이 그 속에 다 있더라는 이야기다.

'독만권서(讀萬券書) 행만리로(行萬里路) 교만인우(交萬人友)'라고 했다. 큰 사람이 되려면 만 권의 책을 읽고, 만 리를 여행하고, 만 명의 벗을 사귀라는 이야기이다.

사상의학의 창시자인 조선후기의 한의학자 이제마(1837~1900)는 인간의 다섯 가지 행복으로 '오래 사는 것', '마음 씀씀이가 고운 것', '재산을 일구는 것', '세상에서 사람 도리를 하는 것', '독서를 즐기는 것'을 들었다. 이제마가 독서를 강조한 것은 선비를 위해 한 말이 아니라 농부를 위해 한 말이었다. 생각 없이 몸만 움직이면 건강에 좋지 않으니 평소 독서를 게을리 하지 말아야 한다는 것이다. 그와 반대로 늘 책을 읽는 선비는 짬을 내어 몸을 움직여 밭을 가는 농사를 지어야 한다고 했다. 이제마는 일하면서 생각하고 생각하면서 일하는 지식경영을 촉구한 것이다.

유호통은 조선 전기의 충신 황보인 정승에게 딸을 출가시키면서 함을 보냈는데 함 안에 당시의 풍속대로 진귀한 예물을 보낸 것이 아니라 책을 가득 채워 보냈다. 함을 열어본 사람들은 모두 놀랐다. 나중에 황보인이 사돈 유 씨를 만나 "혼인날 예물함에 왜 책만 보냈습니까?" 하고 묻자 유호인은 "황금이 상자에 가득 차 있더라도 자식에게 한 권의 경서를 가르치는 것만 못하다는 말이 있는데, 혼인날 함에 어찌 책을 쓰지 못하겠습니까?"라고 하였다.

안중근 의사는 '하루만 책을 읽지 않아도 입에 가시가 돋는다(一日不讀書 口中生荊棘).'고 했다. 예기(禮記)에는 '옥은 다듬지 않으면 그릇을 이루지 못하고, 사람은 배우지 않으면 의를 알지 못한다.'고 한다. 장자는 '사람이 배우지 않음은 아무 재주 없이 하늘에 오르려는 것과 같고, 배워서 멀리 알면 구름을 헤치고 푸른 하늘을 보는 것과 같으며, 높은 산에 올라 사방 바다를 바라보는 것과 같다.'고 한다.

책은 사람을 사람답게 살게 한다. 책은 시대에 맞게 사람들의 가슴속에 살아 움직이는 등대의 빛이다. 책이 어떤 다른 유혹보다 달콤하고 더 좋은 것을 안다면 옛 선비의 고고함이 부럽지 않으며, 책을 통한 마음의 유랑이 광활한 온 우주를 활보하며 자유를 만끽한다. 작가 어슐러 르귄은 "우리는 자신의 본질을 발견하고자 책을 읽는다. 현실이든 상상이든 다른 사람의 활동과 생각과 느낌은 현재 자신의 모습과 앞으로의 모습을 이해하도록 도와주는 필수적인 지표다."라고 말한다. 에덴동산의 금단의 열매는 지식의 나무에 열렸다. 독학으로 공부한 사람들이 대부분 그러하듯 나 또한 독서를 좋아한다. 책은 호흡만큼이나 사는 데 필수적이다. 책과 산과 술은 오랜 친구로 함께 길을 간다.

빗속의 강태공과 대화를 나누고 생각에 잠겨서 다시 강 하류로 한참을 내려가다가 자동차 도로 다리 밑에서 비를 피하며 휴식을 취한다. 지도를 보니 아뿔싸, 동해역으로 가는 해파랑길은 징검다리를 건너 다시 상류로 가야 하는데 대화를 나누다가 생각 없이 반대로 내려 와버렸다. 다시 올라가야 하나 하는 순간, 이 다리 위로 올라가는 길은 없을까 하는 생각이 들었다. 다행히도 숲속에 길이 있었다.

북평교로 올라가 동해항을 지나며, 아스팔트 차도를 따라 동해역, 용정삼거리를 지나서 철로 옆으로 지나가는 영동선 열차를 구경하며 해안을 따라 걸어간다. 한섬해변을 지나자 멀리 묵호항이 보이고, 하평해변을 지나고 묵호역을 지나서 빗속에 펼쳐지는 아름다운 묵호항에 도착한다. 항구의 등불이 반짝이며 반겨준다.

"버들잎 외로운 이정표 밑에 말을 매던 나그네야 해가 졌느냐. 쉬지 말고 쉬지를 말고 달빛에 길을 물어 꿈에 어리는 꿈에 어리는 항구 찾아가거라." '대지의 항구'가 흘러나오는 어두운 묵호항 거리에 비가 내리고 나그네는 안식처를 찾아간다.

● 34코스

자득自得

해파랑길 34코스는 묵호역에서 시작하여 묵호등대에 올라 묵호의 애환을 맛보고 어달항부터 망상해수욕장까지는 편안한 해안길을 걷다가 이후 심곡약천 마을이 있는 내륙 시골길과 산길을 걸어 동해를 벗어나 강릉의 옥계시장에 이르는 길 18.9km이다.

칠흑 같은 어둠 사이로 동틀 무렵의 희미한 빛이 밝아온다. 가늘게 비가 온다. 비 내리는 묵호항을 걸어간다. 묵호항이 끝나는 커브 길에서 '논골담길' 이정표를 보고 왼쪽으로 난 좁다란 골목으로 묵호등대를 향해 올라간다. 급경사의 '바다로가는등대오름길'을 올라 오른쪽으로는 묵호 앞바다를, 왼쪽으로는 담벼락에 그려진 아기자기한 그림들을 바라본다. 마을 이름이 담화마을이라 집집마다 담벼락이 화폭으로 되어있다. 매일 새벽 명태와 오징어를 가득 실어 나르던 어선들로 활기를 띠었던 묵호항을 배경으로 살아온 사람들의 인생 스토리가 재미있는 벽화로 재탄생했다.

'갈매기가 숲으로 가지 않는 이유는 꽃들에게 희망을 줄 수 있기 때문……' '등대가, 어둠을 비추는 이유는 사랑을 잃고 길 위에 서성이는 눈먼 이들의 희망이기 때문……' 등 글과 그림이 가슴에 와 닿는다. 통영의 동피랑마을을 떠올리며 닮은꼴이라는 생각이 든다.

해발 67m의 등대에서 묵호항과 동해바다를 내려 본다. 한적한 어촌이던 묵호는 일제강점기 말 삼척 일대 무연탄을 실어 나르는 무역항으로 개항하면서 항구도시로 변모했다. 울릉도와 독도로 가는 뱃길은 포항여객선터미널과 더불어 묵호항여객선터미널에서 오랫동안 열렸고, 강릉과 후포 등으로 다변화되었다. 시원한 비바람이 불어오는 언덕길의 막바지에서 바람개비 밑에 걸려있는 작가 미상의 시 한수 '바람의 언덕'이 발길을 잡는다.

바람 앞에 내어준 삶
아비와 남편 삼킨 바람은
다시 묵호 언덕으로 불어와
꾸들꾸들 오징어, 명태를 말린다.
남은 이들을 살려낸다.
그들에게 바람은
삶이며 죽음이며
더 나은 삶을 꿈꾸는
간절한 바람이다.

바다에서 고된 뱃일을 하며 고기를 잡던 남편이자 아비를 삼켜버린
바람이 다시 이 언덕으로 불어와 오징어와 명태를 말리며 남은 이들을
살려내는, 이곳 달동네 사람들의 애환을 담아내며 가슴을 적신다. 60
년대 시멘트공장이 들어서면서 외항선원, 오징어잡이배 선원, 부두하역
일꾼 등이 몰려들며 조그마한 항구가 붐비기 시작했던 묵호, 사람들은
머물 곳을 찾아 언덕 여기저기에 벽돌을 쌓고 판잣집을 지어 오붓한
공간을 만들었다. 세월이 흐르며 판잣집은 하나 둘씩 늘어나고 어느덧
이 언덕은 달동네 판자촌으로 변모했다.

묵호등대를 내려와 출렁다리를 지나서 어달항으로 간다. 도로변에 있는
까막바위가 '서울 남대문의 正東方은 이곳 까막바위입니다'라고 자신을 소
개한다. 낚시명소 어달항을 지나서 대진항으로 진입한다. 대진해변, 망
상해변으로 이어지는 동해시의 끝자락 평범한 해안도로를 따라 걷는다.

망상해수욕장 끝자락의 망상오토캠핑장 입구에서 왼쪽 내륙으로 들
어서서 심곡약천마을로 향한다. 시골길을 한참 걸어 남구만 선생의 시
조비가 있는 사당을 지나서 약천마을에 이른다. 숙종 때 영의정을 지
냈던 약천 남구만(1629~1711)은 기사환국(1689년)으로 남인이 득세하자 소

론의 영수로 지목되어 이곳에서 1년 반 동안 유배생활을 했다. 처사에 사사로움이 없고, 매사를 공의에 따랐던 남구만은 장희빈의 사사가 결정되자 용인으로 낙향, 21년간 은거했다. 약천 남구만의 흔적들이 시비와 함께 마을 여기저기 남아있다. 농가 아침의 부산한 모습을 그린 정겨운 국민 시조가 귓전을 울린다.

동창이 밝았느냐 노고지리 우지진다.
소치는 아이는 상기 아니 일었느냐
재 너머 사래 긴 밭을 언제 갈려 하느니.

약천마을을 지나 산속 깊숙이 올라가다 '솔향 강릉, 옷재, 해발 180m'라는 이정표를 만난다. 동해시가 끝나고 강릉시가 시작되는 경계지점이다. 내리막 산길이 끝나며 옥계시장으로 들어선다. 소머리국밥으로 식사를 하며 도수가 높은 맛 좋은 옥계막걸리를 곁들인다. 시원한 막걸리가 더위를 녹여준다. '더위를 없앨 수는 없다 해도 덥다고 하는 괴로운 마음을 없앤다면 몸은 항상 서늘한 누대 위에 있을 수 있고, 가난을 없앨 수는 없다 해도 가난을 근심하는 그 생각을 쫓으면 마음은 항상 안락한 집에서 살 수 있다.'라고 했던가. 막걸리 한 잔에 더위도 물리치고 마음도 부자가 된다. 역시 삶은 연극이고 무용이고 오페라다. 그리고 자신은 그 주인공이다.

여름이면 체질적으로 땀을 많이 흘리고 더위를 탄다. 반면 겨울에는 비교적 추위에 강하다. 지금까지는 주로 겨울에 길을 나섰다. 매서운 찬바람이 볼을 스치면 바람이 들어오지 않도록 단추를 잠그고 길을 걸어갈 때 진하고 짜릿한 의미를 느꼈다. 그럴 때면 살아있는 몸과 마음을 느끼면서 희열이 다가왔다. 이왕이면 계절도 혹한으로, 코스도 험한 길로, 주어진 상황에서 육체적으로 좀 더 깊은 수렁으로 자신을 밀어 넣으려는 시도를 했다. 그리고 고통에 상응하는 성취감을 느꼈다. 그런데 진정, 이 여름의 도보여행이 얼마나 혹독한지, 더위에 지친 몸과 마음에 경의를 표한다.

"한 사람이 진정한 남자가 되려 한다면 반드시 힘겨운 단련을 거쳐야 한다. 환난 속에는 환난의 이치가 있는 법이므로 '자득(自得)'이란 두 글자에서 답을 찾아야 한다."라고 명나라 말기의 사상가 손기봉은 말한다. 자득은 스스로 깨달아 얻는 것이다. 맹자는 "군자가 원칙과 목표를 가지고 앞으로 나아가는 것은 자득의 경지에 이르기 위함이다. 자득의 경지에 이르면 사는 것이 안정되고 편안해진다."라고 말한다. 노자는 "다른 사람을 아는 자는 지(知), 스스로를 아는 자는 명(明)"이라 했다. 다른 사람을 아는 자는 지자(知者)에 지나지 않으나, 자기 자신을 아는 자는 현명한 사람(賢者)이란 뜻이다. 소크라테스는 "너 자신을 알라" 했고, 괴테는 "인생은 자기 자신을 찾는 여행"이라 했다. 진정한 남자가 되기 위한 단련을 통해 자득의 답을 찾아간다.

더위와 추위, 어느 계절인들 힘들지 않은 여행은 없었다. 단지 고통에 담긴 뜻을 음미하며 걸었을 뿐이었다. 화타(145~208)는 "인체에는 반드시 운동이 필요하다. 다만 지나치면 좋지 않다. 운동은 소화를 돕고,

혈액순환을 촉진시켜 병을 예방하니, 이는 흐르는 물이 썩지 않는 것과 같은 이치이다."라고 한다. 사람은 본래 태어나는 순간 근심걱정이 시작되고, 죽을 때 비로소 편안하고 행복해지는 것이 변함없는 인생의 법칙이다. 지나치지 않는 적당한 걷기운동으로 침묵 속에서 마음의 소리를 들으며 근심걱정 덜어보고 편안한 여행을 즐겨보자며 여유를 갖는다. 내면에서 울려 퍼지는 열정의 소리에 귀 기울이며 천사가 날갯짓하는 옥계거리로 뛰어나간다.

용인에서 오는 일행들을 생각하며 시골 장터를 구경한다. 장터에서 자란 어린 시절이 떠오르며 과거 속으로 빠져들게 한다. "어제의 좋은 일 두 개나 결코 생기지 않을 내일의 좋은 일 세 개보다, 오늘의 좋은 일 한 개가 낫다"는 아일랜드 속담이 스쳐간다. 과거의 추억을 회상하는 것도, 미래를 희망적으로 낙관하는 것도 좋지만, 눈앞의 옥계시장을 소박하게 즐기면서 걸어간다.

용인에서 오는 형과 친구를 만나기 위해 시골길과 차도를 걸어 옥계 인터체인지로 간다. 먼 길을 달려온 반가운 손님을 만난 갈 길 먼 나그네, '재 너머 사래 긴 밭을 언제 갈려 하는지' 오늘은 일찌감치 발걸음을 멈추고 정동진으로 향한다.

이백은 '산중대작'에서 "두 사람이 술잔을 마주하니 산꽃이 피네. 한 잔, 또 한 잔, 다시 또 한 잔"이라 노래하고, 나그네는 '해변대작'에서 '세 사람이 술잔을 마주하니 갈매기와 파도가 춤을 추네. 한 잔, 또 한 잔, 다시 또 한 잔을 기울이며 훈훈한 우정의 오후를 즐기네'라고 노래한다.

8. 강릉 구간

　한반도의 허리인 태백산맥 동쪽 중앙에 위치한 강릉시는 서울과 비슷한 위도에 위치한 동해안 중부에 있는 인구 21만여 명의 영동지방 최대의 도시이다. 해안형과 내륙형을 겸비한 입지요건뿐만 아니라 천혜의 관광자원이 풍부한 관광도시로서 고도의 멋과 전통이 살아있는 역사 문화 교육의 도시이다. 1263년(원종 4년) 처음 강릉도라 하여 강릉이라 불렸으며 1955년 9월 1일 강릉시로 승격하였다. 강릉팔경으로 경포호수, 오죽헌, 경포대, 선교장, 소금강 만물상, 정동진 일출, 헌화로 해변도로, 대관령 자연휴양림을 꼽는다.

　해파랑길 제8구간인 강릉 구간은 옥계시장에서 주문진해변에 이르는 35~40코스 87.5km이다. 35코스는 국내 최고의 드라이브 코스이자 수로부인의 설화가 깃든 헌화로를 지나는 금진항에서 심곡항 간 해안도로를 걸어 정동진역에 이르는 길이다. 36코스는 세계의 기차역 중에서 바다와 가장 가깝다는 정동진역에서 괘방산을 넘어 안인해변에 이르는 길이다. 37코스는 내륙 깊숙이 들어가며 풍호마을, 정감이마을, 학산마을 등 시골 정취가 물씬 풍기는 마을들을 지나 오독떼기전수관에 이르는 길이다. 38코스는 학산마을에서 저수지와 산을 넘어 강릉 시내를 지나 남항진해변으로 나오는 길이다. 39코스는 인목커피거리를 지나 허균, 허난설헌 생가 터와 경포호를 둘러보고 사천진해변에 이르는 길이다. 40코스는 연곡해변 송림길을 지나서 영진해변에서 커피를 마시고 주문진해변에 이르는 길이다.

강릉바우길은 백두대간에서 경포와 정동진까지 산맥과 바다를 함께 걷는 총연장 350km로 바우길 14개 구간, 대관령바우길 2개 구간, 울트라바우길, 계곡바우길로 이루어져 있다. '바우길' 이름은 '감자바우'에서 연유한다. 강원도 사람들은 무던하고 좋은 사람을 친근하게 부를 때 감자바우라고 한다. 둥글둥글 감자나 바위처럼 외모도 성격도 담백하고 우직한 시골 촌놈을 연상케 하는 호칭이다.

1구간은 '선자령풍차길'로 대관령휴게소에서 양떼목장을 바라보며 시작되어 백두대간 선자령을 한 바퀴 돌아오는 독립된 길이다. 2구간은 '대관령옛길', 3구간은 '어명받은소나무길', 4구간은 '사천둑방길'로 2, 3, 4구간이 이어지며 45km를 달려 사천진항에 이른다. 5구간은 사천해변에서 남항진까지의 '바다호숫길', 6구간은 남항진해변에서 학산오독떼기까지 '굴산사가는길', 7구간은 학산오독떼기마을에서 안인해변까지 '풍호연가길', 8구간은 안인해변에서 정동진역까지의 '산우에바닷길', 9구간은 정동진역에서 옥계시장까지 '헌화로산책길'이며, 해파랑길 강릉 6개 코스 35~40코스는 강릉바우길 9, 8, 7, 6, 5, 12구간과 거꾸로 겹친다.

35코스 ~ 40코스 87.5km

주문진해변

영진항

연곡해변

40 사천진리
해변공원

경포대

허균·허난설헌
기념관

중앙시장

솔바람다리 39

강릉시청 ⊙

모산봉

안인해변 37

구정면사무소
오독떼기전수관 38
수변공원

정동진역 36

심곡항

금진항

옥계해변

35

옥계시장

친구親舊

해파랑길 35코스는 옥계시장에서 시작하여 강릉바우길과 처음 조우하여 겹치며, 내륙 시골길을 지나 금진항에서 심곡항까지 '헌화로'인 해안 절벽길을 걷고 운치 있는 산길을 걸어 썬크루즈리조트 정문 맞은편으로 내려와 정동진역에 이르는 길 13.4km이다.

거문고의 달인 백아가 있었다. 어느 날 휘영청 밝은 달 아래 거문고를 뜯고 있었는데 몰래 연주를 엿듣는 사람이 있었다. 허름한 차림의 나무꾼인 종자기는 놀랍게도 음악을 꿰뚫고 있었다. 둘은 절친한 친구가 되었다. 백아가 거문고로 높은 산을 표현하면 종자기는 "하늘 높이 우뚝 솟는 느낌은 마치 태산처럼 웅장하구나." 하고, 큰 강을 나타내면 "도도하게 흐르는 물은 마치 황하 같구나." 하고 맞장구를 쳐주었다. 두 사람이 놀러갔다가 갑자기 비가 쏟아져 동굴로 들어갔는데, 백아가 동굴에서 빗소리에 맞추어 거문고를 당겼다. 비 오는 곡조인 임우지곡(霖雨之曲)을, 산이 무너지는 붕산지곡(崩山之曲)을 연주하였다. 종자기는 그

때마다 백아가 무엇을 표현하려는지를 정확히 이해하였고 둘은 거문고를 매개로 서로 마음이 통하였다. 그런데 갑자기 종자기가 병으로 세상을 등졌다. 너무도 슬픈 나머지 백아는 애지중지하던 거문고 줄을 스스로 끊어버리고 죽을 때까지 다시는 거문고를 켜지 않았다. 백아는 자신의 음악을 알아주는 사람이 이 세상에는 더 이상 없다고 생각하였기 때문이다. 백아와 종자기의 우정, 백아절현(伯牙絶絃)이다. 두보는 '백년 인생의 노래 절로 쓰라리니, 지음 있음을 알지 못하리로다(百年歌自苦 未見有知音)'라며 백아와 종자기의 지음지기(知音知己) 우정을 노래했다.

낮은 곳으로 내려오며 만나고 얼싸안고 흘러온 낙풍천이 바다로 들어가는 옥계해변에서 해안도로를 따라간다. 한국여성수련원의 소나무 숲을 지나서 붉은 해와 푸른 동해바다를 벗 삼아 금진해변을 걸어간다. 더 없이 맑고 고운 하늘과 바다가 펼쳐지니 지금까지 비바람을 맞으며 걸었던 이야기를 들려줘도 오늘의 동행들은 미소만 지을 뿐 실감을 하지 못하니 억울할 따름이다. 나 홀로 도보여행이 오늘은 왁자지

껄, 분위기가 색다르다. 먼 데서 벗이 해파랑길을 찾아왔으니 어찌 즐겁지 않겠는가. '친구(親舊)'는 '옛(舊)'부터 사랑하여 '나무(木) 위(立)에서 바라보는(見)' 사이이니 용인에서 함께한 20년 가까운 인연이 새삼 반갑고도 고맙다.

불교에서는 사람은 죽어서 열반에 들지 않는 이상 쌓은 업(業, 카르마)에 따라 천상, 인간, 아수라(싸우기 좋아하는 귀신), 축생, 아귀, 지옥 중 하나로 다시 태어난다고 가르친다. 윤회의 과정 여섯 가운데 가장 좋은 것은 인간으로 태어나는 것이다. 그래야 깨달아 열반에 들 기회가 있기 때문이다. 천상의 세계는 편한 삶을 사느라 깨달음에 이르려는 마음을 내기 어렵고, 인간 이외의 존재들은 깨달음에 이르기에 너무 멀리 떨어져 있다. 그러나 인간으로 태어나는 것은 맹귀우목(盲龜遇木)의 확률이다. 조그마한 구멍 하나 뚫린 나무가 망망대해에 떠다니는데, 백년에 한번 씩 물위로 머리를 내미는 눈 먼 거북이가 우연히 그 나무구멍으로 머리를 내 밀게 되는 것과 같은 확률이라는 것이다. 인간으로 태어나는 것이 그만큼 어려우니 소중한 인생이라 여기라는 뜻이다. 옷깃만 스쳐도 삼생의 인연, 서로 대화를 나누는 인연을 수십 생의 인연이라 한다. 지구상 70억의 사람들 가운데 동시대에 대한민국에 태어날 확률은 얼마나 될까? 부모와 자식의 인연으로, 형제의 인연으로, 친구의 인연으로, 동료와 이웃으로 만날 확률은 과연 얼마일까?

청나라 때 장조는 '유몽영(幽夢影)'에서 "학식이 많은 벗과 대화를 나누는 것은 희귀한 책을 읽는 것과 같고, 시취를 아는 벗과 대화를 나누는 것은 훌륭한 작가의 시문을 읽는 것과 같고, 사려 깊은 벗과 대화를 나누는 것은 성현의 경서를 읽음과 진배없고, 재치 있는 벗과 대화를 나누는 것은 소설 전기를 읽는 것과 같다."고 하며 "시를 지을 수 있는 벗이 첫 번째, 대화를 잘 하는 사람이 두 번째, 그림을 잘 그리는 사람이 세 번째, 노래를 잘 부르는 벗이 네 번째, 그리고 주도(酒道)에 통한 사람이 다섯 번째"라고 벗의 종류를 말한다.

우정이란 성장이 더딘 식물이다. 우정이라고 불릴만한 가치가 있게 되기까지는 몇 번이고 심한 충격을 받고, 또 그것을 건뎌내지 않으면 안 된다. '태어난 날은 달라도 죽는 날은 같다'는 유비와 관우와 장비의 도원결의, 유비와 제갈량의 수어지교, 관중과 포숙의 관포지교, 염파와 인상여의 문경지교, 한유와 유종원의 간담상조 등은 모두 변치 않는 사나이들의 의리의 귀감이다. 장자는 "군자의 친교는 물처럼 담담하고 소인의 친교는 감주처럼 달콤하다. 군자는 맑고 담담하게 친분을 심화시키고, 소인은 달콤하게 그 친분을 끊는다."라고 한다. 연암 박지원은 사람들이란 각각 제 처지에 맞추어 버릇이 든다고 하면서 군자라고 떠드는 사람치고 매일 입만 벌리면 '신의'요 '도리'를 내세우지만 실상은 그렇지 못하다고 '말거간전'에서 말한다.

친구를 사귐에 있어 신의는 소중하다. 깊은 사귐을 신중히 하고 한 번 신의를 맺으면 손해 보더라도 변치 말아야 한다. 쉽게 사귀면 쉽게 헤어진다. 우정을 지켜가는 데는 적당한 간격이 필요하다. 적당한 거리에 있어야 한다. 멀리 있으면 온기를 느낄 수 없고, 가까이 있으면 뜨거운 열기에 다칠 수 있다. 마치 고슴도치들이 추위를 견디듯이 함께 있되 거리를 두어야 한다. 두 사람 사이에 바람이 쉬어가고 출렁이는 바다를 두어야 한다. 함께 노래하고 춤추되 구속하지는 말아야 한다. 마치 현악기의 줄들이 하나의 음악을 울릴지라도 줄은 서로 혼자이듯이 함께 있되 너무 가까이는 말아야 한다.

나라를 들어 올릴 힘을 가진 장사라 할지라도 스스로를 들어 올릴 수는 없다. 힘이 모자라서가 아니라 잡고 힘쓸 데가 없기 때문이다. 혼자 노는 백로보다 함께 노는 까마귀가 낫다고 하듯 독불장군은 없다. 좋은 친구를 사귀자면 내가 먼저 마음을 열고 좋은 친구가 되어야 한다. 높은 산에 오르면 먼 데 높은 산을 볼 수 있다. 내공을 길러야 내공이 깊은 친구를 만날 수 있다. 젊은 날 몸과 마음과 영혼의 힘을 길러야 한다. 산고수장(山高水長), 높은 산은 많은 벗들을 품고, 긴 강물은 많은 지천을 받아들인다. 한 줌의 흙을 버리고 한 방울의 물을 무시해서는 높은 산을, 긴 강을 이룰 수 없다. 데이비드 소로는 "친구를 찾아 헤매는 사람은 불쌍하다"라고 했다. 그 이유는, 충실한 친구는 오직 그 자신뿐이기 때문에 친구를 찾아 헤매는 사람은 자기 자신에게도 충실한 친구가 될 수 없기에 자신을 아는 것이 좋은 친구를 만나는 첩경이라고 역설적인 말을 한다.

금진항을 지나서 해안도로를 따라 심곡항으로 향한다. 금진항에서 심곡항 사이 1.9km 해안 절벽길은 기암괴석으로 경관이 빼어나 자연의 신비로움을 새삼 느끼게 하는 아름다운 곳이다. 우리나라 최고의

드라이브 코스인 동시에, 소를 몰던 노인이 절벽에 꽃을 따 수로부인에게 바쳤다는 '헌화로'이기도 하다. 삼국유사의 '헌화가가 들려온다.

자줏빛 바위 가에
잡고 가는 암소를 놓게 하시고
나를 부끄러워하지 않으신다면
꽃을 꺾어 바치오리다.

남편 순정공과 함께 서라벌을 출발한 수로부인, 삼척에서는 용에게 납치되어 바다로 들어갔던 수로부인이 며칠 뒤 이곳 강릉에서는 위험천만인 절벽에 피어있는 철쭉꽃을 보고 "저 꽃 꺾어줄 이 누구 없을까?"라고 하니 천진난만한 사고뭉치가 아닐 수 없다. 하지만 이번에는 발길이 닿기 어렵고 위험하여 아무도 나서지 않는다. 그런데, 마침 암소를

끌고 지나가던 노인이 나타나 '헌화가'를 부르며 꽃을 꺾어 바쳤다. 금방이라도 바위 하나가 떨어질 것 같은 곧추선 기암절벽에 올라가 철쭉꽃을 따다 바친 노인은 신선이 아니면 호색한?, 분명 평범한 인간은 아닐 것이다.

전국에서 바다와 가장 가까운, 가장 낭만적인 차도로 손꼽히는 구간을 걸어간다. 하지만 해수면과 해안도로의 높이가 비슷해 태풍이 불거나 파도가 심할 때는 위험하게 여겨진다. 심곡항에 도착하기 직전, 헌화로 '합궁골'에서 걸음을 멈춘다. 갈라진 바위 사이로 남근을 연상시키는 우람한 기암괴석이 서 있다. 남근과 여근이 마주하여 신성한 탄생의 신비를 보여준다. 동해의 떠오르는 해의 서기를 받아 우주의 기를 생성하여 음양이 조화를 이루는 이곳 합궁골에 부부가 함께 오면 금실이 좋아질 뿐만 아니라 바라던 아기도 생긴다고 한다.

심곡항에서 정동진해변까지는 해안 절벽들로 길이 막혀있어 우회를 한다. 심곡항 버스정류장 뒤 등산로 입구로 올라가 곰두리연수원을 지나고 산길을 걸어간다. 숲과 나뭇가지 사이로 시원하게 펼쳐진 동해 바다와 수평선의 맑은 하늘을 바라본다. 산길 내내 '솔향 강릉' '강릉 바우길' 이정표와 해파랑길 리본이 함께 있어 정겨움을 더해준다. 5천 년 전 터키의 아라라트산(해발 5137m)에 정박한 노아의 방주를 연상케 하는 선크루즈가 나타난다. 위용을 자랑하는 선크루즈 정문에서 맞은편으로 산을 내려간다.

신은 노아의 방주로 인류에게 다시 한 번 기회를 주었다. 인류의 조상 아담의 불순종의 타락, 동생 아벨을 죽인 인류 최초의 아들이자 최초의 살인자 가인과 그의 후예들, 신은 인류를 멸망시키기 위해 물로 심판을 하였고, 오직 노아와 셈과 함과 야벳, 세 아들만을 살려주며 다시는 물로 심판하지 않겠노라 무지개로 언약을 했다. 그리고 이들로 하여금 다시 생육하고 번성하여 지구를 채우도록 하였으나 세상은 다시 죄악과 불순종으로 만연하였고 신의 영광은 그 뒤에 가려져버렸다.

니체는 '인간이란 자신이 보고자 하는 것을 본다. 즉 자신이 믿고 싶은 것을 믿을 따름인 나약한 존재라는 것'이며 모든 것을 신에게 의지하고 기도만 하면 다 들어줄 것처럼 생각하는 사람들에게 '현실을 직시하고 똑바로 보라고 외치는 광야의 소리가 들리지 않느냐'고 말한다. 니체는 말한다. "신은 죽었다"라고. 그리고 신의 죽음은 교회의 죽음이지 신의 죽음이 아니라고.

　뜨거운 햇살의 정동진해변에 도착해서 다리를 건너 정동진 모래시계 공원으로 걸어간다. 낮의 햇살에 비치는 모래가 많을까, 밤하늘에 빛나는 별이 많을까? 호주의 천문학자들은 별이 많다고 발표했다. 나는 수많은 모래 중 하나, 수많은 별 가운데 하나에도 미치지 못하니 나는 얼마나 작은가. 모래는 모래들끼리, 별은 별들끼리 모여 아름다움을 이루고, 평화로운 해변에 백구(白鷗)들은 자기들끼리 끼룩끼룩, 사람들은 사람들끼리 왁자지껄, 삼삼오오 둘러 모여 동해 바다의 여름을 즐기고 있다. 우리는 우리끼리 한나절의 해파랑길 소풍을 마감하고 잃어버린 낙원을 되찾아 시원한 행복의 그늘 속으로 들어가 축제를 벌인다. 살아있다는 사실에, 누릴 수 있는 현실에, 서로의 우정에 감사하면서 쓸쓸한 인생을 쓸쓸하지 않은 체하며 운명처럼 살아간다.

시간時間

해파랑길 36코스는 세계에서 바다와 가장 가까운 역인 정동진역에서 시작하여 안보체험등산로인 괘방산을 넘어 등명낙가사를 바라보고, 사방 경관이 시원한 활공전망대에서 잠수함 전시관과 통일안보공원을 내려다보며 안인해변에 이르는 길 9.5km이다.

밤이 즐거우면 아침이 괴로운 주당(酒黨)들, 늦은 해장국에 막걸리를 곁들이고 각자의 길을 간다. 떠나간 자리의 허전함을 안고 해변을 걸어 사람들이 없는 한적한 해안 바윗돌에 팬티만 입고 앉아 로댕의 '생각하는 돌'이 된다. 갈매기들이 머리 위를 날고 하얀 거품을 문 파도가 시원하게 온몸을 적신다. 허전함, 무상함이 밀려온다. 헤엄을 치면서 몸과 마음의 때를 벗기건만 여전히 짓누르는 마음의 무게가 버겁다. '파도가 부서지는 바위섬 ~~', '찬비 맞으며 눈물만 흘리고~~' '바위섬'과 '바윗돌'을 노래한다. 눈가에 이슬이 맺힌다. 그러기를 한 시간 남짓, 다시 정동진역으로 되돌아온다.

오늘은 괘방산(해발 339m)을 넘어 안인해변으로 가는 코스이건만 열차를 타고 싶은 충동이 강하게 밀려온다. 마침 열차가 곧 들어올 시간이 되어 대합실에는 사람들이 붐빈다. 모두가 떠나가면 나만 남아 외롭다는 생각이 밀려온다. 기차표를 사서 정동진역 플랫폼에 서자 열차가 천천히 들어온다. 세계에서 바다와 가장 가까운 기차역으로 기네스북에 올라있는 정동진역에서 열차를 타고 달려간다. 떠나간 여행자가 일탈하여 또 다른 길을 떠난다. 경북 영주에서 출발한 영동선 열차는 내륙을 달려 삼척을 건너뛰고 동해역부터 해안선과 나란히 올라와서 묵호항을 지나고 정동진을 지나서 안인해변에서 바다와 멀어지며 192km 여정의 종착역인 강릉역을 향해 내륙으로 향한다. 창가를 스쳐가는 낭만과 안락함을 맛보는 순간은 잠시, 종점인 강릉역에서 내려 경포대로 발걸음을 옮긴다.

　다음날 여명이 밝아오는 새벽, 정동진 모래시계공원에서 일출을 맞이한다. 연말연시 해맞이 때는 수십만 명을 헤아리는 사람들이 북적대는 명소지만 오늘은 침묵의 공간에 가늘게 파도가 밀려온다. 썬크루즈 옆으로 떠오르는 붉은 해가 새로운 하루를 창조한다. 갈매기들이 부산하게 움직이고, 정동진과 온 세상에는 희망으로 가득 찬다.

　정동진은 원래 군사 주둔지로서 광화문에서 정동쪽에 있기 때문에 생긴 이름이다. 광화문 정남쪽 장흥에는 정남진이 있고 정서쪽 인천에는 정서진이 있어 해넘이 명소가 되었으며, 정북쪽에는 북한의 중강진이 있다.

　쓸쓸한 바닷가 간이역 정동진이 사람들에게 알려진 것은 드라마 '모래시계' 덕이다. 해변의 거대한 해시계에 새겨진 글이다.

"수천 년간 망망대해에서 방향을 잡게 도와주던 길잡이 별. 항상 같은 자리를 지켜온 변치 않는 영원한 별. 그 북극성과 일직선상에 있는 이곳 정동진 해시계 앞에서 새로운 출발, 희망, 그리고 미래를 약속해 봅니다. 아울러, 시간의 소중함도 가슴속 깊이 담아 봅니다."

"Time and Tide"

"時乎時乎不再來 司馬遷"

'세월은 사람을 기다려주지 않는다.', 사마천은 '시간은 다시 돌아오지 않는다.'라고 한다. 찬란한 태양이 밝은 빛으로 낮의 길잡이라면 어두운 밤하늘을 밝히며 밤의 길잡이인 북극성은 태양의 다른 모습이다. 해시계에서 발걸음을 다시 세계 최대의 거대한 모래시계 앞으로 옮긴다. 정동진의 모래시계는 시계 속에 있는 상단의 모래가 모두 아래로 떨어지는데 걸리는 시간이 꼭 1년이 걸리며, 12월 31일 24:00 정각에 시작하여 다음해 1월 1일 0시에 반 바퀴를 돌려(레일 반대쪽으로 이동) 1년간 다시 모래를 위에서 아래로 떨어지게 바꿔 새롭게 1년을 시작한다. 시간을 눈으로 느낄 수 있는 조형물로 상부의 모래는 미래의 시간을, 하부의 모래는 과거의 시간을, 흘러내리는 모래는 시간의 흐름을 의미한다. 황금빛 둥근 모양은 동해에 떠오르는 태양을, 유리의 푸른빛은 동해 바다를, 영원히 만나지 않는 기차레일은 시간의 영속성을 의미하고 있어 지나온 시간을 회고하고 다가오는 미래의 소망을 비는 상징적 의미를 담고 있다.

시간이 미래에서 과거로 흘러가는 모습이다. 흔히 시간은 미래로부터 흘러와서 현재를 거쳐 과거로 흘러간다고 한다. 방향을 과거로부터 흘러와서 현재를 거쳐 미래로 향하는 것이라고 한다면 안 되는 것일까. 시간은 유수처럼 흘러간다고도 한다. 시간은 실재가 아니라 실재의 존재 형식일 따름이다. 아프리카 오지에는 1년을 365개의 숫자로 나눈 달력이 없다. 아프리카 사람들은 자기의 나이를 200살, 300살이라고 대답한다. 나무가, 사막이, 하늘이 변하지 않는 아프리카의 대지에는 시간이 흐르지 않는다. 해가 뜨고 지고, 달과 별이 뜨고 지고, 인간과 자연이 스스로 나아갈 뿐이다.

인간은 미래의 불확실성에 대한 두려움을 해소하고 시간을 자기편으로 만들기 위해 시간의 속성을 이해하고자 끊임없이 노력해 왔다. 인류 역사에 있어 시간을 측정하는 것은 매우 중요했다. '필요는 발명의 어머니'라 시간의 측정을 위해 처음 해시계가 탄생했다. 인류 최초의 해시계인 '그노몬'은 BC 4000년 경 이집트의 아낙시 만드로스가 발명했다. 막대를 땅위에 세워 놓고 그림자의 위치 변화를 따라 눈금을 나누어 시간을 측정한 것이었다. 유럽에서 많이 사용되었지만 BC 600년 경 중국에서도 사용되었다.

해시계는 낮 시간 동안에만 사용할 수 있었기에 그 불편함을 개선하고자 BC 1400년 경 고대 이집트에서 물시계가 생겨났다. 우리나라에서는 1424년 장영실이 세종의 명을 받아 물시계의 일종인 누각을 만들었다. 현재 덕수궁에 설치되어 있는 물시계는 연구 자료로 세계에서 유명하다. 용기에서 일정한 속도로 물이 흘러 나가도록 하여 만들어진 물시계는 밤낮 모두 사용할 수 있었지만 시간을 계속 측정하기 위해서는 용기의 부피가 커야 했다. 그래서 물을 모래로 바꾼 모래시계가 탄생되었다. 모래시계는 8세기 경 프랑스의 성직자 라우트 프랑이 고안한 것으로 휴대성이 좋은 것은 물론 해시계나 물시계보다 정확도가 높았다. 윗부분에 있는 모래가 아래로 떨어지는 시간을 일정하게 하여 일상생활에서 일정 단위의 시간을 측정했다.

고대 그리스인들은 시간의 두 가지 속성을 '크로노스'와 '카이로스'라 불렀다. 크로노스는 해가 뜨고 지고, 지구가 공전과 자전을 하면서 어김없이 반복적으로 흘러가는 시간을 말한다. 시계, 일정, 달력, 계획표로 대변되는 세상의 시간이다. 카이로스는 특별한 감정을 느끼게 되는 각자에게 의미 있는 시간으로 기쁨, 열정, 사랑, 초월, 신성함으로 대변된다. 카이로스는 현실과 밀접한 관계가 있으며, 최상의 상태인 정신의 시간이다. 사람들은 크로노스 속에서 카이로스를 열망하는 이중성에 시달린다. 크로노스에서는 그저 바쁘게 움직이지만 카이로스에서는 삶을 즐긴다. 사랑을 나누고, 명상이나 기도를 하고, 음악을 듣거나 석양의 노을을 볼 때, 해파랑길을 걸으며 삶의 의미를 깨닫고 자신과 교감할 때 시간은 카이로스다. 크로노스를 카이로스로 바꾸려면 무슨 일을 하던 그 순간에 가장 소중한 일인 것처럼 몰두하면 된다. 정신없이 내달리는 삶을 잠시 멈추고 음악에 맞춰 춤을 추고, 가벼운 마음으로 해파랑길을 걸으면 된다.

조각가이자 시인인 헨리 반다이크는 "시간은 기다리는 이에게는 너무 느리게 가고, 걱정거리가 있는 이에게는 너무 빨리 가며, 슬픈 이에게는 너무 길고, 기뻐하는 이에게는 너무 짧다."고 말한다. 자신이 시간의 주인이다. 디킨슨이 '한 시간의 기다림은'이라며 노래한다.

한 시간의 기다림은
길다.
만일 사랑을 기다리고 있는 것이라면

영원한 기다림은
짧다.
만일 사랑이 종말을 향해 가고 있는 것이라면

인간은 시간과 공간이라는 씨줄과 날줄 속에서 살아간다. 다시 시공의 길을 떠나 정동진역 앞에서 골목으로 직진해 등산로 입구를 찾아간다. 괘방산은 높지도 낮지도 않고 솔숲과 흙길이 잘 어우러져 바다 전망과 함께 최적의 트레킹 코스다. 괘방산(掛榜山)은 산줄기 모양이 과거에 급제하면 합격자의 명단을 붙이던 방처럼 생겼다 하여 붙여진 이름이다. 과거 선비들이 산 아래 등명낙가사에서 공부를 하다가 새벽에 괘방산에 올라와 바다를 보며 합격을 기원했다고 한다. 또한 과거에 급제하면 괘방산에 급제자의 아버지와 아들의 이름을 쓴 두루마기를 걸어놓았다고 하는데, 이 산이 있어서 강릉지역에서 과거에 급제한 사람들이 많이 나왔다고 한다.

'안보체험등산로'라는 안내지도가 산속 여러 곳에 있다. 1996년 북한 무장공비들이 잠수함으로 침투했다가 좌초되면서 이 산길을 따라 도주했다. 1996년 9월 이곳 안인진리에 좌초된 북한 잠수함이 11명의 시체와 함께 발견되고, 도주한 15명의 공비는 49일간 1명 생포, 13명 사살, 1명은 행방불명으로 끝이 났다. 그 후 현지에는 북한 잠수함이 전시되고 통일안보공원이 조성되었다.

능선을 따라 걷다가 슬레이트 지붕에 커다란 자물쇠로 잠겨있는 파란 서낭당에 이르러 문틈 사이로 내부를 보니 제사상이 차려져 있다. 당집을 지나고 삼우봉(해발 342m)에 이르면서부터는 바다 전망이 시원하다. 옛 선비들은 산을 유람하는 것을 독서와 술에 비유했다. 성리학자 어유봉(1672~1744)은 "산을 유람하는 것은 독서하는 것과 같다. 보지 못한 것을 보는 것도 좋지만 실은 충분히 익히고 또 익히는 데 핵심이 있다"고 했다. 독서와 마찬가지로 산을 설렁설렁 보아서는 산의 오묘한 깊이를 알 수 없다는 이야기다. 또 비슷한 시기의 장서가 이하곤은 "산을 유람하는 것은 술을 마시는 것과 같다. 그 깊이는 각자의 국량에 따라 정해지는데, 그 아취(雅趣)를 이해하지 못한다면 얻는 것은 고작 산의 겉모양에 지나지 않는다."고 했다.

활공장 전망대에서 시원하게 펼쳐진 사방팔방의 경관을 맛본다. '내 어깨에 날개가 있다면 저 아득한 바다와 저 산 위 푸른 하늘을 마음껏 날고 싶다'는 생각이 절로 든다. 크로노스에서 느껴보는 카이로스의 시간, 어제 죽은 자들이 가장 부러워하는 것이 산자들의 오늘이다. 옥중의 안중근 의사는 '젊은 날을 헛되이 보내지 말라. 청춘은 다시 오지 않는다(白日莫虛送 靑春不再來)'라는 유묵을 남겼다. 일촌광음불가경(一寸光陰不可輕)이다. 한 치의 시간도 가벼이 여길 수 없다. 세월을 아껴 인생을 낭비하지 말 일이다. 하산 길, 날개가 달린 듯 가벼운 발걸음으로 안인 해변에 도착한다.

추억 追憶

해파랑길 37코스는 안인해변에서 시작하여 메이플비치CC부터 내륙 깊숙이 들어가 시골 정취를 간직한 풍호마을과 정감이수변공원을 지나 사랑을 이루어 준다는 정감이마을 등산로를 넘어서 학산마을로 들어가 오독떼기전수관에 이르는 길 17.6km이다.

울산 이후 내륙으로 가장 깊숙이 들어가는 길 찾기가 가장 복잡한 37코스를 걸어간다. 안인해변 청해횟집 앞의 녹색 육교를 건너 해안도로를 걷다가 메이플비치골프장을 끼고 돌면서 해파랑길은 바다와 멀어지며 내륙으로 향한다. 골프장에서 남항진해변까지 3km는 해안길이 없어 그 열 배의 거리인 30km를 돌아가는 것이다. 연꽃축제가 유명하다는 풍호연꽃단지를 지나면서 운치 있는 데크 길을 걷는다. 해파랑길 37코스이자 바우길 7구간이면서 '풍호연가길'로 불리는 풍호마을이다.

풍호마을과 하시동리, 상시동리를 지나 쟁골저수지를 걸어가는데, 이리 갈까 저리 갈까 고민하며 가던 길 돌아오고 하염없이 길을 잃고 헤맨다. 길 찾기 좋은 곳에는 길 안내 표식도 많은데, 길 찾기 어려운 곳에는 표식도 참으로 인색하다는 느낌은 해파랑길 내내 지울 수 없다. 해남 땅끝마을에서 고성 통일전망대 종주코스는 대한민국 지도를 펼쳐두고 발길 닿는 대로 길을 걸었으니 누구를 탓할 이유가 없다. 백두대간종주나 용인에서 고향 안동을 오가는 도보여행 또한 마찬가지로 지도를 펼쳐두고 마음의 길을 찾아가는 여정이었다. 하지만 4대강 국토종주 자전거길이나 동해안 해파랑길은 그 길의 조성 주체가 달랐다. 길을 잘못 들면 다시 길을 찾아가면 되련만 마음에 불평이 깃든다는 사실은 몸이 지쳐있다는 증거이기도 했다. 어디로 가야할지 길을 잃고 방황하며 헤매던 시절이 가장 소중한 추억이 되어 인생의 거름이 되듯, 해파랑길의 표식이 없는 불편함의 사실도 또 다른 편집을 거쳐 추억의 한 장면으로 남을 것이다. 못생긴 나무가 산을 지키듯 세상에 쓸모없어 버릴 것은 없다.

　망각은 신이 준 축복이다. 하지만 추억은 인생을 풍요롭게 한다. 누구에게나 저마다의 추억이 있다. 삶에는 소박하지만 소중한 이야기들이 많다. 소박한 옛 추억은 보물처럼 뇌리에 보관되어 즐거움을 제공한다. 돌아가고픈 추억의 일들, 그리운 그 시절, 그리운 그 노래, 그리운 그 얼굴, 울고 웃던 특별한 그 날들은 모두 소중한 추억의 조각들이다. 해변에 있는 조개껍데기를 모두 수집할 수는 없다. 인생의 전환점이 되는 추억들의 수집은 인생의 역사가 된다. 자신이 살아온 길을 돌아보는 것은 결국 추억을 반추하는 것, 역사를 정리하는 것이다. 수구초심(首丘初心), 호마의북풍 월조소남지(胡馬依北風 越鳥巢南枝)는 향수의 추억을 일깨운다. 울고 웃던 추억의 힘은 오늘을 살아가는 행복의 자산이다.

　뜨거운 햇살을 등에 지고 사막을 걷는 낙타는 항시 어미를 따라 다니던 어린 시절을 추억한다. 낙타는 무척 잘 걷는다. 하루에 150km를 걸을 수 있다. 물을 먹지 않고도 거의 한 달을 견딜 수 있다. 낙타의 터전은 사막이고 광야다. 말은 초원에서 잘 달리지만 낙타는 메마른 사막에서 잘 걷는다. 무거운 짐을 지고 끝없이 걸어야 하고 메마른 모래바람을 맞아야 하고 늘 목마름과 싸워야 한다. 낙타는 쉴 때 무릎을 꿇고 눈을 감고 쉰다. 눕는다는 것은 죽음을 의미한다. 신을 향해 무릎 꿇고 기도하는 모습으로 낙타는 쉬어가며 회상한다. 죽음의 순간에 찾아갈 어릴 적 어미를 따라다니며 물을 마셨던 오아시스를 추억한다.

　추억이라는 그릇에 담겨진 숱한 파편들을 꺼내어 돌아보며 해파랑길을 걸어간다. 그렇게도 슬프고 아프고 힘들었던 순간들마저도, 이제는 오히려 여행의 양식이 되어 미소 짓게 한다. 쟁골저수지 정자에서 땀을 식히고, 정감이마을 등산로 입구에서 유래가 적힌 안내문을 읽어본다.

　정감이마을 김부잣집의 잘 생기고 성실한 머슴 유총각은 원래 양반이었는데, 집안이 몰락해 머슴살이를 하게 되었다. 어느 날 유 총각은 뒷산에서 나물을 하다가 나물 캐러 온 김 부잣집 예쁜 딸을 만난다. 소나기를 피해 함께 있던 두 사람은 서로의 사랑을 확인한다. 신분 차이로 서로 맺어질 수 없는 머슴과 주인집 딸의 관계였다. 어차피 맺어질 수 없음을 알고 있는 둘은 칠성산 깊은 계곡으로 도망쳤다. 그때 둘이 도망간 길이 바로 이 정감이마을 등산로다.

그 후 젊은 연인들이 이 장소에서 사랑을 언약하면 그 사랑이 꼭 이루어진다는 내용이다. 청춘남녀가 이 외지고 호젓한 등산로 4km를 걸으면 절로 사랑이 이루어질 것 같은데, 오늘은 사람의 흔적을 볼 수가 없다. 전망대를 지나 정겹고 호젓한 흙길을 나 홀로 걸어간다. 홀로 걷는 즐거움, 조선의 숨은 왕이란 송익필(1534~1599)이 '홀로 길을 가다(獨行)'를 노래한다.

새 한 마리 하늘가로 사라졌으니
높은 자취를 어디 가서 찾을까?
밤길에서는 조각달을 따라서 가고
아침에 일어나선 외로운 산을 마주보네.

가림막이 있으면 간담도 멀리 떨어진 것이나
사심이 없으면 옛날도 현재가 되네.
지팡이 멈추고 때때로 홀로 앉노니
흐르는 물이 바로 내 친구일세.

송익필은 율곡 이이, 성혼과 도의(道義)로 사귄 벗으로 김장생의 스승이다. 송시열은 김장생의 제자이니 송시열 사상의 원류는 송익필이다. 송익필은 송사련의 아들로, 송사련은 안당의 종이었는데 안당이 매우 불쌍히 여겨 속천(贖賤)하여 관직에 임명되도록 하였다. 하지만 송사련은 기묘사화 뒤에 안당의 아들 안처겸 등을 모반했다고 무고하여 처형당하게 하였다. 훗날 조정의 실권이 바뀌고 송익필은 노비의 자손으로 환천(還賤)되어 노비라는 이름으로 떠돌다가 곤궁하게 지내다 죽었다. 송익필은 역사의 뒤안길에 가려진 비운의 천재였다.

그는 고독한 사물을 즐겨 읊은 시인으로, 길을 걸을 때 곧잘 하늘 높이 날아가는 새에게 시선이 머물고, 밤길에서는 어둠 속에 홀로 빛나는 조각달을 찾고, 잠에서 깬 아침나절에는 외롭게 서 있는 산을 바라보았다. 그 자신도 혼자만의 시간을 즐긴다. 자주 일부러 고독과 마주치는 이유는 고독한 순간에는 사물과 자신을 가로막는 장애물이 없고, 사사로운 욕망이 개입되지 않기 때문이다. 세상이나 사물과 다가가 소통하고, 먼 옛날과도 대화를 나누게 한다. 길을 걸으며 고독한 것들과 대화하고, 고독한 시간은 추억을 회상하고 세상을 관조하고 인생을 음미하는 즐거운 시간이 된다. 해파랑길의 나그네가 '가노라면 쉬는 걸 잊어버리고 / 쉬노라면 가는 걸 잊어버리네. / 솔 그늘에 말 세우니 맑은 물소리 / 뒤에 오던 사람들 내 앞을 가네. / 가는 곳 / 서로 다른데 / 다툴 것 뭐 있는가.'라며 송익필의 '산길을 가며'를 노래하며 산길을 간다.

숲길이 끝나고 드넓은 논밭 사이로 한적한 시골길을 걸어가다 금광마을을 지나서 학산마을을 찾아간다. '학산 오독떼기의 고장 학마을'이라는 대형 간판이 환영해주는 학산마을로 들어선다. 마을 안내지도가 크고 예쁘게 그려져 있다. 전국에서 제일 크다는 굴산사지 당간지주가 넓은 밭들 사이로 길옆에 서 있다. 아무런 치장 없는 단순한 돌기둥 두

개가 1200년 세월을 저렇게 장엄하게 버티고 서 있다.

절에 행사가 있을 때 절 입구에 깃발을 달아두는데, 이 깃발을 '당'이
라 하고 깃발을 매어두는 장대를 '당간'이라고 한다. 당간지주는 당(불화

를 그린 깃발)을 걸었던 장대, 즉 당간(당 들을 내거는 기둥)을 지탱하기 위하여 당간의 좌우에 세우는 기둥이다. 통일신라시대부터 시작되어 당을 세우기 위하여 사찰 앞에 설치한 건조물이지만 한편으로는 사찰이라는 신성한 영역을 표시하는 구실도 하였다. 굴산사지 당간지주는 높이가 6m로 커다란 돌기둥 두 개가 1m 쯤 떨어져서 마주보고 있는데, 네모 반듯한 밑돌을 딛고 있다.

이 넓은 들판을 배경으로 세워졌던 굴산사는 신라 문성왕 14년(852년)에 범일국사가 창건한 구산선문 중 사굴산파의 본산이다. 사찰의 당우가 약 300m에 이르렀던 굴산사는 강릉지방에서 가장 큰 절이었고, 승려만도 200명이 넘었다고 한다.

옛날 학산리 마을에 한 처녀가 굴산사 앞에 있는 석천(石泉)에 가서 바가지로 물을 뜨자 물속에 해가 떠 있었다. 물을 버리고 다시 떴으나 여전히 해가 있으므로 이상하게 여기면서 물을 마셨다. 그 후 처녀에게 태기가 있어 마침내 아이를 낳았는데, 아비 없는 자식이라 하여 마을 뒷산 학바위 밑에 버렸다. 산모가 잠을 이루지 못한 채 이튿날 그곳에 다시 가보니 뜻밖에도 학과 산짐승들이 모여 아기에게 젖을 먹이고 날개를 펴서 따뜻하게 해주고 있었다. 산모는 비범한 아이라 생각하고 데려와 키웠다. 아기가 자라자 서라벌로 보내 공부를 시켰는데 이 아이가 나중에 국사(國師)가 되었다. '해가 뜬 물을 마시고 태어났다'고 하여 범일(梵日)국사라고 불렀다. 국사란 지혜롭고 덕이 높아 나라의 스승이 될 만한 승려에게 내린 호칭으로 속가의 이름은 김품일이다. 당나라에 유학하여 여러 고승들을 만났고, 중국의 고승 마조선사의 제자인 제안에게서 성불의 가르침을 받았다.

"도는 닦는 것이 아니라 더럽히지 않는 것이다. 부처나 보살에 대한 소견을 내지 않는 것이 도"라고 가르친 범일국사는 굴산사에서 40여 년 동안 후학을 가르쳤다.

나라 곳곳에서 배우고자 하는 사람들이 몰려들어 쌀 씻은 물이 동해 바다에까지 흘러갔다고 한다. 그러나 이 큰 절이 언제, 어떤 연유로 폐사되었는지는 알 수 없다. 그 뒤 굴산사의 역사는 전해지지 않다가 1956년 큰 홍수 때 주춧돌 여섯 개가 드러났으며, 절터에서 '문굴산사(門掘山寺)'라고 새겨진 기와조각이 발견되었다.

절은 사라졌지만 굴산사지 당간지주는 지금도 세월을 건디며 남아있고, 범일국사가 굴산사를 세울 때 함께 세운 굴산사지 부도탑이 인근에 있다. 부도탑의 지대석 밑에 있는 지하실에 오백나한이 있었는데 일본인들이 훔쳐갔다고 한다. '굴산사가는길' '0.2km 학산오도떼기전수관' 이정표를 지나서 37코스 종점 오독떼기전수관에 도착한다.

단오端午

해파랑길 38코스는 학산오독떼기 전수관에서 출발해 장현저수지를 지나서 산 두 곳을 넘어 단오문화관에 이른 뒤, 강릉을 가로지르는 남대천을 따라 걷다가 중앙시장을 지나 농촌 마을의 운치를 맛보며 남항진해변의 솔바람다리에 이르는 길 18.5km이다.

'갈 적에 심었던 나무가 올 적에 보니 노목이 되었네. 괄세 마라 괄세 마라 농부라고 괄세 마라. 너로 하여 병든 몸이 인삼 녹용 소용 있나. 임 찾아가세 임 찾아가세 뽕대 밑으로 임 찾아 가세. 마누라 보고 정들였더니 행실 보고 정 떨어지네. 머리 좋고 실한 처녀 줄뽕낭게 걸어앉네. 모시적삼 젖혀 들고 연적 같은 젖을 주오. 살자 하니 고생이요 죽자하니 청춘이요. 삼척 오십천 물에 빠진 빨래 망치 도동실 동실 떴네. 세월 네월 가지마라 청춘호걸 다 늙는다. 해는 지고 저문 날에 어린 선비 울고 가네. 해는 지고 저문 날에 어린 아이 울고 간다. 해는 지고 저문 날에 옥창 앵두가 붉어간다. 해는 지고 저문 날이요 동해에 해는 어데 가요'

넓은 들에 줄지어 모내기 하는 농부들이 한쪽에서 흥겨운 가락으로 선창을 하면 다른 쪽에서 후창을 하는 학산 오독떼기가 정겹고 재미있게 들려온다. 학산 오독떼기는 옛날부터 전해지는 노동요다. 노동요는 일할 때 부르는 노래로 여러 사람이 노랫가락에 맞춰 일을 하다 보면 일하는 마음도 즐겁고, 일 능률도 더 오른다. 김매기 할 때 부르는 노래는 앞소리꾼이 먼저 독창을 하면 나머지 사람들이 다함께 뒤를 이어 노래 부른다. 다른 지역에서는 보통 소리를 잘 하는 사람이 앞소리꾼 역할을 도맡아 하지만 학산 오독떼기는 앞소리꾼이 따로 없이 서로 돌아가면서 한다. 고된 농사일도 흥겹게 해낸 옛사람들의 푸근한 마음의 지혜가 느껴진다.

강릉지방에는 설화와 민요가 많이 남아있다. '오독떼기', '모심기소리', '파래소리' 같은 민요가 전해오는데, 강릉과 이웃고을에서만 부르는 '오독떼기'는 매우 느리면서도 자유로운 박자이다. 노랫말은 장절 형식이며, 농부들이 두 패로 나뉘어 한 장절씩 교대로 부르는 이 노래는 농촌지방의 정겨운 인정을 표현한다.

'오독떼기'라는 이름에는 여러 가지 설이 있다. 노래를 다섯 번 꺾어서 부르기 때문이라고도 하고, '오'는 신성하다는 뜻이고 '독떼기'는 들판을 개간한다는 뜻에서 생겨났다고도 한다.

세조는 유독 노동요를 좋아해서 노동요를 잘 하는 사람을 뽑아 궁중에서 부르게 했다. 세조가 동해안 일대를 순행했을 때 사람을 불러 장막에서 강릉 노동요를 부르게 한 일이 있다. 강릉 지역의 노동요가 임금 앞에서 불릴 만큼 노래로서 수준을 갖추었고, 농민들의 노래 실력도 뛰어났던 것이다.

구정초등학교 앞에서 학산교를 건너 넓은 장현저수지까지 호젓한 시골길을 걸어간다. 강릉에서 가장 먼저 만들어진 장현저수지 뒤에 병풍처럼 서 있는 산에 올랐다가 저수지 밑으로 내려온 후 다시 모산봉을 오른다. 산의 생김새가 엄마가 아이를 업고 있는 모습이라 '모산봉(母山峰)'이란 이름이 붙었다. 밥그릇을 엎어놓은 형상이라 '밥봉', 또는 강릉에 인재가 많이 나게 하는 산이라 하여 '문필봉'이라고도 한다. 예로부터 강릉으로 오는 재앙을 막아준 산이라 한다.

조선 중종 때 강릉부사 한급이 강릉에서 큰 인물이 나는 것을 경계하여 모산봉 꼭대기를 세 자 세 치를 깎아냈다고 한다. 그래서 2005년 강릉 시민 10만 여명이 한 줌씩 명산의 기운을 되찾기 위해 '모산봉 봉우리 3자 3치(약 1m) 높이기 운동'을 전개했다. 산 아래서부터 꼭대기까지 사람들이 줄지어 서서 흙자루를 날라 15톤 트럭 10여 대 분량의 흙을 옮겼다. 그 덕분에 해발 104m였던 산봉우리가 원래 높이인 105m로 높아졌다.

모산봉을 내려와 한적한 농촌길을 걷다가 강릉 시내로 접어들어 단오공원에 이른다. 단오에 대한 강릉 사람들의 애정의 표현인 듯 단오문화관이 꽤 큰 규모로 세워져 있다. 단오는 여름을 맞이하기 전에 모내기를 끝내고 풍년을 기원하는 명절이다. 우리 선조들은 음양오행에 따라 음력으로 홀수가 두 번 겹치는 날을 아주 좋은 날로 여겼다. 설날(음력 1월 1일), 강남 갔던 제비가 돌아온다는 삼짇날(음력 3월 3일), 5월 5일 단

오, 견우와 직녀가 만나는 칠석(음력 7월 7일), 9월 9일 등 월과 일이 겹치는 날은 양기가 가득 찬 길일로 쳐 왔는데, 그 가운데 단오를 가장 양기가 센 날이라 해서 수릿날, 천중절이라고도 하여 명절로 하였다. 단오는 추위가 완전히 풀리는 경사스러운 날이었다.

단오는 한국과 중국, 일본 등 동아시아 삼국에서 모두 지키는 명절이다. 일본은 양력 5월 5일을 단오로 하고, 중국은 단오(음력 5월 5일)를 중오(重五), 단양(端陽)이라고도 하며 한대(漢代)의 문헌에도 나타난다. 옛날부터 5월은 비가 많이 오는 계절로 접어드는 달로 나쁜 병이 유행하기 쉽고, 여러 가지 액(厄)을 제거해야 하는 나쁜 달로 보아 미신적인 풍습이 생겨났다. 또 전국시대 초나라 충신 굴원이 멱라수에서 투신하여 죽었다는 고사에서, 비극적인 굴원의 말로를 슬퍼하는 사람들이 굴원의 시신을 찾기 위해 배를 타고 북을 치며 물고기를 쫓고, 굴원의 시신이 물고기에게 뜯겨 훼손되지 않길 기원하는 뜻에서 물고기들에게 먹이를 던져주는 행위들이 지금의 중국의 단오절 풍속인 용선제(龍船節)로 굳어지게 되었다고 한다.

2005년에 '유네스코 세계무형문화유산'으로 지정된 강릉단오제는 우리나라에서 가장 역사가 깊은 축제다. 단옷날을 전후하여 강릉고을을 지켜주는 대관령 산신께 제사하고 산길의 안전을 기원하며 풍작과 풍어, 집안의 태평 등을 기원한다. 음력 3월 20일에 제사에 드릴 술을 빚는 것을 시작으로, 대관령국사서낭과 대관령국사여서낭에 대해 차례로 제를 지낸다. 며칠간 무당굿과 관노놀이를 하며 갖가지 민속놀이를 벌이다가 대관령국사서낭을 보내드리는 소제 및 봉송을 끝으로 단오제를 마친다. 오서서 그간 반가이 맞으시고 즐거이 보내셨는지, 내년 이맘때까지 바람 타고 구름 타고 대관령 아흔아홉 굽이 올라가시라고 하고서 자손들의 부귀공명과 안녕과 태평을 기원한다.

주신(主神)으로 모시는 대관령국사서낭은 범일국사가 죽어서 된 것이고, 대관령국사여서낭은 국사서낭과 혼배한 정씨 성을 가진 여인이라는 설화가 전해진다. 초야에 묻혀 유유자적했던 운곡 원천석(1330~?)이 '단오'를 노래한다.

바람 따뜻하고 날씨는 청명한데
집집마다 문 위에 쑥 사람을 걸어놓았네.

창포 술 한 항아리 마주 앉으니
난초 물가에 홀로 깨었던 신하가 우습구나.

'쑥 사람'은 단옷날 문 위에 걸어 요사스럽고 나쁜 기운을 쫓는다는 쑥으로 만든 인형으로 고려 후기에는 일상적인 관습이었다. '창포'는 여러해살이 식물인데 창포를 다려 머리를 감아 부스럼을 물리치고 이것으로 술을 빚어 마시기도 하였다. 술과의 인연을 끊을 수 없는 운곡은 술에 관한 시도 여러 수 남겼다. '신하'는 초나라의 충신 굴원을 가리킨다. 굴원이 지은 어부사에서 난저독혹신(蘭渚獨酷臣: 난초 물가에 홀로 깬 신하)에서 인용한 시구다. "온 세상이 흐린데 나 혼자만 맑고, 나 혼자만 깨었네. 그래서 쫓겨났다네."라며 멱라수에 빠져 죽은 굴원을 두문동 72현의 한 사람으로 은사(隱士)인 운곡은 우습다고 한다.

'창랑에 물이 맑거든 내 갓끈을 씻고, 창랑의 물이 흐리면 내 발을 씻으리라' 노래하며 단오문화관을 벗어난다. 단오산림공원을 지나 굴다리를 통과하여 강릉 시민들의 휴식처 남대천을 지나고, 강릉 시내 한복판에 야트막한 돌담이 길게 둘러쳐진 한옥 건물 강릉관아에 이른다. 지방관이 관아에서 행정업무를 보는 중심 건물을 보통 동쪽에 두기에 부르는 '동헌'을 둘러본다. 지방관을 달리 '사또'라고 부르는데 이는 심부름 하는 사람이란 의미의 '사도(使道)'에서 비롯되었다. 왕명을 받아 지방을 통치하는 심부름꾼이란 뜻이다.

강릉 관아의 객사는 '임영관(臨瀛官)'이라 한다. 강릉은 고구려 시대에는 '하슬라'라 불렸고, 신라 시대에는 '명주', 고려 시대에는 '임영'이라 불렸다. '임할 임(臨)' 자에 '바다 영(瀛)' 자를 써서 큰 바다, 즉 동해에 접한 곳이란 의미이다. 1366년 낙산사로 행차하던 공민왕의 친필 현판 '임영관'이 걸려있다. 관아에서 가장 중요한 곳이 전대청이다. 이곳에 왕을

상징하는 나무패를 모셔두고 매달 초하루와 보름에 지방관들이 궁궐을 향해 절을 하는 '망궐례'를 행했다. 궁궐이 멀리 있어서 직접 궁궐에 나아가 왕을 배알하지 못할 때 멀리서 궁궐을 바라보고 행하는 예가 망궐례다.

도심의 중앙시장을 거쳐 강릉교 사거리에서 왼쪽으로 돌아 다시 외곽길로, 그리고 산속 숲길을 거닐다가 시골마을 길을 지나 조그마한 섬석천을 따라가다가 어느덧 남항진해변에 도착한다. 강릉 시내를 가로질러온 남대천이 아래로 흘러 동해바다로 들어간다. 남항진은 남대천과 섬석천이 만나 바다로 빠지는 포구다. 대관령에서 불어오는 바람과 남항진 바닷바람이 만나는 192m의 솔바람 다리, 남항진해변과 강릉항을 잇는 무지개 빛깔의 조명이 아름다운 다리에 서서 석양을 바라본다. 단오날이면 시골장터에서 씨름을 하여 노트와 연필 등 문방구를 상으로 받던 추억이 스쳐가며 강릉에서 또 하루해가 저물어간다.

경포鏡浦

해파랑길 39코스는 솔바람다리를 건너 안목커피거리를 지나고 강문해변까지 아름다운 해안을 끼고 울창한 해송 숲길을 걸어 허균과 허난설헌의 생가가 있는 경포호와 경포대를 둘러보고, 백사장과 '솔향 강릉'을 맛보며 사천진해변에 이르는 길 16.1km이다.

아치형 인도교 솔바람다리에서 '커피거리'로 유명한 안목해변을 걸어간다. 대형 커피잔 조각품에 '바다를 담은 커피, 강릉'이 선명하다. 길가에는 카페와 식당, 숙박업소들이 즐비하다. 아름다운 해안을 끼고 4km 울창한 해송 숲길을 걸어 '솔향 강릉'을 맛보며 강문해변에 이르자 허균과 허난설헌의 생가 터가 기다린다. 생가 터 앞 식당에서 강릉의 대표 먹거리인 초당두부집에 들어간다. 경포대에 놀러 와서 경포 잉어회와 초당두부를 못 먹고 돌아가는 사람은 '멋은 알지 몰라도 맛은 모르는 사람'이라고 한다기에 초당두부로 유명한 맛집에서 요기를 한다. 초당두부는 허난설헌의 아버지 초당 허엽이 지시해 만든 두부인데, 그

맛이 일품이어서 자신의 호를 따 초당두부라 이름 지었고, 마을 이름
도 초당마을이라 했다. 청정한 해수를 간수로 사용해 부드럽고 고소한
맛이 살아있는 초당두부는 400여 년의 역사를 간직한 강릉의 명품 음
식이다.

선조조 동인의 영수 허엽(1517~1580)은 명종과의 야대(夜對)에서 도학의
정신이 무너지고 인재들이 숨는 세태를 한탄하며 조광조 등을 서둘러
신원해 줄 것을 주청했다. 그러나 명종이 '선조(先祖)에 있었던 일을 함
부로 논의할 수 없다'는 취지로 못마땅해 했고, 이후 소인들의 논박을
받아 면직됐다. 당시 윤원형 등이 문정왕후의 뒷배경을 믿고 정국을 농
간하던 시절, 화담 서경덕의 수제자이며 도학에 뜻을 둔 허엽에게는 힘
겨운 시절이었다. 후일 경상도관찰사로 제수되어 내려가던 중 상주 객
관에서 병사했다. 허엽은 1618년 허균의 대역사건에 연좌돼 부관참시
당했고, 그의 비석 또한 땅속에 묻혔다가 20세기에 와서 복구되니 둘
째 사위 우성전의 예언이 적중했다. 우성전은 유달리 영민한 허균을
보고 "집안을 빛낼 아이도 저 아이이고, 집안을 풍비박산 낼 아이도 저
아이 일 것이다"라고 했다는 것이다. 용인의 원삼면 맹리 허엽의 묘소
비석은 지금도 반 토막 나서 복구된 흔적이 뚜렷하며, 3남 허균의 이름
은 지워져 있고 능지처참 당했기에 가묘만 쓸쓸하다.

허난설헌은 조선을 대표하는 천재 여류시인이다. 본명은 '초희'이고
호가 '난설헌'이다. 당시에 여자에게는 글을 가르치지 않던 시대였는데,
허난설헌은 오빠, 남동생과 함께 글을 배웠다. 섬세한 감정 표현과 독

특한 감성을 시에 담아, 중국에서 '허난설헌집'이 간행되었고, 아버지 허엽, 큰오빠 허성, 작은 오빠 허봉, 남동생 허균과 더불어 '허씨5문장가'라 불릴 정도로 글을 잘 썼다.

열다섯 살에 안동 김씨 집안의 김성립에게 시집 간 허난설헌은 화목한 가정생활을 누리지 못했다. 김성립은 재주 많은 아내를 북돋아 줄 만큼 그릇이 크지 않았고 가정을 소홀히 하며 밖으로만 나돌았다. 시어머니도 글 잘 짓는 며느리를 못마땅해 했다. 아버지 허엽의 죽음, 오빠와 동생의 귀양살이, 화불단행(禍不單行)이라 아들과 딸이 차례로 세상을 떠나자 견디기 힘들 만큼 슬픔에 빠졌다. 나중에는 뱃속에 있던 아이까지 잃고 말았다. 나날이 몸이 쇠약해진 허난설헌은 자신의 죽음을 짐작한 듯 '몽유광상산(꿈속에서 광상산에서 노닐다)'라는 시를 지었다.

> 푸른 바닷물은 옥 같은 바다에 스며들고
> 푸른 난새가 아롱진 난새와 어울렸네.
> 부용꽃 스물일곱 송이가 붉게 떨어지니
> 달빛은 서리 위에서 차갑기만 하구나.

부용꽃 스물일곱 송이가 붉게 떨어지듯 죽음을 예견한 허난설헌은 스물일곱 살로 세상을 떠났다. 허난설헌이 쓴 시는 방 하나를 채울 정도였는데 유언에 따라 모두 불에 태웠다. 하지만 누나가 지은 시가 세상에서 사라지는 것을 안타깝게 여긴 허균은 자신이 암송하던 누나의 시와 친정에 남았던 시 213수를 모아 '난설헌집'을 냈다. 명나라 사신 주지번이 허난설헌의 시를 보고 감탄하여 명나라에 가져가 '허난설헌집'을 펴냈다. 주지번은 "그 티끌밖에 나부끼고 나부껴 빼어나면서도 화사하지 않고, 부드러우면서도 뼈대가 뚜렷하다"고 칭송했다. "나에게는 세 가지 한(限)이 있다. 여자로 태어난 것, 조선에서 태어난 것, 그리고 김성립이라는 남편의 아내가 된 것"이라는 허난설헌의 애처로운 소리가 경포 파도에 밀려온다.

옛날의 강릉사람들은 강문교를 사이에 두고 담수와 해수가 교차하는 경포호에서 나는 어패류로 보릿고개를 넘겼다는 경포호로 간다. 전설에 따르면 경포호수는 옛날에 어느 부자가 살던 곳이었는데, 하루는 중이 그 부자에게 쌀 시주를 청하였고 부자는 똥을 퍼주었다. 그러자 갑자기 그 부자가 살던 곳이 내려앉아서 호수가 되었고, 쌓였던 곡식은 모두 작은 조개로 변하였다. 해마다 흉년이 들면 조개가 많이 나고 풍년이 들면 적게 나는데 조개의 맛이 달고 향긋하여 요기할 만하며, 세상 사람들은 이를 적곡조개라 했다. 호수 밑바닥에는 아직 기와 부스러기와 그릇들이 남아있어 헤엄을 치는 사람들이 가끔 줍는다고 한다.

오래전에 강릉마라톤에 출전하여 달렸던 경포호수를 오늘은 해파랑길을 걷는 유랑자가 되어 느릿느릿 여유 있게 걸어서 간다. 산책 나온 사람들이 붐빈다. 각종 조형물들이 눈길을 끈다. 특히 허균의 '홍길동전'을 조형물로 이색적으로 전시해 놓았다. 호수를 한 바퀴 돌면서 경포대에 앉아 휴식을 갖는다. 거울처럼 맑다고 해서 이름 붙은 경포호수에 햇살이 부딪혀 두 개의 태양이 나타난다.
경포호에는 달이 다섯 개가 뜬다고 한다. 하늘에 뜨는 달이 하나요,

바다에 하나, 호수에 하나, 술잔에 하나, 그리고 마주앉은 사랑하는 사람의 눈동자에 또 하나의 달이 뜬다는 것이다. 송강 정철은 경포호의 보름달에 반해 관동팔경의 으뜸으로 꼽았고, 최남선은 '경포월화(鏡浦月華 경포대 수면에 비취는 달)'를 조선십경의 하나로 꼽았다. 해파랑길 종주가 끝난 후 보름달이 뜨는 날 느껴본 경포대의 달빛기행은 환상적이었다.

경포대는 아름드리 소나무 숲과 어우러진 호수 북쪽에 위치한 누각이다. 인조 때 우의정을 지낸 장유가 지은 '중수기'에 "태조와 세조도 친히 경포대에 올라 사면의 경치에 찬사를 아끼지 않았다"고 했으나 경포해수욕장을 찾는 사람은 많아도 이곳 경포대를 찾는 사람은 많지 않다. 율곡 이이가 열 살에 지었다는 '경포대부'가 편액 되어있고, "하늘은 유유하여 더욱 멀고 달은 교교하여 빛을 더하더라.", "해 뜨는 이른 아침이나 밝은 가을밤에 경포대에 올라 경포호를 굽어보거나 호수 너머 동해의 푸른 바다를 대하면 속세는 간데없이 온통 선경이요"라고 표현했던 옛사람의 시가 걸려있다. 강릉 사람들은 일찍부터 경포대에서 볼 수 있는 여덟 개의 경치를 경포팔경이라 불렀는데, 경포대에서 바라보는 해돋이와 낙조 그리고 달맞이, 고기잡이배의 야경, 노송에 들어앉은 강문동, 초당마을에서 피어오르는 저녁연기 등이다. 경포호를 두고 이중환은 '택리지'에 다음과 같이 기록했다.

경포대는 작은 산기슭 하나가 동쪽을 향해 우뚝한데, 대(臺)는 그 산 위에 있다. 앞에는 호수가 있는데 주위가 20리나 되고, 물 깊이는 사람의 배꼽에 닿을 정도여서 작은 배만 다닐 수 있다. 동편에 강문교가 있고, 다리 너머에는 흰 모랫둑이 겹겹으로 막혀있다. 한편 호수는 바다와 통하고, 모랫둑 너머에는 푸른 바다가 하늘에 잇는다.

경포대에서 내려와 호숫가 방해정이라는 정자 앞 홍장암에서 걸음을 멈춘다. 고려 말 우왕 때 강원도 안찰사 박신과 홍장의 사랑 이야기 조각품을 둘러본다.

    강릉에서 기생 홍장을 만난 박신은 첫눈에 사랑에 빠졌다. 사랑이
깊어 가던 중, 홍장과 헤어져 다른 마을로 순찰을 가야 했던 박신은 순
찰을 마치자마자 급히 강릉으로 돌아왔다. 하지만 홍장의 집은 비어있
고 홍장은 온데간데없었다. 친구인 강릉부사 조운흘은 홍장이 박신을
그리워하다가 세상을 떠났다고 했다. 하늘이 무너지는 듯한 소식에 몸
져누운 박신에게 조운흘은 경포대 달이 뜬 밤에 하늘에서 선녀들이 내
려온다는데 혹시나 홍장이 올지 모를 일이니 함께 가자고 했다. 박신
은 귀가 솔깃해져 기운을 차리고 배에 몸을 실었다. 휘영청 밝은 달이
떠 있는 아름다운 경포호에서 박신은 달을 보며 홍장을 떠올리고 있는
데 저 앞에 배 한 척이 나타났다. 배에는 눈이 부시도록 아름다운 선녀

와 양쪽에 백발노인과 동자가 함께 타고 있었다. 가까이에 다가간 박신은 선녀가 죽은 홍장과 너무나 닮아보였다. 선녀는 박신에게 말했다.

"저는 본디 선녀였는데 죄를 짓고 땅에 내려와 살다가 박신이라는 분과 사랑에 빠졌습니다. 하늘로 돌아간 뒤에도 그분을 잊지 못해 다시 내려왔지만 동이 트기 전에 다시 하늘로 돌아가야 해요."

박신은 뛸 듯이 기뻐서 홍장의 손을 맞잡고 눈물을 흘렸다. 뱃머리를 돌려 집으로 돌아온 두 사람은 운우의 정을 나누었다. 깜빡 잠이 들었다가 동이 틀 무렵 화들짝 놀라 일어난 박신은 하늘로 돌아가지 않고 옆에서 잠 들어 있는 홍장을 의아한 눈길로 보고 있었다. 그 때, 방문 앞에서 조운흘이 껄껄껄 웃는 소리가 들려왔다. 박신은 그제서야 조운흘에게 속은 줄을 알았다.

도로 하나를 사이에 두고 경포해변과 경포호가 나란히 있어서 바다와 호수를 함께 감상하며 걷는다. 태양빛이 점점 강렬해지고 해변에는 서서히 해수욕하는 사람들이 늘어난다. 경포해변을 벗어나서 숲길과 차도를 따라 사근진, 순긋, 순포해변을 지나고 다시 해송 숲길을 걸어 사천진항에 이른다. 펜션을 잡고 여장을 풀고는 해안의 바위섬에서 동해안의 낙조를 감상한다. 즐풍목우(櫛風沐雨)라, 바람으로 머리를 빗질하고 빗물이 아닌 땀으로 목욕을 한 고단한 하루해가 저물어 간다. 몸도 마음도 지쳐가고 그리운 얼굴들이 스쳐간다. '노력하는 한 방황하리라!'라고 하는 괴테의 목소리가 노을빛 파도에 밀려온다.

교산(蛟山)

해파랑길 40코스는 사천진항에서 시작하여 하평해변부터 연곡해변까지 정원 같은 송림을 지나서 커피거리로 유명한 영진해변을 걸어 해안길 따라 주문진항을 지나고 주문진등대, 아들바위공원을 지나는 강릉바우길 12구간 '주문진 가는 길' 12.4km이다.

천하에 두려워할 대상은 오직 백성뿐이다. 백성은 홍수나 화재 또는 호랑이나 표범보다도 더 두려워해야 한다. 그런데도 윗자리에 있는 사람들은 백성들을 업신여기면서 가혹하게 부려먹는데 어째서 그러한가? 이미 이루어진 것을 여럿이 함께 즐거워하고, 늘 보아오던 것에 익숙하여 그냥 순순하게 법을 받들면서 윗사람에게 부림을 당하는 사람들은 항민(恒民)이다. 이러한 항민은 두려워할 것이 없다. 모질게 착취당하여 살가죽이 벗겨지고 뼈가 부서지면서도, 집안의 수입과 땅에서 산출되는 것을 다 바쳐서 한없는 요구에 이바지하느라, 혀를 차고 탄식하면서 윗사람을 미워하는 사람들은 원민(怨民)이다. 이러한 원민도 굳이 두려워할 필요는 없다. 자신의 자취를 푸줏간 속에 숨기고 몰래 딴 마음을 품고서, 세상을 흘겨보다가 혹시 그때에 어떤 큰일이라도 일어나면 자기의 소원을 실행해 보려는 사람들은 호민(豪民)이다.

'참으로 두려워해야 할 존재는 호민이다!'라는 허균의 목소리가 사천진 앞바다에 들려온다. 먼동이 밝아온다. 창문 밖이 바닷가라, 문을 열자 파도소리와 함께 시원한 바닷바람이 밀려온다. 일출을 보기 위해 숙소를 나선다. 사람들이 하나 둘 해안으로 걸어 나온다. 교문암 앞바다 수평선 멀리 하늘이 붉어지고 바다가 붉어지고 서서히 붉은 해가 떠오른다. 장엄한 황홀경이 펼쳐진다. 해를 노래하고 바다를 노래한다. 또 하루의 삶을 노래하고 가야 할 해파랑길을 노래한다. 길 위의 나그네가 400년 전 이곳을 스쳐간 풍운아 허균을 그리워한다.

허균(1569~1618)은 교문암이 있는 외가인 이곳 사천면 교산 애일당(愛日堂)에서 태어났다. 그가 쓴 '성소부부고'에는 '사천진 백사장에 큰 바위가 있는데, 늙은 교룡이 그 밑바닥에 엎드려 있다가 연산군 7년(1501년) 가을에 그 바위를 깨트리고 떠나는 바람에 두 동강이 나서 구멍이 뚫린 것이 문과 같이 되었으므로 후세 사람들이 교문암(蛟門岩)이라 불렀다'고 전한다. 교산이란 호는 이곳의 야트막한 야산의 지명에서 유래되었으며, 여기에서 교(蛟)는 용이 되지 못한 이무기를 말하는데 산의 형상이 꾸불꾸불해서 붙여진 명칭으로 허균은 여러 개의 호를 사용했지만, 모든 편지에 교산이라 쓸 정도로 이 호를 사랑하였다. 허균은 최초의 한글 소설인 홍길동전과 같은 꿈을 꾸었는지 모르지만 역모사건으로 능

지처참됨으로써 끝내 용이 되지 못한 이무기로 생을 마치고 말았다.

총명하고 영특했던 허균은 18세 무렵 서애 유성룡에게 문장을, 조선의 이백이라 불리는 손곡 이달에게 허난설헌과 함께 시를 배우면서 비로소 문장의 길을 깨닫는다. 허균이 속했던 집안은 당대 최고의 명가의 하나였다. 부친 허엽은 동인의 영수였고, 이복 형 허성은 이조와 병조판서를 역임하였고 황윤길, 김성일과 함께 종사관의 직책으로 임진왜란 전 일본에 다녀왔다. 동복 형인 허봉은 허균을 가르칠 정도로 학문이 뛰어났고, 여류시인 허난설헌은 그의 누이이다.

임진왜란으로 홀어머니와 만삭인 아내를 데리고 강릉으로 피난오던 허균은 아내가 아이를 낳고 죽어 길 위에 묻고 갓난아이도 이내 죽어, 어머니와 외가 애일당(愛日堂)에서 머물며 이때부터 교산이란 호를 쓰며 '애일당기'를 지었다. 애일(愛日)이란 부모 섬길 날이 짧아 시간의 흐름을 애석히 여겨 부모에 대한 효양을 다함을 이른다.

"나의 외할아버지 참판께서 바다에서 가장 가까운 곳에 터를 잡고는 그 위에다 집을 지었다. 새벽에 일어나 창을 열면 해 뜨는 것이 보였다. 공께서 그 어머님을 모시고 노년을 맞았으므로, 이 집에다 애일(愛日)이 라는 이름을 지었다. (중략) 임진년(1592년) 가을에 나는 어머님을 모시고 왜놈들을 피해서 북쪽으로부터 배를 타고 와서 교산에 대었다. 애일당 을 깨끗이 쓸고 머물렀는데, 외할아버지께서 돌아가신 지 43년이 되었 다. 그동안 뜰에 우거진 풀을 베지 않아서 담쟁이가 이리저리 얽혔고, (중략) 난간과 창살은 뜯겨 있었다. 어머님께서 이를 보고 울음을 터뜨리 셨다. 나는 곧 종들을 독촉해서 더러운 것을 치워내고 풀들을 베었다. 물을 뿌려 쓸어낸 뒤에, 그곳에 머물렀다. 아아, 선조께서 힘써 일구시 어 어버이 모실 곳을 마련하심이 이처럼 부지런하셨건만, 후손들이 시 들해서 서까래 몇 개 있는 집도 간수치 못하고 무너질 지경에까지 이 르게 했으니, 그 죄가 참으로 크도다. 내 비록 어리석고 둔하나 마침 늙으신 어머님을 모시고 이 집을 지키니, 애일의 마음이야 어찌 선조와 다르랴. 오직 마음을 다하고 힘을 기울여 이를 지켜서 어머님의 뜻을 편안케 모시고 선조의 업을 닦아 한가롭게 노닐며 편안히 지내다가 내 생애를 마친다면, 황천에 가서 외할아버지를 따르며 노닐 만할 것이다."

이듬해인 1593년 낙산사에 주로 머물며 공부하던 허균은 1594년 26 세에 문과에 급제하여 승문원 사관에 임명되었고, 여름에 어머니가 돌 아가셨다. 어머니의 삼년상 동안에 기생을 끼고 놀았는데, 뒷날 역적으 로 몰려 죽을 무렵에 홍문관 언관들이 '하늘이 허균이라는 한 괴물을 세상에 내셨는데'라며 이 사실도 탄핵하였다.

허균은 승려들과 서자들, 기생 매창과 정신적인 교감을 할 정도로 파격적인 생활을 했다. "남녀 간의 정욕은 하늘이 준 것이며, 남녀유별의 윤리는 성인의 가르침이다. 성인은 하늘보다 한 등급 아래다. 성인을 따르느라 하늘을 어길 수는 없다"라고 할 정도로 허균은 자유분방하였다. 둘째 형 허봉의 벗인 사명당은 경박한 허균에게 아끼는 마음으로 말조심을 권면하며 시를 지어 주었다.

남의 잘잘못을 말하지 말게나.
이로움 없을 뿐만 아니라 재앙까지 불러온다네.
만약 입 지키기를 병마개 막듯 한다면
이것이 바로 몸 편안케 하는 으뜸의 방법이라네.

'천하에 두려워 할 바는 백성뿐이다', '국왕은 백성을 위해 존재하는 것이지, 백성 위에 군림하지 않는다'라고 하는 허균의 호민론은 기성의 권위에 맞서 이단으로 일컬어질 만한 새로운 개혁과 정치사상의 일면을 보여준다. 호민론이 깃든 '홍길동전'은 허균의 생애와 사고를 응축해 놓은 결정판이라고 평가되고 있다.

공초만 받고 결안도 없이 역모의 죄로 저잣거리에서 능지처참을 당한 허균을 생각하며, 교산 언덕에 올라 교산 시비 앞에서 시원한 바람이 불어오는 동해바다를 바라본다. 묘시에 태어난 자신을 두고, 같은 묘시에 태어난 한퇴지나 소동파처럼 시대에 버림받고 화액을 당할 것이라 예언했던 허균, 자신의 역모죄를 끝까지 인정하지 않으며 "할 말이 있다"고 외쳤지만 죽음으로 끌려 나간 혁명아 허균의 삶을 돌아보며 교산에서 내려와 해파랑길을 간다.

하평해변을 지나고 송림 속에서 솔향에 취해 한적한 차도를 걸어 국립수산과학원 앞에 이르렀을 때 아뿔싸, 지난밤 가지고 있던 돈을 정리해서 펜션 주방 위에 두고 온 생각이 났다. 한 시간 가까이 걸어왔는데 다시 돌아가야 했다. '나에게 현금이 없다면?' 끔직했다. 아침의 멋과 여유는 어디로 가고 갑자기 걸음걸이가 빨라진다. 돈이 있을까? 하는 불안감과 함께 아직은 이른 아침 시간이라 청소를 하지는 않았을 거라 생각하며 달려갔다. 열려있는 방문을 밀고 들어서자 신사임당의 모습이 주방 위에서 반겨준다. 신사임당을 좋아했건만 정말 반가운 만남이었다.

강릉은 신사임당의 고향이다. 오죽헌은 신사임당과 율곡 이이가 태어난 곳이다. 뒤뜰에 검은 대나무, 즉 오죽(烏竹)이 자란다고 오죽헌(烏竹軒)이라 부른다. 신사임당은 중국 주나라 문왕의 어머니인 '태임(太任)'을 스승처럼 존경하고 섬기겠다는 뜻으로, 자신이 거처하는 곳을 '사임당(師任堂)'이라 이름 지었다. 자식들에게 태임처럼 성품이 뛰어나고 덕이 높은 어머니가 되겠다는 뜻에서였다. 태임은 현모양처의 표본이며, 동양 태교의 바이블로 여겨지고 있다. 그래서 신사임당은 조선의 대유학자 율곡 이이의 어머니가 되었다. 세계 최초의 태교 관련 저술을 쓴 조선의 이사주당은 '성장 후 평생교육이 생후 어린 시절의 10년 교육만 못하고, 생후 10년 교육이 복중(腹中) 열 달 교육에 못하고 복중 열 달

교육이 회임 당시 하루의 교육보다 못하다'고 하였으니, 거처가 태교의 산실인 '사임당'이니 율곡이 태어남은 당연지사였다.

연산군 10년(1504년)에 강릉시 죽헌동에 태어난 신사임당은 열아홉 살에 이원수와 결혼해 친정에서 율곡 이이를 낳고 율곡이 여섯 살 때까지 강릉에서 살았다. 서른여덟 살에 늙은 어머니를 홀로 남겨두고 서울 시댁으로 떠나는 안타까운 마음을 대관령에서 시에 담았다.

늙은 어머니를 고향에 두고
홀로 서울 가는 이 마음
돌아보니 강릉은 아득한데
흰 구름만 저문 산을 날아 내리네.

마흔 여덟 살의 나이로 세상을 떠난 뒤, 백 년이 지난 17세기 중엽에 이르러 서인들이 중심이 된 유학자들은 신사임당을 현모양처(賢母良妻)로 칭송하였으며, 오늘날에는 5만 원권 지폐의 주인공으로 한 시대를 대표하는 화가이자 시인으로 재조명되고 있다.

연곡해변으로 가는 길, 해변 앞 울창한 송림 속 산책길을 걷는다. "이곳은 소리길입니다. 파도 소리와 푸른 바다에서 밀려오는 시원함이 송림 사이에 가득가득 채워질 때 소리길에는 자연의 소리가 들립니다."라는 안내문과 함께 '사랑의 길', '소리길', '황토길' '해돋이길', '힘의길'까지 모두 다섯 개의 길에 의미를 부여해 놓았다. 사람들은 길에다 의미를 부여하고 길에서 의미를 찾으면서 보다 나은 삶의 길을 추구한다.

1930년대 주문진항

해파랑길 40코스는 강릉구간이 끝나는 마지막 코스로 강릉바우길 12 구간 '주문진 가는 길'과 겹친다.

영진교를 건너고 영진해변의 유명한 커피거리를 지나서 기다란 백사 장 옆 해안길을 따라 걸어간다. 멀리 주문진항이 시야에 들어온다. 주 문진항의 유명한 생선구이집에서 아침식사를 하고 주인아주머니가 챙 겨주는 누룽지와 숭늉을 배낭에 넣고 길을 나선다. 옆에 2호점을 차렸 는데 손님은 늘었지만 바쁘기만 하고 그렇게 실속은 없다며 행복한 푸 념을 하는 아주머니, '선생님처럼 여행 한 번 가보고 싶은데 언제 여행 을 다녀왔는지 기억도 나지 않는다.'라며 부러워한다.

역동적인 주문진항을 벗어나 마을의 형세가 소 같고 기암괴석이 많 다는 소돌마을 해변을 지나간다. 갈매기들이 춤을 추며 날아간다. 아 들바위공원은 아들보다 딸을 원하는 세태의 영향인지 소원을 비는 사 람이 없어 조용하다. 아들 셋 가진 부모는 금메달이 아닌 '목메달'이라 하던가, 하지만 요즘 세태에 아들 셋 가진 아버지의 가슴 뿌듯한 그 기 쁨을 누가 알겠는가! 주문진해변에 뜨거운 햇살이 쏟아지고 고독한 나 그네는 홀로 걷는 행복을 만끽한다.

9. 양양 ~ 속초 구간

    강원도 중동부에 있는 바닷바람 시원한 양양(襄陽)은 해오름의 고장, 송이의 고장으로 인구가 3만 명에 가깝다. 양양은 1942년 한반도가 미국과 소련에 분할되면서 38선 이북 지역이 되었다가 한국전쟁의 결과 수복한 지역이다. 양양에는 양양의 아름다운 자연경관을 대표하는 팔경이 있으니 제1경은 한 편의 수채화처럼 펼쳐지는 연어들의 고향 남대천, 제2경은 동해에 떠오르는 일출 산행 최고봉의 대청봉, 제3경은 자연도 쉬어가는 신비로운 오색령(한계령, 해발 920m), 제4경은 시원한 폭포와 단풍이 아름다운 오색주전골, 제5경은 하륜과 조준의 발자취를 느껴볼 수 있는 하조대, 제6경은 죽향이 풍기는 죽도정, 제7경은 동해안 최고의 아름다운 항구 강원도의 베네치아 남애항, 제8경은 일출이 아름다운 낙산사 의상대다.

    양양의 북부에 위치한 속초는 인구 8만 3천여 명의 시로, 시의 중심부에는 석호인 영랑호와 청초호가 있다. 한국 전쟁 중 수복되었으며, 1963년에 시로 승격되었다. 한국전쟁 때 북한 피난민이 많이 남하하여 정착하게 됨으로써 휴전선에 갇힌 실향민들로 인구가 급격히 늘었다. 속초를 '실향민의 도시'라고 하는 것은 맨몸으로 피난길에 올랐던 이들이 청초호 해안 모래톱에 움집을 짓고 살면서 악착같이 일해 속초의 상권을 일으켰을 뿐만 아니라 북한의 문화가 혼합된 독특한 문화를 일궜기 때문이다. 이중환이 영동 아홉 고을을 일컬어 "이름난 호수와 기이한 바위가 많아, 높은 데 오르면 푸른 바다가 넓고 멀리 아득하게 보이고, 골짜기에 들어서면 물과 돌이 아늑하여 경치가 나라 안에서 제일이다."라고 한 표현은 속초의 경관과 잘 어울린다. 속초팔경으로는 청대산, 영랑호 범바위, 조도, 설악해맞이공원, 청초호, 대포 외옹치, 속초등대전망대, 학무정이 있다.

해파랑길 제9구간인 양양 속초 구간은 주문진해변에서 장사항에 이르는 41~45코스 60.0km로 설악산과 함께한다. 북으로 오를수록 바닷빛은 더욱 짙어지고 해안을 드리운 철책선은 무거운 분위기를 자아낸다. 41코스는 주문진 향호 둘레길을 한 바퀴 돌고 강원도 3대 미항인 남애항과, '쉬고 또 쉰다'는 휴휴암을 지나서 대나무와 송림으로 가득한 죽도정까지 가는 길이다. 42코스는 38선을 넘어 기사문항을 지나고 조선 개국의 역사를 돌아보는 하조대를 들러 하조대해변에 이르는 길이다. 43코스는 동호 해수욕장을 지나 단조로운 해안길을 따라 수산항까지 가는 길이다. 44코스는 연어가 돌아오는 남대천을 지나서 관동팔경인 낙산사를 거쳐 속초해맞이공원에 이르는 길이다. 45코스는 대포항, 속초해수욕장을 지나 아바이마을에서 갯배를 타고 건너 속초시내와 영랑호를 둘러보며 장사항에 이르는 길이다. 그러면 마지막 고성구간을 남겨두고 양양 속초구간도 끝이 난다.

41코스 ~ 45코스 60.6km

장사항

속초항

속초시청

대포항

45 설악해맞이공원

정암해변

낙산사

낙산해변

양양군청

44 수산항

양양국제공항

동호해변

여운포교

43 하조대해변

알프스마트

하조대

기사문항

42 죽도정

광진해변

남해항

지경해변

41

주문진해변

휴휴休休

해파랑길 41코스는 주문진해변을 출발해서 항호 둘레길을 한 바퀴 돌고 강원도의 3대 미항 중 하나인 남애항과 거대한 관음보살상이 '쉬고 또 쉬어가라'는 메시지를 주는 휴휴암을 지나서 대나무와 송림으로 가득한 죽도정 입구까지 가는 길 12.2km이다.

"나는 하늘로부터 세 가지 은혜를 받고 태어났습니다. 가난과 허약, 그리고 무지입니다. 가난은 부지런함을 낳았고, 허약함은 건강의 중요성을 깨닫게 해주었고, 못 배웠다는 사실은 누구에게도 배우려 하는 배움의 자세를 알게 해 주었습니다."

경영의 신이라 불리는 마쓰시타 고노스케의 말이다. 가정 형편이 어려워 초등학교 4학년에 중퇴했고, 자전거 점포에서 일하며 밤이면 어머니가 그리워 눈물 흘리던 허약한 소년이 일본인들이 가장 존경하는 마쓰시타 그룹의 창업주로 1989년 4월 94세의 천수를 누렸다. 마쓰시타는 위기를 기회로 하여 성공에 이른 위대한 경영인이었다.

마쓰시타의 말처럼 약점을 강점으로, 위기를 기회로, 고통을 행복으로 승화시키며 삶의 길을 걸어왔고 또 걸어간다. 걸림돌에 넘어져 슬펐던 발걸음은 기회의 강 앞에서 망연자실할 때, 그 실패의 걸림돌이 강물에 몸을 던져 디딤돌이 되어 자신을 밟고 지나가라 했다. 디딤돌이 된 걸림돌, 위기는 곧 기회의 다른 이름이었다. 주역에서 '궁즉변(窮則變) 변즉통(變則通), 통즉구(通則久), 곧 궁하면 변하고 변하면 통하고 통하면 오래간다.'고 가르치듯, 역경에 대처하는 방법은 역경을 변화시키려고 애쓰거나 역경에 맞서도록 자신을 변화시키면 된다고 깨달았다.

해파랑길을 걸으며 동해의 서정과 역사, 문화의 서사를 맛볼 뿐만 아니라 길 위에서 자신의 삶과 역사를 맛보고, 자신이 존재하게 된 창조의 바탕을 돌아본다. 삶과 죽음이 아름다운 동행이라면 고통과 행복도 아름다운 동행이다. 달라이 라마는 부처의 근본적인 가르침은 사성제에 있다고 한다. 세상의 모든 존재에는 고통이 있다고 하는 고성제, 고통에는 원인이 있다고 하는 집성제, 고통을 멸하여 해탈에 이를 수 있다는 멸성제, 해탈에 이르는 데는 길이 있다는 멸도성제이다. 현실 세계에서 경험하는 모든 문제들이란 반드시 그렇게 될 수밖에 없는 원인이 있어 빚어지는 결과이므로, 그 원인을 찾아 개선해 나가는 것이 깨달음의 길이요, 지혜의 길이 된다고 한다.

바다에서 밀려오는 주문진 해변의 열기를 마시며 길을 간다. 강렬한 태양빛에 반짝이는 푸른 바다와 사람들의 어우러짐이 한 폭의 그림 같이 펼쳐진 백사장의 해변을 걸어간다. 강소천이 '바다로 가자'를 노래한다.

바다로 가자, 바다로 가자 / 갈매기 오라 손짓하는 바다로 가자

푸른 물결 속에 첨벙 뛰어들어 / 물고기처럼 헤엄치다

지치면 모래밭에 나와 앉아 / 쟁글쟁글 햇볕에 모래성을 쌓자

바다로 가자, 바다로 가자 / 생각만 해도 속이 시원한 바다로 가자

한창 더위로 꼼짝 못하는 / 여름 한 철은 바다에서 살자

바다로 가서 바다에 살고자 마음속에 바다를 담아 해파랑길을 걸어 간다. 시속 6m의 속력으로 달리는 달팽이가 되어 느릿느릿 조금도 서 두름 없이 길을 간다. 어디로 가는지 어디로 가야 하는지 알 수 없는 행로를 따라 느림보 달팽이가 되어 쉼 없이 하염없이 걸어간다. 기나긴 여정이고, 순례이고, 예술이고, 연극인 삶의 길을 나그네가 되어, 순례 자가 되어, 예술가가 되어, 시인이 되어, 탐험가가 되어 걸어간다. 신성 함을 찾고, 진정한 삶을 찾고, 신비를 찾아서 때로는 망원경으로 때로 는 확대경으로, 때로는 현미경으로 지상에서 천국을 바라보며 해파랑 길을 간다.

해변을 벗어나서 차도를 건너 한적한 향호 둘레길을 걸어간다. 천년 묵은 향나무를 아름답고 맑은 호수 아래 묻었는데, 나라에 경사스런 일이 있으면 향호의 침향에서 빛이 비쳤다는 침향의 전설을 떠올린다. 갈대숲 사이로 백로가 날아가고 호숫가에서 물놀이를 즐기는 오리 떼 가 장난기를 발동하여 물장구를 친다. 안정례 시인의 '향호'가 발걸음 을 잡는다.

한걸음 향했던 설레임의 발자국도 지워지고

낮게 깔린 어둠에

무게는 떨쳐낼 수 없는 그리움으로 붉게 물들어버린 지금

버티다 버티다 이제 발길을 돌립니다.

눈감아도 젖은 모습 저만치서 내 그리운 사람이

웃음 지며 서있던 그 자리 한 바퀴 돌고나면 있으려나.

기약 없는 약속을 마음에 새기고 돌아서는 등 뒤로

낯 익은 음성이 들린다.

그리운 사람의 낯익은 음성을 뒤로하고 고요한 향호 산책길을 벗어
나서 향호 삼거리에서 소음이 요란스런 7번국도를 만난다. 강릉시에서
양양군으로 넘어가는 경계지점에서 '산 좋고 물 좋은 양양이라네.' 표지

석이 반겨준다. 양양의 첫 마을인 현남면 지경리의 지경해변을 걸어서 양양에서 가장 큰 남애항을 지나간다. 황영조의 고향인 삼척의 초곡항, 헌화로의 끝 지점인 강릉의 심곡항과 더불어 강원도의 3대 미항으로 꼽히는 남애항은 '강원도의 베니스'라 불리며 영화 '고래사냥'의 촬영지이기도 하다.

남애초등학교를 지나서 차량들이 쌩쌩 질주하는 위험한 7번국도를 걸어간다. 서핑을 즐기는 젊은이들의 싱싱하고 역동적인 모습을 보며 남애해변을 지나서, '동해의 숨겨진 비경'으로 일컬어지는 휴휴암에 이른다. 바닷가 절벽 위에 세워진 사찰에 부산의 해동용궁사가 떠오른다. 휴휴암(休休庵)! 쉬고 또 쉬어가라는 절이니 쉬고 또 쉬어가리라 생각한다. 혜민 스님은 말한다. "본성을 깨닫는 마음공부 방식은 무언가를 자꾸 배워서 해야 하는 것이 아니라 정반대로 '쉬고 또 쉬고', 완전히 쉬고 비워냈을 때 생각을 일으키는 근본 바탕을 정통으로 딱 만날 수 있다"고.

진리는 둘이 아니라는 불이문(不二門), 거대하고 웅장한 불상과 바다를 등진 건물에 금빛 찬란한 대종, 절 아래 바다 쪽으로는 거북이 형상의 넓고 평평한 바위가 있어 갈 길 먼 나그네의 발길을 잡는다. 멀리 가려면 쉬어가야 한다. 마침표를 찍기 위해서는 호흡을 가다듬는 쉼표가 필요하다. 휴휴암에 앉아 휴휴를 즐기는데 어디선가 성철스님의 목소리가 들려온다.

"사람이란 물질에 탐닉하면 양심이 흐려집니다. 그렇기 때문에 어느 종교든지 물질보다 정신을 높이 여깁니다. 부처님의 경우를 보더라도 호사스런 왕궁을 버리고 다 헤진 옷에 맨발로 바리때 하나 들고 여기저기 빌어먹으면서 수도하고 교화했습니다. 그리고 마지막에는 그 교화의 길에서 돌아가셨습니다. 철저한 무소유의 삶에서 때 묻지 않은 정신이 살아난 것입니다."

무소유의 삶! 뜨거운 한낮의 햇살을 받으며 서있는 온화한 모습의 지혜관음보살상이 나그네를 내려다보며 '비우고 비우는 참선이란 뜻밖의 곳에 있지 않으며 특별히 따로 몰입하고 집중하는 것이 아니라 생활 속에서 자연스럽게 이루어지는 비움이야말로 자유로운 피안의 세계로 다가가는 지름길'이라며 설법을 한다. 몸과 마음을 정갈히 내려놓고 두 손 모아 합장하고, 비우고 비우는 참선의 마음으로 죽도정을 향한다.

동해의 푸른 바다를 바라본다. 바다에는 구름이 흘러가고 마음에는 느낌의 조각들이 떠간다. 저 넉넉한 바다 같이, 저 유연한 구름 같이 살고 싶다. 씨줄과 날줄로 얽힌 인연의 굴레에서 벗어나 가끔은 혼자이고 싶다. 그리고 내 안의 나를 보고 싶다. 가끔은 이렇게 훌훌 떠나 모든 것을 놓아버리고 싶다. 그래서 가끔은 정말 자유인이, 자연인이 되고 싶다. 그리고 가끔은 눈을 감고 침묵하고 싶다. 우뚝 솟은 바위처럼 침묵하고 싶다. 그리고 '수타니파타'의 무소의 뿔처럼 혼자서 가고 싶다.

큰 소리에 놀라지 않는 사자처럼

그물에 걸리지 않는 바람처럼

흙탕물에 물들지 않는 연꽃처럼

무소의 뿔처럼 혼자서 가고 싶다

광진해변과 인구해변을 지나서 '동국여지승람'에 "양양 대도호부 남쪽 45리 관란정 앞에 푸른 대나무가 온 섬에 가득하였다"는 기록이 있는 죽도(竹島)에 도착한다. 지금은 백사장으로 연결되어 있지만 옛날에는 육지와 분리된 섬으로, 사계절 내내 소나무와 대나무가 울창했다. 섬 둘레가 1km 정도로 기암괴석들이 장관을 이루고, 대나무와 송림으로 가득한 해발 53m 정상에 오르는 내내 솔향과 죽향, 해향이 밀려온다. 죽도정의 장죽은 강인하고 전시용에 적격으로 조선시대 장죽을 매년 진상하여 화살을 만들었다고 한다. 50년의 짧은 역사를 가졌으나 월송 정이나 망양정 못지않은 죽도정의 풍광은 남대천, 대청봉, 오색령, 오색 주전골, 하조대, 남애항, 의상대와 더불어 양양팔경의 하나로 꼽힌다.

죽도정에 서서 푸르고 푸른 동해바다를 바라본다. 푸르고 푸른 하늘을 바라본다. 바다와 하늘이 맞닿은 곳에 홀로 서있는 나그네를 바라본다. 법정스님의 '홀로 사는 즐거움'이 파도에 밀려온다. "사람은 본질적으로 홀로일 수밖에 없는 존재다. 홀로 사는 사람들은 진흙에 더럽혀지지 않는 연꽃처럼 살려고 한다. 홀로 있다는 것은 물들지 않고 순진무구하고 자유롭고 전체적이고 부서지지 않음을 뜻한다."

● 42코스

자애自愛

해파랑길 42코스는 죽도정 입구에서 출발하여 7번 국도를 따라 위험한 길을 걷다가 3.1만세운동유적비를 지나서 38선휴게소에서 동해바다를 바라보며 쉼표를 찍고 조선 개국의 자취가 있는 하조대에 올랐다가 하조대해변에 이르는 길 9.6km이다.

엠마뉘엘 수녀는 '나는 100살, 당신에게 할 말이 있어요'에서 "타인의 행복을 위해 자기 삶을 희생해서는 안 됩니다. 탄탄하고 오래 지속되는 참된 사랑은 자기 자신의 행복과 타인의 행복을 동시에 추구하는 사랑입니다. 우리는 함께 행복해야 합니다."라고 말한다. 해파랑길은 자기사랑의 수양이요 나아가 타인사랑을 실천하려는 애기애타(愛己愛他)의 길이다. '나는 무엇인가?'라는 자아(自我)를 찾아 깊이 사색하고, 스스로 성찰하는 자성(自省)의 시간을 가지고, 자기 자신을 믿는 자신(自信)의 감정 위에서, '하늘은 스스로 돕는 자를 돕는다'는 자조(自助)의 정신으로, 스스로 일어서는 자립(自立)의 정신으로, 자기 일을 스스로 처리하는 자

주(自主)의 정신으로, 자기의 품위를 스스로 지키는 자존(自尊)의 정신으로, 스스로를 사랑하는 자애(自愛)의 정신으로, 가난한 자를 가엾게 여기고 사랑을 베푸는 자비(慈悲)의 마음으로 나아가는 걸음걸음이 해파랑길이다.

　시원하게 트인 동해바다와 대나무 향을 맛보며 죽도정에서 내려와 죽도해변에 이르자 서핑을 즐기는 젊은이들로 해안이 가득하다. 바다에서 파도를 타고 시원스럽게 달리는 이들이 있는가 하면, 뜨거운 백사장에서는 초보자들이 걸음마로 자세를 배우고 있다. 젊음의 활력이 느껴지는 한편, 아직 저런 즐거움을 느껴보지 못하고 고시원에 있는 두 아들이 스쳐간다. 세상에는 언제나 슬픈 비관주의자, 오늘은 즐겁지만 내일을 생각지 않는 쾌락주의자, 고진감래를 노래하는 성취주의자, 언제나 행복한 행복주의자 등 여러 부류의 사람들이 있다. 오늘과 내일의 균형 잡힌 행복을 추구하는 것이 이상적이지만 인생살이 쉽지가 않다.

　니체는 "자신의 길을 걷는 사람은 영웅이다. 자기가 할 수 있는 일을 하면서 사는 사람은 누구나 영웅이다." 또, "자기를 사랑하는 것처럼 항상 그대들의 이웃을 사랑하라. 그러나 먼저 자기 자신을 사랑하는 자가 되라. 인간은 건전한 사랑으로 자기 자신을 사랑하는 법을 배워야 한다."라고 역설한다.

　자신의 삶이 얼마나 성공적인가를 가늠하려면 얼마나 이기적으로 살고 있는가를 평가해보라고도 한다. 농구 황제 마이클 조던은 "성공하려면 이기적이어야 한다. 최고 수준에 오르면 그때부터 이타적으로 행동하라. 다른 사람들과 가까이 교류하며 지내라."라고 말한다. 비행기를 타면 어린이나 노약자를 동반하는 경우 산소마스크는 반드시 자신이 먼저 착용한 다음 다른 사람을 도우라고 한다. 갑자기 여압(與壓) 상태가 나빠져 산소마스크가 내려왔을 때 주변 사람들을 돕느라 정작 자신은 죽음을 면치 못한다면 현명한 처사가 아니라는 의미다.

　장자는 애기애타를 말한다. 진심으로 자기를 아끼고 사랑할 줄 아는 사람만이 비로소 남을 사랑하고 이롭게 할 수 있다는 말이다. 도산 안창호는 "나는 여러분을 섬기려 합니다."라며 '섬기는 리더십'을 실천하는 한편, 책임감을 강조하는 '주인의식 리더십', 나아가 나를 사랑하고, 나를 사랑하듯 남을 사랑하라는 '애기애타 리더십'을 설파했다. 자기사랑이 자기에 대한 냉철한 성찰에서 시작하여 원대한 뜻을 세우고 이를 실현하기 위해 부단히 수양하고 훈련하여야 하듯, 타인사랑 역시 섬기고 사랑으로 대하는 수양과 훈련이 필요하다.

2천여 년 전 전국시대 초기 묵자는 "이웃을 네 몸과 같이 사랑하라(愛人若愛其身)"라고 하며 겸애설(兼愛說)을 주장한다. "사회의 혼란은 모두 서로 사랑하지 않기 때문에 일어난다."고 역설한다. 묵자의 하느님 사상(天志)은 기독교의 하나님 사상과 조금도 다르지 않다. 묵자가 중국에서 자취를 감춘 때가 기원전 100년경이었기 때문에 아기 예수가 태어날 때 찾아온 동방박사가 망명(亡命) 묵자라는 주장까지 나오고 있다. 묵자는 말한다. "만약 천하로 하여금 서로 겸애하게 하여 '이웃을 네 몸과 같이 사랑한다면' 어찌 불효가 있을 수 있겠는가?" 예수의 말과 똑같다.

동산항을 지나고 어린이 교통공원을 지나간다. 북진을 하면 할수록 철책선과 군사보안구역이 많아지고 바다를 우회해서 국도를 걷는 길이 많아진다. 한여름의 뜨거운 햇살 아래 아스팔트의 복사열을 마시며 7번국도를 걸어간다. 복분삼거리를 지나가고 잔교리를 지나서 독수리가 나래를 펴는 무궁화동산에서 걸음을 멈춘다. 동해바다를 배경으로 서 있는 경찰전적비 앞에서 잠시 묵념을 한다.

이곳은 해방과 6.25전쟁 기간 동안 조국의 평화를 지키고 자유민주주의를 수호하기 위하여 장렬하게 산화하신 호국 경찰의 숭고한 정신이 깃들어 있는 곳입니다. (중략) 이 전적비는 조국 수호를 위하여 산화하신 속초 양양 출신의 경찰 32위의 넋을 추모하기 위하여 건립된 것이오니 경건한 마음으로 참배해 주시기 바랍니다.

　평소에는 국가와 사회의 공공질서와 안녕을 보장하고 국민의 생명, 신체, 재산을 보호하는 경찰이 6.25 전쟁에서는 조국의 평화를 지키고 자유민주주의를 수호하는 호국경찰로 승화된 전적비이다. 전적비 뒤 해안선에는 이중으로 쳐진 철조망이 있어 아직도 끝나지 않은 전쟁의 상흔을 일깨워준다.

　차량들이 질주하는 7번국도를 따라 걸어간다. 동해고속도로가 개통하기 전의 7번국도는 이중환이 '택리지'에서 동해 해변가의 아홉 고을이 남북으로 1천리나 된다고 했는데, 그 천리 동해안을 끼고 달리는 산천의 역사와 낭만이 있는 유일한 길이었다. 하늘에서 땅에서 감싸오는 폭염과 복사열에 온몸이 흠뻑 젖는다. 멀리 노란색 입간판의 38선 휴게소와 거대한 38선 표지석이 시야에 들어온다. 신기루가 아닌 사막의 오아시스를 만난 기분으로 힘을 낸다. 아이스커피를 들고 야외 그늘에 앉아 먼 바다를 바라보며 휴식을 취한다. 악전고투, 분골쇄신 하며 열심히 걸은 자가 누릴 수 있는 진정한 쾌감이다. 내 마음이 쉬니 세상도 쉬고, 내 마음이 한가해지니 세상도 한가롭다. 내 마음이 행복하면 세상도 행복하다.

매년 10월 1일 국군의 날의 기원이 된 역사적인 장소가 바로 이곳 38선휴게소라는 안내문을 바라본다. '6.25 발발 3개월 후인 1950년 9월 15일, 인천상륙작전으로 전세는 역전되었다. 그때 38선 남쪽으로 2km 지점인 죽도 인근에 주둔하고 있던 국군 3사단 23연대 3대대가 10월 1일 오전 11시에 해방 이후 처음으로 38선을 넘어 북진했다.'는 기록이다. 휴전협정을 맺은 1953년 7월 27일까지 1,129일 간의 전쟁에서 남북 양측에는 약 150만 명의 사망자와 360만 명의 부상자, 약 10만 명의 전쟁고아를 남기고 전 국토를 폐허로 만든 전쟁. 오직 죽음과 상처만이 남은 승자도 패자도 없는 전쟁을 치르고 오늘도 남북은 끝나지 않은 전쟁의 대치 상태에 있다. 향토 출신 이상국 시인의 '한계령 자작나무들이 하는 말'이다.

일본이 패망해서 도망가고 난 뒤
양양은 북한 땅이었다가
육이오 전쟁으로 남한 땅이 되었다.
그래서 수복지구라고 불렀다.
동해 기사문리에서 먼 서해까지

삼팔선은 은하수처럼 지나갔는데

그 선에 걸려 넘어진 사람은 골병이 들었거나

죽었다.

양양에 가을이 오면

먼 바다 연어들은 있는 힘을 다해 돌아오고

이슬만 받아먹던 송이들도 산을 내려오는 건

어느 날 한계령을 넘다가

자작나무들이 저희끼리 이야기하는 걸 나는 들었다.

38선휴게소를 떠나 기사문항을 둘러보고, 길 건너편 사대문 밖에서 가장 치열했다는 양양의 만세운동을 기리기 위하여 세워진 3.1만세공원을 바라본다. 3.1운동 당시 체포되어, 취조하는 일본 순사에게 화로를 던지다가 내려치는 칼을 맞고 순국한 함홍기 의사를 비롯해서 당시 양양에서는 11명이 목숨을 잃고 80여 명이 체포됐다. 그 가운데 일개 면 지역인 기사문리 만세고개에서만 아홉 명이 목숨을 잃었고 20여 명이 총상을 입었으니 일본 순사의 악랄함과 만세운동의 처참함을 짐작하고도 남는다. 당시 함홍기 의사는 22세였으며, 죽거나 태형을 받은 사람들이 거의 20세 전후였다. 양양사람들의 기개를 드높인 민족적 거사이자 긍지이기도한 만세고개를 내려간다.

현북면사무소 인근에서 하조대 가는 길로 들어선다. 울창한 숲과 밭길을 따라 이어진 차도를 1.5km 정도 걸어 올라가 바닷가 산자락에 앉아있는 하조대에 이른다. '하조대 주변을 한번 거친 이는 10년이 지나

도 그 얼굴에 산수자연의 기상이 서려 있게 된다'는 얘기가 있으니 두
번째 찾는 하조대이기에 20년의 기상을 은근히 기대해 본다. 전망대에
올라 시원하게 펼쳐진 동해바다를 바라보고 하조대 정자로 향한다. 바
닷가에 기이하게 솟은 바위 하조대에 대해 〈여지도서〉에는 다음과 같
이 실려 있다.

관아의 남쪽 30리에 있다. 나지막한 산기슭이 바다 속으로 뻗어 들
어가다가 갑자기 끊어져 하조대를 이룬다. 하조대 좌우의 바위 벼랑이
기이하고 예스럽다. 바다의 큰 파도가 부딪히면 눈보라가 휘날리는 듯
하다. 조선 건국 초기에 하륜과 조준이 노닐며 구경하던 곳이라 한다.

그런 까닭에 이렇게 이름 지었다.

　정자 입구에 숙종 때 관찰사를 지낸 이세근이 쓴 '河趙臺'가 바위에 새겨져 있다. 푸른 바다를 배경으로 우뚝 솟은 기암절벽과 한 그루 노송이 어우러져 멋진 풍광을 연출한다. 하조대 노송 앞 바위에 자리를 펴고 앉아 활어직판장에서 포장해온 안주에 한잔 술을 곁들이며 신선놀음을 한다. 누가 알겠는가, 이 멋과 풍류를.
　한 시대를 풍미했던 하륜과 조준, 끝없이 펼쳐진 망망대해를 바라보며 하륜과 조준은 하조대에서 과연 무엇을 꿈꾸었을까, 하는 상상의 나래를 펼쳐본다.

　하늘과 태양과 바람과 바다와 바위와 모래는 수천 년, 수만 년간 이곳 하조대에서 펼쳐진 모든 이야기들을 알고 있다. 시원한 바람이 미소 지으며 나그네의 볼을 스치고 지나간다. 하조대를 내려와 하륜교를 넘어 하조대해변에 도착한다. 다시 뜨거운 한여름이 시작된다.

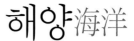

해파랑길 43코스는 하조대해변에서 시작하여 일직선의 곧은길인 탁 트인 해안 차도를 걷다가 숲으로 우거진 한적한 시골길을 걷고, 다시 아스팔트 차도를 따라 걸어 수산항에 이르는 편안하고 쉬운 길 9.4km이다.

느릿느릿, 유유자적 느림보가 되어 늘어져 걷는다. 흥망성쇠와 영고성쇠는 되풀이되고 인불백일호(人不百日好)요 세불십년장(勢不十年長)이다. 길 떠난 나그네가 급할 일이 없다. '화무십일홍(花無十日紅)이요 달도 차면 기우나니 얼씨구 절씨구 차차차 지화자 좋구나 차차차'라고 '차차차'를 노래하며 하조대해변을 걸어간다.

이성계에게 정도전이 있었으면 세종에게는 황희가, 세조에게는 한명회가, 정조에게는 채제공이, 태종에게는 하륜이 있었다. 왕의 남자 하륜(1347~1416)은 1398년 제1차 왕자의 난 당시 충청도 관찰사로 출병하여 이방원을 도와 조선개국의 주도적인 역할을 했던 정도전을 제거했고,

1400년 제2차 왕자의 난 당시에도 이방원을 도와 태종 즉위 후 좌명공신 1등에 책록되었다. 왕권 강화의 기틀을 다진 하륜은 17년 동안 우의정, 좌의정, 영의정을 거치면서 영화를 누렸다.

정몽주, 남은, 권근 등과 함께 신진사대부를 형성했던 고려 충신 하륜은 처음에는 역성혁명에 반대하다가 이성계의 조선 건국에 참여했으며, 정도전처럼 팔방미인스타일의 참모로 이방원을 열렬히 지지했다. 하륜과 이방원의 인연은 하륜이 잡학다식하여 관상 보는 기술이 크게 기여했다.

신하들이 뇌물을 좋아하고 인사 청탁 등 부정을 일삼는 하륜에게 벌을 줄 것을 청했으나 태종은 언제나 감쌌다. 하륜을 보아왔던 세종은 "하륜은 학문이 해박하고 정사에 재주가 있어 재상으로서의 체모는 있지만, 청렴결백하지 못하고 일을 아뢸 때도 여염의 청탁까지 시간을 끌며 두루 말하곤 했다. 내 생각으로는 보존하기 어려울 것인데도 태종께서는 능히 보전하시었다."라고 하니 그 성공의 이면이 오늘날의 위정자에게서도 보는 듯하다. 하륜은 1416년 왕명으로 함길도에 있는 선왕의 묘를 살피러 갔다가 돌아오는 길에 70세의 나이로 객사했다.

조준(1346~1405)은 정치가이자 시인이고 무인이다. 1388년 위화도 회군 후 이성계의 신임을 받고 대사헌 등을 거치며 조민수를 축출시키고 창왕 폐위와 공양왕 추대에 개입하였고, 정도전 등과 의기투합하여 공양왕을 폐위하고 이성계를 추대하여 개국공신이 되었다. 그는 특히 경제와 이재에 밝아 전제개혁안을 통해 조선의 경제적 기초를 개편하였다.

태종 이방원은 조준을 가리켜 항상 조정승이라 칭하고 이름을 부르지 않았으며, 그의 아들은 경정공주와 혼인하는 등 왕실의 총애를 받으며 권세를 누렸다. 시조 2수가 전한다.

석양에 취흥(醉興)을 겨워
나귀 등에 실렸으니
십리계산(十里溪山)이 몽리(夢裡)에 지내거다.
어디서
수성어적(數聲漁笛)이 잠든 나를 깨우는구나

조준이 '석양에 취흥을 겨워' 노래한다. 십리 계곡과 산길을 꿈속에서 지나가는데 어부들이 부는 피리 소리에 잠을 깬다.

술을 취케 먹고 오다가 공산에 자니
뉘 날 깨우리 천지즉금침이로다.
광풍에 세우를 몰아 잠든 나를 깨운다

술을 취하게 먹고 인적 없는 산속에 잠들었다. 하늘과 땅이 곧 이불이고 베개인데 사나운 바람이 가랑비를 몰고 와서 잠든 자신을 깨운다. 모두 술에 관한 호탕한 시조이다. 창업도 끝나고 이젠 술로 긴장된 마음을 풀고 싶은데 수성어적이나 광풍이 잠든 자신을 깨운다. 아직 강호의 흥취에 젖어있을 때가 아니었다.

조준에게는 동생 조윤(趙胤)이 있었다. 나라가 바뀌자 윤은 이름을 견(狷)으로 바꾸었다. 이성계는 그의 재주를 아껴 호조전서에 임명하고 등청하라는 글을 보냈다. 이때부터 조윤은 자를 종견(從犬)으로 지었다. '나라가 망했는데 죽지 않음은 개와 같고 개는 그 주인을 따른다.(從夫)' 라며 종견은 지리산에서 청계산으로 옮겨 날마다 봉우리에 올라 송도를 바라보며 통곡을 했다. 사람들은 이 봉우리를 가리켜 망경봉이라 불렀다. 종견은 청계산에서 의왕의 바라산으로 다시 옮겨와 망국의 신하됨을 부끄러워하며 침식을 잊은 채 울고 또 울다가 숨을 거두었다. 동생 조견은 고려를 따랐고 형 조준은 조선을 따랐다. 형제는 서로 다른 길을 갔으나 동생은 빛나는 절개로, 형은 빛나는 변심으로 역사에 길이 남았다.

뜨거운 태양 아래 사람들이 바다에서 바다를 즐긴다. 애기들 마냥 옷을 벗고 바다의 품에 달려든다. 생명의 근원인 어머니의 품에 안긴다. 원시 지구의 대기에 있던 물질들이 바다로 녹아들면서 원시 바다의 물질들과 결합하여 생명체를 만들었고, 초기 생명체는 단순했지만 시간이 흘러 진화하면서 바다 속에는 더 많은 생물들이 탄생했다. 어류들은 바다로 흘러드는 강물이라는 신천지로 도전했고, 온몸을 비늘로 둘러싸고 심장을 발달시킨 어류들은 진화하여 최초의 담수어가 나타났다. 민물 속에서 진행된 약육강식은 아직 아무도 살지 않는 육지를 개척할 전략을 수립하게 했고, 양서류가 상륙에 성공하여 육상에서 동물의 역사가 시작됐다. 이윽고 포유류가 번성해서 그 중 일부가 인류의 조상이 되었다고 하니, 바다는 그 시작이었고, 드디어 블루오선을 찾아가는 개척자의 불굴의 노력이 미래 생존 전략의 현명한 방식으로 마무리된 것이 인간이었다. 바다는 모든 생명체를 받아들였고, 모든 물을 받아들여서 드디어 '바다'가 되었다.

한반도! 삼면이 바다로 둘러싸여 있는 천혜의 해양국가인 우리나라는 해안선이 길다. 남한은 11,542km, 북한은 2,991km로서 해안선의 길이는 모두 14,533km이다. 그래서 우리나라가 관할하는 바다의 넓이는 447,000㎢로서 남한 육지 면적의 4.5배에 달한다. 그 바다에는 세상에서 가장 많은 해양 생물이 살고 있다. 2013년 7월, 해양수산부는 '해양생태계 기본조사(2006~2013)' 결과를 발표했다. 우리나라에는 총 4,874종의 해양 생물이 서식하고 있는데 이는 다양한 생물이 살기로 세계 1위라고 한다. 단위 면적(1,000㎢)당 해양 생물이 얼마나 출현하는가를 살펴보니 우리나라는 56종, 세계 2위인 중국은 27종, 3위인 남아프리카공화국은 15종이다.

하조대해수욕장을 벗어나 녹색 울타리가 쳐진 축구장을 200m 앞둔 삼거리에서 직진하여 7번국도를 따라간다. 여운포교를 지나 7번국도와 벌어지면서 동호해변으로 들어가자 해수욕장이 끝나고 수산항까지 단조로운 차도를 걸어간다. 뜨거운 햇살 아래 별다른 풍경이 없는 평이한 길을 무념무상으로 걷고 걷는다. 끝없이 푸른 먼 바다를 바라본다. 저 바다 저 하늘 끝에는 무엇이 있을까? 저 수평선 너머에는, 저 산 너머에는, 저 시간의 끝에는, 저 즐거움의 끝에는, 저 고통의 끝에는 무엇이 있을까? 그 끝을 알 수 없는 생의 여로를 간다. 네가 아니고 나의 길

을 간다. 수많은 생각의 갈래에서 스스로 선택한 마음의 길을 간다. 그리고 그 선택에 따라 자신의 삶을 만들어 간다. 아메리카 인디언 야키족 치료사 돈 후앙이 노래한다. '마음이 담긴 길을 걸으라. / 모든 길은 단지 수많은 길 중의 하나에 불과하다. / 그러므로 그대가 걷고 있는 그 길이 / 단지 하나의 길에 불과하다는 사실을 / 언제나 기억하고 있어야 한다.'라고.

사람들은 저마다 선택한 마음의 길을 가고, 자신이 걸어온 그 길 위에 존재한다. 나그네는 오늘 붉은 해랑, 푸른 바다랑, 자신을 벗 삼아 길을 가는 해파랑길 위에 존재한다. 그 길에서 사람을 만나고 자연을 만나고 역사를 만나고 길 위의 문화를 만난다. 바다를 만나고 바람을 만나고, 풀잎을 만나고 햇볕을 만나고, 사랑을 만나고 미움을 만나고 하늘을 만나고 자신을 만나 함께 동행한다.

수산항에 이르자 '바다헌장'이 길을 가로막는다. 해양수산부가 국민적 공감대를 형성하고 '해양강국'의 비전을 제시하기 위해 2005년 5월 31일 '바다의 날'을 맞이하여 제정 선포하였다는 내용이다.

"바다는 생명의 근원이자 생존의 토대이며 현재와 미래를 위해 소중하게 아끼고 가꾸어야 할 인류의 마지막 희망이다. 바다는 한민족 번영의 기틀이며 세계의 바다는 우리 겨레의 원대한 꿈과 이상이 펼쳐질 터전이다. 우리는 바다의 중요성을 깊이 새겨 슬기롭게 가꾸며 풍요로운 바다를 미래 세대에게 물려주어 바다를 통한 인류공영에 이바지한다. 이에 우리 모두는 생명의 바다, 풍요의 바다, 공생의 바다를 이루기 위하여 다음을 실천한다. (후략)" 그리고 '바다는 우리의 생명이요, 희망이요, 풍요의 원천이요, 미래요, 세계로 나아가는 길목이요, 민족의 기상이요, 평화의 마당'이라는 내용이다.

오늘의 점심은 해양생물 홍합국이다. 수산항에서 '음식대첩'이라는 요리경연 종편TV에 출연했다가 1회전에서 탈락한 식당에서 향토음식인 얼큰한 자연산 섭국으로 바다의 맛과 향을 느끼며 한낮의 피로를 물리친다.

귀향歸鄕

해파랑길 44코스는 평화로운 분위기의 수산항을 빠져나와 시원하게 뻗은 차도를 걸어 양양 남대천이 흐르는 낙산대교를 건너서 낙산사 의상대에 올라 관동팔경을 감상하고 정암해변, 물치항을 거쳐 속초(설악)해맞이공원에 이르는 길 12.5km이다.

수산항을 나와 시원하게 뻗은 일직선의 차도를 걷는다. 폭폭 찌는 폭염이 발걸음을 무겁게 만든다. '해오름의 고장 양양'이란 이정표 앞에서 저 멀리 설악산이 보이고 바다로 흘러드는 남대천 위의 낙산대교가 눈앞에 다가온다. 남대천을 '연어들이 모정을 찾아 돌아오는 어머니의 강'으로 표현하며 양양연어축제를 광고한다. 남대천은 오대산 자락에서 내려오는 어성전천과 구룡령 골짜기의 후천, 한계령을 넘어오는 오색천이 합수하여 동해로 흘러드는 영동지역의 하천 가운데 가장 맑고 긴 강이다. 무엇보다 연어가 들어와야 할 하류 끝 지점에 모래톱이 양쪽에서 밀고 들어와 병목을 이루는 연어의 일생과 영혼이 담긴 아름다운 강으로 우리나라 최대의 연어 회귀천이다. 양양연어사업소에서는 해마다 600만~700만 마리 정도의 치어를 방류하는데 그 중 돌아오는 건 1% 정도라고 한다.

치어는 동해를 거쳐 베링해에서 3~5년간 성장한 뒤 11월 중순 쯤부터 하루에 2000여 마리씩 돌아온다. 우리나라로 회귀하는 연어의 70% 이상이 남대천으로 오는데, 북태평양의 베링해와 캄차카반도를 거치는 장장 16,000km를 모천회귀(母川回歸)의 본능에 따라 시속 200~300km 속도로 헤엄쳐 온다. 연어는 동양과 서양을 누빈다. 세계의 해양은 특히 넓은 해역을 차지하는 태평양, 인도양, 대서양, 북빙양, 남빙양으로 나누어 오대양이라 하고, 말라카해협을 기준으로 '동양'과 '서양'으로 나눈다. 중국에서 보았을 때 말라카해협 너머 서쪽으로 가는 해로(海路) 혹은 그 해로를 통해 도착하는 지역을 서양이라 불렀고, 반대로 말라카해협 동쪽을 동양이라 불렀다. 말레이반도와 수마트라섬을 나누는 깔때기 모양의 말라카해협은 길이가 950km에 이르며, 세계해상무역의 50% 이상이 집중되는 곳으로 그 끝에 싱가포르가 있다. 태평양은 오대양 가운데 가장 넓은 바다다.

연어가 어떻게 고향을 찾아 회귀하는지에 대해서는 잘 알려지지 않았다. 어떤 사람은 모천의 특유한 냄새를 맡으면서 찾아온다 하고, 어떤 사람은 별을 보고 방향을 찾는다고도 한다. 고향을 그리워하면서도 돌아가지 못해 타향도 정이 들면 고향이라 하건만 연어의 귀향은 용기 있고 결단력 있는 행위다. 여우도 죽을 때는 자기가 태어난 곳을 향해 머리를 돌리며(首丘初心) 고향을 잊지 않는다. 태어난 자리로 돌아가려는 본능은 짐승이나 조류, 어류에도 있으니, 호마는 북풍에 의지하고 월조는 남쪽 가지에 둥지를 튼다. 여상 강태공이 죽은 후 제나라에 있는 고향 영구에 장사지내면서, 그 후 5대에 이르기까지 객사한 사람을 고향으로 옮겨 장사지내는 풍습이 생겨났다. 이 세상 어디엔들 달과 구름이 없겠는가만 고향 산천의 달과 구름은 티 없이 맑다. 고향은 어머니 다음으로 그리운 말, 먼 바다에서 연어의 귀향을 반기는 도연명의 '귀거래사'가 들려온다.

낙산도립공원에 들어서자 피서 인파들이 붐빈다. 해수욕장을 지나고 낙산비치호텔 너머로 낙산사의 해수관음상이 반겨준다. 관동팔경의 하나인 낙산사(落山寺)는 설악산에서 동쪽으로 뻗어 내린 산줄기가 바닷가에 이르러 산을 하나 이룬 그 아래 위치한다. 그 산 이름이 낙산(落山)

으로, 낙산 기슭에서 망망대해인 동해를 바라보고 지은 절이다. 2005년 봄 동해안에서 발생한 산불 때 홍련암과 의상대만 제외하고 모두 소실되고 말았다. 해동 용궁사, 남해 보리암과 더불어 관세음보살이 항상 머무르는 3대 관음성지로 불리는 홍련암은 671년(문무왕 11년) 의상대사가 창건하였다. 당나라에서 귀국한 의상은 관세음보살의 전신이 낙산 동쪽 바닷가의 굴에 있다는 말을 듣고서 친견하기 위해 찾아갔다. 관음굴에서 기도 끝에 관세음보살이 나타나 "앉은 자리 위쪽의 산꼭대기에 한 쌍의 대가 솟아날 것이니 그 자리에 불전을 지어라."라는 말을 듣고 지은 절이 낙산사이며 그때 받았던 수정 염주와 여의보주를 성전에 모셨다.

의상과 함께 신라 불교의 쌍벽을 이루었던 원효 역시 관세음보살을 만나기 위해 이곳을 찾았는데, 오던 중에 관세음보살의 화신을 만났지만 알아보지 못했다는 설화가 '삼국유사'에 전해온다. 의상은 관음보살을 만나고 원효는 만나지 못했다는 '삼국유사'의 기록처럼 두 사람은 큰 차이가 있다. 의상은 진골 귀족 출신으로 당나라에 들어가 화엄종을 공부하고 돌아와 신라 왕실의 절대적인 지지를 받으면서 호국신앙을 내세우며 영험한 산마다 화엄십찰을 세우고 수많은 제자를 길러냈다.

하지만 원효는 육두품 출신으로 의상과 함께 당나라로 유학길에 올랐다가 해골 속에 담겨있던 물을 마신 후 '모든 것은 마음먹기에 달렸다(一切唯心造)'라는 깨달음을 얻고 돌아섰다. 원효는 속세에 연연하지 않았고 개인의 실천과 깨달음을 중히 여겼으며 불교 사상을 대중 속으로 뿌리내리게 하기 위한 수많은 저작을 남겼다.

영월을 떠나 강릉에서 방랑 첫 해의 겨울을 보낸 김삿갓은 봄이 오자 동해 바닷가 해파랑길을 따라 북상하다가 이곳 낙산 관음굴에 이르렀을 때 자살하려는 여인을 만나 만류하며 시 한 수를 짓는다.

이대로 저대로 세상 되어 가는 대로

바람 부는 대로 물결 치는 대로 사세나.

밥 있으면 밥 죽이면 죽 이대로 살아가고

옳으면 옳은 대로 그르면 그른 대로 저대로 놔 두세나.

손님 대접은 집안 형편대로 하고

시장에서 하는 장사도 시세대로 하는 거라네.

모든 일이 내 마음대로 할 수 없으니

그렇고 그런 세상 그런대로 지내세나.

낙산사 의상대에 서서 망망대해의 동해 바다를 바라본다. 의상이 관음보살을 친견하려고 한 달 가까이 정성을 드리고, 정성에 감동한 관음보살이 붉은 연꽃을 타고 바다에서 솟아오른다. 관음상 아래에서 꿈을 꾸고 자신의 잘못을 뉘우쳤던 승려 '조신지몽'의 설화와, 이를 바탕으로 춘원 이광수가 쓴 '꿈'이라는 소설, 이는 다시 1990년대에 영화로 제작되어 "서산에 해 지기를 기다리느냐! 인생이 꿈이란 걸 알고 있느냐!"라는 자막을 남긴다. 돌계단 한 복판에 '길에서 길을 묻다'라는 글귀가 새겨져 있다. "쓸데없는 이론들이 구름처럼 일어 어떤 사람은 나는 옳고 남은 그르다고 말하며, 어떤 사람들은 나는 그러하나 남들은 그러하지 않다고 주장하여 드디어 하천이 되고 강을 이룬다."는 원효의 말을 떠올리며 어리석은 중생은 어디로 가야 하는지, 길에서 길을 물어 그렇고 그런 세상 그런대로 길을 간다.

인파로 붐비는 설악해변을 지나고 정암해변, 물치항을 거쳐 설악산에서 발원하여 흘러내리는 쌍천이 흐르는 쌍천교에서 양양에서 속초로 넘어간다. 7번국도를 따라 걷지만 대부분의 구간에 백사장 쪽으로 데크 길이 조성되어 있다. 양양에서 속초로 넘어가는 입구에 있는 도문동에는 원효와 의상에 대한 전설이 있다. 두 대사가 신선의 안내를 받아 양양의 강선리에서 설악산으로 가는데, 이곳에 이르자 갑자기 숲속에서 맑은 노랫소리가 들렸다. 그 노래가 마치 무상무아(無常無我)의 법을 아뢰는 듯하여 법장(法杖)을 멈추고 서 있다가 홀연히 크게 깨달았기 때문에 도통의 문이 열린 곳이라 하여 도문동(道門洞)이라고 한다.

홀로 된 어머니를 모시고 사는 한 젊은이가 탁발하러온 스님을 본 순간, 살아 있는 부처를 보고 싶다는 생각을 하게 됐다. "스님, 어디 가면 살아 있는 부처를 만날 수 있을까요?" 스님은 미소지으며, "저고리를 뒤집어 입고 신발을 거꾸로 신은 이를 만나거든 그분이 바로 살아 있는 부처인 줄 알게."라고 하였다. 젊은이는 어머니를 두고 길을 떠나 산중의 절을 찾아다니고 복잡한 거리와 시장바닥을 헤맸다. 꼬박 3년에 걸쳐 산 넘고 물 건너 온 세상을 누비듯 찾아보았지만 어쩌다 해진 저고리를 누덕누덕 기워서 뒤집어 입은 사람은 보았지만 신발까지 거꾸로 신은 사람은 끝내 만나지 못했다. 지칠 대로 지친 젊은이는 할 수 없이 그리운 어머니가 계시는 고향집으로 돌아가기로 하고, 3년 만에 정든 집 앞에 당도하여 "어머니!" 하고 목이 메어 큰 소리로 불렀다. 집을 나간 아들이 이제나 저제나 언제나 돌아올까 가슴 졸이며 기다리던 어머니는 문 밖에서 갑자기 아들의 목소리가 들려오자 너무 반가워서 뒤집어 벗어 놓은 저고리를 그대로 걸치고 섬돌에 벗어놓은 신발을 거꾸로 신은 채 달려 나갔다. "아이고, 내 새끼야!" 어머니를 보는 순간 아들은, "오메, 살아 있는 부처가 우리 집에 계셨네!" 라며 어머니의 품에 안겼다.

15세기 인도의 시인 카르비는 "물속의 물고기가 목말라 하는 것을 보고 나는 웃는다. 부처란 그대의 집 안에 있다. 그러나 그대 자신은 이걸 알지 못한 채 이 숲에서 저 숲으로 쉴 새 없이 헤매고 있네."라고 노래한다.

설악산(雪嶽山)을 한 번이라도 찾은 사람은 영원히 사랑하지 않고는 못 배긴다는 말이 있다. 설악산은 강원도 속초시, 양양군, 인제군, 고성군 4개의 시, 군에 걸쳐있다. 한라산(1950m), 지리산(1915m)에 이어 남한에서 세 번째로 높은 설악산은 주봉인 대청봉(1708m)을 비롯하여 700여 개의 봉우리로 이루어져 있다. 설악산은 외설악과 내설악으로 구분한다. 오색지구를 추가하여 남설악을 덧붙이기도 한다. 한계령과 미시령을 경계선으로 동해 쪽은 외설악, 서쪽은 내설악이라 한다. 2009년 백두대간 종주 시 이른 새벽에 한계령(920m)에서 출발하여 대청봉(1708m), 희운각, 공룡능선, 마등령, 너덜지대, 황철봉을 거쳐 미시령에 이르는 당일치기 종주를 하였던 상쾌한 추억이 스쳐간다.

설악(속초)해맞이공원을 지날 때 우람한 남성이 뭍으로 걸어 나오는

'탄생99-뭍에 오르다' 조각상이 눈길을 끈다. 사람들의 손길이 남성의 생식기만 만져 반들 반들거리는 모습이 재미있다. "자 돌아가자! 고향의 전원이 황폐해지는데 어찌 돌아가지 않으리? 지금까지 고귀한 정신을 육신의 노예로 만들었네. 이를 슬퍼하며 서러워만 할 것인가.(후략)" 도연명의 '귀거래사'를 부르며 마음은 고향으로, 몸은 해파랑길을 걸어간다.

갯배渡船

해파랑길 45코스는 속초해맞이공원에서 출발해 대포항과 외옹치항, 속초해변을 지나서 청초호를 바라보고, 아바이마을에서는 갯배를 타고 건너 속초항과 동명항, 속초등대전망대를 지나서 영랑호 둘레길을 한 바퀴 돌고 장사항에 이르는 길 16.9km이다.

조각공원에 걸맞게 수많은 조각 작품들이 아기자기하게 서 있는 속초해맞이공원을 지나서 7번국도를 따라 걷다가 삼거리에서 오른쪽으로 붐비는 사람들로 활력 넘치는 대포항으로 들어간다. 대포라는 지명은 조선 성종 21년(1490년)에 강릉 안인포에서 대포영(大浦營)을 옮겨오며 붙은 지명인데, 이때 쌓은 성이 대포성이다. 대포 북쪽에 솟은 말처럼 생긴 산인 마성대에 중종 15년(1520년)에 쌓은 성이 있었는데 지금은 모두 헐리고 흔적만 남았다. 세월이 흐른 지금은 대포항에 횟집들이 줄지어 있고, 좁은 골목으로 이어진 길을 따라가면 외옹치항에 이른다. 외옹치리 동쪽 동해 바닷가 덕산에 봉수대가 있었다. 북쪽으로는 간성의

죽도에, 남쪽에는 수산에 응하여 봉화를 들었던 곳이지만 지금은 봉수
대 터만 남아있다.

한낮 뙤약볕의 길고 긴 백사장을 밟아 속초해수욕장에 이른다. 한적
한 청호동 길을 걸어 야경이 유명한 설악대교를 오른다. 속초시내와 청
초호, 아바이마을이 한 눈에 보이고 멀리 울산바위와 설악산이 포근하

게 속초를 감싸 안고 있다. 원래 양양의 작은 포구였던 속초는 산과 바다를 함께 품고 있었지만 산보다 바다를 삶의 터전으로 살아가는 곳이었다. 6.25 한국전쟁 전까지만 해도 속초는 북한 땅이었다. 전쟁이 벌어진 후 남한엔 설악산만큼은 반드시 되찾아야 한다는 절박감이 있었다. 뺏고 빼앗기는 치열한 전투 끝에 설악산은 남한이 차지했고, 속초도 남한 땅이 될 수 있었다. 연합군은 내친 김에 금강산까지 밀어붙였으나 북한도 금강산만큼은 반드시 지켜야 했기에 필사적으로 막았고, 결국 금강산을 차지하지는 못했다.

속초는 6,25전쟁 이후 인구가 비약적으로 늘어났다. 압록강까지 밀고 올라갔던 국군과 유엔군이 중공군에 밀려 내려오자 남쪽으로 같이 내려온 북한 지역, 특히 함경도 사람들이 내려와 눌러 앉았기 때문이다. 중공군의 공세로 인해서 전세가 불리해지자, 12월 4일 국군은 평양에서 철수하고 피난민들은 남쪽으로 내려왔다. 이때 1950년 12월 15일부터 24일까지 열흘간 동부전선의 미군과 한국군을 피난민과 함께 선박 편으로 철수시킨 역사적인 작전이 흥남철수작전이다. 인천상륙작전의 성공으로 북진했던 국군과 유엔군이 중공군의 2차 공세로 12월 6일 평양을 내어주고 38선으로 철수하였다. 그러자 함경도 흥남 일대로 모여든 미 제10군단과 국군 제1군단은 순식간에 적진에 고립되어 버렸다. 맥아더 장군의 해상철수 지시에 따라 흥남에서 철수하는 아군의 병력은 총 10만 5천여 명이었고, 차량이 1만 8422대, 그리고 각종 전투물자 3만 5천여 톤의 막대한 규모였다. 상상을 초월하는 병력과 병기의 철수를 위해 미 해군은 125척의 수송선을 동원했지만 절대량이 부족했다. 그럼에도 흥남철수작전은 순조롭게 진행되었는데, 갑자기 난제가 발생했다. 바로 피난민 문제였다. 흥남항으로 끝없이 밀려오는 피난민에 대한 해결 방책이 없었다. 대대로 살았던 곳을 떠나 목숨을 걸고 남쪽으로 내려오고자 하는 피난민들을 남겨두고 떠날 수는 없었다. 당초 3,000명 정도의 피난민을 철수시킨다는 생각이었으나 그러한 상황 속에 9만 8천여 명의 피난민이 해상으로 탈출했다. 세계 전쟁사에서 찾아보기 어려운 철수작전이었다. 이러한 작전이 가능했던 이유는 대규모의 함포와 공중폭격 덕분이었다. 그 뒤 미군 함정을 타고 부산으로 내려갔던 피난민들이 피난살이를 하다가 1953년 7월 27일 휴전이 되면서 속초로 많이 몰려왔다. 속초가 함경도로 가는 길목이었기 때문이다. 흥남철수작전이 완료되는 순간 이별의 아픔이 가수 현인의 '굳세어라 금순아'로 불렸다.

눈보라가 휘날리는 바람찬 흥남부두에
목을 놓아 불러봤다 찾아를 봤다.
금순아 어디로 가고 길을 잃고 헤매었던가
피눈물을 흘리면서 일사 이후 나 홀로 왔다.

일가친척 없는 몸이 지금은 무엇을 하나
이 내 몸은 국제시장 장사치기다.
금순아 보고 싶구나 고향 꿈도 그리워진다.
영도다리 난간 위에 초생달만 외로이 떴다.

이중환이 영동의 호수 가운데 유일하게 관동팔경의 하나로 언급한 청초호를 바라보며 설악대교 밑으로 내려와 실향민들의 집단 정착촌으로 이름난 아바이마을에 도착한다. 속초 앞바다에 섬처럼 떠있는 아바이마을은 전쟁이 나자 함경도 사람들이 내려와 정착한 땅이었다. 본래는 사람이 거의 살지 않던 지역이었으나 모래밖에 없는 사구에 비가림막을 치고 피난 보따리를 풀어 거주하면서 형성된 마을이다. 이주 당시에는 해일이 일면 마을이 휩쓸려갔기 때문에 땅을 깊게 파서 창문과 출입구만 지상으로 내놓은 토굴 같은 집을 짓고 살았다. 전쟁이 끝나고 돌아갈 고향이 없어 자리 잡은 곳, 언젠가는 돌아갈 고향을 그리며 휴전선에서 가까운 이곳에 터를 잡았건만 사람들은 벌써 3대째 살아가고 있다. 청호동 주민들이나 관광객을 태워주는 갯배, 아바이순대는 이곳 사람들에게 실향의 아픔을 일깨워준다. 함경도 말로 아버지라는 뜻의 방언인 '아바이'는 정겹다 싶지만 고향을 그리는 간절한 소망이 깃든 말이기도 하다.

드라마 '가을동화'의 촬영지, '1박2일' 촬영지라는 간판이 보이는 '갯배 타는 곳' 입구의 첫 번째 집 '황금순대'에 앉아서 아바이순대를 안주로 막걸리를 마신다. 사람 좋은 사장님에게 아바이마을의 어제와 오늘의 이야기를 듣는다.

아무것도 가진 것 없이 정착한 실향민들 중 남자들은 별다른 기술이 없어 일할 수 있는 고깃배를 탈 수밖에 없었고 여자들은 그물째 걷어온 고기를 그물에서 떼어내거나 낚시에 미끼를 다는 일을 하며 어려운 시절을 이겨냈다. 사람들이 몰려들다 보니 상업이 활발해져서 갈대밭이 우거졌던 언덕배기가 중앙시장으로 탈바꿈했고, 초창기에 장사를 시작했던 피난민들 중 일부가 속초의 상권을 잡고 있기도 하다. 속초는 그런 의미에서 실향민들이 이루어낸 도시라고 할 수 있다. 이상국 시인이 "혹시 청호동에 가본 적이 있는지 / 집집마다 걸려 있는 오징어를 본 적이 있는지 / 원산이나 청진의 아침 햇살이 / 퍼들쩍거리며 튀어 오르는 걸 본적이 있는지(후략)"

라며 '청호동에 가본 적 있는지'를 노래한다.

몇 해 전 용인라이온스클럽 회장 재임 중에 속초라이온스클럽과 자매결연을 맺었던 인연이 더욱 소중하게 다가온다. 속초라이온스클럽 회장과 속초 수협회장을 역임하며 지역사회에 봉사하고 있는 아바이마을의 지인에게 마음 깊은 곳에서 우러나는 찬사를 보내며 갯배 타는 곳으로 간다.

아바이마을에서 속초 시내를 나가려면 뗏목 수준의 바지선인 '갯배'라는 나룻배를 이용해야 한다. 호수 양안을 연결하는 쇠줄에 나룻배를 달아 물에 떠우고, 배를 탄 사람들이 저마다 쇠갈고리를 들고 쇠줄을 잡아당겨 배를 움직여 건넌다. 100원 동전 두 개로 뱃삯을 치르고 갯배에 올라 쇠줄을 잡아당겨 본다. 나에게는 낭만이지만 고향에 돌아갈 날만 기다리는 이곳 사람들에게는 한숨과 애환의 갯배라 할 것이다. "요금표. 사람편도 200원. 자전거편도 200원. 손수레편도 200원" "승선정원 선원: 2명. 승객 33명" 안내판이 정겹게 다가온다.

속초항으로 가는 길에 커다란 '황소상'이 길을 막는다. "속초의 지형이 와우형(臥牛形:소가 누워있는 형상)으로 소가 누워서는 맘대로 풀을 뜯지 못하

기 때문에 풀을 묶어서 소가 먹도록 해야 한다는 속초(束草)의 지명 설화에 착안하여 설치한 상징물로 황소는 힘과 풍요를 상징하는 동물로 속초의 무한한 번영과 부, 발전을 기원"이라는 안내판이 섬세하다.

동해에서 해가 밝아온다는 의미의 동명항(東明港)에 이르러, 파도가 석벽에 부딪힐 때면 신비한 음곡이 들리는데 그 음곡이 거문고 소리와 같다고 하여 이름 지어진 영금정(靈琴亭)에 올라 거문고 음곡을 듣다가 속초등대전망대로 올라간다. 일출이 유명하여 매년 1월 1일이면 일출을 보기 위해 수많은 관광객이 찾는 곳이다. 내일 일출을 보러 오리라 하고 등대해변을 지나서 영랑호로 간다. 설악산에서 바라보면 바다를 사이에 두고 두 개의 호수가 보인다. 속초를 지키는 두 개의 눈동자라 불리는 청초호와 영랑호다. 전설에 따르면 청초호의 수컷 용과 영랑호의 암컷 용이 지하통로를 오가며 살고 있었는데, 한 어민의 실수로 청초호의 솔밭에 불이 나서 수컷 용이 불에 타 죽고 말았다. 이에 격노한 암컷 용을 달래기 위해 용신제와 기우제를 지내 위로하고 풍어와 안전을 기원하며 나룻배끼리 힘을 겨루는 민속놀이를 만들었다고 한다.

신라의 화랑 영랑이 호반의 정취에 넋이 나가 무술대회에 나가는 것도 잊었다는 영랑호 산책길에서 영랑이 맛본 고즈넉한 낭만을 맛보며 걸어간다. 인생은 축제와 같은 것, 오늘도 길 위에서 하루를 있는 그대로 즐긴다. 낙관론자는 장미꽃만 보고 그 가시를 보지 못하며, 염세주의자는 장미꽃은 보지 못하고 그 가시만 본다지만 나그네는 길 위에서 장미꽃과 가시를 모두 보며 걷는다. 고통스런 상처의 기억이 작은 기쁨도 배가시킨다. 오늘 하루 길 끝에는 무엇이 기다리고 있을까. 설레임 속에 호수지만 바다 같은 20리 남짓한 영랑호를 돌아 장사항에서 해파랑길 45코스를 마무리한다. "더 바랄 게 아무것도 없다. 나는 아무것도 두려워하지 않는다. 나는 자유다!"라는 니코스 카잔차키스의 묘비명이 해파랑길에 살아 있는 자유인의 가슴에 새삼 와 닿는다.

10. 고성 구간

고성은 금강산과 설악산의 중간 거점지역으로 산, 호수, 바다, 계곡 등 수려한 자연경관과 화진포, 통일전망대 등 관광 부존자원이 풍부하고 통일기반 조성지대로 주목받고 있는 대한민국 최북단의 고장이다. 고성은 남과 북의 분단국 가운데서도 강원도의 분단도에 속한 분단군이다. 나라가 갈린 것도 서러운데 도까지 남북으로 갈리고 군까지 갈렸다. 철원군도 있지만 고성군은 군사적 이유로 특히 발전이 극도로 제한되는 어려운 환경이었고, 바로 이것이 '자연이 살아 숨쉬는 고장' 고성의 미래 자산이다. 비무장지대는 지구상에 단 하나밖에 없으며 살아있는 냉전박물관이자 자연생태공원이다.

분단과 통일은 고성과 질긴 인연이 있다. 고성군은 현재 간성을 축으로 한 남고성, 거진을 축으로 한 북고성으로 이루어져 있다. 남고성과 북고성은 신라시대까지 다른 군이었다. 두 군의 통일은 고려 초에 처음 이루어졌다가 고려 말에 다시 분리되어 조선 말까지 이어졌다. 일제강점기인 1914년 두 군을 합쳐 간성군이라 부르다가 고성군으로 변경했다. 한국전쟁 후 옛 고성군은 북한, 간성군은 남한의 영역에 들어와 또 다시 분단됐다.

신선이 놀던 아스라한 고성팔경은 청간정, 화진포, 통일 1번지 통일전망대, 사명대사가 승병을 일으켰던 건봉사, 울산바위, 송지호, 설경이 좋은 진부령 마산봉, 그리고 조선 숙종도 "흥에 취하여 다락에 기대니 돌아감을 잊었네."라고 노래한 천학정이 있다.

해파랑길 제10구간인 고성구간은 장사항에서 통일전망대에 이르는 46~50코스 64.7km이다. 46코스는 관동팔경의 마지막 절경인 청간정과 고성팔경의 하나인 천학정을 만나면서 오로지 해안선을 따라 삼포해변에 이르는 길이다. 47코스는 송지호 철새관망타워를 거쳐 왕곡마을로 들어갔다가 공현진항을 지나서 가진항에 이르는 코스로 해안길과 시골길, 7번국도를 1/3씩 걷는 길이다. 48코스는 강화도에서 DMZ를 따라온 평화누리길의 일부를 걷고 북천철교를 지나서 반암해변을 걸어 거진항에 이르는 길이다. 49코스는 도보로 갈 수 있는 해파랑길의 마지막 구간으로 거진등대, 화진포, 대진항, 마차진해수욕장을 지나는 환상적인 길이다. 50코스는 통일안보공원에서 차량을 이용해 민통선 사람들의 삶의 현장을 바라보며 통일전망대까지 가는 마지막 코스로, 통일전망대에 오르면 북한 땅이 눈앞에 펼쳐지고 오륙도해맞이공원 앞 바다물이 해금강에서 출렁거린다.

고성에는 갈래길(갈래구경길)이 9개로 나누어 있다. 제1구경길은 관동별곡 팔백리길, 제2구경길은 백두대간 금강산 가는 길, 제3구경길은 화진포 둘레길, 제4구경길은 건봉사 등공대 해탈의 길, 제5구경길은 진부령 하늘 심산유곡길, 제6구경길은 관대바위 산소길, 제7구경길은 송지호 둘레길, 제8구경길은 새이령 가는 길, 제9구경길은 화암사 신선 만나러 가는 길이다.

46코스 ~ 50코스 64.6km

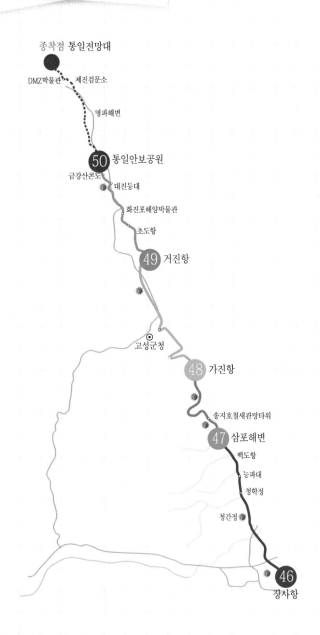

종착점 **통일전망대**

DMZ박물관 제진검문소

명파해변

50 통일안보공원

금강산콘도

대진등대

화진포해양박물관

초도항

49 거진항

◉ 고성군청

48 가진항

송지호철새관망타워

47 삼포해변

백도항

능파대

청학정

청간정

46

장사항

● 46코스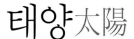

해파랑길 46코스는 장사항에서 시작하여 속초를 벗어나 '녹색성장 통일고성'이 반기는 고성으로 들어가 해파랑길의 마지막 관동팔경인 청간정과 고성팔경의 하나인 천학정을 지나서 전 구간을 통틀어 해안으로만 걸어 삼포해변에 이르는 길 15.0km이다.

이른 새벽, 어둠을 뚫고 동해에서 해가 밝아온다는 동명항(東明港)의 속초등대전망대로 향한다. 하늘과 바다에 희미한 빛이 서린다. 사람들은 푸른 하늘과 푸른 바다가 맞닿은 곳을 수평선이라 부르고, 푸른 하늘과 끝없는 대지가 맞닿은 곳을 지평선이라 부른다. 그리고 결코 어우러질 수 없을 것 같은 하늘과 바다와 대지가 만나고 섞이는 그곳을 지상의 낙원이자 이상적인 공간으로 여긴다. 그곳으로 해가 뜨고 해가 진다.

많은 사람들이 일출을 기다리고 있다. 부부, 가족, 연인, 친구 등 다양한 군상이다. 검푸른 바다를 바라보며 무엇을 생각할까? 무엇을 기원할까? 성경은 "구하라, 그리하면 너희에게 주실 것이요, 찾으라, 그리하면 찾을 것이요, 문을 두드려라, 그러면 너희에게 열릴 것이니"라고 하고, "믿는 자에게는 능치 못할 일이 없다"고 하며 믿으라 한다. 독일의 소설가 리히터는 "사람은 자신이 희망하는 사람이 된다."라고 했으니 이들의 기원은 과연 희망하고 믿는 대로 이루어질 것인가?

사람들은 신선한 아침의 태양으로부터 자신을 변화시키고 완성해가는 에너지를 보충하고 몸과 마음과 영혼을 위로받고자 한다. 빛의 화신이요 열의 상징인 태양을 바라보며 힘들고 고달픈 삶을 이겨낼 열정이 솟구치기를 원한다. 태양을 보고 기원을 한다는 의미는 먼저 자신을 낮추는 행위이다. 그래서 태양은 태양신으로 숭배 받아온 경이로운 존재다. 오늘의 태양은 일상의 태양이 아닌 특별한 태양이다. 희망을 기원하고 에너지를 재충전하는 해파랑길 여정의 친구요 안내자요 도움자다.

어둠에서 나온 빛이 서서히 어둠을 밝힌다. 어둠을 밝히지 않는 빛은 더 이상 빛이 아니라고 하듯, 세상을 밝히며 태양이 떠오른다. 황금빛 바다가 왕관을 쓴 듯한 태양을 토해낸다. 온 누리에 빛과 생명을 주는 불덩어리가 고개를 내민다. 바다가 둥글고 빛나는 붉은 알 하나를 부화한다. 찬란한 태양이 금빛 햇살을 내린다. 괴테는 "태양이 뜨면 먼지도 빛이 난다"라고 하지 않았던가. 바닷물도 빛이 나고, 하늘도 빛이 나고, 구름도 빛이 나고, 노을도 빛이 나고, 달도 빛이 나고, 별도 빛이 나고, 온 세상이 빛이 나고, 사람들도 빛이 난다. 뜨거운 여름날의 또 하루가 시작된다.

동명항을 뒤로하고 택시를 타고 장사항으로 가서 또 하루의 길을 간다. 구름처럼 바람처럼 물처럼 다시 흘러간다. 속초의 마지막 지역인 소박한 장사항을 시작으로 관동팔경의 하나인 청간정을 지나고 고성팔경의 하나인 천학정을 거쳐서 삼포해수욕장까지 가는, 내륙을 가는 길없이 오로지 해안으로만 가는 오늘의 길을 걸어간다.

속초를 병풍처럼 감싸고 있는 설악산 전면에 울산바위가 거대한 모습으로 위용을 자랑한다. 천둥이 치면 하늘이 울린다고 하여 천후산(天吼山)이라고도 하고 울타리처럼 생겼다 해서 울산바위라 이름이 붙었다고도 한다. 전해오는 이야기다.

조물주가 천하에 으뜸가는 금강산을 만들면서 전국 각지의 아름다운 바위들을 불러 모았다. 울산에 있던 울산바위도 금강산에 들어가고자 부지런히 길을 걸었는데, 워낙 덩치가 크고 무거워 지각하는 바람에 설악산에 이르렀을 때 금강산 일만 이천 봉이 모두 완성되었다는 소식을 듣고 실망하였다. 그대로 고향에 돌아가면 체면이 구겨질 것 같아 설악산도 그런대로 괜찮겠다 싶어 지금의 자리에 눌러 앉았다고 한다.

훗날 조선시대 설악산에 유람 왔던 울산부사가 신흥사 주지에게 울산바위 사용 세금을 내라 했다가 동자승에게 봉변을 당했다는 유래를 떠올리며, '동해 중심. 속초 시대를 엽니다.'라는 입간판의 속초를 뒤로하고 '금강산은 부른다. 녹색성장 통일고성' 입간판이 환영하는 고성으로 들어간다. 고성 구간 총 65km는 경치가 빼어나서 예로부터 많은 시인 묵객들에게 사랑을 받아온 길이다. 호랑이 등을 타고 걸어온 길, 드디어 호랑이의 어깨에 올라섰다.

광복된 뒤 38선 이북으로 북한 땅에 들었던 고성은 6,25전쟁 뒤에 휴전선이 그어지면서 둘로 갈라졌다. 고성군청이 있던 고성읍, 장전읍, 외금강의 서면 등 금강산 지역은 북한 땅에, 간성읍, 거진읍, 현내면, 토성면, 죽왕면, 수동면은 남한 땅에 들게 되었다. 금강산을 외금강과 내금강, 해금강으로 세분할 때 외금강과 해금강은 대부분 고성군에 속하고, 내금강은 현재의 금강군에 속하며 총석정 해변은 통천군에 속한다.

조그만 하천을 건너는 용촌교부터는 잘 조성된 나무 데크 길로 걸어간다. 길가에 핀 해당화가 수수하고 아름다운 자태를 뽐낸다. 바닷가 모래땅에 무리를 지어 자라는 해당화(海棠花)는 고성의 군화(群花)다. 어릴 적부터 좋아했던 '해~당화 피고 지~는 섬~마을에 ~' 가수 이미자의 '섬마을 선생님' 노래가 절로 흥얼거려진다.

휴전선을 따라 횡단하는 자전거 데크 길, 인천 강화군에서 DMZ를 따라 횡단해 고성군 통일전망대와 이곳까지 이어진 걷기, 자전거길 '평화누리길' 안내문이 보인다. '그래, 분단된 조국의 통일을 염원하며 머지않아 가야 할 나의 길이구나' 생각하니 꿈 너머 꿈이 보인다.

봉포항과 짝을 이룬 아름다운 봉포해변을 지나고, 설악산에서 흘러내리는 청간천이 흐르는 청간교를 건너서 청간정(清澗亭)으로 올라간다. 청간정은 청간천과 천진천이 합류하는 지점인 바닷가 기암절벽 위 만

경창파가 넘실거리는 노송 사이에 위치해 있다. 파도와 바위가 부딪혀 바닷물이 튀어 오르고 갈매기가 물을 차며 날아오르는 순간의 청간정의 일출은 천하제일경으로 불린다. 그 옛날 시인 묵객들이 찾아와 풍류를 즐겼고 송강 정철이 현판 글씨를 쓰고 누각에 올라 시를 읊었던 청간정 기둥 사이로 울창한 설악산 풍경이 병풍처럼 보이고, 드넓은 백사장과 푸른 물결이 한 폭의 그림 같다.

조선 시대 이식은 "정자 위에 앉아 하염없이 바라보면 물과 바위가 서로 부딪쳐 산이 무너지고 눈을 뿜어내는 듯한 형상을 짓기도 하며, 갈매기 수백 마리가 아래위로 돌아다니기도 한다. 그 사이에서 일출과 월출을 바라보는 것이 더욱 좋은데, 밤에 현청에 드러누우면 바람소리, 파도소리가 창문을 뒤흔들어 마치 배에서 잠을 자는 듯한 느낌이 든다."라고 청간정의 아름다움을 노래하였다.

조선 시대 명필인 양사언과 송강 정철의 글씨, 최규하 전 대통령의

"설악과 동해가 서로 조화되는 고루에 오르니 과연 이곳이 관동에서 빼어난 일품 경치로다."라는 친필 한시가 1980년 여름에 방문했다는 내용과 함께 적혀있다. 6.25가 끝나가는 1953년 5월, 이승만 전 대통령이 방문한 후 쓴 '청간정' 친필 현판도 걸려있다. 광주 5.18민주화운동 직후의 대통령의 마음, 3년간의 동족상잔의 전쟁을 마무리하는 휴전협정 조인을 앞둔 대통령, 두 대통령의 당시의 심정은 어떠했을까 하는 생각이 스쳐간다.

해파랑길을 걸으며 이제 관동팔경 중에서 남한에 있는 여섯 곳은 모두 둘러보았다.

북한의 고성에 있는 관동팔경의 삼일포(三日浦)는 십여 년 전 금강산 관광을 다녀올 때 둘러보았으니 통천의 총석정만 아직 만나지 못했다. 삼일포는 고성군 삼일포리 남강 하류에 있는 5.8km 둘레의 석호로 금강산 근처에 있는 여러 호수 중 가장 아름다운 경치를 자랑한다. 백두산 자락의 삼지연, 통천의 시중호와 더불어 북한의 3대 관광호수이다. 삼일포의 호수 복판에는 사선정(四仙亭)이 있는데, 곧 신라 때의 영랑, 술랑, 남석랑, 안상랑이 놀던 곳이다. 네 사람은 벗이 되어 벼슬도 하지 않고 산수를 벗하며 놀았는데, 세상 사람들은 그들이 도를 깨우쳐 신선이 되었다고 한다. 외금강 동쪽 해안에 있는 해금강의 삼일포를 두고 안축은 기문에서 이렇게 기록하고 있다.

"삼일포가 고성 북쪽 7~8리에 있는데, 밖으로는 중첩한 봉우리들이 둘러쌌으며 그 안에 36봉이 있다. 동학이 맑고 그윽하며 소나무와 돌이 기이하고 에스럽다. 물 가운데 작은 섬이 있고 푸른 돌이 평평하니 옛날에 신선이 여기서 놀며 3일간이나 돌아가지 않았다고 하여 이렇게 이름 붙인 것이다."

이중환이 세상에 둘도 없는 경치라고 찬탄한 총석정은 금강산이 동해로 뻗어내려 만들어낸 절경인 해금강에 속하는데, 주상절리가 무수히 발달한 기반암이 바닷물의 침식 작용으로 형성된 것이다. 어느 시인이 "천 번을 다듬고 만 번을 깎아 기교를 부려 조물주가 솜씨 자랑을 해놓았네"라고 노래한 총석정은 천하의 절경이 많다지만 그 중에서도 가장 사람들의 찬탄을 많이 받은 곳이다.

청간정에서 백사장을 따라 길게 늘어선 철책을 바라보며 걸어간다. 풍만한 젖가슴을 지닌 해녀 조각상이 손으로 햇빛을 가리며 먼 바다를 바라보고 있다. 폭이 좁은 해안길을 따라 크고 작은 바위와 고운 백사장의 아야진해변을 지나간다. '동해의 새벽 바닷길을 여는 아야진항'을 지나서 군순찰로를 따라 걷다가 소나무가 우거진 야트막한 산에 올라 바닷가 절벽 위에 먼 바다를 바라보고 있는 천학정(天鶴亭)에 섰다. 시원한 바닷바람이 불어오고 수평선 끝에는 푸른 하늘과 푸른 바다가 경계 없이 맞닿아 있다. 동해의 신비를 고스란히 간직한 천혜의 기암괴석과 깎아지른 해안절벽 위에 풍광이 아름다운 천학정은 남쪽으로 청간정과 백도를 마주보고, 북쪽으로 능파대가 있어 한층 아름답다. 천학정의 일출은 선경으로 꼽힌다.

바닷가에 병풍처럼 능파대가 우뚝 서 있다. 바위에 파도가 부딪히는 멋진 광경을 보고 이름 지었다는 능파대는 삼척의 추암해변에서도 보

있다. 고성의 능파대는 옛날에는 돌섬이었는데 지금은 문암해변의 모
래톱으로 이어져 육지가 되었다.

북진을 할수록 사람 구경하기가 어려워진다. 자연은 누리는 자의 것,
갈매기 날아가는 푸른 하늘과 푸른 동해바다가 온전히 내 것이다. '자
유로운 인간이여, 항상 바다를 사랑하라'는 보들레르의 목소리가 들려
온다. 흰색 철책이 백사장을 따라 길게 세워진 백도해변, 자작도해변을
걸어 삼포해수욕장에 도착한다.

행보行補

해파랑길 47코스는 삼포해변에서 시작하여 오호리 어촌 체험마을을 지나서 송지호해변과 송지호 철새관망타워를 둘러보고 마을이 배를 닮아 예부터 우물이 없다는 왕곡마을에서 다시 해변으로 나와 공현진해변을 지나서 가진항에 이르는 길 9.7km이다.

다산 정약용은 사람이 누리는 복을 열복(熱福)과 청복(淸福)으로 나눴다. 열복은 부귀영화에서 찾는 복으로 떵떵거리며 잘 사는 복이고, 청복은 욕심 없이 청아하고 소박하게 살면서 만족할 줄 아는 복이다. 다산은 유배지에서 청복을 누리며 살았다. 청복을 누리는 사람보다 열복을 누리는 사람이 더 많다. 부귀영화를 누리는 것도 어렵지만 찾는 사람이 없어 청복을 누리는 사람이 아주 드물기 때문이다. 조선 중기 송익필은 '족부족(足不足)'을 읊었다.

군자는 어찌하여 늘 스스로 만족하고
소인은 어이하여 언제나 부족한가.
부족해도 만족하면 남음이 항상 있고
족한데도 부족타 하면 언제나 부족하네.
넉넉함을 즐긴다면 부족함이 없겠지만
부족함을 근심하면 언제나 만족할까.
부족함과 만족함이 모두 내게 달렸으니
외물이 어이 족함과 부족함이 되겠는가.
내 나이 일흔에 궁곡(窮谷)에 누워 자니
남들이야 부족타 해도 나는야 족하도다.
아침에 만봉에서 흰 구름 피어남 보노라면
절로 갔다 절로 오는 높은 운치가 족하고 /
저녁에 푸른 바다 밝은 달 토함 보면
가없는 금물결에 안계(眼界)가 족하도다.

　

뜨거운 여름날 청복을 누리는 해파랑길을 걸어간다. 육신은 지칠 대로 지쳤지만 마음은 족함으로 넘쳐난다. 만족하기에 부족함이 없다. 지족하고 자족한다.

삼포해변에서 봉수대해변, 오호교를 건너 송지호해수욕장에 이르자 '송지호해수욕장에 오신 것을 환영'이라는 간판이 반겨준다. 송지호 교차로를 지나 철새관망타워로 간다. 푸르고 잔잔한 고성팔경의 하나인 인적 없는 송지호를 걸으며 호수의 정취를 맛본다. 욕심 많은 정부자네 집과 논밭이 물에 잠겨서 생긴 호수가 송지호다. 해가 쨍쨍한 날이나 밝은 달이 떠오르는 날이면 호수에서 반짝이는 곳에 정부자네 금방아를 볼 수 있다고 하건만 둘러보아도 내 눈에는 보이지를 않는다. 금방아를 욕심내어 뛰어든 사람은 많지만 살아 돌아온 사람은 아직 한 명도 없다고 하기에 욕심을 버린다. 송지호와 같이 심보 사나운 부자가 공양 온 스님에게 쇠똥을 주었다가 벌을 받는 '장자 못 설화'는 우리나라 곳곳에서 만날 수 있다.

장자라는 구두쇠 부자가 어느 날 중이 와서 시주해 달라고 부탁하자, 시주는커녕 중의 바랑에 쇠똥을 넣어준다. 묵묵히 돌아서는 중의 모습을 지켜보던 며느리가 장자 몰래 쌀을 주며 사과한다. 스님은 며느리에게 살고 싶으면 집을 떠나되, 절대 뒤돌아보지 말라고 한다. 며느리는 집을 떠나 산으로 오르며 참고 참았다가 결국 돌아보니, 자기가 살던 집은 커다란 못이 되었고 놀란 며느리는 그 자리에서 바위가 되었다는 것이다. 이러한 설화를 배경으로 탄생한 못이 경포호를 비롯하여 우리나라에 백여 군데가 넘는다. 중이 거지로, 며느리는 아내나 딸로 변형되어 나타나기도 하지만, 베풀 줄 모르는 욕심 많은 부자는 벌을 받아 집이 못을 이루었다는 부분은 동일하다.

신이 죄악의 도시 소돔과 고모라를 멸하려 할 때 아브라함의 간청으로 롯의 가족들은 구원을 받는다. 하지만 롯의 아내는 돌아보지 말라는 천사의 경고를 무시하고 떠나온 도시를 뒤돌아보다가 그 순간, 그 자리에서 소금기둥이 되어버린다. 4천 년 전의 소돔과 고모라는 사해 바다로, 롯의 아내는 소금 기둥으로 변했다는 성경의 이야기를 두고 보면 이는 동서고금을 막론하고 들려오는 전설이기도 하다.

송지호와 화진포, 강릉의 경포호, 주문진의 향호, 양양의 매호와 속초의 영랑호는 모두 석호(潟湖)다. 석호는 바닷물이 해안가로 흘러들어 만을 형성했다가 서서히 바다와 분리된 호수이다. 강원도는 동해안으로 흘러가는 하천이 많고 연안류가 흘러서 석호가 형성되는 조건이 잘 갖추어졌다. 해안 호수는 수심이 얕고 좁은 입구로 바닷물이 드나들어 민물과 바닷물이 만나서 바다도 아니고 호수도 아닌 자연이 만든 신비한 보물이 된다. 작은 석호는 바닷물이 전혀 흘러들지 않아 담수호가 되기도 하는데, 대체로 바다와 분리된 뒤에도 좁은 수로나 지하로 바닷물이 드나들어 석호에는 민물과 바닷물이 섞여있다.

추운 겨울에 강이나 호수는 잘 얼어도 바다는 염분이 있어 잘 얼지 않는다. 석호는 바닷물이 섞여 강보다 염도가 높아서 겨울에도 잘 얼지 않아 겨울에는 철새들이 몰려든다. 또한 수심이 낮고 담수호에 비해 플랑크톤이 풍부해서 새들이 먹이를 찾기에 좋은 곳이라서 송지호와 화진포는 철새도래지로도 유명하다. 계절마다 찾아오는 철새와 1년 내내 사는 텃새가 공존하는 송지호 철새관망타워를 지나서 내륙으로 가는 샛길로 왕곡마을을 향한다.

숲길을 걸어 얕은 고개를 넘어가자 마치 타임머신을 타고 온 듯 정겨운 옛집들이 옹기종기 모여 있는 한적한 마을이 나타난다. 강릉 최씨와 강릉 함씨의 후손들의 집성촌인 전통가옥의 왕곡마을이다. 옛 부유층의 가옥인 북방식 ㄱ자형 겹집구조가 그대로 보존된 남한의 유일한 곳이라는 부엌에 외양간이 겹으로 붙어 있다. 굴뚝으로 나온 불길이 초가에 옮겨 붙지 않도록 하고 예방 열기를 다시 집 내부로 돌려보

내기 위한 선조들의 지혜로 집집마다 굴뚝 위에 항아리를 엎어 놓은 독특한 모습이다. 예로부터 마을에는 우물이 없는데 마을 생긴 모양이 배의 모양이라 우물을 파면 마을이 망한다는 전설 때문이란다. 마을 여인들은 멀리 있는 우물까지 물동이를 이고 물을 길러 다녀야 했다.

마을 안 흙으로 쌓은 담벼락에 해바라기들이 모여 방긋 웃으며 반겨 준다. 대개 사람들은 사군자에 나오는 매화 난초 국화 대나무 등만 높이건만 조위(1454~1503)는 "천하에는 버릴 물건이 없고 버릴 재주도 없으므로, 저 어저귀나 살바귀나 무나 배추의 미물이라도 옛사람이 모두 버릴 수 없다 하였거늘, 하물며 해바라기는 능히 햇빛을 향하여 빛을 따라 기울고 하니 이를 충성이라 일러도 가할 것이요, 해바라기는 능히 밭을 보호하니 이를 슬기라 일러도 가할 것이다. 대체 충성과 슬기란 사람의 신하된 절개이니"라고 말한다. 물레방아는 물을 안고 돌아가고 해바라기는 해를 안고 돌아가야 하건만 나를 안고 돌아가며 고개 숙여 인사하는 충성스런 해바라기를 지나 시골 흙길을 걸으며 '왕곡마을 저 잣거리' 안내판을 보고 기쁨에 젖는다.

참새가 방앗간을 그냥 지나갈 수 없듯 배고픈 나그네가 저잣거리를 그냥 지나칠 수 없어 주막에 들어가니 우물도 없는 왕곡마을에서 추어탕을 권한다. 추어탕이 웬 말인가 했더니만 청정 지역 고성에서 잡은 자연산 미꾸라지를 갈아 고추장과 시래기를 듬뿍 넣고 끓인 추어탕이 힘이 불끈 솟게 하는 보양식으로 유명하단다. 시간이 조금 지나자 점심시간이 되어 추어탕을 찾는 사람들이 몰려온다. 막걸리를 곁들인 푸짐한 추어탕으로 배를 채우고 소박한 왕곡마을을 벗어나 공현진항으로 걸음을 향한다.

　허준이 동의보감에서 '약보(藥補)보다는 식보(食補)가 낫고, 식보보다는 행보(行補)가 낫다'고 하였기에 추어탕과 밥으로 식보를, 해파랑길을 걸어 행보를 맛보며 건강을 다스린다. 보약 중에 최고의 보약은 행보, 곧 걷기다. 다산은 걷기를 청복이라 여겨 즐겨했다. 걷기는 소화를 촉진시킨다. 뿐만 아니라 심장기능을 향상시키고, 혈압을 정상적으로 유지시키며, 당뇨 발생이 줄어들고, 성기능이 향상되고, 뇌졸중 발생위험이 감소된다고 한다. 그 외에도 비만이 개선되는 등등 걷기의 유익은 거의 만병통치 수준이다. '의학의 아버지'라 불리는 고대 그리스의 의성(醫聖) 히포크라테스는 '걷는 것이 최고의 건강법'이라며 찾아오는 웬만한 환자들에게 약 대신 걷기 처방전을 주었다고 한다.

　사람마다 걷는 이유는 다양하다. 자연을 찾아서 걷고, 건강을 찾아서 걷고, 문제 해결을 위해서 걷는다. 명상을 하기 위해 걷고, 한가로이 주변을 둘러보며 새소리 물소리를 듣기 위해서 걷고, 맑고 고운 하늘을 바라보며 신을 찬미하기 위해서 걷는다. 나는 그 모든 이유로 걷는다. 살아있다는 존재감을 느끼고, 걸을 수 있어 감사하고, 감사하다고 느낄 수 있어 감사하며 걷는다. 한 번에 한 걸음씩 내딛는 순간에 평화를 찾고 새로운 삶이 펼쳐지는 신비감을 맛본다. 달리고 걷기를 반복하면서 서서히 새로운 삶이 펼쳐지고 새로운 하늘, 새로운 땅을 발견한다. 내 집 앞에서 걸었던 한 걸음의 순간들은 산으로 강으로 확장되고,

안동 고향 길로, 국토종주로, 백두대간으로, 4대강으로 흘러흘러 흐르다가 드디어 해파랑길로 이어졌다. 작은 생각, 작은 행동의 실천의 씨앗이 천하를 주유하는 큰 발걸음이 되었다. 인생은 선택에 따라 개선 행진으로, 장례 행렬로 만들 수 있다.

헨리 데이비드 소로는 "산책을 좋아하는 사람이 되려면 하늘의 시혜를 받아야 한다."고 하고, 작가 브렌다 유랜드는 "내 경험에 따르면 8~9km씩 오래 걸으면 진정 다른 인생을 만날 수 있다. 단 혼자서 날마다 걸어야 한다."고 말한다. 아침이면 매일같이 10km씩 자연 속에서 뛰고 걷고, 지금은 매일 해파랑길을 걸으니 하늘의 시혜를 받았고, 진정 다른 인생을 경험하는 청복을 누리고 있다. 나를 살리는 보약 중의 보약 걸음, '걸음아 날 살려라!' 외치며 가볍게 걸어간다.

불교의 초기 경전인 수타니파타에서는 "자녀가 있는 이는 자녀로 기뻐하고, 땅을 가진 이는 땅으로 해서 즐거워한다. 사람들은 집착으로 기쁨을 삼는다. 그러니 집착할 데가 없는 사람은 기뻐할 건덕지도 없으리라."라고 하고 이어서 "자녀가 있는 이는 자녀로 해서 근심하고, 땅을 가진 이는 땅으로 인해 걱정한다. 사람들이 집착하는 것은 마침내 근심이 된다. 집착할 것이 없는 사람은 근심할 것도 없다."라고 한다. 생선을 묶은 새끼줄에는 비린내가 나고 향을 싼 종이에는 향내가 난다. 뱀이 마시는 물은 독이 되고 젖소가 마시는 물은 우유가 된다. 내가 걷는 발걸음은 고행이기도 하지만 육신을 단련하고 영혼을 세척한다. 해파랑길에 한여름의 열기가 내리쬐고 나그네의 온 몸은 고통의 희열로 흠뻑 젖는다.

'우리가 가야 할 곳, 또한 가는 길은 향락도 아니요, 슬픔도 아니다. 저마다 내일이 오늘보다 낫도록 행동하는 그것이 목적이요, 길이다.'라 며 롱펠로우가 '인생예찬'을 한다. 공현진해수욕장에 들어서자 나무 조 각 인어상이 풍만한 젖가슴을 드러내며 우수에 젖은 듯한 요염한 자 태로 눈길을 끈다. 남성이 맛볼 수 있는 가장 강렬한 쾌락은 여성이다. 만남, 수줍음, 그리고 친해지는 과정은 남성이 겪는 최고의 한 편의 드 라마라 하지 않는가. 해괴망측한 발상인가, 낭만적인 상상인가, 웃고 만 다. 이삿짐을 가득 채운 용달차의 짐이 금방이라도 떨어질 것 같은 위 태로움을 안고 뒤뚱거리며 해안도로를 달려간다. '낭만가도, 배롱나무 가로수길'이란 안내문이 낭만적이다. 해파랑길 총 50개 코스 중에서 거 리가 10km 이하로 짧은 코스가 여섯 곳인데, 47코스가 그 중 하나다. 푸른 하늘, 푸른 바다가 춤추고 갈매기들이 넘나드는 해안선을 따라 가진항에 이른다.

분단分斷

해파랑길 48코스는 가진항에서 출발하여 왕복 3km의 남천을 따라 거슬러 올라갔다가 송림과 철조망을 따라 걸어 6.25전쟁의 상흔을 간직한 북천철교를 만나고 솔밭길 해안을 따라 반암해수욕장을 지나서 거진항에 이르는 길 16.4km이다.

　사람은 자신이 생각한 대로 인생의 길을 간다. 생각한 대로 말하고 행동하고, 이는 습관이 되고, 제2의 천성이 된다. 항상 새로운 삶을 추구하며 하나를 성취하면 새로운 하나의 목표를 세우고, 성취하면 또 하나의 목표를 세워야 한다. 목표를 세우면 다음에는 목표가 자신을 이끈다. 무엇보다 기쁜 행복은 목적지에 도착하는 것보다 목적지를 향해 한 걸음 한 걸음 내딛는 발걸음이다. 새로운 목적지는 등대의 역할을 하며 자신이 가야 할 길을 안내한다. 때로는 한 잔 술과 더불어 게으른 시간을 보내며 여유를 즐기지만, 이는 지하에서 물을 끌어올리기 위한 영혼의 마중물이다. 때로는 고통스런 순간들도 있지만 그 고통은 영혼을 세척하는 윤활유다. 진정한 자아를 돌아보기 위한 부단한 훈련과 인내심과 노력은 그 자체로 기쁨이다.

인생이란 여행길, 소풍 끝나는 날 가서 아름다웠다고 말할 수 있도록 기쁨과 즐거움으로 해파랑길을 걸어간다. 내 마음이 가는 그곳에 나의 보물이 있기에 내 인생을 풍요롭게 하는 마음의 길을 따라 한 걸음 또 한 걸음 걸어간다. 동해안 북쪽에 있는 항구 가운데 가장 아름답다는 가진항을 지나간다. 통일전망대가 점점 가까워 온다. 목적지까지 이제 남은 항구는 거진항과 대진항이다. 단조로운 해안선을 따라 북으로 북으로 걸어간다. 뜨거운 한낮의 햇볕이 내리쬔다. 얼굴은 검은 수염에 이미 시커멓게 타버렸다. 땀을 많이 흘리는 탓에 선크림을 바르지 않아서 창이 큰 모자를 썼건만 복사열을 당해낼 수 없다. 푸른 하늘과 푸른 바다가 수평선 끝에서 하나가 되어 맞닿은 여름날의 아름다운 풍경을 그만한 대가를 치르지 않고 어떻게 누릴 수 있겠는가. 푸른 해랑 푸른 바다랑 벗 삼아 걷는 고행의 해파랑길, 몸과 마음의 다이어트로 바닷바람은 상쾌하고 발걸음은 경쾌하고 기분은 유쾌하고 길은 통쾌하다.

진실로 새로워지기 위해서는 날마다 새로워야 하고 또 나날이 새로워야 한다. 퇴보가 아닌 진보를, 향하가 아닌 향상을 해야 한다. 은나라 탕왕(湯王)의 욕조에 새겨진 '구일신 일일신 우일신(筍日新 日日新 又日新)', 곧 '일신우일신(日新又日新)'은 나의 좌우명이자 사훈(社訓)이다. 좌우명(座右銘)은 중국 후한의 학자 최원이 그의 앉은(座) 책상 오른편(右)에 좋은 글귀를 새긴(銘) 쇠붙이를 놓고 이를 바라보면서 마음의 거울로 삼고 행동의 길잡이로 삼았다는 데서 유래한다.

"남의 단점을 말하지 말고 나의 장점을 자랑하지 마라. 남에게 베푼 건 기억하지 말고 은혜를 받은 것은 잊지 마라. 세상이 칭찬하는 것은 부러워할 일이 아니니 오로지 어진 마음을 기강으로 삼으라. 숨긴 마음으로 행동하면 되지 비방하는 말에 어찌 마음 상하랴.(후략)"

헨리 데이비드 소로는 탕왕의 욕조에 새겨진 말에 공감을 하면서 "날마다 그대 자신을 완전히 새롭게 하라. 날이면 날마다 새롭게 하고, 영원히 새롭게 하라"고 하며 아침을 새로운 삶으로의 초대장으로 받아들이며 날마다 걸었다.

자신의 내면을 들여다보는 새로운 아침으로 초대장을 받고 길을 간다. 가진해변을 걸어 향목리에서 하천을 넘을 길 없어 남천을 따라 내륙으로 들어갔다가 다시 해안으로 나온다. 호젓한 길을 걸어 울창한 송림 사이사이로 철책들이 해안선을 막고 있는 군 순찰로를 따라 분단된 한반도의 현실을 맛보며 걸어간다. 한반도는 남과 북으로 분단되고, 강원도도 남과 북으로 분단되고, 고성군도 남과 북으로 분단되었다. 일본의 패망으로 남과 북이 38선으로 갈리고, 한국전쟁으로 군사분계선으로 갈려진 분단 70년, 세계 유일의 분단국가 대한민국의 통일은 분명 21세기 최고의 축제요, 대박이다. 해파랑길에 위대한 통일의 꽃이 피고, 그 서막이 열린다.

다시 북천이 길을 가로막는다. '평화누리길'이라고 쓰인 높은 조형물이 다리 양쪽에 버티고 서 있는 북천철교를 건너간다. '1930년 경 일제가 자원수탈을 목적으로 원산~양양 간 놓았던 동해북북선 철교로서 6.25전쟁 당시 북한군이 이 철교를 이용하여 군수물자를 운반하자 아군이 함포사격으로 폭파해야만 했던 비극의 역사현장'이라는 안내문이 걸려있다. 이후 60여 년간 교각만 황량하게 방치했다가 최근에야 폐철교를 이용해 걷기와 자전거길로 만드는 공사를 했다. 다리 중간에 드러누워 시원한 바람결에 휴식을 취하며 교각 밑의 콘크리트 바닥에 떨어진 포탄 자국을 본다.

다시 바다 쪽으로 마산교를 건너서 군순찰로를 따라 희고 고운 모래 해변의 솔 숲길을 걸어간다. 유리처럼 맑고 투명한 바다 위로 갈매기가 날아간다. 높낮이가 없는 바다는 평등의 상징이다. 가장 낮은 곳에 위치하여 낮아질 대로 낮아진 하늘과 몸을 맞닿아 둘이 아닌 하나임을 과시한다. 겸손의 극치를 이루는 자연의 경관이다. 햇빛의 도움으로 하늘로 올라간 수증기는 바람 부는 대로 뭍으로 가서 비가 되어 대지를 적시고 다시 바다로 바다로 흘러내린다.

반암해변이 모습을 드러낸다. 2010년 마라도에서 출발하여 완도를 거쳐 해남 땅끝으로, 그리고 국토를 가로질러 고성의 통일전망대까지 790km를 도보로 종주했던 그 당시에 만났던 반가운 반암해변이다. 당시는 쌀쌀한 3월이었고, 지금은 뜨거운 8월, 먼 길을 걸어와서 목적지를 앞둔 설렘은 그때나 오늘이나 마찬가지다. 각기 다른 길로 걸어왔건만 최후에 만나는 길은 결국 하나가 되었다. "나비야 청산가자 범나비야 너도 가자~~" 노래 부르며 청산(靑山)으로 가는 나비가 되었던 국토종주, 기억 저 편에서 아스라이 밀려오는 추억의 반암항을 지나서 해파랑길의 나비가 거진항으로 향한다.

거진항을 지척에 두고 해안의 포장마차 횟집 평상에 괴나리봇짐을 내려놓고 다리를 펴고 앉으니 갈매기가 되어 비구름 가득한 푸른 바다 위를 훨훨 날아다니는 기분이다. 막회 한 접시에 폭탄주를 곁들여 갈증과 허기를 해소한다. '채근담'에 "꽃은 반만 핀 것이 좋고 술은 조금 취하도록 마시면 이 가운데 무한한 가취(佳趣)가 있다."라고 했으니 외로운 나그네 오늘은 '무한한 가취'를 즐긴다. 술 '주(酒)'자는 삼 '수(水)' 변에 닭 '유(酉)'자를 쓰니, 닭이 물을 한 모금 마시고 하늘을 향하여 고개를 드는 것처럼 천천히, 조금씩 마시라는 의미이건만 톨스토이, 헤밍웨이를 비롯하여 시저, 괴테, 폭군 네로, 장비, 이규보, 김삿갓 등 헤아릴 수 없을 만큼 많은 정치가와 예술가들이 술로 인해 스러져갔다. '술을 마시지 않고 여자와 노래를 사랑하지 않는 자는 일생을 바보로 사는 것이다.'라는 말처럼, 영웅호걸이나 시인 묵객들에게 술은 생명수였다.

도연명은 술을 통하여 자연과 나를 이분법적으로 구분하던 '이성적 사고' 방식에서 벗어나 자연과 내가 하나가 되는 '감성적' 일체화를 이루어낸다. 이백에게 있어 술은 자신을 저 하늘의 은하수로 초월시켜주는 매개물이 되는 동시에, 도와의 합일을 이루게 해주는 역할도 수행한다. 도연명이 귀거래사를 부르며 자기의 고향인 전원으로 돌아가

듯, 이백은 하늘에서 귀양 온 신선이 술을 마시고 자기의 고향인 하늘의 세계로 돌아간다. 하지만 백거이의 술은, 도연명의 체념적 도와의 합일을 위한 음주와도 다르고, 이백의 과장된 호탕한 음주와도 다른, 자신의 균형감을 보여주는 달관의 즐거운 음주였다. 소동파는 도연명을 매우 좋아하였는데, 그는 도연명의 전체 모습을 좋아한 것이 아니라 고결한 은자로서의 이상화된 모습을 좋아했다. 소동파에 이르러 실제로 술을 마시지 않는 관념화된 음주의 형태가 시에 등장한다.

술은 근심을 없애주는 망우물(忘憂物)의 역할을 하고, 자연의 도(道)와의 합일을 이끌어내는 매개물(媒介物)의 역할도 한다. 인위적 세계, 이성적 세계가 아닌 비이성적 세계, 초월적 세계로 이끌어주어 마시는 사람들로 하여금 자연을 예찬하고 인생을 노래할 수 있게 한다. 오늘 나그네에게는 그들의 이야기 모두가 취흥을 돋우는 좋은 술안주다.

먹구름이 짙어지고 빗방울이 가늘게 떨어진다. 화진포까지 갈까, 했는데 일찍 마무리하기로 하고 인근 모텔로 향한다. 방이 하나밖에 안 남았다던 아주머니가 "운이 좋으시네요." 하며 나그네의 이상한 행색에 질문공세를 편다. 시간이 지나면서 빗줄기는 강해지고, 저녁식사를 굶을 수는 없어 항구를 둘러본다. 무엇을 먹을까, 하다가 중화요리집이 있어 자장면 곱빼기로 민생고를 해결하는데 곁에 있던 여고생 둘이 힐끗힐끗 쳐다본다. 쑥스럽게.

창문을 때리는 사나운 빗소리에 잠이 깬 새벽 3시, 다시 잠을 이룰 수 없어 이리저리 뒤척이다 우산을 쓰고 거리에 나섰다. 불 켜진 술집이 있을까, 하며 불 꺼진 캄캄한 거리를 걸어간다. 멀리서 '야식집'이라는 불빛이 눈물겹도록 반갑게 다가온다. 50세 전후의 아주머니가 마늘을 까며 앉아 있다가 쏟아지는 빗속에 불쑥 들어오는 손님에게 깜짝 놀란다. '이제 문 닫으려 했고, 특히 늦은 시간에 혼자 오는 손님은 안 받는데……' 하면서도 따끈하고도 얼큰한 찌개를 끓여준다. 아주머니의 가련하고 고단한 인생사를 안주 삼아 소주잔을 비우다가 한 잔 술을 권하니, 술을 가끔 마시는데 자기 집 술은 마시지 않는다고 한다. 사람은 생긴 것이 다른 것처럼 다른 모습으로 산다지만 산다는 것은 하나같이 왜 이리도 아프고 슬픈 것일까? 허무함이 밀려온다.

이수광은 〈지봉유설〉에서 "여자가 가장 예쁘고 좋게 보이는 때는 세 가지 위(三上)와 세 가지 아래(三下)에 있을 때인데, 세 가지 위는 누각 위, 담 위, 말 위이고, 세 가지 아래는 발 아래, 촛불 아래, 달빛 아래"라고 했건만 빗소리 요란스런 새벽 야식집 아주머니야 말로 진정 아름다운 여인이었다. 젊은 날의 슬프고도 가련한 엄마의 모습이 스쳐갔다. "한 번 안아 봐도 될까요?" 가볍게 스쳐 안아 본 후 돌아오는 거진항 거리에 밤비가 주룩주룩 하염없이 내리고, 눈가에 맺힌 이슬을 닦아내는 나그네의 발걸음은 빗속으로 사라진다.

몰입沒入

해파랑길 49코스는 거진항에서 시작하여 거진해맞이공원에서 해파랑길의 마지막 산길을 걷고 응봉에서 내려와 화진포호수와 화진포해변에서 김일성, 이기붕, 이승만 대통령의 별장을 둘러보고 초도항과 최북단의 대진등대, 마차진해변을 거쳐 통일안보공원에 이르는 길 11.8km이다.

"아름다운 경치를 즐기는 것은 좋은 일이다. 특히 자기가 무엇을 보고 있다는 의식마저 없는 상태에서 즐길 수 있다면 그보다 더 좋은 일은 없을 것이다. 무엇을 본다는 생각 없이 보고, 무엇을 행한다는 생각 없이 행한다면, 보고 행하는 모든 일을 즐길 수 있다. 이 상태가 되면 보는 사람과, 보이는 대상인 경치가 구별되지 않고 하나의 체험만이 존재한다. 이것이 구경과 놀이의 극치이다."라고 열자의 스승 호구자림이 물아일체의 경험을 말한다. 자신과 사물이 하나가 되어 자신을 잊어버리는 것이다. 살아갈 수 있는 순간은 지금뿐이기 때문에 그 순간을 사는 것이 최고의 삶의 방식이다. 지금을 사는 방법은 자신이 지금이 되는 방법뿐이다. 무엇인가에 빠져들어 자신을 잊어버리고 자신이 무엇을 하고 있는지도 모르는 상태, 그것은 몰입(沒入)이다. 불행도 행운처럼 받아들일 때 운명은 오직 행복으로 가는 길이 된다.

이른 아침, 여전히 요란스레 비가 온다. 인적 없는 빗속의 거진항을 터벅터벅 걸어간다. 길을 나서면 내륙이든 바닷가든 비와 눈은 어김없이 실망시키지 않고 동행했다. 어설프기는커녕 고맙고 정겨운 벗이다. 올 것은 어떻게 해도 오고, 갈 것은 어떻게 해도 간다. 비가 오는 것을 막을 수 없고, 뜨거운 여름을 피할 수도 없다. 세상사 대부분은 일어날 조건이 되면 일어나고 사라질 조건이 되면 사라진다. 그러니 오면 받아들이고 가면 보내줘야 한다. 이것이 자연스런 삶이다. 피할 수 없으면 고통도 즐기라 하지 않는가. 가벼운 발걸음으로 하늘에서 터트린 축하의 샴페인이 떨어지는 거진항을 지나간다.

늦가을에 알이 꽉 찬 도루묵으로 찌개를 해 먹으면 톡톡 터지는 알과 고소한 생선 맛이 특별식이 되는 도루묵의 고장 거진항이다. 임진왜란 피난길에 선조는 백성이 올린 '묵'이라는 생선을 먹고 너무 맛이 있어 '은어(銀魚)'라는 이름을 하사했다가, 전쟁이 끝나고 문득 그때 먹었던 은어 생각이 나서 다시 먹어 봤으나 그 때 그 맛이 아니었다. 그래서 하사했던 은어라는 이름을 거둬들이고 '도로 묵이라 하여라!' 하여 도루묵이 된 생선, 말짱 도루묵이 된 비운의 묵이다. 하지만 근년에 명태가 잡히지 않는 어민들에게 도루묵은 귀하신 몸이 되었다.

항구를 한 바퀴 돌아 거진해맞이공원으로 올라간다. 산 위에 등대

가 비를 맞고 서있다. 한 폭의 그림 같은 거진항이 한눈에 펼쳐진다. 하얀 등대를 지나고 오솔길을 따라 정자에 이른다. 정자에 올라 잠시 비를 피한다. 돌에 새겨놓은 산림헌장이 비를 맞고 서있다. "숲은 생명이 살아 숨쉬는 삶의 터전이다. 맑은 공기와 깨끗한 물과 기름진 흙은 숲에서 얻어지고, 온 생명의 활력도 건강하고 다양하고 아름다운 숲에서 비롯된다. 꿈과 미래가 있는 민족만이 숲을 가꾼다. 이에 우리는 풍요로운 삶과 자랑스러운 문화를 길이 이어가고자 다음과 같이 다짐한다.(후략)"

'숲'은 글자 모양도 숲처럼 생겼다. 성(聖) 베르나르는 "너는 책에서보다도 숲에서 더 많은 것을 발견할 수 있을 것이다. 숲속의 나무들과 풀들은 네가 학교에서는 결코 배울 수 없는 것들을 너에게 가르쳐 줄 것이다."라고 했다. 숲은 학교요 스승이다. 숲이 우거진 산에 있으면 "숲속에서 대지를 잘 돌보라. 우리는 대지를 조상들로부터 물려받은 것이 아니다. 우리의 아이들로부터 잠시 빌린 것이다."라는 인디언의 격언이 들려온다. 박경리는 "우리는 자연의 이자로 살아야지 원금을 까먹으면 끝이야"라고 말한다.

잘 꾸며진 공원 능선의 장승과 석탑들이 구름 속에서 비바람을 맞고 서있다. 하늘과 바다가 온통 구름으로 덮여 회색빛이다. 해맞이공원에서 나와 공동묘지 사이로 난 해맞이 산소길을 걸어간다. 고성에는 북한이 고향인 주민들이 많다. 살아서 고향에 가기를 바라고 죽어서라도 고향을 바라보고 싶은 염원에 맑은 날이면 북한이 보이는 이곳에 묻히기를 원한다. 고향이 그리워도 못 가는 영혼들이다.

차도가 있는 큰 길을 건너 화진포가 한눈에 보이는 가파른 산등성이를 올라 응봉에 오른다. "옛날부터 화진포호수 동쪽에 위치한 높은 산이 매가 앉은 형상과 같다고 하여 매 '응'자를 써서 '응봉(鷹峰)'이라고 불렀다"는 표지석이 보인다. '해발 122m, 화진포소나무숲 삼림욕장, 응봉'이라는 표지석 옆에 있는 팔각정 전망대에서 오른쪽 화진포해수욕장과 왼쪽의 화진포호수를 내려다본다. 호수와 바다가 어우러진 모습이 경포호와 경포해변과 같이 장관이다. 금강송이 마치 호랑이 등에 솟은 검은 털 같다는 웅장한 자태를 뽐내는 솔 숲길을 따라 화진포로 내려온다.

둘레가 16km나 되는 동해안 최대의 자연호수 화진포 호숫가에는 해당화가 많이 피어 있어 '꽃 화(花)'자를 써서 이름을 화진포라고 한다.

'꽃 중의 신선'이라고 불리는 해당화는 향기가 좋아서 꽃잎이 향수의 원료로도 쓰인다. 푸른 호수와 바다와 모래밭, 그리고 소나무 숲이 절묘하게 어우러진 곳에 피는 해당화는 화진포의 경관을 더욱 돋보이게 하여 고성군화로 지정되었다.

화진포는 바닷물이 섞여 들어와 염분 농도가 높은 석호로서 민물고기뿐만 아니라 전어나 돔 같은 바닷물고기가 살고 있다. 최근에는 화진포에 오염되지 않은 산간 계곡에 사는 천연기념물인 남생이가 발견되었다. 자라보다는 조그맣고, 등껍질은 딱딱하고 뺨에 노란색 선이 불규칙하게 있는 토종 민물거북이다.

수천 년 동안 조개껍질과 바위가 부서져 만들어진 화진포의 백사장은 모래 빛이 하얗고 감촉이 부드럽다. 비바람이 몰아치는 날이면 모래밭에서 이상한 울음소리가 들린다 하여 명사십리(鳴沙十里)라 한다. 밝고 맑은 하얀 모래밭 십리길(明沙十里)을 걸어간다. 오랜 세월 바닷가를 지켜온 모래에서 시간의 소리가 들려온다. 어려서부터 신동으로 불렸던 조선 후기의 문인 채팽윤이 어느 봄 날 화진포에서 읊은 시가 시간의 울음소리를 타고 들려온다.

만경창파 맑은 호수 그 가운데 자리하고
봄바람에 잔물결이 출렁이네.
살구꽃 물가를 뒤덮고
버들은 휘늘어졌네.
비구름 걷히고 하늘이 맑아지니

붉은 석양 출렁이며 햇살을 쏟아내네.

역사안보전시관이라는 이름으로 통합된 김일성 주석이 머물렀다는 김일성 별장과 이기붕 부통령의 별장, 이승만 대통령의 별장을 차례로 둘러본다. 화진포의 성은 우리나라 최초로 크리스마스실을 발행한 캐나다 선교사의 별장이었다. 1938년 독일 건축가 베버가 독일에 있는 성을 그대로 본떠서 지었다고 해서 '화진포의 성'이라 불렀다. 1948년 8월에 김일성 주석 일가가 다녀간 뒤로 김일성 별장으로 불렀다. 계단에는 김정일의 어릴 적 사진이 있다.

이승만 대통령의 별장은 화진포호수의 다리를 건너 야트막한 언덕 위에 있다. 미국에서 유학을 마친 뒤 화진포에 놀러와 풍광에 반했던 이 대통령은 6.25전쟁으로 화진포를 되찾자 이곳에 별장을 지었다. 거실에는 이승만 대통령의 부부 인형이 있다.

해당화가 곱게 핀 화진포 호숫가를 따라 걷다가 호수와 바다를 이어주는 개천을 만난다. 배 모양의 화진포 해양박물관에 올랐다가 바다쪽으로 길을 돌아간다.

금구도가 바다 가운데 외로이 떠있다. 가을에 섬 한가운데 자라는 대나무 숲이 노랗게 변해서 섬 전체가 금빛으로 물들어 금빛거북, 금구도(金龜島)라 한다. 신라시대 수군 기지로 해안을 지키던 석축이 일부 남아있다. 광개토대왕의 망제를 지낸 곳으로 추정되어 수중릉일지 모른다는 주장이 있다. 광개토대왕 3년(394년) 8월, 거북섬에 왕릉 축조를 시작하여 광개토대왕이 세상을 떠난 2년 뒤인 장수왕 2년(414년)에 광개토대왕의 시신을 화진포 앞 거북섬에 안장했다고 하지만, 실제 중국 지린성에 있는 왕릉을 광개토대왕릉으로 보고 있다.

성게가 밤송이처럼 쌓여있는 초도항을 지나서 드디어 동해안 최북단 대진항에 이른다. 하얀 등대와 빨간 등대가 시야에 들어온다. 하얀 등대는 항로 왼쪽에는 암초 등 장애물이 있으니 오른쪽으로 다니고, 또 배가 부두에 접안할 경우에 부두가 오른쪽에 있다는 표식이다. 빨간 등대는 그 반대의 경우이고, 노란 등대는 주변 해상을 주의하라는 신호다.

철책이 가로막고 있는 해안가 도로를 걷는다. 대진해수욕장 백사장이 철책너머에 있어 들어갈 수가 없다. 아침 식사를 위해 국토종주 도보여행 때 들렀던 영동횟집으로 들어선다. 5년 전이라 처음에는 몰라보던 주인 내외가 나중에야 알아보고 반긴다. "또 왜 이렇게 힘든 여행을 하세요!"라며 안쓰러워한다.

대진등대를 향한다. 언덕을 올라가니 바다에서 불어오는 비바람이 매섭게 몰아친다. 하얀 예복을 입은 멋진 신사의 모습으로 '대진항로표지소'란 이름표를 단 대진등대에서 조금 전에 지나온 초도항과 대진항, 그리고 먼 바다를 바라본다. 대진등대의 불빛은 12초마다 깜빡이며, 약 37km떨어진 해상에서도 식별이 가능하다. 시야가 좋은 날은 멀리 해금강은 물론이고 북한지역까지 바라볼 수 있다. 대진등대는 어로한계선을 나타내는 도등의 역할을 하다가 1993년부터 일반등대로 전환되었고, 동해안 최북단의 무인등대인 저진도등을 원격 관리한다. 저진

도등은 2개의 등대를 연결하는 선이 어로한계선임을 표시하면서 어선들이 월북조업을 하지 않도록 안전한 위치를 알려준다.

등대를 내려와 오늘의 목적지 금강산콘도를 향한다. 금강산관광이 중단되어 거리의 상가도 콘도도 한산하다. 방에서 여장을 풀고 바다쪽 창문을 연다. 시원한 바람이 쏟아져 들어온다. 참으로 먼 길을 걸어왔다. 그리고 내일이면 통일전망대에서 해파랑길의 여정을 마무리를 한다. 옛말에 '백리 길을 가는 사람은 구십리를 반으로 잡는다(行百里者半九十)'고 했으니 마지막 순간까지 조심조심 해파랑길과 하나가 되어 몰입의 경지를 맛보리라.

오늘은 귀한 손님들이 온다. 여정을 위로해 주고, 내일 함께 통일전망대에 가기 위해 용인에서 아우들이 오고 있다. 벗이 있어 먼데서 찾아오니, 이 또한 기쁨이 아닌가! 예정보다 조금 늦어 어두워질 무렵 아우들이 도착했다. 이덕무는 "마음에 맞는 계절에 마음에 맞는 친구들과 만나 마음에 맞는 말을 나누며 마음에 맞는 시문(詩文)을 읽으면 이는 최상의 즐거움이지만 이런 기회는 지극히 드문 것이어서 일생을 통틀어도 모두 몇 번에 불과하다."라고 한다." 일생에 한 번 걸을 해파랑길에 마음에 맞는 벗이 찾아와서 마음에 맞는 말을 나누며 동행한다면, 그 기쁨 또한 최상의 즐거움이다. 우리는 식사를 위해 거진항으로 되돌아갔다. 그리고 어제의 '야식집'에서 대업을 이룬 축하의 현수막을 걸고, 사랑과 우정을 나누며 꿈 같고 우화 같은 시간들을 함께 했다. 자기 집 술을 마시지 않는다는 아주머니는 슈퍼에서 술을 사 와서 함께

했다.

깊어가는 거진항의 밤, 밤하늘인지 검은 바다인지, 별빛인지 고깃배의 불빛인지, 꿈인지 생시인지, 사람인지 나비인지도 모르는 물아일체, 무아지경에서 몰입의 즐거움을 맛보며 해파랑길 삼매경에 빠져 마음과 몸을 흔들며 영원히 잊지 못할 춤을 춘다.

염원念願

해파랑길의 마지막 50코스는 통일안보공원에서 시작하여 최북단 명파마을과 최북단 명파초등학교, 최북단 명파해수욕장을 지나서, 최북단 제진검문소에서는 차량으로 해파랑길의 종점인 통일전망대에 이르는 통일을 염원하며 가는 길 11.7km이다.

"여행에서 얻어지는 낭만은 반쯤은 바로 모험에 대한 기대이지만, 나머지 반은 애욕적인 것을 다른 것으로 바꾸어 해소시키려는 무의식적인 충동이다. (중략) 원래는 여인들에게 바쳐야 할 사랑을 아무 거리낌 없이 마을과 산에, 호수와 늪에, 길가의 아이나 다리 밑의 걸인에게, 소나 새나 나비에게 나눠준다." "밤의 나그네인 나는 숲과 늪을 더듬어 간다. 마술의 세계가 나를 에워싸고 불타오르누나. 하여 좋은 길인지 저주의 길인지 개의치 않고 마음의 소리에 충실히 따르네."라며 헤르만 헤세가 '방랑'을 노래한다. 낭만과 모험의 방랑이 마무리로 접어든다. 넓고 경이롭게 펼쳐진 행복지도 위에 마음의 소리를 따라온 길이다. 밤새 내리던 비는 그치고 맑고 고운 파란 하늘이 파란 바다와 한 몸을 이루고, 황금빛 태양은 어느덧 파란 바다에 은빛 구슬을 쏟아놓는다.

2010년 국토종주의 마지막 날 아침은 폭설이 하늘도, 바다도, 대지도, 온 세상을 하얗게 덮었건만 해파랑길 마지막 날 아침은 온통 푸르름으로 새 단장을 했다. 하늘에도, 태양에도, 바다에도, 나무에도, 풀에도, 돌멩이 하나에도 순간순간 경외감을 표시하며 사뿐사뿐 유쾌한 발걸음, 잠에서 깨어나지 못하는 아우들을 두고 먼저 길을 나선다. 통일의 염원을 담아 북으로 북으로 북진을 한다. 마차진해변을 걸어서 해안차도를 따라 '통일전망대 출입신고소'에 이른다. 아직은 이른 시간이라 문이 열리지 않은 출입신고소를 지나쳐 통과한다. 최북단 명파초등학교 앞을 지나가며 최남단 제주의 마라도분교를 떠올린다. 국토종주때 자매결연을 맺은 두 학교의 안부를 전해주었던 생각이 나서 절로웃음 짓는다. 이래서 추억은 아름다운가 보다.

'명파리 새농어촌운동최우수마을 2002' 안내 표석을 지나서 우측 옆길로 명파해수욕장으로 들어간다. 인적 없는 시골길을 따라 걷고 또 걷는다. 터키 이스탄불에서 중국 시안까지 실크로드를 걸었던 베르나르 올리비에는 '나는 걷는다'에서 "나는 여행하고, 나는 걷는다. 왜냐하면 한쪽 손이, 아니 그보다 알 수 없는 만큼 신비한 한 번의 호흡이 나를 떼밀고 있기 때문에"라고 말한다. 양쪽 손이, 양쪽 발이, 거친 호흡이, 피 끓는 심장이 나를 떼밀기 때문에 나는 걷는다. 해파랑길의 마지막 여정을!

철조망 너머로 갈매기들이 한가로이 노니는 '최북단 명파해수욕장' 입간판 앞에 선다. 뜨거운 여름이건만 해수욕장에는 사람이 없다. 철조망이 을씨년스럽게 바다로 가는 길을 막고 분단의 현실을 일깨운다. 강원도 해안 철책 210km 중 49km는 3년 전에 없애고 161km가 아직 남아 있다. 언제나 이 철책들이 모두 없어질까. 해파랑길 추억으로 최북단 명파해수욕장에서의 해수욕에 대한 일말의 기대도 했건만 아쉬움을 뒤로하고 다시 차도로 돌아 나와 제진검문소를 향한다. 아우들과 약속된 시간에 검문소 앞 나무그늘에 누워 하늘을 쳐다본다. 하늘엔 조각구름이 손짓하고, 새 한 마리 빛나는 날개를 퍼덕이며 지나간다. 진한 성취감을 맛본다. 어느 누가 이런 멋과 맛을 알리요! 뜨거움이 솟구친다. 고통 뒤의 희열, 피와 땀과 눈물의 결정체가 환희와 탄성이 되어 심장을 두드린다. 지나온 해파랑길의 여정은 사색이요, 연인이요, 건강이요, 희망이요, 추억이요, 회상이요, 명상이요, 자유였다.

사람은 치타만큼 빨리 달리지 못하며 새만큼 높이 날지도 못하고 물고기처럼 물속을 자유롭게 헤엄칠 수도 없다. 그래서 자동차로 치타보다 빨리 달리고, 비행기로 새보다 높이 날고, 배로 물고기보다 빨리 바다를 지나간다. 하지만 인간 본연의 모습은 두 발로 걷고 두 발로 달리는 것이다. 나는 두 발로 걸어서 왔다. '천리 길도 한 걸음부터'를 실증하며, 2천 리 길을 한 걸음 한 걸음 거북이처럼, 달팽이처럼 느리게 백만 걸음 넘게 걸어 여기까지 왔다. 해파랑길 시작점인 오륙도해맞이공원에서 통일전망대까지 걸어왔다. 비와 피와 땀과 눈물의 여정, 그간의 추억들이 주마등처럼 스쳐간다.

　나를 태우고 가기로 약속한 승용차가 9시가 넘어서야 와서는 나를 찾지도 않고 검문소를 통과하러 한다. 소리를 지르며 얼른 뛰어가서 합류한다. '출입허가차량'이란 노란 딱지를 붙인 승용차를 타고 7번국도의 마지막 코스를 이동한다. DMZ박물관을 스쳐간다. 군대를 주둔할 수 없고 무기를 배치하거나 군사시설 설치가 금지된 구역, DMZ는 곧 비무장지대다. 1953년 7월 27일 판문점에서 체결된 정전협정에 따라 군사분계선 남북으로 각각 2km씩, 4km 되는 구역을 비무장지대로 정했다. 서해안 임진강 하구에서 동해안 고성 통일전망대까지 248km이다.

　동해에서 서해까지, 서해에서 동해까지 한반도의 허리를 가로지르는 비무장지대는 이제 60여 년의 세월이 흘러 생태계의 보고가 되었다. 산악지대와 평야지대, 계곡과 분지, 여러 개의 강이 공존하며 한반도에서 서식하는 2,900종 이상의 식물 가운데 1/3이, 70여 종의 포유류 가운데 1/2이, 320종의 조류 가운데 1/5이 이곳에서 발견되고 있다. 남과 북이 한 뼘의 땅이라도 더 차지하려고 치열하게 전투를 벌여 황폐해진 비무장지대가 지난 세월 스스로의 자정 능력으로 치유되고 회복되어 우리 민족에게 새로운 희망을 준다.

천천히 달렸다. 순간순간을 음미하며 달렸다. 가버리는 시간을, 좁혀지는 공간을 아쉬워하며 달렸다. 국토종주 때는 사전 허가를 얻어서 걸었던 길이지만 오늘은 자동차에 몸을 싣고 마음은 걸었다. 그리고 통일전망대에 도착했다. 동해안 해파랑길 770km를 걸어서 드디어 목적지에 도착했다. 나는 시작했고, 도착했다. '동해의 떠오르는 해와 푸른 바다를 길동무 삼아 함께 걷는다'는 해파랑길, 계획하고 시도했던 그 길을 걸어 목적지에 도착했다. 길동무는 해와 바다뿐만 아니라 숱한 인연이 있었다. 하늘과 구름과 바람과 비와 숲길과 들길과 갈매기와 새소리와 풀벌레와 예기치 못했던 수많은 벗들을 만났다. 자연을 만나고 자신을 만났다. 해파랑길은 태양과 바다를 품은 넉넉한 어머니의 품이었다. 그 품에서 울고 웃으며, 걷고 또 걸었다. 춤을 추며 걸었다.

스스로 빛을 내는 별인 태양은 지구를 따뜻하게 만들어 모든 생명체가 존재하도록 만드는 생명의 어머니다. 해파랑길에서 만난 해는 내 인생에서 가장 뜨거웠다. 어머니의 심장이, 어머니의 손길이, 어머니의 사랑이 느껴지는 열정의 꽃이었다.

모든 생명체의 어머니인 바다는 가장 낮은 곳에서 '상선약수(上善若水)'를 외치며 모든 물을 받아들인다. 맑은 물 흐린 물을 가리고 사양하지 않는 '해불양수(海不讓水)'의 덕이 있다. 진자리 마른자리 갈아 뉘시며 손

발이 다 닳도록 보살피는 어머니와 같다.

　나그네는 길에서 보낸 지난 시간과 공간 속에서 그리운 어머니, 보고
싶은 어머니, 하늘보다 높고, 바다보다 넓은 어머니랑, 붉은 해랑, 파란
바다랑 함께 해파랑길을 걸었다. 땀방울과 비로 얼룩진 몸은 기억하리
라. 고통과 환희로 춤을 춘 내 마음은 기억하리라. 사람의 일생에는 누
구나 기억할 특별한 그날이 있다. 죽는 날까지 잊지 못할 역사적인 그
날, 하늘과 땅 사이에 이보다 더 큰 기쁨이 과연 얼마나 있으랴!

　정상에 오르기 전, 아우들과 축배를 들기 위해 식당으로 들어섰다.
막걸리 잔을 부딪치며 기쁨을 나누었다. 식당 아주머니들이 해파랑길
종주 소식에 모여들고, 함께 기념 촬영을 하고, 그 중 나이 드신 한 분
은 큰일 했다며 장하다고 종아리를 쓰다듬으신다. 서비스로 먹거리를
내놓는 진심어린 모습들에 마음이 뿌듯, 먼 길을 걸어온 정상의 환희

를 느낀다. 자격 있는 자만이 누리는 특권이리라.

구름 한 점 없는 날씨, DMZ와 남방한계선이 만나는 고성군 현내면 명호리, 해발 70m 통일전망대에 섰다. 북녘 땅이 지척에 보이고 금강산이 눈앞에 펼쳐진다. 16km 앞에 아름다운 금강산이 보이고, 해금강이 보인다. 옥녀봉, 채하봉, 집선봉 등 천하절경이 보인다. 10여 년 전 바다로 두 번이나 다녀왔던 금강산 바다길이 보이고, 2003년 군사분계선을 넘어 육로로 다녀왔던 금강산 육로길이 보인다. 구룡폭포가 보이고 만물상이 보이고, 해금강의 삼일포와 향로봉이 보인다. 하지만 이제는 갈수가 없다. 2008년 7월 이후 금강산 길은 막혀버렸다. 바람도 오가고 구름도 오가고, 바닷물도 오가고 갈매기도 오가고, 물고기들도 오갈수 있지만 사람은 오갈 수 없는 북녘의 땅과 바다의 기다림이 보인다.

예배당의 십자가가, 성모마리아상이, 미륵불상이 모두들 사랑과 자비를 베풀며 북녘의 하늘과 산하를 바라본다. 통일전망대에서 해금강을 따라 한반도의 최북단인 경흥의 서수라까지 1,200km 해파랑길은 언제나 가 볼 수 있을까. 금강산을 지나서 백두산으로 올라가는 북녘 땅 백두대간종주 935km는 언제나 할 수 있을까. 대동강을 따라 압록 강과 두만강을 누비는 자전거 종주는 언제나 할 수 있을까. 겨자씨만 한 믿음이라도 산을 옮긴다고 했으니 간절한 소망은 믿음이 되고, 통일 에 대한 간절한 염원을 가슴 깊이 새긴다. 통일전망대에서 "우리의 소 원은 통일 / 꿈에도 소원은 통일 / 이 정성 다해서 통일 / 통일을 이루 자 / 이 겨레 살리는 통일 / 이 나라 찾는데 통일 / 통일이여 어서 오라 통일이여 오라" 통일을 노래하며 통일을 염원한다.

"주님!"

"성모마리아님!"

"부처님!"

"우리의 소원! 통일을 기원합니다!"

두 손을 모으고 마음을 모으고 뜻을 모은다. 부산의 오륙도해맞이 공원에서 경흥의 서수라까지 한반도 해파랑길 2,000km, 5천리를 걸어 볼 수 있는 그날이 속히 오기를 염원하며 이제 나그네의 발걸음을 멈 춘다.

"해파랑길에서 한 판 잘 놀았는데 다음은 어디로 가지?"